MINGUO TONGSU XIAOSHUO
DIANCANG WENKU

锦片前程

民国通俗小说典藏文库·张恨水卷

张恨水◎著

中国文史出版社

小说大家张恨水（代序）

张赣生

民国通俗小说家中最享盛名者就是张恨水。在抗日战争前后的二十多年间，他的名字真是家喻户晓、妇孺皆知，即使不识字、没读过他的作品的人，也大都知道有位张恨水，就像从来不看戏的人也知道有位梅兰芳一样。

张恨水（1895—1967），本名心远，安徽潜山人。他的祖、父两辈均为清代武官。其父光绪年间供职江西，张恨水便是诞生于江西广信。他七岁入塾读书，十一岁时随父由南昌赴新城，在船上发现了一本《残唐演义》，感到很有趣，由此开始读小说，同时又对《千家诗》十分喜爱，读得"莫名其妙的有味"。十三岁时在江西新淦，恰逢塾师赴省城考拔贡，临行给学生们出了十个论文题，张氏后来回忆起这件事时说："我用小铜炉焚好一炉香，就做起斗方小名士来。这个毒是《聊斋》和《红楼梦》给我的。《野叟曝言》也给了我一些影响。那时，我桌上就有一本残本《聊斋》，是套色木版精印的，批注很多。我在这批注上懂了许多典故，又懂了许多形容笔法。例如形容一个很健美的女子，我知道'荷粉露垂，杏花烟润'是绝好的笔法。我那书桌上，除了这部残本《聊斋》外，还有《唐诗别裁》《袁王纲鉴》《东莱博议》。上两部是我自选的，下两部是父亲要我看的。这几部书，看起来很简单，现在我仔细一想，简直就代表了我所取的文学路径。"

宣统年间，张恨水转入学堂，接受新式教育，并从上海出版的报纸

1

上获得了一些新知识，开阔了眼界。随后又转入甲种农业学校，除了学习英文、数、理、化之外，他在假期又读了许多林琴南译的小说，懂得了不少描写手法，特别是西方小说的那种心理描写。民国元年，张氏的父亲患急症去世，家庭经济状况随之陷入困境，转年他在亲友资助下考入陈其美主持的蒙藏垦殖学校，到苏州就读。民国二年，讨袁失败，垦殖学校解散，张恨水又返回原籍。当时一般乡间人功利心重，对这样一个无所成就的青年很看不起，甚至当面嘲讽，这对他的自尊心是很大的刺激。因之，张氏在二十岁时又离家外出投奔亲友，先到南昌，不久又到汉口投奔一位搞文明戏的族兄，并开始为一个本家办的小报义务写些小稿，就在此时他取了"恨水"为笔名。过了几个月，经他的族兄介绍加入文明进化团。初始不会演戏，帮着写写说明书之类，后随剧团到各处巡回演出，日久自通，居然也能演小生，还演过《卖油郎独占花魁》的主角。剧团的工作不足以维持生活，脱离剧团后又经几度坎坷，经朋友介绍去芜湖担任《皖江报》总编辑。那年他二十四岁，正是雄心勃勃的年纪，一面自撰长篇《南国相思谱》在《皖江报》连载，一面又为上海的《民国日报》撰中篇章回小说《小说迷魂游地府记》，后为姚民哀收入《小说之霸王》。

　　1919年，五四运动吸引了张恨水。他按捺不住"野马尘埃的心"，终于辞去《皖江报》的职务，变卖了行李，又借了十元钱，动身赴京。初到北京，帮一位驻京记者处理新闻稿，赚些钱维持生活，后又到《益世报》当助理编辑。待到1923年，局面渐渐打开，除担任"世界通讯社"总编辑外，还为上海的《申报》和《新闻报》写北京通讯。1924年，张氏应成舍我之邀加入《世界晚报》，并撰写长篇连载小说《春明外史》。这部小说博得了读者的欢迎，张氏也由此成名。1926年，张氏又发表了他的另一部更重要的作品《金粉世家》，从而进一步扩大了他的影响。但真正把张氏声望推至高峰的是《啼笑因缘》。1929年，上海的新闻记者团到北京访问，经钱芥尘介绍，张恨水得与严独鹤相识，严即约张撰写长篇小说。后来张氏回忆这件事的过程时说："友人钱芥尘先生，介绍我认识《新闻报》的严独鹤先生，他并在独鹤先生面前极力推许我的小说。那时，《上海画报》（三日刊）曾转载了我的《天上人间》，独鹤先生若对我有认识，也就是这篇小说而已。他倒是没有什么考虑，就约我写一篇，而且愿意带一部分稿子走。……在那几年间，上海洋场章回小说走着两条路子，一条是肉感的，一条是武侠而神怪的。《啼笑因缘》完全和这两种不同。又除了新文艺外，那些长篇运用的对话并不是纯粹白话。而《啼笑因缘》是以国语姿态出现的，这也不同。在这小说发表起初的几天，有人看了很觉眼生，也有人觉得描写过于琐碎，但并没有人主张不向下看。载过两回之后，所有读《新闻报》的人都感到了兴趣。独鹤先生特意写信告诉我，请我加油。不过报社方面根据一贯的作风，怕我这里面没有豪侠人物，会对读者减少吸引力，再三请我写两位侠客。我对于技击这类事本来也有祖传的家话（我祖父和父亲，都有极高的技击能力），但我自己不懂，而且也觉得是当时的一种滥调，我只是勉强地将关寿峰、关秀姑两人写了一些近乎传说的武侠行动……对于该书的批评，有的认为还是章回旧套，还是加以否定。有的认为章回小说到这里有些变了，还可以注意。大致地说，主张文艺革新的人，对此还认为不值一笑。温和一点的人，对该书只是就文论文，褒贬都有。至于爱好章回小说的人，自是予以同情的多。但不管怎么样，这书惹起了文坛上很大的注意，那却是事实。并有人说，如果《啼笑因缘》可以存在，那是被扬弃了的章回小说又要返魂。我真没有料到这书会引起这样大的反应……不过这些批评无论好坏，全给该书做了义务广告。《啼笑因缘》的销数，直到现在，还超过我其他作品的销数。除了国内、南洋各处私人盗印翻版的不算，我所能估计的，该书前后已超过二十版。第一版是一万部，第二版是一万五千部。以后各版有四五千部的，也有两三千部的。因为书销得这样多，所以人家说起张恨水，就联想到《啼笑因缘》。"

不论张氏本人怎样看，《啼笑因缘》是他最有影响的作品，这一点毫无疑问，可以随便举出几件事来证明。《啼笑因缘》发表后，被上海明星公司拍成六集影片，由当时最著名的电影明星胡蝶主演，同时还被改编为戏剧和曲艺，在各地广泛流传；再有《啼笑因缘》被许多人续写，迫使张氏不得不改变初衷，于1933年又续写了十回，张氏在《我的写作生涯》中说："在我结束该书的时候，主角虽都没有大团圆，也没有完全告诉戏已终场，但在文字上是看得出来的。我写着每个人都让读者有点儿有余不尽之意，这正是一个处理适当的办法，我绝没有续写下去的意思。可是上海方面，出版商人讲生意经，已经有好几种《啼笑因缘》的尾巴出现，尤其是一种《反啼笑因缘》，自始至终，将我那故事整个地翻案。执笔的又全是南方人，根本没过过黄河。写出的北平社会真是也让人又啼又笑。许多朋友看不下去，而原来出版的书社，见大批后半截买卖被别人抢了去，也分外眼红。无论如何，非让我写一篇续集不可。"这种由别人代庖的续作，出书者至少有四种：惜红馆主《续啼笑因缘》、青萍室主《啼笑因缘三集》、康尊容《新啼笑因缘》和徐哲身《反啼笑因缘》。虽然远不如《红楼梦》续作之多，但在民国通俗小说中已经是首屈一指了。张氏在《我的小说过程》一文中还说："我这次南来，上至党国名流，下至风尘少女，一见着面便问《啼笑因缘》。这不能不使我受宠若惊了。"

《啼笑因缘》使张氏名声大振，约他写稿的报刊和出版家蜂拥而至，有的小报甚至谣传张氏在十几分钟内收到几万元稿费，并用这笔钱在北平买下了一所王府，自备一部汽车。这自然不是事实，但张氏当时收到的稿酬也有六七千元，的确不能算少。这样，他就可以去搜集一些古旧木版小说，想要作一部《中国小说史》。就在此时，日寇侵华的"九一八事变"爆发，张氏的希望随之化为泡影。作为一位爱国的作家，在国难当头的状况下自不会沉默，张恨水在1931至1937的几年间，先后写了《热血之花》《弯弓集》《水浒别传》《东北四连长》《啼笑因缘续集》《风之夜》等涉及抗敌御侮内容的作品。

1934年，张恨水到陕西和甘肃走了一遭，此行使他的思想发生了很大的变化。张氏在《我的写作生涯》中说："陕甘人的苦不是华南人所能想象，也不是华北、东北人所能想象。更切实一点地说，我所经过的那条路，可说大部分的同胞还不够人类起码的生活。……人总是有人性的，这一些事实，引着我的思想起了极大的变迁。文字是生活和思想的反映，所以在西北之行以后，我不讳言我的思想完全变了，文字自然也变了。"此后，他写了《燕归来》，以描写西北人民生活的惨状。

抗日战争全面爆发后，张恨水取道汉口，转赴重庆，于1938年初抵达，即应邀在《新民报》任职。抗战八年间，他除去写了一些战争题材的小说外，还有两种较重要的作品，即《八十一梦》和《魍魉世界》（原名《牛马走》），均先于《新民报》连载，后出单行本。抗战胜利，张氏重返北平，担任《新民报》经理，此后几年他写了《五子登科》等十来部小说，但均未产生重大影响。1948年底，张氏辞去《新民报》职务。1949年夏，他患脑溢血，经过几年调治，病情好转，张氏便又到江南和西北去旅行。1959年，张氏病情转重，至1967年初于北京去世，终年七十三岁。

张恨水一生写了九十多部小说，印成单行本的也在五十种左右。说到张氏作品的总特色，一般常感到不易把握，因为他总在不断地变。其实，这"变"就正是张恨水作品最鲜明的总特色。

张恨水是一个不甘心墨守成规的人，他好动不好静，敢于否定自己，这正是作为开创者必须具备的素质。读一读张氏的《我的写作生涯》，就会发现他总是在讲自己的变，那变的频繁、动因的多样，在民国通俗小说作家中实属仅见。……待到《金粉世家》《啼笑因缘》相继问世，张恨水的名声已如日中天，他在思想上的求新仍未稍解，他说："我又不能光写而不加油，因之，登床以后，我又必拥被看一两点钟书。看的书很拉杂，文艺的、哲学的、社会科学的，我都翻翻。还有几本长期订的杂志，也都看看。我所以不被时代抛得太远，就是这点儿加油的工作不错。"

追求入时，可说是张恨水的一贯作风，不仅小说的内容、思想随时而变，在文字风格上也不断应时变化。仅就内容、思想方面的变化而言，在民国通俗小说作家中也很常见，说不上是张氏独具的特色，但在文字风格上也不断变化，就不同于一般了。张氏在《我的写作生涯》中经常提到这方面的事例，譬如他曾提及回目格式的变化，他说："《春明外史》除了材料为人所注意而外，另有一件事为人所喜于讨论的，就是小说回目的构制。因为我自小就是个弄辞章的人，对中国许多旧小说回目的随便安顿向来就不同意。即到了我自己写小说，我一定要把它写得美善工整些。所以每回的回目都很经一番研究。我自己削足适履地定了好几个原则。一、两个回目，要能包括本回小说的最高潮。二、尽量地求其辞藻华丽。三、取的字句和典故一定要是浑成的，如以'夕阳无限好'，对'高处不胜寒'之类。四、每回的回目，字数一样多，求其一律。五、下联必定以平声落韵。这样，每个回目的写出，倒是能博得读者推敲的。可是我自己就太苦了……这完全是'包三寸金莲求好看'的念头，后来很不愿意向下做。不过创格在前，一时又收不回来。……在我放弃回目制以后，很多朋友反对，我解释我吃力不讨好的缘故，朋友也就笑而释之，谓不讨好云者，这种藻丽的回目，成为礼拜六派的口实。其实礼拜六派多是散体文言小说，堆砌的辞藻见于文内而不在回目内。礼拜六派也有作章回小说的，但他们的回目也很随便。"再譬如他在谈及《金粉世家》时说："以我的生活环境不同和我思想的变迁，加上笔路的修检，以后大概不会再写这样一部书。"诸如此类的变化不胜列举。

张氏的多变还体现在题材的多样化。他说："当年我写小说写得高兴的时候，哪一类的题材我都愿意试试。类似伶人反串的行为，我写过几篇侦探小说，在《世界日报》的旬刊上发表，我是一时兴到之作，现在是连题目都忘记了。其次是我写过两篇武侠小说，最先一篇叫《剑胆琴心》，在北平的《新晨报》上发表的，后来《南京晚报》转载，改名《世外群龙传》。最后上海《金刚钻小报》拿去出版，又叫《剑胆琴心》了。"第二篇叫《中原豪侠传》，是张氏自办《南京人报》时所作。此外，张氏还写过仿古的《水浒别传》和《水浒新传》，他说："《水浒别传》这书是我研究《水浒》后一时高兴之作，写的是打渔杀家那段故事。文字也学《水浒》口气。这原是试试的性质，终于这篇《水浒别传》有点儿成就，引着我在抗战期间写了一篇六七十万字的《水浒新传》。""《水浒新传》当时在上海很叫座。……书里写着水浒人物受了招安，跟随张叔夜和金人打仗。汴梁的陷落，他们一百零八人大多数是战死了。尤其是时迁这路小兄弟，我着力地去写。我的意思，是以愧士大夫阶级。汪精卫和日本人对此书都非常地不满，但说的是宋代故事，他们也无可奈何。这书里的官职地名，我都有相当的考据。文字我也极力模仿老《水浒》，以免看过《水浒》的人说是不像。"再有就是张氏还仿照《斩鬼传》写过一篇讽刺小说《新斩鬼传》。张恨水的一生都在不停地尝试，探寻着各色各样的内容及表达方式，他甚至也写过完全以实事为根据、类似报告文学的《虎贲万岁》，也写过全属虚幻的、抽象的或象征性的小说《秘密谷》，他的作风颇有些像那位既不愿重复前人也不愿重复自己的现代大画家毕加索。

张恨水写过一篇《我的小说过程》，的确，我们也只有称他的小说为"过程"才最名副其实。从一般意义上讲，任何人由始至终做的事都是一个过程，但有些始终一个模子印出来的过程是乏味的过程，而张氏的小说过程却是千变万化、丰富多彩的过程。有的评论者说张氏"鄙视自己的创作"，我认为这是误解了张氏的所为。张恨水对这一问题的态度，又和白羽、郑证因等人有所不同。张氏说："一面工作，一面也就是学习。世间什么事都是这样。"他对自己作品的批评，是为了写得越来越完善，而不是为了表示鄙视自己的创作道路。张氏对自己所从事的通俗小说创作是颇引以自豪的，并不认为自己低人一等。他说："众所周知，我一贯主张，写章回小说，向通俗路上走，绝不写人家看不懂的文字。"又说："中国的小说，还很难脱掉消闲的作用。对于此，作小说的人，如能有所领悟，他就利用这个机会，以尽他应尽的天职。"这段话不仅是对通俗小说而言，实际也是对新文艺作家们说的。读者看小说，本来就有一层消遣的意思，用一个更适当的说法，是或者要寻求审美愉悦，看通俗小说和看新文艺小说都一样。张氏的意思不是很明显吗？这便是他的态度！张氏是很清醒、很明智的，他一方面承认自己的作品有消闲作用，并不因此灰心，另一方面又不满足于仅供人消遣，而力求把消遣和更重大的社会使命统一起来，以尽其应尽的天职。他能以面对现实、实事求是的态度对待自己的工作，在局限中努力求施展，在必然中努力争自由，这正是他见识高人一筹之处，也正是最明智的选择。当然，我不是说除张氏之外别人都没有做到这一步，事实上民国最杰出的几位通俗小说名家大都能收到这样的效果，但他们往往不像张氏这样表现出鲜明的理论上的自觉。

张恨水在民国通俗小说史上是一位名副其实的大作家，他不仅留下了许多优秀的作品，他一生的探索也为后人留下了许多可贵的经验。

目　录

锦片前程

第二皇后

蜀　道　难

贫贱夫妻

游 击 队

锦片前程

第一回

白发婆娑煨炉温旧梦
红颜憔悴踏雪访情人

一个寒冬的夜里，在旧京城中，胡同里一切声音都已停止，只有像老虎怒吼般的西北风，刮着电线嘘嘘作响。胡同北头，矮墙里有一幢半西式的小楼，由玻璃窗中射出一线灯光来。这虽然夜深凄凉，楼上人兀自未睡呢。

这楼上有一老一少，共坐灯前，在那里说闲话。老的是六十岁以上的老太太，两鬓的头发已经都带着一分苍白色，戴了一副大框眼镜，坐在电灯下一把安乐椅上，手上拿着一件短棉袄在那里缝补。在老太太对面，有一个铁炉子，火热正旺，将炉子上放的一铜镟子水，烧得咕噜作响不已。炉子边也有一把安乐椅子，上面坐着一个少女，约莫有十八九岁，她半侧了身子坐着，手上虽是拿了一本小说，然而手垂到膝上，懒懒的样子并不要看，头靠在椅子背上，微微地闭着眼睛，像个要睡的样子。那老太太抬头看了她一眼，低声道："宝珠，你若是倦了，你就先去睡吧，我不要你陪。"宝珠突然将身子向上一起，板着脸道："你不要管我的事。"说毕，拿起那本书，映着灯光看。老太太不缝衣服了，两手按住了膝盖，望着宝珠，露出很诚恳的样子来，因道："你这是什么意思，难道白天生的气还没有消吗？"宝珠依然偏着脸去看她手上的书，并不理会这老太太的话。老太太将针线收了，衣服叠了，放到衣橱里去，将桌上放着的一壶茶斟上一杯，坐了下来，眼望着那腾腾的热气出了一会儿神，然后叹了一口气。

宝珠眼珠斜对她看了一眼，依然侧过头去看书。老太太喝了一口茶，将杯子放下，将椅子拖着站近了炉子一点儿，望了宝珠道："今天你睡不着，我也睡不着，我把心事和你谈一谈。"说到这里，又望了宝珠的面孔，看她有什么表示。然后她依旧侧了身子看书。老太太道："我也知道你这几天这样不是、那样不是，都是为了婚姻这桩事情。像我在你们这大年纪的时候，提到婆婆家，真会脸都臊破了，还敢提什么？赶上现在年月不同，大家都说个自由，这也难怪你一个人。可是这样终身大事，总要仔细地想想，不能够由性儿办啦。你说方家那孩子是个做生意买卖的，你不能嫁他，照我看起来，你这话就错了。这年头儿，做官的最是靠不住，今天做总司令、做总指挥，到了明天，说不定还逛一品大百姓。就算干上一辈子吧，人有了钱，就会作怪。别人不说，就说你父亲，做了芝麻大一个文官，娶了你那死去的娘，再讨我做第二房，当年我也是好人家的姑娘，若是不贪图你老子是个做官的，一夫一妻，嫁个生意买卖人，吃一饱，穿一身，也就完了。嫁了你的父亲，乍进门的时候，先就受了你大娘一顿教训，当着许多亲戚朋友，也不管我面子上下得来下不来，先给她磕三个头，分个大小之礼。那个时候，我手上没带刀子，我要是带了刀子的话，我自己会一抹脖子死了。所幸你父亲还知道我受着一份委屈，我要什么就给什么，真是要月亮不敢给星星。可是你大娘在一边直挑眼，不说别的，我只要和你父亲有一个笑脸，就给她骂三天三宿。我除了半夜里自家躲着哭一场，什么话也不敢说。后来添了你两个哥哥，你大娘自己没开过怀，算是让了我一步，我看着也有点儿出头的日子了，可是你父亲还觉得受罪不够，又讨了你的娘。你娘的脾气暴极了，哪能像我这样好说话？你大娘说她一句，她倒要顶两三句。那也罢了，两人说起话来，还要带上我一个，我是两头受气。后来你父亲死了，你娘年轻，一拍腿走了，你只有三岁，你大娘说你是姨太太养的，恨不得把你也丢了，我不带着你怎么办？我就常对人说，为人莫做姨太太，自己出不了头倒也罢了，连自己的儿女也是跟着不能出头。"

宝珠掉过脸来道："牛头不对马嘴，你说上这些话做什么？"说毕，依然掉过脸去看书。老太太道："我说这话，是有原因的呀！做官的人家，随便怎样总免不了三妻四妾那一件事，无论你是为正也罢，为副也罢，反正是你嫉妒着我，我嫉妒着你，谁也不能让过谁一步，家庭总是不和的。哪有嫁为人家一夫一妻吃口粗茶淡饭的快活呢？再说我们这样的人家，凭空白事也闹什么离婚，说出去了也叫人家笑话。你嫌方家那孩子做买卖，那也没有怎么难办，我们托人给他们提一声儿，让那孩子进学堂去读书也就是了。人家说你是姨太太肚子里出来的，反正好不了，你别替你娘挣气，也该替我挣一口气。我也是个姨太太，三岁把你带大，可没教过你一件不好的事情，你两个哥哥不愿你和方家离婚，也是憋住了这口气……"

宝珠突然站起身来，将手上的书本向椅子上一掷，转身就走了。她虽没有说出一句什么，只在她突然一转身之间，衣襟摆拂着椅子腿卜卜作响，这也就可以知道她怒不可遏了。老太太望了她的后影，不免深深地叹了一口气，将椅子拖着靠近了炉子，仰头望着墙上悬的一架相片，便只管出神，仿佛之间，自己还是二十岁的青春少妇。椅子边一个茶几，茶几上果盘里，放着一大盘蜜柑。自己是赴了钱太太的宴会回来，喝过了两杯烧酒，嗓子有些干渴，脸上也有些热烘烘的。因此在果盘里取过两个蜜柑，面对着炉子，慢慢地剥着吃。门帘子一掀，她的丈夫邵振纲进来了。他虽然是个四十以上的人，然而衣服穿得很整齐，看去还是三十来岁。他笑嘻嘻地走上前，握了她一只手笑问道："梅卿，你还没有睡吗？"她不作声。在这时，一个老妈子进来，邵振纲便问道："二太太好像又生了气，那个人说了什么吗？"二太太站起来道："你不要用这些话来哄我了，老实对你说，我听到二太太这个'二'字，我心里就不痛快。"邵振纲笑道："梅卿，你受点儿委屈吧，等我的差事混好了一点儿，我就分开来住，你要底下人怎么称呼你，就怎样称呼你，你看好不好呢？"二太太望了他，有一句话还没有问了出来，只听到大太太在她屋子里叫了起来道："一回家来，什么事也不问，就溜到人家屋里去了，真是不要脸！"絮絮叨叨的，那话越骂越多，最后就骂出了房门口。邵振纲因她的话太啰唆，便回了两句嘴。这位邵太太更是不让人，一直骂到这房门口来。也不知道她手上拿了什么东西，照定了邵振纲头上就是一下子，只听到啪的一声，砸得脑浆四溅。二太太不免大吃一惊，睁眼一看，原来是一场噩梦。这一声响，却是铁炉子里爆裂了一块硬煤。二太太对着一盏电灯出了一会儿神，电灯斜对过正悬了一面大镜子，向着镜子里一看，自己一把白头发，分披到两边脸上。脸上的皱纹，横的长，纵的短，哪里有一点儿美丽之色？刚才这一场梦，已是二十年前的事。这样柔情如水的日月，应该让儿女们过去，不是老太太的事了。

呆着出了一会儿神之后，情不自禁地叹了一口气，心里想着：这位姑娘虽不是我自己生养的，然而自小将她抚养大了，平常是很相亲爱的，如今看她离婚去另找情人，前途如何，很是难说。现时在外面读书的青年，家里虽有妻室，但是要欺骗别个女子，总说是没有结婚，等到人家嫁过去了，生米做成了熟饭，才说家里有老婆，结果最爱的情人，反让她做了姨太太。自己是做了一辈子姨太太不曾出头，而今不能眼睁睁让女儿去上那个当了。刚才她一怒而去，不知道她回房去睡了没有。这样想着，不觉起身走向宝珠屋子里来，这个姑娘虽然已是高中的学生，知识也不浅了，然而她究竟是个姑娘，胆子非常小。所以二太太把她住到楼上隔壁一间屋子里来，关于起居饮食也好有个照应。

这时二太太轻轻走到宝珠屋子里去，看她怎么样了，只见她和衣侧着身子躺在床上，斜扯着被服，盖了大半截身子，头发蓬蓬的，乱散在枕头上。她身子一动也不动，究竟是醒的还是睡着的并不知道，因悄悄地移着脚步走到床面前，俯了身子问道："宝珠，你睡着了没有？这样冷的天，就这样糊糊涂涂地躺着，要小心，别受了冻。"二太太如此说着，宝珠的身子动也不动。二太太走向前，将被掀到一边，看了她身上依然还穿着一件驼绒袍子，便伸手慢慢地给她解着纽扣，由底襟上那个纽扣子向上解，解到了胁下，宝珠忽然将身一扭，用手一拨道："不要管我的事。"她说着，脸依然朝着里，闭了眼睛不曾睁开。二太太道：

6

"原来你还没有睡着，你这是何苦？就是和人生气，也犯不上糟蹋自己的身体呀！"宝珠还是闭了眼睛侧身睡着不动。二太太站在床面前，不免发了呆，一个人自言自语地道："现在这样憋住一口气，只管和我为难，有一天病倒在床上了，娘呀妈呀地乱叫，要茶要水又全是我的事，孩子，我没有把你当不是亲生儿女看待呀！"宝珠突然坐了起来，皱着眉道："您尽管唠叨些什么，我这么大人了，难道我要睡觉自己还不会脱衣服？你只管走，我还要看几页书才睡呢。"

说着话，她就用手向二太太虚推了一推，催着她出房去。二太太道："你看书，我不能拦住你。可是今天夜深了，天气又很冷，你不会明天早点儿起来再看吗？"宝珠道："你走吧，别管我了。我在床上躺着慢慢地看，就看着书睡着了。"二太太望了她一望，知道她脾气很执拗的，既是一再说要看书，纵然逼她睡下，她也是会再起来的，只好向她叹了一口气，出房去了。宝珠等母亲一走，赶快把房门关上，然后在床底下拖出一只藤箱子来，在身上掏出钥匙，将箱子开了，在叠的衣服里面拿出一个小木盒子来，再打开小木盒子，现出里面塞满了的信封。她拿起面上几封信，看了一看背面批的号头，将最后的一个号头抽出信纸来，坐在床沿上，就了灯光重新展读起来。那信写的是：

　　我最亲爱的宝妹鉴：

　　　昨晚由电影院里回来，对着一盏孤灯，真是百感交集。一时想到银幕上的情人和并肩而坐的我俩是多么甜蜜，一时又想妹的环境，觉得我俩的甜蜜程度也不过如此而已。我们相会多了，将来这种甜蜜的回忆，也许是促成自杀的原因之一。想到这里，我取出了你的相片，吻了无数次，叫了无数次的妹妹，然后紧紧搂抱在怀中。

她又接着把信续读下去，那信说：

　　　我想这个时候，大概你也是孤灯独对，但不知有什么感觉没有？我不怕冒犯了你，对你说一句实话，这晚上，我就把你的相片放在我的被里呢。这种举动，或者有点儿不对，然而你要原谅我，我绝对没有一点儿亵渎你的心思，只是爱你爱到了极点，爱到了无可表示的那一点，所以我才这样地亲近着你，以求我魂梦中的安慰。由此你也可以知道我要为你牺牲而来奋斗的话绝不是假的，也必要如此，奋斗才有意义呀！哈哈，明天又是星期，我又要万分无聊地在公寓里消磨一天。不知道你可能一早就到我这里来，和我共渡这无聊的难关？不过，你的行动近来益发地不自由，假使有什么困难，不来也罢。因为我期待着将来美满的结果，不愿这个时候种下许多恶因呀！祝你健康！

你的心上人祝长青吻上

宝珠拿了这封信，再三地看，中间有几句话，简直让她看一眼，心里就酥麻一阵，自己一个人微笑了一笑，于是又把其他的信封拿在手上，随看了一看，然后将信放到小箱子里去，关闭了箱盖，又锁上了，依然送到床底下来。自己抬手一看手表，已是深夜两点钟，窗子外面的风声算是停止了，隔了壁子，却听到有一种微微的鼾呼声送入耳鼓，分明是大家都睡静了，自己一人还徘徊些什么？睡吧。在一人低头想着心事之间，口中念念有词，不知不觉地脱下了衣服倒在床上睡了。

一觉醒来，屋子里还是黑的。亮了灯连忙在枕头下面掏出手表来看了一看，原来还只有四点钟，冬夜去天亮还早，自己心里记挂着早起去看祝长青，不料没到天亮就醒了，真是用心过度了。灭了电灯，再侧着身子向里面睡。这次睡得很安适，料着七点半钟醒来，八点半钟出门，还可以睡三个钟头。不要像刚才那样，头一着枕又醒过来。及至二次醒时，屋子里电灯还是亮的，一想当然是早，将手表一看，却是九点多钟。先还有些不自信，将表放在耳朵边，听了听，那表里的机件，可不

8

是嘎轧嘎轧响着吗？再听听屋子外面，家里人都有了说话声，起来的人已是不少了。连忙由床上向下一跳，找了长衣向身上披着，走到窗子边掀开一角窗纱，隔了玻璃向外一看，呀，天地一片白色，空中雪花飞舞，很是紧密。近处万点银光纠纷着一团，远处混混蒙蒙，一层很浓的烟雾，人家楼阁都在隐约之中。啊呀，怎么会有这样大的雪？原来预定了今天清早去看人的，这大雪天是没法子向家人说谎有事要出去的了。回头一看屋子里的铁炉子，烧得红光呼呼作响，也不知道女仆们什么时候进来添的火，自己睡得太熟了。假使一早起来，不让母亲哥哥知道，冒着雪也就出去了。如今，是不行的了。于是，一面叫老妈子打水，皱了眉毛将头发蓬乱着，披了两绺到脸上来，一面披着衣服扣纽扣，一面走到二太太屋子里来。二太太见她脸上憔悴不堪，头微偏着垂到肩上，因道："你怎么样了？昨晚上缺了觉，没有睡得好吗？"宝珠抬起一只手来，捏了个小拳头，在额角上捶了几下，摇摇头道："不是没睡好，没睡好能这个时候才起来吗？我脑袋有点儿发昏，手心里也有一点儿发烧，妈，我到医院里瞧瞧去吧。"二太太望看她道："怎么上医院去？外头多么大的雪，那真会把小病弄成大病了。"宝珠道："下雪的天不瞧病，假使这天有人要死，都只好不救了？"说毕，也不待二太太说第二句，即刻扭转身回房了，自己匆匆地漱洗已毕，连茶也不要喝一口，就隔了屋子大声向二太太说："我瞧病去了。"

一面说着，一面下楼，二太太还在后面追着出来说："让李二替你雇好一辆有篷子的车，你再走也不迟呀！"宝珠哪里听见，走到院子里，顶头遇见大哥邵恪忧，自己先将大衣的皮领子向上拥了一拥，哎哟了一声，将脚步更一步缓似一步地向外走着。恪忧道："怎么着，你不舒服吗？"宝珠点头道："我就到胡同外面医院里去瞧瞧。"她口里答复哥哥，脚步并不停止，已经由院子里走向门口来了。走到大门口，只见胡同里的积雪，如铺着一条大厚絮一般，只是路中间让车子拖了几道上尺深的车辙和一些人脚印，由胡同南端向北端一看，哪里有一辆人力车子？静悄悄的只是在长空里纷舞着雪花而已。把大衣自己紧紧地抄着，人向雪中一跳，两只皮鞋都埋入雪中不见了，这也不去管，回头一看，家中并没有人追出来拦阻，放开脚步踏着雪，就向胡同外面走。那雪花由空中飞舞着，向人衣领子里乱钻，令人一阵阵地凉气透胸，鼻子眼里向外透着热气，自己都看得清楚，这空气里的温度正是低极了。自己放开大步，在雪里走上了大街，先在店铺屋檐下站着，将身上的雪花一齐扑了下去，然后等着一辆人力车子过来，给了重价，坐到她情人所在的安乐公寓来。到了公寓门口，下了车子，自己觉得脸上如凉铁一般，手掏钱给车夫时，十个手指都僵直着不能伸动了。不过到了这里，自己精神上得了一种极大的安慰，也就不怕冷了，心想让祝长青看到，也可以表示我的诚意，他当然要极力安慰我一番的。她正如此想着，可是公寓里的伙计，这个时候迎出来了，一见她，先道："你是来会祝先生的吗？他不在家，一早出去了。"宝珠听了这话，实在大为扫兴，站在门口不免发了呆，把冷也忘记了。

第二回

失约走萧街无心获稿
传音疑旧侣泄恨焚书

当宝珠这样发呆的时候，公寓里的伙计样子很慌张地东瞧西望，又向她赔着笑脸道："大雪的天，祝先生出去了，也不会远的，等他回来，我给你告诉一声吧。你的车还在外面等着呢。"宝珠不听这话还罢了，听了这话更是疑心，便向伙计睁了眼道："这个地方难道还不让我站一会子吗？我不走，你怎么样？"伙计笑道："邵小姐，我是好意，你愿意在这里待着，你就在这里待着吧。"说毕，就走开了。宝珠索性向里走，穿过一个院子，走向祝长青所住的院子里来。院子里的雪堆得有一尺来高，宝珠不愿踏雪过去，绕着回廊走将过来。这样的寒天，各人的屋子当然都是紧紧地将门关闭着。祝长青的房门也是掩着只有一条缝，却听到有人高声在那里说话，他道："我说了这些话，你相信不相信，我也是个青年，我也需要爱情来安慰我这枯寂的人生。然而到现在国亡无日的时候，我们青年必定要离开爱人的怀抱，多少为国家出点儿力。你想，人家在战场上流血抗敌的兵士，死了就死了吧；没有死的，头上飞着炮弹，脚下踏着烂泥，身上染着尘土，无日无夜地守在战壕里。我们在后方的人，在家里就趴在桌上写'妹妹我爱你'的信，出去了，不是在电影院里，就是在咖啡馆里陪着一位胭脂花粉的人儿说笑。中华民国是在前线当大兵的……"

说到这里，就听到祝长青答道："你说了我两个钟头了，也够了。我纵然谈爱情，也没有卖国，大概也不犯死罪吧？"那一个人道："不犯死罪？你只管谈爱情，也和卖国差不多。你想若是大家都谈爱情，都

11

去找乐子，这国家的事应该交给谁？你那个爱人她不遇着我就罢了，我若遇着她，要很严厉地教训她一顿，这种国难临头的时候，女子要麻醉青年，那和私通敌人的罪一样大。"祝长青在屋子里笑了起来道："早上你又没有喝酒，怎么光说些醉话？我有事，你请便罢。"那人道："今天是星期，我知道你的爱人要来，我已经告诉了茶房，若是她来了，就说你不在家。"祝长青道："你这人真有点儿岂有此理！你做兄长的人，绝没有这种权力可以干涉做兄弟的谈爱情。"那人道："我本来不应该干涉你，但是我叫你加入义勇军，你不去，叫你加入救护队，你不去，叫你加入募捐大会，你也不去。你对我说，当学生的人能读书就是爱国，我也信了。但是我来找你五回，三回和爱人去玩去了，两回在家里写爱情信，这是读书呢，还是爱国？"这一遍话说过之后，屋子里默然了。

宝珠站在廊檐下，只管这样听下去，怔怔地站着，两个白脸庞让寒风夹着瓦上的碎雪吹了过来，涂上一层娇嫩的红色，真像熟透了的苹果。心里可就想着，向来没有听到长青说过他有个什么哥哥，刚才听了他说，兄长不能干涉他的爱情，这个人说话又是如此的不客气，又绝不是朋友。自己本待走了进去，和那人当面对质几句，然而听长青的口气，对我很是不坏，我决不能不顾他的面子和他的兄长吵起来。这回暂且忍耐一次，事后再问问他，究竟是个什么人。只是这样大的雪，很不容易地跑了出来，出来之后，又见不着他一面，未免太不合算。有了，我到附近咖啡馆里去喝杯咖啡，叫伙计打电话来请他去，这就可以把那个人撇开了。

她想着这个办法是很妥的，并不考量，转身就走。恰好那门缝大大地打开，扑笃一声，泼了一杯水出来。回头看时，门缝里还有一只手在外面，那杯水恰是泼在刚才所站的地方，这也不去管他，皮鞋囊囊作响，就走将出去了。由这里走上大街，只拐一个弯，便有家咖啡馆，找了一个小屋子，放下门帘，和伙计要了一杯热咖啡。伙计知道一个女郎来吃喝东西，当然是等人的，端了几碟点心和糖果在桌上，向后退了两步站着，就问道："小姐，还有什么事吗？"宝珠微红着脸道："你和我打个电话到安乐公寓，请祝先生说话。"伙计道："你贵姓？"宝珠道："我姓邵………不，你就说是姓张的找他得了。"伙计微笑着点了点头，他似乎已很明白这里面的缘故。过了一会儿，他进来说："电话打通了，请去说话。"宝珠走到屋子外来接电话，那边果是祝长青。说话之后，他知道了是宝珠，并不问为什么不到公寓里来，却道："有位同乡家里发生了点儿事故，我马上就要去看他，怎么办呢？"宝珠道："哦，同乡家里有事，姓什么的？"祝长青道："姓张。"宝珠道："有什么事呢？这样大雪的天要你跑。"祝长青道："可不是？我也不知道什么事，你可以早点儿回家去了，外面很冷呢。"宝珠在电话里咯咯笑了起来道："这倒要你惦记着我呢！对了，我也该回去了。你既要出门，恕我不到公寓里来看你了。"电话里顿了一顿，长青道："我昨天写的一封信，你收到了吗？"宝珠道："收到了。可是……再谈吧。"说毕，把话机挂上就回到小屋子里去了。桌上放着的一杯咖啡，水面一点儿热气也没有，用那小匙子挑了一匙子放到嘴里，冰冰凉的。伙计见她用茶匙子在杯子里搅个不休，便问道："小姐，这个凉了吧，要不要换杯热的？"宝珠手里拿着小茶匙，依然不断地在杯子里搅着，伙计问她的话，她就在鼻子里哼着，点了点头，伙计以为她认可了，就新做了一杯热咖啡来，宝珠一抬头道："怎么你又和我来一杯？"伙计道："我问你来着，你不是说再要一杯吗？"

宝珠点点头道："好吧。"于是一人坐在屋子里慢慢地喝着那杯咖啡，不知不觉地，也就把那杯咖啡喝下去了。伙计料着她是不会再喝的了，就拧了一个干净手巾把来。宝珠接了手巾把，且不擦嘴脸，向伙计道："给我再来一杯，热热的。"伙计听说果然又倒了一杯咖啡来，心里可就想着，这位姑娘有点儿奇怪。宝珠坐在屋子里，又拿着小匙子，一杯一杯向嘴里送了去，茶匙送着不停，人也不抬头。等这杯咖啡又喝完了，伙计不拧手巾把了，索性走过来问道："小姐，你还要点儿什么吗？"宝珠偶然抬着头看到门外壁上挂的大钟，已是十一点有半，便摇了摇头。伙计以为这个人有什么神经病，不敢多招她，说了多少钱，闪着站在一边。宝珠会了账，将大衣皮领子扶起，又是一步一步地在大街上走着。这个时候，大雪已停，街上店铺里的人纷纷出动，将门前的雪扫去，宝珠只挑那没有雪的路走，自己忘了是该到哪里的。

及至猛然抬头一看，却是安乐公寓那条小街上，自己心里不免好笑起来，心想：祝长青分明听了朋友的话拒绝我了，我还是向他这条路上走，女子真是痴心咧。她如此想着，不免犹豫着未走。却见两个西服男子，穿了獭皮领子的大衣，各在肩膀上挂搭着一双溜冰鞋，那鞋子胸前一只，背后一只，倒仿佛乡下人背的马褡裢子。这一对人过去，又是一个西服少年，左手夹着一个穿灰鼠大衣的女子，右肩上也搭了一双溜冰鞋，那女子毛绒套手上，也提了一双溜冰鞋。这两年来，是北平市上冬季最摩登的人物了。这男子表示着欧化，能溜冰有爱人，这不须猜，一定是趁着大雪之后到中南海去溜冰的。这种人当然是知识阶级，同时，也是小资产阶级，他们不也是忘了爱国取乐的吗？中国青年，像他们这样的，还是很多很多，要像祝长青看看电影，写写爱情信，还不见得是什么大坏人呢。

一人正如此想着，一个穿西服的少年很匆忙地擦身而过。因为宝珠并没有留意着，两人一碰，地下原是很滑，碰着她向旁边一闪，幸是在这里靠了一堵墙，不然，就要滚到雪地里去。那人回头看到，立刻掉转身来，取下帽子，向她一鞠躬道："真是对不住！因为我心里有点儿事情，走得慌张一点儿。"说时，只赔了笑脸。宝珠本来向他睁了两眼，一看他是二十多岁的青年，体格长得很强健，他的大衣小口袋上，并不像旁人塞着一块花手绢，他却绉着一块白的圆布，上写着"抗日救国"四个字，大衣大袋里，插了一大卷印刷品，也有"抗日"两个大字露在外面。这种人和肩膀上挂着两只溜冰鞋的人多少有些分别，人家无意撞了一下，又是那样子客气，不能再予人家以难堪。因之在注视着人家面孔的一刹那，她的意旨已经转变了，也没有回答那个人什么，只在他十分客气的时候，和他微微地点了个头。他并不像别个男子，只要女子

14

给一点儿颜色，就要涎皮赖脸找着机会亲近，他却是毫不留恋地，自己戴上帽子就走了。然而他究竟是个有事的人，走得很匆忙，不知如何，他袋里的那一卷印刷品，竟落在地下他是头也不回地去了，落下了这卷东西，他并不知道。宝珠因地下有些融化了的残雪，恐怕把纸卷打湿了，弯腰就把这卷东西捡了起来。展开看时，也没有什么要紧的东西，只是里面有一本薄薄的账簿，记着一个团体支付账目，待要叫那人时，他已去远了。心想：这账簿若是要紧文件，他必定会回到这里来找的。于是略站了一站。

但是就在这个时候，天空上又刮起了几阵风，把屋头上的积雪卷了起来，半空乱舞。这种积雪，比天上下来的雪还要冷上一倍。宝珠今天一早出门，也冻得够了，这个时候，实在不能在街上站住，身边有辆人力车经过，立刻坐了车子回家去。家里头人以为她一早出去是看病去了，回来之后，也不疑心她有什么事故。她身子可就疲乏极了，进得房去，脱下了大衣就向床上一倒。二太太总算是关心这位姑娘的，一定是昨天晚上劝她不要离婚的话，引起了她的心事，今天又害了心病了。于是悄悄地走进屋子来，在床面前一张椅子上坐下，自言自语地道："仔细受了寒了，给你盖上点儿吧。"于是将床上叠的俄国毯子拿了下来，轻轻地给她盖上。不料这毯子刚刚沾着她的身体，她用脚一踢，把毯子踢到地板上，一个翻身，转着身体向别处睡。二太太弯了腰将毯子捡起来，自言自语地道："你这个孩子，总是这样大的脾气，看你怎样得了！"说毕，将毯子叠得好好的再放到床上去。

宝珠将脸偎到叠的被里去，用很重的语调说道："我的大事你们不管，这些小事，要你们管些什么？我冻也好，我饿也好，与你们毫不相干，你们就不用问。"二太太知道她所说的大事，就是离婚那一件事。这件事，全家人都是不赞成的，自己也是不便做主的，默然了许久，才叹了一口气道："你们这些孩子，吃好的，喝好的，还要天天闹着脾气。有一天我两脚一伸，什么都不管了，我看你……"宝珠忽然坐了起来，拉着二太太的手道："老太太，劝你出去休息一会儿吧，我不大舒服呢，做好事，让我躺一会子，行不行？"说着，用力地拖着她。二太太笑道："这个孩子，实在惯得不像样子了，怎么轰我走？"她口里是如此说着，身子不由自主地站了起来。宝珠不拉她的手，却用两手在后面扶着她的背，半推半送把她推送出了房门，接着砰的一声，她就把房门关了。

她关了房门之后，依然躺到床上去。这个时候，她只觉得男子总是靠不住的，祝长青曾海誓山盟地和我说过，他对于女子，没有别的长处，就是不肯撒谎，可是由今天这件事看来，他对于我简直无丝毫的诚意。爱国本来是一件好事，无论哪一个女子，也不应当阻止她的爱人不爱国。但是你做这样光明正大地讲事都不肯告诉我，那么，比这事更不漂亮的，一定是瞒得很紧的了。这样大的雪，我冒着寒去看你，而且很得家人的谅解，你，就是这样地对待我吗？她一个人越想越有气，这气又无法可以发泄，还是走上女子们无可奈何的那一条路，于是，就哭起来了。只是这种哭声又不敢让家里人听到，免得家里人说，你找的好爱人，原来你也不能满意了。

她正如此不知怎样好的时候，却听到她哥哥和母亲在隔壁屋子里谈话。哥哥说宝珠一早就踏了大雪出去，拦也拦她不住，回来就病倒了不是？她还是这样地任性做事，将来一定得吃大亏。二太太说："那有什么法子呢？你们在学堂里回来，整天地说着平权呀、自由呀，我一个隔着一层的娘，管得了她吗？嘻！"说毕，她长长地叹了一口气。她哥哥说："你不问，我可不能不问了。就是不嫁给方家那孩子，也不能嫁给姓祝的。我听说，那人家里很穷，那也不去管他，听说他早三年就结婚了，而且还添了一个孩子，难道让宝珠给他做二房吗？"二太太说："我也这样听到一点儿消息，不过，她是很相信那个姓祝的，咱们说也是白说。"她哥哥说："哼……瞧着吧！现在的青年们……"平常宝珠要听了这句话，一定说是母亲和哥哥任意糟蹋她的爱人。可是今天听了这些话就很是入耳，自己已认明了祝长青是个能随便说谎的人，他家里有了妻子，当然是要瞒人的了。想到这里，打开箱子，将祝长青来的信随便抽出两封，坐在炉子边看着。只看那信上的话，无一句不是甜蜜蜜的，心里可想着：难道他所写的这些话，就没有一句是真的不成？母亲和哥哥的话，且不要相信。

正自这样出神，他们的女仆白妈敲着门进来，回头看了看，并没有人在身后，就在衣袋里抽出一封信来，笑着递到她手上，低低地道："这是公寓里一个茶房送来的，他还冒充是我的兄弟，要我出去说话。在大门口交这封信给我，问你有回信吗？"宝珠耳里听话，自己已将信拆开。那信上说：

宝珠妹：

我刚才听到茶房说，你冒着大雪到公寓里来过一趟。你真是肯守信义的人，在这一点上我证明了你是怎样地以血诚爱我。那个时候，恰是我有点儿事纠缠着不在公寓里，让你扑了个空回去，我心里万分地难过。这一程子，你的身体正是不好，这样在大风雪里跑着，若是中了寒，我就做梦也是不安。妹妹，我这里向空鞠躬，向你道歉了。这两天，我有一件极重大的事要办，不在公寓的时候居多。请你不要出来，好好在家煨炉看书吧。我身体很康健的，虽然在风雪里奔波，绝对不要紧，而且正可以锻炼我的身体，你倒不必惦记。到了可以会面的时候，我会通知你，妹妹，问你好！

你的爱哥白

宝珠将信看完，嘿嘿地一阵冷笑，顺手将炉门打开，将信向炉子里一扔，接着把旧有几封信，也扔了进去，冷笑道："够了，够冤我的了，还把我当小孩子哄呢！你去对那人说，没有回信，叫他以后别来，仔细我们家听差打断他的腿。"说毕，用手连连挥了几挥，白妈碰了这样一个大钉，不明原因何在，然而也不多问，就悄悄地走出去了。宝珠将炉门开着，烧的信，还有火焰向上飞腾，就望了火焰道："男子对于女子总是欺骗！"这样一来，她心里觉得很空洞了，不必去惦记爱人，也不

17

必愁着每天不能出去会晤爱人。和方家离婚这件事，稍迟也不要紧，因为并没有对手在那里等着。她这样地设想，就不像回家之时那样悲愤，起居又照常起来。到了次日早上，她看报之时，偶然在小广告上发现了一方寻找稿件的启事，上面说：

> 昨由西单牌楼回华国大学，一路步行，遗失《抗日周刊》一卷、信数件、账簿一本，其中账本系记救国会支付账，他人拾得无用，如爱国之士蒙为赐还，请电话东局三八号，毛正义。当即去取，并备薄酬，以答热忱。

宝珠看了这方启事，心中明白了，这就是昨日所拾得的那卷东西，莫非那个人就叫毛正义吗？是常在报上所看见的一个很出风头的学生呀！这且不管他，这个账簿，我收着果然是无用。人家启事上左一个志士，右一个热忱，希望东西送回，在这一点上也不应不理。好在打个电话人家就来取，也极不费事。于是就吩咐听差照启事上的号码通知了毛正义。这个电话打过之后，我们就更知道人生遇合之奇了。

第三回

不料重逢缠绵坠情网
且当永别慷慨酌离斟

　　这个毛正义自然就是宝珠昨天所遇到的那个人。他接了电话之后，不到一小时的工夫就赶到邵宅来取回原件，到了门房里，递上一张名片，将来意说明。门房见了他的名片，又看看他的态度，料着没有什么错误，就到上房里去，把那卷稿子拿了出来交给他道："请你点查点查，没有错吗？"毛正义将稿子看过两遍，向门房点点头道："不错的，是府上哪位先生捡着的，可不可以请那先生出来，让我当面谢一谢他？"门房道："用不着谢。"毛正义道："我在报上登着启事，说明了要谢的。我若是不谢人家，登的启事就算骗人了。"门房道："说不用谢就不用谢，你又何必那样费事？"说话时，就皱了眉毛。毛正义看看这邵家，是中产阶级以上的门户，不会贪人小利的，大概是用不着谢的。就是这些门房，他们也不能免除听差的恶习，是有骄气的，和他们多说话，那是自讨没趣。如此想着，把那稿子一卷，放到带来的皮包里去，和门房又点个头，就夹着皮包走了。他出门只走了两步，听差忽然由后面追了过来，招着手道："那位毛先生，请你转来，我们小姐请你有话说。"

　　毛正义听了这话，心中倒猛吃一惊，怎么会让他们家小姐找我？好在心里头并没有什么亏心事，就算是他们有什么话质问我，也许是一种误会，三言两语就可以解释过去了。他如此想着，就答应着再走将进来。听差把他引到楼下小客厅里坐，向他道："我们小姐说，有几句话要请问你，所以把你请回来。"毛正义道："有话就请你们小姐出来问吧，没关系。"听差答应去了。不多一会儿，屋子外面有种轻微的咳嗽声，接着棉帘子掀动，一种动人的脂粉香气袭入鼻端，进来一位穿紫色光绒旗袍的女士，正是昨天在街上两下相撞的那一位。心里可就犹豫着，莫非她对于昨天的事还没忘怀，还要教训我一顿？便格外地客气起来，早是起身相迎，笑着行个鞠躬礼。宝珠点头笑道："请坐请坐，昨天我在街上捡到毛先生这稿子的时候，我就站在那里等了一会儿，可是先生并没有回来寻找，所以我就带回家来了。我想这东西也没有什么要紧，就随便放下，不料先生倒登报找起来，幸是我没有把稿子丢了。"毛正义本来已经坐下来了，听了了这位小姐说的这些话，又起来欠了一次身子，方才坐下道："多谢得很，兄弟在报上登着启事，说是要答谢的，可是刚才贵管家不容兄弟分说，就催着走，所以……"宝珠连连摇着手道："毛先生误会了，我请先生转来，并不是要什么酬报，我有一个人要向毛先生打听打听。刚才听差的把先生的名片拿进去，先生的籍贯是湖南澧县，和我一个好同学正是同乡，而且同姓，不但是同姓，名字也只差一个字，她叫毛正芳。"

毛正义笑道："这算邵小姐打听着了，那是我舍妹。邵小姐也是在明德女学读书的吗？"宝珠道："对了，这可好极了，无意中得着一个朋友下落。我们在学校里高中的时候最好不过，高中毕业，她回湖南去了，以后没有到学校里来，也没有通过信，我是老惦记着她，可是没有法子打听去。刚才看到毛先生的名片，我心里一动，二位不要是兄妹吧，所以把你请了回来，不料一问之下，果然不错。现时令妹在什么地方呢？"毛正义道："她现在求仁大学，因为怕功课赶不上，两三个月以来，有功课就补习去了。因为这个，大概就没有来看邵小姐。我今天回去，把话告诉她，一定让她来探访，好替我谢谢邵小姐。"宝珠笑道："我又想她，我又恨她，从前很要好的，忽然就不来往了，真让人怪舍不得的。可是她不是不知道我家的地址，为什么信也不给我一封呢？"毛正义笑道："这的确是她的不对，功课尽管忙，不能写一封信的时间都没有，今天我回去见着她，一定让她向邵小姐道歉。"宝珠笑道：

20

"那就不敢当，只要她没有忘记旧朋友就行了。"毛正义微笑着，静默了一会儿，觉得并没有什么话可说，于是站起来告辞。宝珠笑道："我常在报上看到毛先生对于国事是很热心的，得有空闲，请来坐坐。"一面说着，一面由客室里向外送客。宝珠这种表示，无非是人家要走了，极普通的一句应酬话，毛正义听到，心里如打了一针咖啡，非常地兴奋，连连点着头说："将来一定常来领教的。"他走了两步，取下帽子，就向宝珠一鞠躬，那意思是请她不必送了。可是她因他有了这种表示，不能不更谦逊一下，结果是他鞠躬了三次，宝珠谦逊了三次，直把客送到大门外去，然后才站定，毛正义又是一个鞠躬，方才走了。

他在路上走着，心中可回想到宝珠的仪态上去，那种粉团子似的脸，微微在颊上抹两个胭脂晕儿，那乌丝儿的头发，烫着卷起云钩子来，正好陪衬着她那张白脸。她说话的时候，那白上点黑的灵活眼睛，不时射到人身上，令人有种说不出来的奇怪感觉。这样的冷天，她在家里只穿绒袍，真是不怕冷。不过那衣服是按了她全身轮廓做的，在近处看了，真个有些回肠荡气。现在的女性，拼命地在那里研究装饰什么叫美丽，不过就是计划着要怎样勾引男子动心。这话又说回来了，人生在世，无非是"饮食男女"四个字，假如可以得着一个女子的话，为什么不找一个动心的人呢？而且是必要动心的人，精神上才能得着一种安慰呀。我是向来少和美丽的女子接近，所以没有什么感触。像抗日会见的那几位女同志，终日也是一处盘桓的，可是个个是黄脸婆子，头发剪得短短的，光出后脑勺子来，每人身上一件蓝布大褂，不是肥了，就是短了。有些女同志，还改成男装，既觉得是分外的矮小，而且说话是女子音，令人有种不快之感。再说那些女同志，都是心高气傲的，有什么主张，还是非她们胜利不可。由这几点看来，所以尽管有女朋友，并不感到什么兴趣。可是今天和邵宝珠小姐认识之后，这就大不相同，觉得这样的女朋友，简直是人生不可少的一件事。她既是和我妹妹认识，我鼓动着我妹妹和她友谊浓厚起来，不愁她不和我成朋友，那么，我这生也许可以得着安慰精神的人儿了。心里越想是越有趣味，直至听到电车的铃子响，这才抬头看着，是到了大街上了。

站在电车站边，正想上电车，电车上跳下一个人来，一把将他抓住道："大哥，你要到哪里去？"

毛正义看时，却是他情同骨肉的盟弟祝长青，便道："我早上出来有点儿事，现在要赶回家去。"祝长青道："不必回家，到我公寓里吃饭去。昨天你劝我的话，我想了一宿，觉得是你的话对了，我们决不能为了一个女子牺牲了好身手不去爱国。我一两天之内就加入……"毛正义将他的大衣扯了一把，瞪着眼低声道："年纪轻轻的人，真是一点涵养也没有，怎么在大街上就这样大叫起来？"祝长青笑道："我是热血沸腾着，有些情不自禁了。那么，你马上到我公寓里去，我好痛痛快快和你一谈。"毛正义想了一想道："我有个好消息，急于要去报告妹妹，这样一来，又要耽搁几点钟了。"祝长青道："是什么事情，这样急要报告她？"毛正义道："是她一个最要好的女同学，我无意中给她找着了。"祝长青道："是谁？"毛正义道："这个人我以前也不认得，我告诉了你她是谁，你也是不认得。"祝长青想了一想，笑道："果然，告诉了我，我也不知是谁，那算白告诉了我。"二人在街头站着谈话，那西北风吹的冷气钻进人的脖子，不由人连打两个冷战。祝长青挽了毛正义一只手臂，笑道："走，算你胜利了，你所说我的话，我都接受了，你到我公寓里去，我慢慢地解说给你听。"

毛正义踌躇了，还想不去，祝长青道："怎么回事？昨天你那样大刀阔斧地劝我，等着我有些上劲了，你倒打退堂鼓吗？"毛正义连说了几句那是笑话，于是就跟着他一路回公寓去。到了他屋子里看时，书架子上的书籍都收起来了，床面前一个大网篮，里面满满地装了许多东西，仿佛是个收拾行李要出门的样子。毛正义道："呀，你这是做什么，打算到哪里去？"祝长青道："我相信你的话，牺牲一切，明天就去投义勇军了。这些东西，我收拾收拾，打算存放在大哥那里，我就只要一个光身子去从戎。"毛正义想了许久，才道："这自然是好事。但是你对于你那位爱人，也可以牺牲吗？"祝长青脚一顿道："当然的。本来

22

我早就可以投军的，只因为一个爱字，把我的前程耽误了。"毛正义道："你投军去了，对你那位爱人怎样去处置呢？"祝长青道："写封信和她告别也就是了。她如果是个聪明女子，对我这种办法一定是赞成的。"毛正义道："你现在要走了，可以把那位小姐的姓名告诉我了？"祝长青道："你不认得她，我告诉了你，你也依然不知道她是谁，告诉你也是白告诉你。"毛正义笑了笑道："你这是报复主义，这个我也不管。可是你就这样走了，也不托个人照管照管她吗？"祝长青道："我以前所以不能毅然决然地去投军，就因为心眼里有了个她；若是不斩钉截铁……哦，我明白了，老大哥，你是用话来试探试探，看我有没有割爱的决心是不是？什么话，大丈夫做事，提得起，放得下，我说和她断绝爱情了就断绝爱情了，一点儿没有犹豫的。"他说着这话，脸色绷得铁紧，几乎都红得如喝醉了酒一般。毛正义看了这样子，点点头道："我相信你了。不过我昨天劝你离开爱人的怀抱，也不过要你别因为爱情误了爱国，并不是要你和爱人翻脸。"

祝长青坐下去，两手臂伏在桌子上，头又枕了手臂，好像是很凄惨的样子。毛正义站在一边，倒呆了许久。许久，祝长青才抬起头来道："我这样子斩钉截铁地断绝爱情，正是我二十四分多情。我怕我投军去了，她心里会万分难受，我就写封信和她绝交，让她对我死却那条心。那么，我或者去远了，或者阵亡了，她就不会因为挂念我难受的了。"毛正义道："你用心良苦，可是你不会明明白白把你的意思告诉她吗？"祝长青道："她太爱我了，她……她……她家庭和她已经订了婚的，她为我很有相当的牺牲。而且我试探她几回口气，她对我投军，虽是不便拦阻，可也二十四分地舍不得。因此我在她面前不敢再提了。老大哥，你以为我真是凉血动物，不知道爱国吗？无奈我受拘束，走不开来罢了。"说毕，他又将头伏在手臂上。毛正义道："老弟，你既然有这样的决心，不要伤心，索性向前看。"说着，走了上前，握了他一只手，又用一只手去拍他的肩膀。祝长青突然站了起来，正色向毛正义道："我由情网里跳了出来，走上做男子汉的大道，这都是你指示给我的，我非常感激你。请你就在我这里吃午饭，我也不办多菜，打一斤酒来，我们两个人痛痛快快地喝上一阵，至少我们闹个半天痛快。"

毛正义原是一心一意要赶回家去，找着妹妹，把邵宝珠的话告诉她。现在祝长青十分地兴奋，一定要他喝几杯酒，若是拒绝了，未免令他扫兴。而况他这回投笔从戎，完全是自己一人决定的，把人家兴奋起来了，自己怎好不理会？便点头笑道："好，我陪你喝几杯。不过今天下午，我还有两处开会，还有一处是我的主席，千万可别让我喝醉了。"祝长青道："那只好少喝几杯了。嗐，人生无论什么事情，都是福分上注定的，想我多喝两杯酒都要受限制。不过，你不能喝，我可是能喝，我喝醉了，一觉睡到明天，立刻动身，就不会想到别的事情上去了。"说着话，把茶房叫进来，从身上掏出两块钱来交给他道："给我打一斤酒，多的买菜。你不必问要什么酒什么菜，好吃好喝的就行。我现在所要的就是痛快，别的话，你就不用问。"说毕，将手连挥了几下。茶房也看出了他的情形，与往日大不相同，而且他的行李都收束起来了，似乎是要搬走，马上就要给笔小费了，也不能得罪他，答应了两声是，赶快就退出去了。

毛正义进屋以后，始终是站着的，这时才放下皮包，在祝长青对面椅子上坐下，望了他道："长青，这个样子总是不行呀，无论做什么事，总要沉住气，然后按部就班，一步一步向前走，不要没有动脚，先就自乱起来。"祝长青静坐着想了一想，用手按着胸道："说也奇怪，我也不明白什么缘故，在这个时候，我自己先慌乱起来。"毛正义道："你刚刚动念去投军，就慌乱起来，假使上阵打起仗来，你要怎么样呢？如果也是这个样子，岂不糟了吗？大概你这种慌乱，不是害怕，还是不忍和你那爱人割绝了爱情，对是不对？像你这样子，事后还要怪我做老大哥的多事吧。"祝长青道："老大哥，我说句可怜的话，人心都是肉做的，投军去我固然是决定了的，可是你想都不让我想哪能够呢？你那种硬心肠，我是很佩服，可是据我想起来，也就因为你没有尝试过爱情是什么滋味。你若有个可爱的女子，和你相爱到某种程度的时候，你能够说走就走，一点儿也没有顾虑吗?"他是一句无心的话，不料毛正义听了这话，脸上红了起来说:"你是瞎说，我哪有什么爱人?"祝长青道:"因为你没有爱人，我才这样说。你若是有爱人，我就用不着说了。"毛正义对于他这话，没有什么驳复，默然地坐着。祝长青因为毛正义最忌讳人家谈爱情的，也许是自己失言得罪人家，于是也不敢再提此事，把话锋一转，转到外交方面去，于是慷慨而谈，就不愁没有话说了。

随后茶房提了个大食盒子进来，揭开盖子，里面热腾腾的有三大盘菜端上桌来，乃是一盘全家福、一盘红烧青鱼、一盘栗子烧白菜，另外还有十个巴掌大的白面花卷。祝长青两手一拍道:"这菜很好，可以吃得解馋的，酒哩?"又一个茶房由外面走进来，一手拿了杯筷，一手拿了一瓶酒，举着向他照了一照。他笑着点了点头，茶房以为祝长青赏识他，忙着在桌上摆好杯筷，就拔开瓶塞，斟上两杯酒，笑道:"我听说祝先生要去为国家出力了，我敬你三大杯!"祝长青一拍手道:"好，你们都知道鼓励别人爱国，我接着你三大杯。"他也不坐下，站着把酒喝干了，又伸杯子向茶房要酒，连喝了三杯，方才坐下。茶房看了，更是得意，又找着话说道:"昨天也是你二位在这里谈国家大事，来了一位……"说着时，他微端着肩膀，又道，"我可把她拦回去了，今天也许再来……"毛正义知道说的是祝长青那位爱人，手上端了杯子，就望了他。他联想到昨日那样满地的深雪，在家故意不见，让人家白跑了一趟，心中兀自过意不去。现时经茶房一提，又加重一层难受，于是把刚才斟满的一杯酒，举起来一饮而起，还嗳了一声，表示喝得很痛快的神气。毛正义坐在他对面，一杯酒也不曾喝，斜了眼光望着他静默许久，才道:"老弟，我看你明天不要走吧。"祝长青问道:"为什么?"毛正义道:"你这样子，神经上已是受了很大的刺激，不要投到军营里去惹出乱子来了。"祝长青道:"老大哥，你不要小看了我，我不是喊口号贴标语专家，不做就不说，说了就要做!你不信，把日子放长点儿往后看了去。这也许是永别酒，闲话少说，干一杯。"说话时，他将酒杯端了起来，高高地向了毛正义举着，并不放下来。毛正义手扶了杯子踌躇着，祝长青笑道："喝哇，你以为喝了这杯酒就是承认永别了吗？那不要紧，我是希望这样的呀。昨天你在这屋子里说些什么来着？"毛正义胸一挺道："好，喝吧。"于是也举起杯子，对了干一杯。祝长青却是喝得很高兴，倒了一杯，又倒一杯。墙角落里，铁炉子里的火正燃得十分兴旺，屋子里热烘烘的。他站了起来，将身上的西服一脱，从裤子袋里抽出一块手绢揩着额头上的汗，顺手将书桌上的茶杯拿了过来，放在酒瓶子边。毛正义伸手将茶杯夺了过去，望了他道："难道你真要非喝醉不可吗？"毛正义正如此注意时，却看到他绒绳裌子的口袋里插了一封信，那信拦中折着，正好露出"女士"两个大字，这便是他写给邵女士的信。假如让毛正义看清楚了，倒可以揭破他片时的迷梦，不过就祝长青说，又要觉着不堪的了。

第四回

倩妹引情丝赠袍仪厚
背人飞爱箭报国心闲

祝长青脱去衣服的时候，本来是很大意的，只图身上凉爽，并不曾顾虑到其他的事情。这时见毛正义注意到自己的衣口袋来，低头一看，果然有半截信封露在外面，连忙用指头向内塞了几塞，笑道："我不瞒你，这是我写给她最后的一封信了。信上的话，本来可以公开。不过……"毛正义连连用手摇了几摇，笑道："我不能那样不识相，还讨你的爱情信看。老弟，你前途珍重。我还要到我妹妹那里去，有几句话对她说，敬你这一杯吧。"说着，端着一杯酒站了起来，向祝长青遥遥举着。祝长青也端了一杯酒站起来，微笑道："我离开爱人的怀抱了，也许是永别了。你不能多坐一会子，让我更加安慰一点儿吗?"毛正义道："我明天一早来送你。我妹妹在寄宿舍里，有一个礼拜没出来了，我怕她是病了，我要去看看她。"祝长青对着酒杯凝神了一会儿，笑道："好，我们先干了这杯吧。"于是先举起杯子到口边，咕嘟一声把酒喝了，而且还向着他照着杯，把杯底露了出来。

毛正义点点头，陪着喝一杯，也照了杯。他掉转身来，左手在衣架钩上取下帽子戴着，右手将放在桌上的纸包向肋下夹住，推了门就向外走。祝长青笑道："我们这位大哥，就是这样子老忙着，大概下午又是哪里要开会，真是为国勤劳呀。"毛正义只当没有听到他这句话，三脚两步走出公寓的大门，就冒着凄风赶到他妹妹毛正芳的寄宿舍来，这毛正芳和他是同父不同母的兄妹，毛正义是嫡母所生，毛正芳是庶母所生。毛正义又是个崭新的热血青年，极端地反对多妻制度。他因为反对多妻制度，自然也就反对多母制度。在家里的时候，对于那位庶母就不说话，庶母所生的这个妹妹，也就感情很是平淡。在北平，二人各进各的学校，各交各的朋友，没有要紧的事，简直不大来往。前一个星期，毛正芳因为手边的钱很紧，打了个电话到毛正义公寓来，和他借十块钱用用，毛正义当时答应了，转身就忘记了。这个时候，毛正义到寄宿舍来找她，她心想，哥哥一向忙着，今天才送钱来，真是求人难。不过他能送钱来，总也是有些良心的，很高兴地就跑到会客室里来。见毛正芳进门，他笑嘻嘻地由椅子上坐着站立起来，笑道："这样久你也不到我那里去一趟。"正芳在她哥哥身边坐下，懒懒地抬起一只手抚摩着自己的头发，先是皱了眉，然后又微笑道："我一向懒得出门。"毛正义坐下，侧着身子注视了她的脸，很沉重地道："不要是你那胃气病又发了吧？我总叫你上医院去瞧瞧，你闹小孩子脾气，老不把我的话放在心里。"正芳道："我没有病，懒得出去。天气这样冷，没有大衣，斗篷也没有，我怕冷。"毛正义道："做一件大衣，不用皮领子，也不过二三十块钱罢了，你早和我说了，我也可以想点儿法子。就是写信到家里去，寄款子的时候让多寄个三四十块钱，说明了用途，未尝办不到。什么钱都用了，哪又在乎这些钱呢？"说着，他偏头想了想，又道："不吧，等钱做衣服也来不及，我去先借一件你来穿几天吧。"正芳一听，心想：怎么哥哥今天这样表示好感起来？借衣服穿，总难于合身腰，摩登的女子多半是不愿意的。正芳钱虽紧一点儿，可是爱好不让他人，对于哥哥这个建议却是不敢苟同。不过，哥哥表示好感向来是难得的，不要那样不识抬举，把人家的好意拒绝了，便笑道："好哇，不过，我也没有什么朋友要交往，借不着也就算了。"毛正义道："今天我在祝长青那里，多喝了几杯酒，口渴得厉害，我想喝杯咖啡，你陪我到咖啡店喝杯咖啡去，好不好？"正芳更奇怪了，哥哥现在倒又越发地客气起来，便点点头道："我是不想吃什么，倒是可以陪你去。"毛正义站起身来道："外边很冷的，你去拿一条围巾披上吧。"正芳道："对过就是咖啡店，他们专做女学生买卖的，不必了。"说着，她便在前引路，到了咖啡馆里。因为是一男一女，茶房照例是让进单间里面去。毛正义自己要了一杯咖啡，笑着向正芳道："我知道你是不喝太酽的茶的，我给你要杯柠檬茶吧。"正芳没有什么话可回驳的，点了点头。毛正义又道："我是刚喝酒的，吃不下去东西，和你要两碟点心来吃吧。"正芳也只好笑着点头。一会儿茶点都送上来了，毛正义一面喝咖啡，一面陪她说话，说来说去，就说到正芳同学的身上来。正义道："你有一个旧同学叫邵宝珠的，我今天遇着了，她只埋怨，说以前彼此感情很好的，也不懂什么缘故，你分手以后就不和她来往了。那个人很好的，我看你可以去拜访拜访她。"他口里说时，手上只管用茶匙去搅杯子里的咖啡，闲闲地说着，似乎毫不用心，而且脸上正正经经的，不带一点儿笑容。

正芳以为哥哥是随便谈话，自然也不怎样留意，便答道："这个人在学校里的时候，和我很好的。可是她岁数一年比一年大，小姐的习气也一年比一年深，日子久了，我有些烦腻，就不愿和她来往了。"毛正义道："那话怕不尽然，我看她就是个学生样子，你明天就去看她一趟吧，人家再三再四在我面前这样说着。"正芳道："不是我不去，她家里摆着那阔人的排场，我穿件旧布大褂子，连他们的听差都要看不起我。"正义笑道："却又来，你也不是有些小姐脾气吗？"正芳没得说了，低头笑着，自去喝柠檬茶。正义将那杯咖啡搅动着，忽然想起一件事，哦了一声道："我几乎忘记了，上星期你叫我送十块钱来的，我答应你了，偏是手中不便，老筹不出来，今天我不是由家里来的，没有带多的钱。"说着，伸手衣袋里掏出一个皮夹子来，打开来看看，只有五块钱，自己留了一块钱会点心账，把四块钞票放到正芳面前，笑道："今天你暂时收下，明天我再送六块钱来。"正芳觉得哥哥待人太好了，便道："有四块钱，我足够三五天用的了，迟一天送来不要紧。"正义道："不，我明天也有事要来的。"于是又让正芳吃了两块点心，然后会账而去。

正芳回到寄宿舍去，一人想着，哥哥为什么特别表示殷勤，不要是有什么用意吧？但仔细想想，自己没有什么事情可以让哥哥这样注意的。也许是爱国之余，引起了手足之情吧，且再过一两天看看，他究竟是什么意思。自己和两个要好的同学谈谈，人家也猜不到这里面有什么文章。到了次日上午九点钟，她哥哥果然又来了，正芳到接待室来见他时，见他肋下夹了一个很大的包袱，先笑着道："我们喝咖啡去，有话到那里去说吧。"二人到咖啡馆雅座里，他首先将包袱打开，正芳看时，毛蓬蓬的在红色呢的衣服上，露出一条皮领子来，正是一件女大衣。正义提了大衣的抬肩凭空只抖，点头向她笑道："你来试试看，我和你找了一件大衣来了，准合身材。"正芳看时，是花驼绒的里子，枣红呢的面子，领子虽是人制的一种假白狐领，但是还洁白无尘。因哥哥手里提着，静等自己去穿上，却也不便不穿，于是笑嘻嘻地伸手穿上。自己两手操着衣襟，低头看时，竟是不肥不瘦、不长不短，笑道："正合适，哥哥从哪里借来的？"毛正义站在远处看看，两手一拍道："好极了，简直和你自己做的一样，你就穿上吧。"正芳道："你借的什么人的？若是把人家的衣服弄破了，我可赔不起。"正义望着她身上许久，才笑道："假使你愿意穿的话，要把人家的衣服穿破了，那就归我赔偿人家吧。"正芳道："我不一定要穿，何必……"正义不等说完，抢着笑道："老实告诉你，我替你买的，你穿得合适就留下，不合适再还人家。"正芳禁不住嘻嘻地笑了起来道："真的吗？"正义道："我怎么能够骗你？"正芳不觉现出了小孩子的样子来，跳了几跳，走近身来抓住正义的手笑道："我怎样谢谢你呢"？正义笑道："做哥哥的买一件大衣你穿，怎也算不了什么，说什么谢不谢的。"正芳掉转身就要向外走，正义一把将她抓住，问道："你要向哪里走？跑到人家咖啡馆子来，不吃不喝就这样走了，也不怕人家骂你吗？坐下来我们先喝一杯咖啡。"正芳笑道："你在这里等着吧，我就来，五分钟就来，那还不行吗？"

　　说着话，她将身子一扭，摆脱了正义的手，果然走了。正义也不知道她这是什么缘故，只得先要了一杯咖啡，坐在雅座里喝着。果然不到五分钟的工夫，正芳笑嘻嘻地就来了。正义问道："这一会儿，你忙着由哪里来？"正芳笑道："你说这衣服合适，我还不大相信，我特意穿

30

了大衣让同学去看，她们都说样子很好，我真要谢谢了。"说着，把头连勾两勾。正义见妹妹乐了，他自己也就乐了，于是让妹妹坐着，和她要喝的要吃的，又把昨日许愿未曾给的六块钱也拿出来交给了她。正芳见哥哥如此殷勤，以为哥哥有种什么觉悟，所以相待变了优厚，自己也说不出所以然来了，只是对着哥哥笑。毛正义见她笑，也是赔着笑，笑了几遍之后才向她道："现在有了大衣了，你可以出门了。"正芳笑道："可不是吗？今天我就要出门去买些零碎东西。"正义道："你不到西城去一趟吗？"正芳是不留心的人，还没有想到，问道："这样冷的天，老远地跑到西城去做什么？"正义见妹妹依然是没有想过来，就不得不说了，因笑道："你不是要到西城去看一个老同学吗？"说毕，脸就一红。正芳看了哥哥这种光景，这才恍然大悟，原来他叫我去看邵宝珠是有用意的。自己对于邵宝珠，本来无可无不可，既是哥哥二十四分地献着殷勤，希望我去一趟，我也就不必拒人于千里之外。不过我也不必先说明他的用意，看事说话得了，便道："好吧。今天下午，我到她那里去一趟。大哥有什么话对她说吗？"毛正义板了面孔，不肯再放出笑容来，却道："我和她也是只见过一面的朋友。因为她再三地嘱咐我请你去一趟，所以不能不把她的意思转达过来。"正芳向来是有点儿怕哥哥的，哥哥既是板了面孔说话，就不便再去追问，只得唯唯地答应着。毛正义也怕对于这事情说多了，妹妹会注意的，也就闲谈了些别的事情，就会了账走了。毛正芳因为哥哥币重言甘，大事联络，自然是极希望出去访邵宝珠一趟。若是不去，他又悔又恨，不定他会使出什么手腕来的。而且他又没说要自己怎样去办，这事已感到棘手，也非先去见邵宝珠不可。若是邵小姐对他本有意思，自己只要转达两句话，并不受什么损失，也不费什么力气，又何乐而不为？因之她吃过了午饭，就专程到邵家来见宝珠。

这天，宝珠已经接到了祝长青的信，说是已经投军去了。想到上次他拒绝不见，正是他一番苦心，先寒我的心，然后他走了，我不至于惦记他。这正是他用情深处，以前是错怪了他了。如此想着，心里倒是加倍地难受，一人在卧室里，不看书，不做女红，右腿架在左腿上，两手抱了膝盖，就是昂了头呆想着。忽然听差送进毛正芳一张名片来，说是她来了，心里倒痛快一阵，连忙就赶着下楼来，在客厅里等着。见面之后，二人都笑着抢上前，互相拉住了手，很亲密地在一张沙发椅上坐下。正芳看看宝珠的面孔，又看看她穿的衣服，觉得又时髦了许多，心里更有几分明白，觉得哥哥催自己来拜访她绝对不是无意的，只是他和她友谊到了什么程度不得而知，只好和宝珠说些闲话，由闲话里去寻些根由出来。宝珠见面第一套话，自然是埋怨正芳为何分手之后不来见面，其次便说如何和毛正义认识的缘故。正芳听了这话，心想：这就不用向下盘问，完全是哥哥看上了她，想借着妹妹的引见和她交起朋友来，像宝珠这样时髦的人，多交一个异性朋友她是毫不在乎的。但是她到了岁数了，难道还不曾有过情人？恐怕哥哥是枉费一番心机。当时就向宝珠笑道："怪不得家兄再三地说，你这个人很好，说我有这样的老同学不交朋友，还要找哪种人呢？"宝珠笑道："你令兄对国事非常热心，我也很佩服的。"正芳笑道："他这个人，一天到晚只忙了开会救国、救国开会，男女交际，向来谈不到，更没有哪个女子是他所佩服的。可是他见了密斯邵一回之后，他就佩服得五体投地。"说了这话时，眼光可向她脸上一瞟。宝珠倒不在意，笑道："那也许是因为我送还了他的稿件没有要报酬吧？"正芳道："那是笑话了，他也不至于在那种小事上去看人啦。"宝珠道："你们兄妹感情很好。"正芳听说，顿了一顿，只点头说了两个字："对了。"宝珠见了同学高兴起来，便邀着正芳上楼，在自己卧室里谈心。正芳是有意地谈来谈去，就问她有男朋友没有，女子们在一处，不肯很直率地问人家有爱人没有，就是以男朋友的名词来替代。这男朋友绝不是泛指一般男朋友而言，听了的人自然是心领神会的。当时宝珠就摇摇头，叹了一口气道："不要提这件事了。"正芳原坐在椅子上的，这时就也拉了宝珠的手同坐在床上，扶着她的肩膀一同向后倒去，头枕了叠的被，面对了面笑道："怎么着，你有什么失意的事情吗？"宝珠道："我没有什么失意的事情，我也没有什么情人爱人。我刚才叹一口气，是为了家事，你不要胡猜。以后你要常来常往，也许明白了。"

正芳听她如此说，自也不便追问，又谈了些闲话，自告辞回寄宿舍去。可是心里就想着：照这样子看来，双方的程度都浅得很啦，也许是我神经过敏，我哥哥根本就没存什么用意。如此想着，也就放到一边。不料到了次日一早，哥哥又来了。来了之后，依然邀到对过小咖啡馆里去。毛正义首先一句就问的是："昨天已经去看了你那同学的吗?"正芳说是去了，索性不等哥哥来问，就把见宝珠的事，笑着详细说了一遍。毛正义也笑道："我说这位女士为人很好不是? 她既没有得我的报酬，我想请你出面代我请她吃一餐饭，可不可以?"正芳对于这个请求还不曾答复出来，他又接着道："自然我也会来做个陪客。"正芳到了这时，对于一切已是二十四分地明了，都一齐答应了。正义又笑道："你今天就可以写一封信给她，约她星期六上午来吃饭，至于哪一家馆子，可以请你定，我们当然要等着她的回信才能确定，这封信马上就写吧。"正芳料着不写不行，都答应了。二人同走出咖啡馆来的时候，正芳道："明天我接了她的回信，我就打个电话告诉你，天气冷，你不必跑来跑去了。"正义道："我反正是天天要出来的，明天我也许来。"正芳笑着，也就回宿舍去了。

毛正义把事情办到了这里，总算安了一半心，才很高兴地回公寓去。他是一个出风头的学生，开会的时间多于吃饭，会客的时间又多于读书。所以虽是住在公寓，他也买了两间房，一间做卧室兼书房，一间做会客室兼办公室。办公室有一张半旧的大餐桌子，桌子正头，在墙上高高地贴着中山先生的遗像，下面一张纸用蓝墨水写了总理遗嘱，两旁一副对联，也是蓝字，照例是"革命尚未成功，同志仍须努力"那十二个字。右壁墙上挂了一张国耻地图，其余便是尺来长的几张白纸标语，那最得意的一张标语，紧对了左向的卧室门，乃是"匈奴未灭，何以家为"八个字，在这里几点上，很可以知道毛正义之为人。这屋子里除了一张大餐桌、十几个方凳之外，并无别的陈设，这也因为是不需要。倒是有个报架子放在墙角，上面挂了许多报纸。毛正义进房以后，见大餐桌上叠了五六份大小报纸，正是自己匆忙，今天未曾看报就出了大门了。于是坐下来翻翻报纸，看看报时，报纸上特号字的题目，却登的是外交失败种种消息。在往日看了之后，一定要打开日记簿子记上一大篇，今天可没有这种闲心事，翻翻报之后，将报叠着推到一边去。正待起身到卧室里去烤火，公寓里的茶房可就送进一叠信封来，都放在桌上。那封信上全是贴着一分邮票，由本城发出来的。拆开信来看，十封信有八封信是油印品，三封信是宣言书，两封是工作报告表，三封是开会通知单，其余写的两封，也是讨论爱国运动事情的。这才把他提醒，今天正午一时，几个亲密的同志开总选预备会的小组会议，地点就是这里。今天正预备写一封信给邵宝珠，向她道谢，这样一来，一点钟开会，非四点钟不能散，就没有法子写这封信了，倒不如趁着他们未来之前，先把信写起来，赶着把信发了。如此想着，就赶快掩上了房门，打开书桌抽屉，取出一束美术的信封笺来。

原来他昨天由正芳那里回家，就在洋纸行里顺道买回来的。信笺是玫瑰色画横格的，倒也无所谓，这信封可在右角上凸印个长翅膀的赤体小天使，拿了爱情之弓箭，向前射去，左角上有一颗心，其间正串着爱情之箭呢。将这个寄给邵宝珠，那不啻就是说，向她的芳心上试上一箭了，宝珠若是默契了，自然是千好万好。纵然不大愿意，一个信封上有点儿暗示的爱情图画，那有什么关系呢？他如此想着，觉得是很妥当，于是拿起钢水笔，就其声嗖嗖地在信纸上写了下去。

他的书桌是面窗而设的。他伏案写字，可是不住地抬了头向窗子外看去，看看有人来了没有，一看到人来，立刻就把信纸信封一齐向抽屉里放了进去。原来一人写信，是不觉得时间久。其实这已到了开会的时间了，一个朋友来了，其余的朋友也都来了，不到十分钟，外面房间里，已经来了八位同志，围了大餐桌子坐定。今天是在毛正义家开会，毛正义就道："现在出席的人，已经过半数，可以开会了。今天应该推阮忠实同志主席。"原来这阮忠实是火车工会的常务委员，虽然是穿件灰布大袄和西装先生在一处，但是他工会里的人多，这个小组织对他是特别优待。这一说，大家都鼓掌。于是阮忠实就在桌子横头中山先生遗像下坐下，当了主席站着道："恭读总理遗嘱。"于是两眼微闭，垂着头口里念念有词，在座八位同志都祭神如神在地板了面孔，眼睛直视，谁不瞧谁。他念毕，又道："静默三分钟。"于是大家都垂了头不作声，三分钟，本来是极短的时间，可是一到静默起来，就比三小时还长。

毛正义往日静默，都是在肚子里预备发言稿子，今天可想起写给邵宝珠的信来，发觉其间有几句话大是不妥。他旁边站的一位汪有威同志，昨晚上打麻雀牌，抹了四筒起来，换着打一筒出去，让人家和了清一色，输了十多块钱，这时想起，十分后悔，不由得把脚一顿。他的脚这样一跳，把毛正义倒惊醒过来了，抬头看时，静默的三分钟已经过去，大家都坐下了。这时有位同志已站起来发言，他便坐下去听着，听这位同志所说的很有道理，仔细一想好像在哪里听过。后来想起来是《外交杂志》上的一篇长篇论文《论中日美俄多角关系》，听了十分钟，讲演人还只说了论文一个帽子。料着这篇论文还要背下去的，于是悄悄地走回卧房去，把那封爱情之箭的书信，自己重校了一番，不妥的地方都修改了，将信口封了，由那边卧室门走到院子里去，将茶房叫进一个来，把信交给他，让他去发快信，并且给了一毛钱，让他去坐车。本来这种信，也无须发快信。但是不发快信没有邮局的回执，怕茶房落下邮票将信扔了，就为小失大了。他如此想得周到，总算是忙里偷闲，不误所事的了。他把这封信交出去以后，仍由卧室弯到这边会场上来，那位同志还是在那里讲中日美俄多角关系。走进来以后，不便再走了，只得坐下来静听。可是他静静地听着，心中却计划着邵宝珠接到那封信应该怎么样。想着想着，忽然想起一个缺点来，心里却不免叫出连珠似的苦，这可以说是智者千虑，必有一失的了。

第五回

争民族光会心发微笑
为婚姻死拊掌作孤鸣

　　原来毛正义这封信里，所谈全是爱国运动的事情，并不谈到求爱上去。其间虽然恭维了邵宝珠许多话，也是很冠冕的。却有一层不大庄重，声明如有回信，请直接寄来，不必由毛正芳转交。因兄妹见面之时甚少，恐辗转致有迟误，这岂不是大大一个漏洞？这分明兄妹感情就不见佳，手足之情不过如是，谈什么爱情，又谈什么爱国。其实邵宝珠有回信没回信，还不可得而知。依赖妹妹传信的事还多，于今没有过河就先拆起桥来，这可是自己一个大大的错误。万一妹子和她见面，她问起妹子来，妹子一生气，这件事简直要破裂。心里越想越不对，脸色也就红一阵白一阵。那个演说中日美俄多角关系的同志，正注意大家对他的态度究竟怎么样，现在见毛正义的样子是这样的不定，他以为自己的言论已经感动了人，便注视着毛正义道："毛同志，你怎么了？你实在是个热血青年，大概这又受了重大的刺激，要兴奋起来了。"有了他这一句话，才把毛正义提醒过来，毛正义才站起身来笑道："我也不知道什么缘由，自从九一八事变而后，我常是一人要发狂起来。"说着，捏了大拳头，在桌上轻轻一捶道，"东三省一天不收回，我是一天精神不安的。"

　　毛正义说着话，那两只眼睛的直视线还是一直向前。在座的人，怕毛正义真会出什么事，就大家议论着请他到屋子里去休息。毛正义也是巴不得早一些时候散会，自己好一个人在屋子里去思索补救之法，便叹了一口气道："咳，我是报国心长，奋斗力短！"说着低了头走回屋子去倒在床上。但是来开会的人，还有许多议案不曾解决，如何能走？大家依旧继续着开会，直闹到晚上十点方始散会。毛正义连晚饭也不曾吃，等同志们散了，冬天各店铺上门很早，都买不到什么东西来，只得买了些干点心对付了一餐。本来想和妹妹通个电话，关照她一声。但是这样夜深，女生寄宿舍里是不大容易通话的，只好算了。在床上睡觉，前后都想遍了，有时觉得不妥，有时又觉得看信的人不会那样细心，会看出什么毛病来，一个人只是颠来倒去地想着。

到了次日早上起来，洗过脸之后，匆匆忙忙地就到毛正芳寄宿舍来找她。正芳现在已十二分明了哥哥的态度，也不必怎样为难哥哥，和他直说就是了，便笑道："密斯邵为人很大方的，哥哥有什么话，写信给她直说也好。"毛正义用手摸了摸脸，也笑道："我倒是写了一封信给她。"正芳道："她还没有回信吗？你哪天寄的信？"正义道："昨天下午发的信。"正芳笑道："你怎么了，这个你还不知道？昨天下午发的信，也许这个时候还是刚到，就能有回信吗？"两个人本是在接待室里说话。正义道："我们到咖啡馆里去坐坐吧。"正芳向她哥哥脸上注视了许久，微笑道："近来哥哥常是请我上咖啡馆。"正义道："这也不算什么请。不过我们到咖啡馆里去谈话便当得多，而况我们早上本来是要吃东西的。"正芳心里想着，乐得吃哥哥的，若是不陪了哥哥上咖啡馆，哥哥倒反会见怪的，便笑道："早上吃东西自然用得着，好吧，我们去吧。"于是一同走到咖啡馆来，摆好了吃喝的东西以后，伙计退了出去。正义将茶匙搅着咖啡杯子里的糖块，低头道："你今天上午没有什么要紧的功课吗？"正芳看那样子便知道下句是要自己又去当一趟红娘，便道："这两天的英文倒很吃紧，今天上午有两堂文学概论。教授们近来很努力，不像从前教育经费没有来那样天天请假的了，这倒是可喜的事。"毛正义举起手来在头发里连搔上两下，笑道："这我要说一句自私自利的话，我很希望你今天上午没有什么课呢！不过……"说着，搔头发的手次数来得是格外的紧张，笑道："你能不能牺牲两堂课呢？"正芳道："为着哥哥的事，我就牺牲一两堂课倒也没有什么关系。"毛正义直等听完了她这几句话，方才将那只搔发的手放了下来，因道："我们都是读书的人，照说呢，牺牲了应当读的书去……"他说到这里，心想：要人家去干什么呢？这话可又不好加以解释了。毛正芳道："你放心吧，我和你再到密斯邵那里去一趟得了。不过要传什么话我可不会说，除非她有话对我说，我才可以来告诉你。你说要我什么时候去呢？"正义原是要人家到邵宝珠家里去的，不说明呢，却也无所谓；一说明之后，自己倒反而感觉得有些不好意思。可是又不能否认自己要她到邵宝珠家去，只得笑道："这件事我也知道是有些不对的。不过，无论如何只能这一回，第二次再要你牺牲功课，我就不对了。"正芳道："根据你的话说起来，假使不牺牲功课的话，还是要我去的了。恐怕不只是跑第三次，或者跑第四五次也未可知呢。"正义有什么可说的呢？只是对着妹妹笑，将两杯咖啡喝完了，又吃了一些点心。正芳道："事不宜迟，我这就去，若是赶得回来，也许还可以上一堂课呢。"正义起身道："我和你去雇车。"正芳笑道："多谢哥哥送我的大衣，难道我出去不要露一露吗？"

正义虽是觉得妹妹的话有些尖刻，然而在这个时候怎样可以得罪她？只是傻笑而已。正芳走到咖啡馆门口，又转回身来，笑向哥哥道："我打算拿一包口香糖，可以的吗？"正义道："可以。这又何必问？"正芳笑道："我也知道可以的，这会子就是拿十包口香糖，哥哥又何至于不肯呢？我说着这话，有点儿乘人于危，哥哥，你说是不是？"正义见她自己都说明白了，还能说什么？只得笑道："你这孩子。"只说了这四个字，正芳已经转身，就走开了。

她到了寄宿舍里披起了大衣，真个不再耽搁就向邵宝珠家来。邵家的门房现在已认得她是小姐的朋友，并不用那种通报手续就让她进去，还笑道："我们小姐在楼下书房里呢。"一个女子到人家去，当然是比较一个男子到人家去要自由一点儿，纵不能怎样放纵，在旧京这地方，有客入门，必须先敲敲门或扬声的，至少女子是可以免除了的。正芳走到宝珠的书房外，却不见有人。本来这隆冬的时候，人都在屋子里烤火取暖，这也难怪的了，轻轻地走到窗户边，恰好那玻璃窗纱微卷着一角，由那地方向里张望，只见书桌放了一本书，宝珠抬起一只手，撑了自己的头，斜侧了身体，靠桌子坐定，她那双眼睛并不向着书本上看去，这个样子分明是在想什么心事。她忽然听到玻璃窗有碰撞声，回过头来问了一声："谁?"正芳笑道："客来了，我不敢冒昧进来呀!"宝珠笑着站起身来，开门迎了她道："你这小东西，也不作声就闯进来了。"正芳走进书房，也来不及脱大衣，站到火炉子边就伸了两手摇摇地抱了炉子，弯了腰烤火，脚在地板上还连连跳了几下，口里嚷着好冷。宝珠站在一边望了她，心里可就想着：冒着这样的严寒前来，那是必有所为的。便笑道："以前不通音信，太生疏了，现在你又在大冷的天，老远地来看我，我心里真过意不去，我也应当去回看回看你才对。"正芳笑道："真的吗? 我很欢迎的啦。哪天去，请你先告诉我，我好预备欢迎。"说着，她才脱下了大衣，用手摸摸脸，又用两手互相搓着，弯了腰看她桌上放的书，便笑道："你很自在，看什么书?"宝珠抢过来，却把书掩上了，笑道："别看吧，这本书不看好。"正芳道："什么书不看好? 哼，我有点儿明白了，你这孩子有些个蔫儿坏。"说着，向宝珠眨眨眼睛，微微一笑，宝珠将书抢到手里，一直拿着送到正芳脸上，笑道："你别胡说，我瞧什么坏书了? 不过是一部多角恋爱的言情小说。"正芳将书接过，翻了两页，笑道："为什么要看多角恋爱的小说，不能看专一恋爱的小说吗?"宝珠道："这个我也没有成见，顺便拿了一本，我就在屋子里解解闷儿。"正芳道："既是解闷儿的，为什么你能瞧，我就不能瞧?"宝珠道："你这孩子有些个特别淘气，我问你是来拜访我来了，还是找碴儿来了?"正芳向她举手行了个军礼，笑道："对不住，我和你开玩笑的。其实，我也爱看小说。你不记得我们在中学的时候，上课偷着看小说，让先生记了一大过吗?"宝珠道："还是呀! 并非我能瞧你不能瞧，我不过也是和你开玩笑而已。"于是拉了她的手，一同在沙发椅上坐下，笑道："这样大冷的天，要你老远地跑来，必有所谓。"正芳道："没有什么要紧的事，我是到西城来找一个先生，顺便看看你来了。"宝珠笑道："你令兄太客气，今天一早又来了一封信，要向我请教，哟，你想，他那个爱国青年，在外面奔走活动，什么事没有经验？倒要向我来请教哩！"说着，就在书桌子抽屉里拿出一个信封来，放到正芳手上，笑道："你瞧瞧。"正芳这倒为难起来，要说是不能看人家的私信，这是自己哥哥的信，难道哥哥还与人家有私？若是拆出来就看，又怕这信上实在有不能公开的。她正拿了信在手上犹豫着，宝珠已经看出来了，笑道："你瞧吧，没关系，难道令兄写来的信你还不能瞧吗？"正芳道："不是那样说，书信这东西，照说是不能让第三者过目的，所以这封信虽是我哥哥写的，可是在法律和道德上，我是不应该看的。"宝珠笑道："不要瞎扯了，我们这样的老同学，还谈什么法律。"正芳心里未尝不想看看哥哥信上究竟和人家说些什么，既是宝珠很大方地让看，倒不必矫情，于是慢慢地将信封里的信纸抽了出来。那信纸折合着，竟是厚厚一叠，估量着从头看起，恐怕要很费些时间，只得草草地看了几句，也不知是第三页还是第四页，那字写得格外加大，于是就顺行看了下去，那文字是：

如此做法，我们也不敢说就能有什么成功的希望。不过我们青年，站在民族的立场上，不能不为民族争光，不能不为民族奋斗。只要个个人都像我这一样，中国若有十分之一的青年，肯和我们站在一条战线上，我们也不难和敌人拼上一拼。因为如此，所以我们对于男女青年，无论是哪个阶级，我们都极力欢迎他来合作。这样联络的办法，我们一个小小的组织，各各分头去拉拢朋友，我认为女士，是个可以合作的人，一定能牺牲一切，为民族争光……

正芳站在这里看信，宝珠也站在她身边同看，等她看到这里，向她微笑道："你瞧瞧，令兄未免夸奖我过分一点儿了，我这样一个人，配说牺牲一切，去和民族争光吗？"正芳将信收起不看了，笑道："你说这话，我有点儿反对，爱国的事人人能做，不过各尽各的心力去办，这有什么配不配？"宝珠将信接过去，依然拿了那张字体写得加大些的，注意默念，摇摇头，微笑了一笑。正芳道："你笑什么？"宝珠笑道："令兄所期望于我的太伟大了，竟是要我牺牲一切呢。"她很坦然地说了出来。正芳觉得辟之之辞，有些双关的意味，倒不由得脸上一阵绯红。宝珠坐在她对面椅子上，也有些知道，就向她笑道："男子和女子初交朋友，总是把女子看得十分高贵的，其实那完全是一种客气话。到了后来，慢慢地自然会看出女子的弱点来了。所以令兄夸奖我的话太多，我倒有些惭愧。"正芳道："不是我说自己哥哥，他们这路角色都是善于恭维人的，倒不一定限于女性。你想，这些爱国运动、群众运动，虽也是公益的事，可是人总是利己的，偶然为之，没有什么，久而久之，费时耗财，并无所得，人家就会厌倦下来。所以做领导的人恭维人家几句话，也是不得已的事。"宝珠听她这话，明明是批评毛正义不好，其实是说他好，宝珠不愿多驳，微微一笑而已。

正芳时时看到宝珠有种不含好意的微笑，分明是不能以正义之言行为然，多说也是自讨没趣，因之只坐着谈些别的话。坐了一二十分钟，就告辞走了。正芳送到大门口，笑道："没事来谈谈啦，人生在世，有了今天，可不知明天怎样过。"正芳听了这话，倒有些奇怪。但是因为人家已送到大门外，不是说话的地方，就含糊答应而去。宝珠气愤愤地自行回房去了。可是宝珠之气，并不是生毛正义的气，却是生她家里人的气。原来昨天晚上，她大哥恪忱由外面回来，把她请到书房里，正色向她道："方家今天已经派人和我正式开谈判了……"恪忱只说出"方家"两个字，宝珠的脸上便已变色，只让哥哥说了一句，就站起来道："我不知道什么方家，这种话不必和我提。"说毕，就走出书房来了。邵恪忱对于妹妹的婚姻，本也不定要强制执行，只是看到妹妹如此不受商量的样子，心中也是很为生气，便嚷道："有我活着一日，我决计不能让你去做浪漫女子，败坏门风，咱们望后看吧。"宝珠气得哭了一晚，今天一人跑下楼来，躲在书房里看书，不理家人，因正芳来了，不愿让她知道这事，所以强为欢笑地陪着谈话。

这时，正芳去了，她又不免勾起一腔心事来，只是坐在书房里一张靠椅上，用一只手撑了头，望了那烧着火的铁炉子出神。她想得很奥妙，在铁炉子里的煤，它是太古时代的树林，埋在土里头有上万年，于今被人挖出来，送到铁炉子里去，只是几十分钟，便变成了烟和炭，它藏在土里，保持了上万年，现在只几十分钟，就把固有的形态变了。人生在世，几十年光阴，一口气不来，也不过是埋到土里去，而且还不能像煤这样，可以保持上万年呢。那么，在现时有口气的时候，为什么不找个乐子呢。若是一个女子嫁不着一个好丈夫，怎么受用，精神上也是不痛快，那就算白活了一辈子罢了。我为了自己终身的幸福起见，无论家里人怎样地压迫我，我也要抵抗着。如此想着，主意拿定，到了吃午饭的时候，一个老妈子跑来相请道："开饭了，还是给您一个人另开呢，还是吃过了饭，和您下一碗面吃呢？"宝珠道："干吗另开？我还有什么不敢和他们在一群吃饭的吗？"说着话，就自己向家人吃饭的堂屋里来。这里一张圆桌上，有她的大哥恪忱、大嫂蕙芬、二哥恪孚、二嫂月清、母亲邵老太太、姑母张太太，极新极旧的人物都有，各人的眼光不约而同地都集中到她身上，她很坦然地在自己餐餐吃饭的原有地方坐下。

邵老太太手上捧了筷子碗，眼睛可不住地向她身上看来。宝珠也不说什么，先用勺子舀汤，然后拨起筷子吃饭，不过不知是什么缘故，她却连连发出两声不自然的咳嗽。大家在桌上都像有什么心事似的，不肯谈话，仅仅是月清说："今天的油菜，炒得很好吃。"蕙芬答应了个唯字。邵老太太究竟是忍不住了，用个大瓷勺子舀了汤喝，将勺子放在饭碗上，望了恪忱，放出很郑重的样子来道："方家昨天怎说？"恪忱对着宝珠很快地看了一眼，有句话还不曾说出来，宝珠立刻将筷子碗双双地放在桌上，将脸一板道："我们现在不讨论这个问题，行是不行？我觉得天下无论事情，不大似吃饭，绝不能把饭不吃来谈别的问题。"说毕，向着大家将巴掌一拍。恪忱真不料自己一句话还不曾说出来，宝珠当先就是一拦头板，待要发作，大家都在吃饭的时间，吵闹起来，这一餐饭便要中止，只好忍耐着，对邵老太太看了一眼道："回头再说吧。"于是大家鸦雀无声地，各各扶了筷子碗吃饭。宝珠明知道大家肚子里想心事，她肚子里可有了。她肚子里的算盘，以为无论你们怎样地批评我，我总把定我的主意干，大不了，我脱离这个家庭，也没有多大的关系。她如此想着，倒是有笑嘻嘻的颜色露到脸上来。吃完了一碗饭，照她的饭量而论，已经是够了，她还坐了桌上不走，用勺子舀了许多汤到碗里，将碗晃荡几下，然后喝下去。邵太太偷眼看她那从容不迫的样子，料着她胸有成竹，预备大吵，可就不敢多说。吃过了饭，起身就要走，恪忱站起来，将手一拦道："二妈慢走，大家来把宝珠这问题解决了。"邵太太皱了眉道："有话好商量呀，何必先生气呢？"也就只得依然坐下。

宝珠坐到靠墙的一把矮椅子上，用手抱了大腿，鼻子里哼了一声道："拼了一身剐，皇帝拉下马，我怕什么？"大家看这样子不好，都匆匆地吃完了饭。恪忱也是坐在靠门的椅子上，两手臂互相抱着，斜了眼珠望着宝珠，这时他将烟卷极力吸了两口取了出来，丢到院子里去，便昂了头道："现在我该说话了，宝珠不满意方家的婚姻，我们也不强迫，只是要说出个理由来。再说，这婚姻不是今年定的，也不是去年定的，这姻事已经定下多年了，你怎么到现时才提起来？"宝珠也僵了脖子，微偏着头道："自然我有我的理由，以前我的能力不足生活独立，我要离婚，怕家里人用经济来压迫我，所以对于家庭取敷衍政策。现在我要离婚，大概家庭还不免用那一套来压迫我。可是我不怕，我就照着我的预定计划去奋斗。"恪忱哦了一声道："原来如此。但是你不过是个中学生，方家的孩子也是个中学生，知识足够和你平等的，为什么你突然瞧不起他？"宝珠道："无所谓瞧得起，也无所谓瞧不起，只是我和他一点儿感情没有，我不能和他这样一个人合作。"恪孚是个老实些的人，平常就不大爱说话，对于宝珠闹着离婚，本来不赞成。可是自己不知道那些话应当如何说好，所以只让老大去做主。现在看到老大的话还没有说出来，就让宝珠把钉子碰了回去，心中很不高兴，就向宝珠道："本来呢，现代婚姻是应当自由的……"宝珠不等他下面那一转，立刻笑着道："聪明的二哥啊，你知道现代的婚姻应当自由，这就千好万好，什么话都不用说了。"恪孚本来有好些个话，这只是一段话的帽子。偏是帽子一举，就让宝珠断章取义地利用了，把脸腮涨得通红，望了她瞪着大眼睛道："我、我、我，不是那样说。"宝珠道："你说得清清楚楚，婚姻要自由，这还有什么话说？"恪孚的夫人月清却是个机灵人，看到丈夫受窘便笑道："大妹，你二哥是一番好意要和你谈谈，你为什么和他起急？"宝珠道："我没有和他起急呀！他说的是好话，我也承认是好话呀！"月清道："他下面还有话，怎样不等说完呢？"说毕，将头一偏，脸可就红了。宝珠冷笑道："这也不干二嫂的事，二嫂生个什么气？我知道我母亲是个姨太太，你们都瞧不起我，我一个人找独立的生活去，大家就没有眼中钉了。"向来她的大嫂蕙芬是有点儿说这位姑娘太摩登的，她又以为小姑子这句话是指她而言了，便沉着脸色道："大妹真是厉害，夹枪带棒，什么人都说到。"宝珠道："好哇，你们全上了，都欺侮我没娘的孩子。"只说到这里，声音一哽，哇的一声哭了，那眼睛里的两行泪珠，真个如抛沙一般向怀里滚将下来。邵太太皱眉坐在上面，只管望了她，许久才道："你这个孩子，实在太不听话。"宝珠两手拍了大腿，脚在地下乱顿着道："我不要命了，你们爱怎样办就怎样办吧。"她一面哭，一面闹，谁也没法子在这时和她说下话去。邵太太叹了口气道："这年头儿还说什么呢？只要是父母定的婚姻，招牌不好，无论怎样郎才女貌也是不行。"老太太这样一句慨叹以出之的话本也无所谓，那孤军奋斗的宝珠小姐倒抓住了个理由说出她的一番道理来，于是她这一场舌战就急转直下了。

第六回

手足两参商挟衣伴遁
家庭一牢狱投笔终逃

　　宝珠在饭厅之上，和家人这一番舌战，大家都没奈她何。老太太说："凡是父母定的婚姻，无论如何郎才女貌，新青年必要推翻。"这句话算是抓住了问题的重心，宝珠她并不否认，点着头道："对了，就是妈所说的这个理由，譬如有人请客，主人翁无论是怎样熟识，若是请的客全是生人，我们加入了，总觉得不痛快，甚至乎打听得在座没有熟人，我们宁可辞了不去赴席。你想，吃酒不过是一会儿的工夫，我们都不肯去，这婚姻是终身的事情，倒可以和生人混到一块去吗？所以方家这婚事，就是砍了我的脑袋，我也是不认可的。我的主张就是这样，你们无论说我怎样忤逆不道，我都承认。全家人都在这里，我的话也说完了，你们打算把我怎么样吧？"恪忱道："这个理由不充分。我固然不能强迫你的婚姻，但是你没有过二十岁，在法律上，我们也可以干涉你和别个男子结婚。"宝珠昂着头冷笑一声道："哼，和我谈起法律来了，好，谈法律就谈法律，我也不怕！就是把我带到法庭上去了，我也要谈谈婚姻自由。"恪孚道："不要说气话了，我们大可以平心静气地商量一下子，你不说的是要熟人才可以谈婚姻吗？这也很容易，熟人都是生人变成的，我们可以把方家那孩子找到家里来，和你先认识，假使你满意，再进行婚姻问题，你不满意，这婚姻依然取消，你看这个办法，好是不好？"大家听了恪孚这种话，觉得是公平之至，她必默认。不料她将头一扭，板了脸道："不成！"恪孚道："为什么不成？同是人类，都可以交朋友，愿意就交深一点儿，不愿意就交浅一点儿，难道人家和你交个朋友的资格都没有吗?"宝珠道:"不是那样说,你想现在我和他并不是朋友,他还死七八赖地要和我们做亲,若是他跑来和我成了朋友,他更会讨人厌,不容我们分说了。"恪孚道:"据你这样说,不成朋友是不行,成了朋友依然是不行,反正是不行了。"宝珠说着说着,又把大腿抱了起来,将脖子一扭,鼓了两片腮帮子,只凭她那股子气,就是水也泼不进去,漫说和她提起婚姻问题这样重大的事情了。

恪忱坐在一边,斜了头,横了眼光,也是气愤愤地望了她。宝珠不说话,恪忱有一肚子气话,不知从何说起,也是不说什么。在屋子里这些人,看他两人不作声,也只好不作声,屋子里静悄悄的有了几分钟之久。还是邵太太忍不住了,先开口道:"宝珠,你这个样子不听我们相劝,你记住,总有一天后悔的日子。"宝珠双手一放,将把着的那条腿突然向地下一顿,扑笃一声响,脖子一扭道:"我不听劝,我不听劝,我无论闹到什么地步也不后悔。"恪忱道:"宝珠你真有这种勇气吗?"宝珠道:"有有有,我敢说一千个有、一万个有。"说时,挺了胸脯子站着,也微微地瞪了眼睛望着恪忱。恪忱是穿了西服裤子的,两手向西服裤子里一插,也走向前一步,走到宝珠面前,挺了胸问道:"你果然有这个勇气,你自己去创造一番世界,不必倚赖家庭?"宝珠道:"不倚赖家庭就不倚赖家庭,难道我有五官四肢,就不能自己谋生活不成?说走就走,你们瞧着吧!"她说了这话,就一阵风似的向楼上自己卧室里跑,找到了一个小提箱子,就在衣橱子里捡了几件换洗衣服,乱向里面塞着,自己也不知道已经放了多少衣服进去了,哗哒一声,将箱子盖了,还有一大块衣襟,露在箱子外面,再把一件皮斗篷向身上一披,提了箱子连撞带跌地滚了下来。

恪忱和她斗口以后,怒气如火烧一般,听着她气势汹汹地要走,心里也有些恐慌,若是她果然借着这个机会走了,那也是自己三言两语把她逼走的,这个责任就重大了。但是已经赌了这口气,要自己拉她回来又是丢面子的事,也只好置之不理,心里想着,她不见得真会走的,有个人前去劝她就好了。他有这个感想,在这屋子里的别个人,也未尝没有这个感想。邵老太太便道："这孩子真有些胡闹了，你们哪个去转圜一下，她那个脾气，真许跑起走了。"恪忧大声道："干吗？随她去，她走，她飞上天去！"那下楼的木板梯，正在这走廊右角，宝珠咚咚地由楼上下来，饭厅里全可以听见，恪孚一看玻璃窗外有个人影，料着是宝珠。他究竟是个老实人，恐怕这件事会闹真了，立刻抢着跑出屋子来，先一伸手，将宝珠提的箱子夺了过来，然后一手揪住她的斗篷道："你真个要走吗，那不成了笑话？"宝珠上楼捡衣服的时候，曾将时间一再地展长去，以为母亲一定会来挽劝的，及至许久的工夫，不见母亲上楼。当下楼的时候，就故意把梯子拼命地踏着响，这时二哥上前来拦阻，心中倒为之安慰许多。可是表面上她依然很强硬，一手扯住自己的斗篷，一手来夺箱子，跳了脚道："你别拦我，人家料定我不能独立生活，我自己也不相信这句话，我倒要做着试试看！"恪孚道："你就是要去独立生活，也当慢慢地有个计较，何必说走？"宝珠手里依然抢夺着东西不放，乱顿着脚道："我要走，我要走，我非走不可。"恪孚一面抢夺东西，一面带拉着她向屋子里走，她也就了那个势子，跟着恪孚向里边走。可是她到了屋子里以后，脾气更急，连连跳着脚道："你们不让我走，又不容我好好地过日子，闹得我进退两难，难道非把我逼死不可吗？"说着话，放了手不抢夺东西，歪了身子，坐在一把椅子上，鼻子呼呼出气。恪忧忍不住了，便瞪着眼道："你打算怎么样，你就说吧，反正你抱定了主意，我也抱定了主意，无论怎样说，你还没有得着婚姻自主的机会，我就凭了这一点，可以不放过你。"宝珠自恪孚拉住了以后，本来就有些软化了。现在听了这番话，让她气上加气，不由得又强硬起来，又站着道："你凭什么可以不放过我？就是我的父母，对于我的身体也不能怎样束缚。"恪忧道："在这个大门以内，我是家长，你有了不法的行为，我可以管束你。"宝珠挺了胸道："好哇，你索性说要管束我了，好吧，在这个大门以内，你要管束我，设若我不在这大门以内，你就不能管束我了！"恪忧道："好吧，一了百了，你要走出这个大门，无论什么事，我都不管了。"宝珠听了这话，突然跳将起来，走到恰忧面前，头一偏道："我马上就走，你可不许拉住我呀!"她说时，看到那个小提箱和斗篷都放在恰孚身后，料是拿不过来的，于是跳上前去，抓了提箱的环子转身就要逃跑。恰孚又是一把将她揪去，轻轻喝道："你这个孩子，脾气就是这样的坏，怎么一句话也忍受不住?"宝珠道："我已经够忍受的了，还要怎样忍受? 难道让他打我骂我逼我死，我都不作声吗?"说毕，哇的一声就哭将起来。哭的时候，两只脚在地上乱顿乱跳，头发蓬松，披了满脸，眼泪鼻涕一齐向下流着，全屋子的人看了她这个情形，都不免把眉头子皱将起来。邵老太太看得有些不过意了，就走向前，抓住她的手道："宝珠，你什么人的话都不听，难道我老娘的话你也不听吗? 你现在不要发急，可以回到自己屋子里去躺一会儿，仔细地想上一想，大家说的这些话，究竟是对也不对。若是对呢，你就安心暂住两天，慢慢地想法子把这事解决了；若果不对，你真要出去自谋生活，我也没有法子，只好由着你。就是有人说我们家教不好，我也只好忍受了。"

邵太太一面是劝她的话，一面又是骂她的话。因为虽是不高兴她，可也不愿得罪她。蕙芬就跟着这个势子做好人，挽了她一只胳臂，一味地好言相劝，把她送到楼上卧室里去。随后老妈子也就把提箱、斗篷一齐送了来。蕙芬怕她一时不能平下气去，就坐在屋子里陪她，南天北地说了一阵。宝珠在楼下大闹的时候，本来在可走不可走之间，现在被大嫂子左说右说，说得有些心平气和了，就两只手托了下巴颏，伏在茶几上，向对面一方壁子呆望着，红了眼睛眶子一话不发。蕙芬看她已经不作声了，就用手拍了她的肩膀，笑道："好吧，就是这样吧，不要再闹了。我有两封信要写，把信写完了，我再来陪你。"说毕，她悄悄地走出门去，将房门向外反带上。宝珠始终是不说什么，虽是一个人坐在屋子里，她还是捧了下巴颏那样发呆。在这个态度中，隔壁母亲屋子里说话的声音却听得很清楚的。只听到姑母张太太在屋子里低声说道："她说是要走，无非是吓吓大家罢了，一个小姑娘往哪里跑呢?"她说毕，却听到邵太太叹了一口气，宝珠心想：好哇，这位姑母大人，当了面，什么批评没有，在背后，她就小看了我，以为我不能离开家庭？哼，这有什么了不得的事情，我至少可以到女青年会寄宿舍先住两个月，经济问题，我慢慢地再打算盘。原来他们认定我脱离家庭，不是真的，所以在我当面，敢把言语压迫我，无论怎么，我也不能让他们把我谅定我是个不能独立生活的人。

自己想到这里，不觉得把脚在楼板上顿了两顿，表示她的决心。又坐着定了定神，先把房门关上，然后悄悄地打开自己的衣箱来，检点检点有些什么东西可以带着走的。她不检点则已，一检点之后，觉得什么东西都不能丢下。然而一个逃走的女子，绝不是寻常出门的女子，如何可以带上许多行李，至多只能夹一个小小的包裹，要把其余的东西都牺牲了。当然不是自己心爱之物，也不会都收在箱子里。于今将东西全不要，自然都会由两个嫂子拿去，真令人不服这口气。可是话又说回来了，东西是小，自己的前途是大，难道为了一些银钱可以买的东西就不逃走吗？她手扶了箱子盖，沉沉地向下想着，想了很久的时候，索性坐到床上去，望了箱子发呆。想着东西固然有些舍不得，就是自己这位老太太也有些舍不得，她对我多么仁慈呀，从来没有红着脸说过我一句的。

她踌躇了很久的工夫，忽然站起来，自言自语地说了一句："走，我走定了。"她心里可又想着，这个母亲又不是我生身之母，我理会她做什么？她若是真疼爱我的话，就不该和两位哥哥站在一条战线上，而且她和姑太太谈话，是料定我没有逃走那种勇气的，我为什么让她把我料定了呢？住在青年会里，也不过十几块钱一个月，我是个中学毕业生，大事不想干，到外面去找两堂家庭课教教就可以维持生活，这很是容易的事。现在外面女子谋职业的也很多，不见得到了我这里，就没有办法。曾见了不少的机关，都有女子办事了，而且那办事的女子，比自己还年轻，我何必轻自菲薄呢？她如此想着，增加了自己不少的勇气，就决定办法，所有衣服及零用东西一概不带，只穿了随身的衣服出去，一来表示自己干干净净；二来也省得累累赘赘的。走是决定了，心里就觉得空空洞洞的，不必和家里人争论了，也不必生什么气了。于是展开被褥，在床上睡了一大觉，吃饭的时候照样地和家人在一处吃饭。这一餐饭吃得更是安稳，大家都没有说什么话，最大的原因，就因为恪忱在这天晚上还要出门去会两个朋友，怕是和宝珠开起谈判来会耽误时间，倒不如不谈，留待明天解决，所以他首先不开口。月清又在暗下说恪孚，说他是个呆子，宝珠的事，落得让大哥主持，何必多嘴多舌，平白地得罪了人，因之恪孚也就不作声了。

　　宝珠外表是很坦然的样子，可是她的心里却如小鹿撞钟一般怦怦乱跳，她只吃了大半碗饭，倒舀了好几回汤喝。吃过了饭，她还不肯先自回房去，故意在饭厅旁边一张椅子上坐了。等大家都已散席了，她将小书房里搁置经年的话匣子，亲自搬到楼上卧室里去，唱起话片来。自己在话匣边来回走着，还跟了话片唱着，第一张唱的是《木兰从军》，学了一段，第二张唱的是《女起解》，只跟着唱了两句。到了第三张是《花园赠金》，她不爱听了，只将话片唱了一半，就把话匣子关起来。于是在书架子上，随手抽了一本小说，斜躺在床上，就了电灯看着。可是这小说给予她的印象也是很坏，乃是《红楼梦》上薛宝钗演讲女子无才便是德的一段，这一段小说，还不曾看一二十行，就把它扔下了，自己坐在椅子上，望了光桌子面。这桌面上，有笔，有墨，有砚台，有墨水瓶，有钢笔，什么都是自己常用的东西，于今不知道要交给谁去用了。出着神，手在笔筒里抽出一支笔来，就随便地取了桌上一张白纸，打算来涂字消遣，心里忽然得了一个感想，我就是要走，也应当写封信表明自己的态度，免得他们疑心我是不光明地出走。得了这个主意，在极无聊的时候，有了解闷的法子了，于是在抽屉里拿出厚厚的一叠信纸，打算写一封长信，和家里人告别。这封信，可以说和绝命书差不多的。因为如此，宝珠就由自己的母亲做姨太太受压迫写起，写到自己在家庭为兄嫂所藐视止。说这个家庭，完全是个牢狱，活了十几年，是受了十几年徒刑。这算第一段，但是这第一段，已经快到一千多字了，再写下去，有第二段，有第三四段，那么，就是写到天亮，也许不能把要说的话写完。于是把写了的撕去，只从自己写起。可是不写则已，一写之后，也不知道自己的文思何以那样滔滔不绝，老是不能写完，每写完了一层意思，又有一层意思。跟着想得了，转念着，这也总不是一个办法，要走的人，何必说上许多废话？而且在许多所写的文字中，仔细一想，却也很有漏洞，给人捉住了，倒是给他们一个把柄。宝珠在一口气写了两小时告别信之后，就放下了笔，两手互抱在怀里，对了这桌上一叠信纸，只管出神。默坐了约一二十分钟，突然地站了起来，就把所有的信纸，两把抓住一齐捏到手心里，成了一个大纸团，就向字纸篓里一塞，跺着脚，一个人自言自语地道："我和这些人说什么废话，要走就走，他们是十八世纪的脑筋，我写的话，他们又怎么会了解，不如不说了。"

她一人关着房门，在屋子里这样大忙特忙，家里人哪里知道她这种举动。冬天的夜里，总是有呼呼的风声在半空里怒吼。宝珠是住在楼上的，在许多的平房中突出一幢楼面，窗子里闲听窗外的风声，更是势子凶猛。全家人都慢慢入睡了，宝珠一个人在屋子里惨白的电灯光下徘徊着，说不出来心中有一种什么感觉。信是不写了，翻翻书本，又打开箱子来，检点检点自己的衣物，心想这都要牺牲了，许多用惯了的东西，并不在价值如何，都和自己有一种切近不可说出的情感，于今要永别，令人有些恋恋不舍。这样想着，就抬头在四壁看看，别的罢了，唯有邵老太太一张八寸的半身相片在壁上高高悬挂着，那一种慈祥的样子，她纵然不说什么，也是可亲爱的。于是走近墙壁，耳朵贴了壁，听听那边邵老太太有什么动静，仿佛她已酣然入梦了，那微微的鼻息声可以听见，正与天空的风声，吹了窗子嘎嘎作响，互相呼应。这个老人当了一辈子的二太太，并没有儿女，老来处境孤单，所以和我很好。我没有娘，也就把她当亲生的娘来安慰她，现在我走了，这楼上就剩她一个人了，老人家未免可怜。想到这里，于是悄悄地开了房门，走到邵老太太的房门外来，大概她是绝不料有什么意外的，所以把房门关得铁紧。宝珠伏在门上，用手摸着门，犹如抚摸了老人家的身体一样，同时也就落下了几点泪。因听得女仆屋子里有咳嗽声，怕惊动了人，就悄悄地又走回房去，闹了这半宿，精神也疲倦极了，于是和衣伏在床上就睡了过去。

当自己醒过来时，屋子里的电灯还是明明亮的，这可见还是天色没亮，抬起手表来看时，已经是六点钟了。冬日夜长，所以屋子里灯还亮的，自己突然兴奋起来，要走就是这个时候，不能再耽误了。于是在箱子里把自己所有的存款和几件首饰一齐拿出来，都揣在身上，自己站在屋子里定了定神，看看还有什么东西要拿的没有。沉静了约十分钟之久，实在没有什么可拿的了，看看桌上，还有自己写的信半张稿子，上面一行字，乃是：

这个家庭，完全是个牢狱。

一顿脚道："这家庭是个牢狱，我还等候什么呢?"于是再用一张纸，提笔写了一行字道：

我现在徒刑满期了。

写毕，用铜尺压在桌上，自己悄悄开了房门，下楼而去。所幸家里人都睡着了，没有人拦她，于是这个自命为徒刑满期的少女便离开家庭了。

（原载 1932 年 3 月 25 日—1935 年 12 月 1 日上海《晶报》）

第二皇后

无烟无火度阴天

我自幼便是一个有头巾气的孩子。别的孩子爱听故事，我爱看小说，别的孩子爱唱曲，我爱念《千家诗》。同时，我还喜欢在书本上找出一些不相干的问题来研究。记得十二岁的时候，我家里请了一位端木先生教我读书。他喜欢看《三国演义》，成了我一个同调。先生一走，我就把他的小说偷过来看。先生有几次碰见了，因为是他自己看的闲书，虽然看小说是老先生所禁止的，也只好含糊过去，因此我倒很感激先生，先生也就另眼相看。只为我这孩子和其他的孩子不同，把我的胆子一天比一天大起来。有什么自己不能研究出来的问题，也就和先生去讨论。

有一天，我读过了半本《千家诗》，正赶上天上下着细雨。我忽然想起来了，同是说黄梅时节的，怎么有诗说"黄梅时节家家雨"，又有人说"熟梅天气半晴阴"，也有人说"梅子黄时日日晴"？我把这问题去问先生，先生笑了，他说："其实三句诗都是说天气不好。第一句不必说了；第二句半晴阴，也正是说天不能晴起来，时时刻刻都有下雨的样子；至于第三句，那正是也说着雨，这话怎么说呢？因为一向都是下雨的，在梅子黄的时候，应该也是下雨。忽然晴了三天，阳光里在绿叶油油的当中，显出一颗颗的黄梅子来，多么可喜。所以诗人特地赞上一句'梅子黄时日日晴'，喜之也。喜其晴，正所以恶往日梅子黄时之必雨也。"

端木先生这样说着，是不是替诗人护短，我不得而知，可是由这里面，我悟得了不少的读书法门。每到连绵下雨的时候，我就连想着这件事。不过以后到了北方十几年，虽然感受到风沙之苦，却喜没有过那一下两三个月的雨天。有个好游的人说，在中国越往南，雨期越早，也越长。大概广东、广西，阴历正二月便是雨期；到扬子江附近，便是三四月；过扬子江，到五月尾。若到了燕赵之间，雨期只在六月中间、七月初旬了，而且也不过七八日至十几日。每下一场雨，中间还可以得一二日晴天。所以在北方的雨期，并不十分讨厌。况那时正要雨，天下过雨，天气也就凉爽多了。这是我所得的感想，可是这要在穷人眼里看起来，却又不尽然。

这话从何说起？出在旧都西城一条深胡同里。这日是下雨的第三天，地下的浮土，已经被雨水渗透了，成了黑泥浆。车辙人迹，再在泥浆里一搅，乱泥浆又变成了泥湖。两旁人家，简直有人出门就唉声叹气。门牌三号的人家是个三尺宽的小窄门，门口有两株大槐树，因为雨水够了，树叶繁密，一直罩到小门的矮墙上来。天上黑云相连，本来没有一丝露阳光的所在，相加上这槐树，低低地罩着人家，简直把这里的空气相映得黑惨惨的。在这黑惨惨的槐荫之下，那小门洞里站有一个身材苗条的女郎。她靠了门，只管向胡同的尽头呆呆地望着，似乎等着一个人来似的。

在她这呆望的时候，有一辆六座的轿式汽车，一路喳喳地响着，由烂泥里滚将过来。那四个橡皮轮子把路上的泥浆溅得飞舞着，向胡同两边乱扑。她以先望远处望呆了，并不曾注意到身边。及至汽车颠簸着到了门口，猛然回头向车子上一看，车子里坐着个二十来岁的女子，穿得花蝴蝶似的，满脸的胭脂粉。只见她耳朵上垂下来的两个钻石耳坠子，摇摆得晶光闪闪，便觉得坐在车子里的人是得意之极。她正这样看着，却是扑哧一声溅得许多泥浆点子过来，低头看着自己身上，一件淡蓝竹布旗衫，本来都洗得有八成白色了，却幸是洗晒得干净，并没有半丝皱痕。现在整副胸襟却让黑泥点子溅了许多花点，臭气触鼻，简直不能穿了。

她皱着眉将脚连顿几下，就跑回屋子里去，口里嚷道："倒霉极了！让汽车溅我这一身的泥，你瞧，怎么办呢？"她说着话，噘了嘴，站在屋子中间，两手牵了衣襟，只管是左看右看。

她的母亲耿太太戴了蟹子钳式的夹脚老样眼镜，手上捧了一条旧裤子，正靠着门坐在一张无靠背的黑木椅上，在那里组补丁，便放下针缝，向她周身看着，问道："哪里溅上这一身泥？这阴天洗了可不容易干。又没衣服换，我瞧你……"这位耿太太如此说着，可是看到姑娘秋白梨似的面孔上，猛然飞上一层红晕，眼睛珠子呆了，也不转动，似乎急得要哭了，便笑道，"瞧你这孩子，这一点儿事也不应当那样发急。"

那姑娘道："怎么不急？待会儿孙掌柜的来了，我怎么见人？"

耿太太道："你就别见他，让我和他说几句话就是了。你赶快脱下长衣服去洗，晾一晚，明天也就能穿了。"

那姑娘噘了嘴，依然站在堂屋里，没个作道理处，只听到院子里有个娇滴滴的声音叫道："玉兰！你又跟伯母闹小孩子脾气啦。大阴天没事干，尽闹脾气，更闷得慌了，到我这里来闲聊天吧。"

耿太太道："对了，竹青姐叫你啦，你不上姜伯母那儿谈谈去？"她还不会答应，竹青却走来了。见她这一身泥点子，便笑着问是怎样弄的。

玉兰道："别提了，穷人该死。我刚才到大门口瞧瞧孙掌柜的送活来了没有，也不知道哪里来的这样一个千金小姐，她爷爷、她爹刮地皮，横是刮得不少，坐一辆大汽车，哧溜一声儿地过来了。你瞧，溅我这一身泥！"说着牵了衣服，只管噘嘴。

竹青笑道："这也值不得这样嘴上挂得住一把酒壶似的，把衣服脱下来就得了，你没有换的，把我那件花布褂子穿个一半天，我妈在屋子里也是闷着啦，早起找了一件布夹袄去当，当了四钱银子，混过今天。明天要是下雨，还不能出门，当也没得当了。咱们谈谈去，给她解个闷儿，也省得你在家里生气。"说着挽了玉兰的手，一同走回家去。

她们这所房屋，是个极小的局面，正面三间房，耿太太家住了一间，另两间住了一个老教书匠，此外有个一丈见方的小跨院，便是竹青姑娘家住着。她们只有母女二人，住着那跨院里两间灰棚顶小屋子。这个小院子里，让隔壁人家一株撑天的大槐树伸着树干过来，挡住大半边天空，平常是很阴凉，下雨的天可现着阴惨。加之这细雨如烟的天空，檐溜上并没有什么点滴，倒是这老树上雨水积得多了，不时噼卜噼卜落下雨点来，那种响声，在人口单薄的人家听到，真是不堪入耳。

这时竹青挽了玉兰的手，拖着跨院来。竹青的母亲姜太太也是闲着无聊，拣出了许多大小破布片堆在炕席上，一张一张清理出来，分着大小，各卷成一束。见玉兰来了，已经听到她要换衣服，就将竹青的一件花布褂子交给她换了。姜太太依然坐在炕上理破布片。

竹青在那当橱用的大墙洞子里取出一个旧洋铁筒，向小桌上一倒，倒出一副竹片牙牌来，笑道："咱们顶牛儿玩吧。"

玉兰道："赢什么呢？买一大枚铁薏豆来赌吗？"

竹青笑道："别啦，这么大个子赢铁薏豆，你不害臊吗？倒不如什么也不赢，什么也不轮，就这样赌。反正是无聊，免得白天睡够了，晚上又睡不着。"玉兰却也不反对她这个提议，各端了一张方凳子，抱住桌子角，洗牌顶起牛儿来。

姜太太坐在炕上，就跟玉兰说着闲话，问道："玉兰，上午你们家吃什么？"

玉兰手里摸着牌，口里答道："撑面来着。"

姜太太道："炸多少钱酱？"

玉兰道："也不是什么好面，是前几天剩下来的黑面撑的，撑出来有小指头那么粗，还炸酱啦？化了一些盐开水，就拌着吃了。伯母，您上午吃什么？"

姜太太叹了一口气道："我们这是挨日子过啦，谈什么吃，今天还没有笼火呢。昨天剩下几个窝头，就是这样冷的啃了几个。你大姐是嘴娇，只吃了半个，刚才卖切糕的来了，买了两大枚切糕吃了。"

玉兰笑道："窝头是棒子面做的，切糕是黄米面做的，也不见得好吃啊。"

竹青道："切糕里头有枣儿，也软和得多，不比窝头好吃吗？你瞧我，我多窝心，今天是凉水洗的脸，在丁先生家讨了一口开水喝，才算

58

有热气下了肚。嘻！提起来我真烦，不来了。"说着将牙牌一阵乱抹。

玉兰笑道："叫我来是你，不愿来也是你。"

竹青一只手撑在桌上，托了头道："你瞧，这日子过得有意思吗？"

玉兰笑道："伯母，快给大姐找个婆婆家吧。有了好女婿，就有好吃的了。"

竹青将头伸过来，向到她脸上道："你说人，你自己呢？"

玉兰道："我小。"

竹青道："你小什么？我是二月生的，你是八月生的。再说瞧个子，你还比我大呢。"

姜太太道："别闹，照规矩说，你两人都得那样办。玉兰，上次有人和你提一个姓李的，在铁路局办事，你为什么不乐意？"

玉兰伏在桌上，扭着身子道："伯母，伯母，你尽瞎说。"

竹青笑道："你爱说人，人家就不能说你吗？"

玉兰站起来道："别瞎聊天了，时候不早，你们也该笼火了。"

竹青道："我来笼火，你帮着我一点儿。"于是二人走到外面屋子来。

她们一个小铁炉子靠墙搁着，炉子里空空的，一直可以看到炉底下去，炉子边堆着二三百个小煤球，散在地上。玉兰道："一点引火的东西没有，这炉子怎么笼得着？"

竹青道："你家有炭没有，借点儿给我使，今天这样阴天，卖炭的不准来。"

玉兰笑道："这可不凑巧，我家里也是没有引火的，到丁先生家里去借着试试看吧。"

姜太太在屋子里插嘴道："嘻！别尽说废话了，没有炭，今天就别笼火吧，晚上我也不想吃什么了。"

竹青左手拿着一卷报纸，右手拿了一盒火柴，正做笼火的计划，现在向两个地方借炭借不着，气得将火柴报纸一齐向炉子里一抛，一句话也不说，噘了嘴就坐在一张矮板凳上，两只手臂互相环抱着在胸面前，微抬着头，望了院子外的树荫，一句话也不说。

玉兰用手掏了她的脸一下，笑道："这一点儿事也值不得这样生气，不会找着破桌子烂板凳砍碎了？"

竹青用手连连摇了两下道："别说了，别说了，熬着吧。我的命格外贵重些，不能饿一餐吗？"

玉兰知道她娘儿俩又在生气，不便说什么，站在一边笑着。恰好耿太太在那边叫着，说是孙掌柜的来了，她也不作声，悄悄地走了。

姜太太坐在屋子里清理破布片，倒清理得很有趣味，把外面屋子里笼火的这件事都忘记了。直等理过了三四叠破布之后，忽然想起这事来了，忙走下炕来，伸头向外面屋子一看，只见自己姑娘坐在矮凳子上，拿了一双筷子在地下连连涂着圈圈，又接上连打几个×，看那样子像是很无聊，便问道："你坐着这里干吗啦？"竹青抬头看了她母亲一眼，依然低下头去，用火筷子在地下涂着字。姜太太站着呆了一呆，才道："这不怨我不笼火，你瞧昨天当的钱，今天花一天。今天花光了，明天又去当不成？我想今天能凑付过去，今天就凑付一天。"

竹青道："这样说，明天算是不着急的了，后天呢？"

姜太太道："后天再想法子吧。"

竹青将火筷子一扔，突然站了起来道："后天再想法子，我以为今天凑付一天，就能过一辈子呢。"

姜太太道："孩子，我还愿意这个样子吗？"她说话的声音是非常的柔和，而且微弯了身体向着这个姑娘脸上现出很诚恳的样子来。但是竹青不等她母亲把这句话说完，她立刻将身子一扭，头上披到脑后下去的短发跟着一掀，她是厌烦极了。她也不顾院子里是否有雨，一直就向院子里走去。姜太太道："满地都是湿的，你到哪里去？走湿了鞋，可没有火烤。"她也不理会母亲的话，也并不是走到哪里去，却砰的一声把院门关上了。关了院门之后，依然走回屋里来，还是坐在那张矮凳上。姜太太道："这是什么意思？你瞧，洒了这一身的雨。"说着用手抚摩着她的头发，一下一下地由前向后顺着头发抚摩。

竹青将头一偏道："别管我，不关门怎么着？这人家一天没开火，让街坊知道了，你不难为情，我也难为情呢。"姜太太又碰了姑娘一个钉子，倒退了两步，坐在一张破椅上，望了她叹了一口气。竹青也知道母亲对于自己是二十分不高兴，可是自己心里依然不痛快，也不愿意去和母亲赔着笑脸，还是低了头坐着，用火筷子划地。

姜太太道："孩子，你心里别难受，听我对你说。我就是你一个人，漫说现在有吃的、有穿的我要顾着你，就是我手边钱留着不用的话，将来也是归你，我有什么想不通的，苦苦地挨饿挨冻呢？这实在也是因为没有钱花呀。现在是下雨，房东没来，要不然这房钱又过了两三天了，房东有那样好的心眼，放着不向咱们要吗？我心里也正在发愁，这一笔钱不知道在什么地方出呢？要说是我一个人的话，在哪儿我也待得下去，一定赁上两间房住下，这也为着是你呀。"

姜太太向女儿诉了一片苦情，看看女儿时，她依然是不作声。那天空的风忽然呼呼作响，由槐树上飕过去，把槐树上积的雨水，稀里哗啦，水点向地下一阵乱落。水点响声停住了，那像轻烟似的雨丝又在半空中飞舞，雨点虽是不吹到屋子里来的，可是那天空里的寒气阵阵向人身上袭来，令人有种说不出来的感觉。女儿不说话，母亲也不说话，屋子里沉寂极了。院子外那树叶滴下来的水点滴在砖石上，是卜的一声滴在水坑里，是隆的一声听到耳朵里去，格外增加人的凄凉之感。姜太太虽不是个词人，没有法子表现她心里这一番凄凉的感觉。不过阴惨的空气里凉飕飕的，觉着衣裳单，也觉起坐不安啦。

竹青因为今日一天没有吃热的东西，心里实在是不受用，可是一看母亲那种为难的样子，又听到母亲说得那样可怜，默然想着，就不作声。姜太太见她不作声了，料得她已软化过来，便道："孩子，我知道我是委屈你一点儿，第一，不能好好地让你念书；第二，穿没有穿着，吃也没有吃着，比起人家的姑娘来，总比不上去。老实说，凭你这个模样儿和你那一份聪明，本也不该把你弄成这个样子。可是你父亲去世得早，你母亲是个房门里面的人，叫她有什么法子呢？笑话是笑话，真事是真事，倒是你自己说，玉兰那句话，给你们找着人家，那就好了。"竹青坐在那里依然不作声，默然地坐着。

姜太太呆坐了许久，觉得关了院门，娘儿俩饿着肚子度阴天，这总也不是一个办法，于是悄悄地站在水泥里面，回头看着自己姑娘，并没有什么表示，料着是不反对自己去开院子门，于是就轻轻地拔了门闩，走向隔壁院子来，她的意思正也是想和那位丁先生家商量借点引火之物。不料刚打开门来，就遇到那挑煤油担子的马掌柜，待要将身子一缩，把门关起，已经让那位马掌柜看到了。他连忙招着手道："姜太太，你今日应借两个钱我使使吧？"

姜太太不能向后躲，只得反迎上前去，望了他低声道："今日这样的阴天，我到哪里找钱给你呢？等一两天吧。"说着，脸上愁苦着，现出皱纹来。

那马掌柜挑了一副油担子，前面一篓子是吃的香油，后面一篓子是点灯的煤油，放在门洞子里面。藤篓子眼里塞了一支笔和一个墨盒子，他将笔墨全拿出来，然后走到跨院门的粉墙下，用笔由上向下一行一行地指点着。凡是北平卖油的人，他都有这样一个简便的法子，担子挑到谁家，就把谁家的墙作为特别加大的一页账簿。他们的生意真个是下层工作，专把油卖给无产阶级。无产阶级的人哪里能天天有方便的钱买油使，所以不得不记账。然而这种账无非是三大枚四大枚，也许是嫌记起来对于账簿太不经济，也许嫌费事，所以索性把账簿免了，只在人家墙上记。这些赊油的人，自然不无小德出入，可是墙上的油账向来不曾涂改过。而且卖油人，这种账也是新式簿记，大概是这样记着，五月十五三两，或是初八十六枚，在人家墙上一行挨着一行记去，记一年的账，也不过五寸见方的一片而已。这时，马掌柜将半近视的眼对了墙上的字，用笔一处一处点着，点了几笔，用笔一勾，做个横勾，那就是个小结束。他勾了几勾，便道："姜太太，您多少给我一点儿吧，您有一个多月没有给钱了。"

姜太太道："我不是说了，今日阴天没有钱吗？"

马掌柜道:"有钱没钱,天阴天晴有什么关系呢?"

姜太太道:"不是那样说,天晴路干,出去借一点儿、当一点儿,多少可以想法子。这样满胡同里是泥,我们女太太怎样出门呢?"

马掌柜道:"我们做小生意买卖的,没有多少本钱,真搁不住。您多少给我们点儿,让我也好回回手儿。"

姜太太道:"今天实在没钱,明后天我再想法子筹给你,还不成吗?"

马掌柜道:"您哪怕给我十枚八枚呢,多少也是个意思。要不,我这账就不能再写了。"

姜太太道:"我们不能说那无理的话,说是你不赊了,我们就不给钱。可是做生意买卖,总得圆通一点儿。"

马掌柜听了这话,有点儿急了,于是将手上拿的笔向藤篓子里一插,将挑油篓子的扁担扯了下来,然后竖着将扁担头在地上顿了几顿,一个人自言自语地道:"我这人做生意买卖还算不圆通,要怎样地做生意才算圆通呢?干脆,我们就光赊账不收钱得了。"他虽不是向姜太太说的话,可是姜太太听了这话非常之难堪,靠了院门站定,臊得满脸通红,说话不得。那马掌柜只向丁、耿二家问了一声要油不要,和两家打了油了,第二句话也不说,挑起担子就走了。

姜太太家里今天正是烧缺了煤油,眼见人家挑担子走了,又不能拉住人家,便只得抽身回转屋子里来。竹青见她那样子,是个极端失意的神气,便轻轻问道:"怎么了?刚才我听到您和人家拌嘴来着的。"

姜太太道:"还不是为了穷的一个字?咳!"

竹青道:"谁?好像是马掌柜似的。"

姜太太道:"可不是他吗?该他的油钱,压根儿就没有还,现在人家瞧着咱们还钱不起,不肯再赊给咱们了。穷到卖油的人都瞧咱们不起,你说寒碜不寒碜?"

竹青道:"煤油可是没有了,他不赊给咱们,怎么办?咱们今天晚晌摸着黑坐一晚晌吗?"

姜太太道："拿钱去买一点儿来吧，当来的钱还没有花光呢。"

竹青道："你不是说当钱要留着明天用吗？可是到了要花的时候，你也只好花了。"姜太太自己说的话不能坚持到底，还是让姑娘以子之矛攻子之盾地说了一句，还是自己错了，有什么可说的，悄悄地拿着钱上街买煤油去了。

竹青见母亲冒着雨出门去，又替母亲难受，心想谁又愿过这种日子，不体谅她，倒埋怨她，让她有苦也说不出，这实在也不对，如此想着很后悔起来。过了一会子，不见母亲回家，就走到大门口来等着她。这时，有辆自用的人力车在泥浆里拉了过来，车夫弯着成了金钩虾米，满头的青筋在汗里冒出来，车上面坐着一位五十来岁的老头子，身上穿了一件蓝纺绸长衫，袖子长长地拖过手指，表示他是不必劳动。这双手一只手横伸出车子来，提了个鸟笼子，鸟笼子也是用蓝绸罩着的，里面是什么鸟雀可不知道。他坐在车上头，不住摇摆着，口里念念有词，似乎在唱戏，而且唱着很得意。这时，迎面来了个中年汉子，正在泥里挣扎着走路呢。他见了这老头子，立刻在泥里蹲着请了个安，满脸堆下笑容来，向他道："老太爷，您刚回来？"

那老头子道："下雨的天，没有哪里可去，可是这鸟要老不遛它，也许出毛病，只好出去一趟。"说着话时，车子由身边拉过去，他倒向竹青微笑着点了个头。

恰好姜太太也挨着人家墙脚下，看一步、跳一步地走了回来。其实满胡同都是泥浆，也没有好走的路，她这样走着，也不过免得在泥沟里拖踏着罢了。她右手提了玻璃酒瓶子，里面是煤油，又是一个破蒲包，不知装了什么东西；左手拿了一个烧饼和一根油条，两手两脚都不空着，好像很累似的。好容易挣扎到了大门口，竹青正要去接过煤油瓶子来，她却笑着将油条烧饼塞到竹青手里，笑道："你大概是饿了，先拿去吃。刚才刘家老太爷过去还和你点了头，是不是？"

竹青道："哦！这个就是刘玉蟾的爹吗？怪不得他那样自在，整天没事只知道上茶馆、遛鸟儿。"母女二人说着话，一路走进屋来。竹青笑道："你说钱不够用，干吗又给我带烧饼回来，这一蒲包又是什么东西？"

姜太太也禁不住笑了，便将蒲包递给她道："你拿去瞧瞧，咱们发了财了，我给你带了一包乌金条回来。"

竹青连忙接过来一看，却是一包木炭，将炭放在地上道："怎么着还是要做饭吃吗？"

姜太太道："我也想了，怪不得你生气，一个人家整天炉子里没烟没火的，可也不像话，就是不做饭，也烧点儿开水喝，让炉子里见点儿热气。我怕你饿了，先买套油条烧饼你吃。"

竹青将烧饼油条放在桌上并不曾吃，靠着门望了天，叹上一口气道："那刘玉蟾也是个姑娘，我也是个姑娘，她就凭着她的本事能养活那一家子人，你瞧她爹多么自在。我就不成，还要大雨的天，妈去买烧饼我来吃。"

姜太太正在那里烧火、添煤，弯了腰向着炉子，突然将手上的火筷子一放，伸直腰来连拍两下手道："孩子，你这不是很懂事吗？只要你有这几句话，虽然说是办不到，我听了死也甘心。"

竹青看到母亲听了这句话，笑眯眯的两只眼睛望了自己，看那身子有些向前，简直恨不得一下把女儿搂在怀里，更觉得母亲真是疼爱自己的，便也沉住了颜色道："妈，只要能够让你享福，就是叫我到人家去当个小丫头，我也肯干。可是我有什么法子去找有钱的人家呢？"说毕，长长地叹了一口气。

姜太太依然去烧火，有意无意地答言道："再瞧机会吧。"

竹青到了这时似乎深深地受了一种感触，端了一把矮椅子来靠了门坐着，两手抱了膝盖，望着天空的雨丝。凡是当卖油人上人家送油以后，天色就该有大半下午的。这是阴天，夜幕更是应当伸张得快。竹青眼望着天空，不知不觉地将对过的屋脊看得有些模糊起来，偶然一回头，母亲已是把桌上一盏煤油灯点着了。那炉子里的火苗只是抽得有两寸多高，炉口上三个泥墩子架了一把水壶在火苗上，已是有点儿呼噜作响。说也奇怪，屋子里不过是多了桌上一点灯光和一丛炉子上的火焰，立刻就觉得热闹许多。竹青道："既是火上来了，就是烧壶水喝，白糟蹋一炉子煤，您就索性做点儿吃的吧。明天没有钱用，明天再想法子，世上没有饿死过多少人。"

姜太太道："我也是这样想，你还是喝点儿水，把那套烧饼吃了下去吧。"竹青见母亲这样亲爱，如何可以推谢，只好起身来将茶杯接着，把那茶喝了，把那套烧饼吃了。当天晴的时候，每到傍晚，竹青必是邀请着玉兰在胡同里遛上两个弯儿，或者在大门口找两个女伴闲谈。现在天下雨，不能出去，院门关了，玉兰又不来，自己也不知道做什么好，只得摸着黑走进房去，躺在炕上睡了。

阴的天气只是那阴凉空气就可以催眠，竹青在炕上躺下去，不到五分钟的工夫就沉沉地入梦。糊里糊涂的，自己又似乎没有睡着，不知何时换了一件紫色绸衫，坐着一辆光亮的人力车，到了一家酒馆门口，所有许多认识的女伴都在这门口等着，见她来了，如众星拱月一般将她拥到雅座里去。一张大圆桌上摆了一二十碗菜，都说请姜家大姑娘上坐，今天这餐饭是专门请她的，自己哪里肯坐首席，只管和女伴们拉扯。穷姑娘也有这样一天，她是做梦也想不到的了。

中篇

惺惺相惜患难时

竹青一觉醒来，原来是一场梦。睁眼看时，炕头小桌上灯下有只粗花饭碗，盛了一碗浓粥，冷得成了浆子一般，只有粗瓷碟子盛着盐水疙瘩丝儿。母亲拿了一卷当票在灯下理着，眼睛也有些要拢，好像睁不开的样子。竹青在床上翻了一个身，姜太太道："你别睡了，回头下半夜又睡不着。我给你留了一大碗粥，热着你吃，好吗？"

竹青坐了起来，揉着眼睛道："不吃了，我喝口热茶吧。"于是下了炕，将茶壶里的茶倒了半杯喝。茶也是温凉的，这一觉大概睡的时候不少。人是昏沉沉地坐在一张方凳上，背着灯光就玩味那梦中的情景，觉得真有梦中那一天，也不枉为人了。正如此出神，忽然一阵胡琴三弦的声音破空而至，接着还有人跟了这种弦索唱起戏来，唱的是《贵妃醉酒》，那音调非常之甜，在这样细雨无声的深夜，一个字一个字，都很是入耳。听了一大段，竹青道："这是谁？真快活，半夜里唱戏玩儿。"

姜太太道："这不就是前几天搬来的那刘家吗？今天下雨，大概刘玉蟾不上戏馆子，就在家里唱着玩，解个闷儿。他们家那跨院子绕了过来，和我们就是隔一个院子，所以我们家里听得挺清楚。那孙掌柜和他们做活，认识她呢。据说，她现在是自己组班，上海戏馆子里有人来邀她到南方去，出到三千块钱一个月的包银她还不肯去，有这三千钱，别说是一个月、一年，咱们一辈子也够过的了。其实她也长得不怎样美，就是人缘儿好，活该她发财。据孙掌柜说，常有阔人坐着汽车到他们家里去打牌吃饭，还不定又是一些什么阔人在她家里足吃足喝一阵，这就该她唱上一段，大家开心来了。"

竹青道："那刘老太爷养了这样一个姑娘，也算养着了。谁家的儿子能挣这些钱养活娘老子呢？"

姜太太道："这也是千人中难遇的一件事，怎样可以打比？"正说到这里，只听到哈哈一阵笑声，原来是唱的拉的都停止了，听戏的人正在捧场呢。那阵笑声过去了，接着又是噼噼啪啪的鼓掌声。

竹青道："听！可不是有阔人在她家里吃着喝着吗？这全是爷们的声音，大概都是捧角的。"姜太太没有理会姑娘的话，只是偏了头去听隔院子里的响声。那院子里人语喧哗之声停止以后，接着又是麻雀牌声，稀里哗啦，打成一片。竹青道："你瞧！这份热闹劲儿，这一晚晌，抽头总可抽个一百二百的了。"姜太太没作声，还是偏了头在那里听着。

许久，姜太太才笑着叹了一口气道："我这是什么玩意儿，老把人家家里的事往自己耳朵里听，听着受用吗？"竹青因为母亲许久没有作声，所以她背了灯光看着自己的影子，用脚只管在地上践踏着。姜太太道："我心里倒想起一件事来了。前些日子，玉兰说过的，有个什么跳舞唱歌儿的学校招考女学生，除了供吃供喝，还可以拿月钱，若是跳舞出来了，也一样地挣大钱，我就是舍不得你离开，所以没有望着这上面想。于今我又有些后悔了，该让你去，姑娘总是要出门子的，能把她关在家里过上一辈子吗？"

竹青也不作声，依然看了那人影子出神，大概隔壁人家是另外有个天地，在这样的阴雨天，别家都感觉烦闷，这刘家却是很欢喜，在麻雀牌声吵动之后，那胡琴和三弦子又衬托着人的歌声，陆续地热闹起来，似乎这打牌在一间屋子里，唱戏又在一间屋子里，各人寻找各人的乐趣呢。

姜太太把清理好了的当票收到箱子里去了，却向竹青道："你还没有听见说呢，这刘玉蟾家里以前也是穷得不得了，她就在天桥唱戏，每天拿三四十枚的戏份，因为她扮相好，几次让人家一捧就捧起来了，到现时也不过三年的工夫，就红得这样。上次我要让你走进那个跳舞学校就好了，有人说跳舞事干不得，我想那要什么紧？只要自个儿心里摆得正，什么事也能干。你瞧，刘玉蟾坐着汽车进进出出，谁不恭恭敬敬地叫她一声'刘老板'呢？她的妈出来，人家不也是叫'老太太'吗？这年头儿，只要有钱，什么事就都好办，王八、鬼子、贼，人就都得恭维。没钱呢？你拖一片揸一片，就是个天字第一号的正人君子，谁瞧你呀？你瞧，我们今天没给煤油钱，倒受卖油的一顿气！"

竹青笑道："呵呵！我明白了，您这意思，想打算叫我也去学戏是不是？"

姜太太犹豫了一阵子，才从容着道："我的意思，以为咱们家穷到这样，不想一个法子找出路，那是不行的。找出路，有什么路子可找呢？你想呀。"她说着这话，眼瞧着竹青的面色，似乎在那里静等她回答。

竹青对于母亲这话倒是不反对，脸上很带着一点儿得色道："那不是吹的，我除非不唱戏，要唱戏，就得唱红。有一天，我也让你坐汽车、住住有电灯电话的大房子，那个时候，你也会说养姑娘没有白养活着了。"

姜太太道："我也不想那样好，只要咱娘儿俩对付着有吃有喝也就得了。"

竹青道："我嗓子是有的，总也不会猪八戒似的不受打扮，只要我肯学，一个月准可以拿个一百二百的。"

姜太太笑道："这也叫娘儿俩睡不着觉，睁了眼睛说梦话。你下午只吃了一个烧饼，肚子恐怕是饿了，把这碗冷粥吃了吧。"

竹青正说得高兴，母亲说是说梦话，这倒有些难为情，不由得脸上一红，就借着生气来遮盖她的不好意思，将脸一偏道："我不饿！"

姜太太道："不饿？可要到明天十一二点钟才有吃的呢。"

竹青道："我知道，哪一天早上吃过三茶三点，还是怎么着？"

姜太太只得笑着将粥碗和盐水疙瘩丝的碟子一同送到外面屋子破桌子抽屉里去，口里还道："不吃就不吃吧，这也犯不上生个什么气啊。"

竹青也不理会她母亲，在小桌子抽屉里翻了一阵，把一本看过三四遍的残本《红楼梦》又站着靠了桌子看上几行，不看则已，看了之后，倒引起趣味来，索性托了一张方凳子坐下来看。姜太太走进屋来，用手轻轻抚摩着她的背道："别看书了，天不早，你也该睡了。"竹青只管低头看她的小说，又是不理会。姜太太因她老不作声，知道她心里一定是很不痛快，勉强打搅她，她更不高兴，展开炕上铺的被单，扶了扶枕头，无精打采地自躺下了。姜太太躺着，两只眼睛原是注射着自己姑娘的，但是精神非常不振，昏昏沉沉的，将眼一闭上就睡着了。

竹青因着无聊才翻弄这本书的，现在静悄悄地坐在桌子边，很觉得身上有些凉飕飕的，将书一推，一手撑着头，半侧着身子，凝一凝神。在她这样凝神的时候，隔壁院子里的人忽然大哗，有个女子的声音嚷着道："彭三爷，请你务必到呀。"有个人答道："不用你嘱咐了，我明天到这里来接你上戏馆子就是。我来不及，我也会打发我的车子先来，若是老要你嘱咐着，现着咱们就不够交情似的了。"于是有几个人接着一阵哈哈大笑，跟着起哄，同时便听到呜呜的喇叭声、轧轧的汽车机件声，热闹得了不得。看看自己的母亲，将一只手绕到头上去，正睡得酣。一人老坐着听隔壁戏，这也没有多大的意思，于是将穿的长衣脱下，也爬到炕上去睡。因为姜太太将两个蓝布枕头叠着一处，嫌它高一点儿，便将面上一个枕头挪开来。不料这无意之间却在枕头里面找出一张相片来，拿起看时，是个军人。他身上穿了棉的军服，满身起了许多饱鼓的皱纹，头上戴顶军帽，两边又有两个出风皮护耳，他两手下垂，鼓了脸，瞪着眼，做个立正式。翻着那相片后看，上面有两行七颠八倒的字，乃是"曹正心，山东郓城人，年二十七岁，现任第七旅第十五团第四十五营第九连第三排排长"。

她不由扑哧一声笑了，心想这一大路头衔，看起倒吓死人，其实不过是个排长。这人我们并不认识，怎么会有一张相片在枕头底下？这大概不是送给我们家的，若是送给我们家的，应该也有个上下款的称呼。在灯下将这人的相片仔细看看，高鼻子、鼓脸泡、短眉毛、三角眼，而且是两只招风耳，便是那额头上也有几条寿星纹，说是二十七岁，恐怕不见得。自己将相片向桌上一扔，便靠了枕头，弯着身子，靠了母亲睡着，无如先会儿睡过一觉的，这时睁了两只眼睛，无论如何也睡不着。因为睡不着吧，便想起心事来，心里所想的都是和自己的能力差上几百倍的事情，好像是自己突然在炕下挖得一窖银子，于是母女二人慢慢阔绰起来，住好房子，穿好衣服，家里买着整包的洋白面，爱吃什么就做什么。又想自己嫁了一个有钱而又年轻的丈夫，他并没有父母兄弟，接着自己的母女在一处过活，要什么有什么。这样地想着，仿佛就在过那种日子一般，非常痛快，决计不肯把这种思想打断，只听到胡同里打更的敲过四鼓，自己还不曾睡稳，心想，这样晚了，傻想什么？睡吧。于是勉强把眼睛闭起来，正有点儿昏沉沉的，忽然人声大起，有人喊着着火了。她心里乱碰一阵，睁眼看着窗子外红光烛天，槐树和屋脊看得清清楚楚，火却是封门了。她一时吓得喊叫不出，哇的一声哭了起来。

这一片着火之声，不但是惊动了姜氏母女，所有前后院邻全惊醒过来。姜太太听到竹青的喊叫声，一骨碌爬起来，睁眼一看，窗户外面果然是火星向院子乱落，那火焰成球似的，向半空里卷着，仿佛这火头就是在家里烧着一样。这一吓非同小可，见竹青坐在炕上，拉了她下炕。母女俩同时摔着滚在地上，好容易爬了起来，拼命似的向院子外面跑，及至跑到院子外头来，才看到这火焰在隔壁人家，还隔了好几重院子哩。她两只大腿筛糠似的抖着，扶了竹青的肩膀，只向隔壁人家呆呆地望去。只在这时，院子门轰隆一下响着倒在地上，有人喊着："姜太太！姜太太！"

姜太太看时，乃是那边院子里的丁先生，便道："这怎么好，我们这儿不要紧吗？"

丁先生穿了一件空心长衫，敞着胸襟几个纽扣，两手抄了长衫的下摆，喘息着向姜太太道："你们真吓了我一跳，我叫了几十声，你们也不打开门来，也不知道你们在屋子里怎么了，我只好打了门进来。这火势很凶，说不定会烧到这边来的，快进屋子去拣拣东西。"他一面说着话，一面向天空的火头望着，突然一阵火焰向半空里冲出去，好几丈高，似乎又烧着了一幢屋子。说话未完，他掉转身躯就向外面跑去了。

姜太太被他这一句话提醒了，果然跌进屋子去拿东西。最重要的自然是放衣服的那口箱子，两手拉了箱子的铁环，半捧半拖地把箱子拖出院子来。竹青匆匆忙忙地也跑到屋子里抢了一样东西出来，因看到姜太太已经跑到院子里去，自己在后面紧紧地跟着向外面跑了来。姜太太将箱子放在地上，自己倒背身子只管向外拖，看见竹青出来，又点头又招手道："快向外面跑吧，火头烧过来了，天啦！怎么好呢？"

她嚷着跳着，还带着哭声，糊里糊涂跑出大门来，只见满胡同男女乱跑，有几个警察在人丛里钻着，口里呜呜地吹着警笛，那火光照着人家墙壁，现出金黄之色，不时有一两个火星子飞到地上来，这空气更觉得十分紧张。接着在不断的铜钟声里，开到一辆救火车，跳下二三十个戴铜帽子的救火队员，直奔失火的人家，顷刻之间，救火军号声、水会的水车铁轮声、救火员和军警的呼喊声便闹成一片。那水会里的人竹竿上挑着白纸蓝字灯笼，在火光里晃着，便更感到紧张之中有些凄惨意味。只有二三十分钟的工夫，消防队和水会已经到有十几部分，胡同里更是热闹。那向自来水管接上的橡皮带，地上拖了十几根，小眼里漏出水来，嗤嗤作响，冒出几尺高。水会里挑水的水夫，一串来，一串去，水桶子摇摆着，彼此相撞作响。这样情景，平常所看不到的，她站着只管看人，都呆过去了。所幸这火势虽猛，一来风已息了，二来久雨之后到处潮湿，经过这番抢救，火便衰下去。

姜太太出大门以后已是糊涂了。竹青长了这么大，也只是听到人说着火，并不曾亲眼看过。现在见门口是这番情形，只有心房乱跳，眼光发呆。半小时后，这一场火就消灭下去了。姜太太听见人家说"好了，好了，火熄了"，这才回转一口气，回头看到竹青手上抱了一个大枕头，便哟了一声道："你怎么手上抱着一个枕头呢？"

竹青一看自己手上，可不是抱了一个枕头吗？耿太太也站在她身后就笑道："你别说人家，你瞧瞧您自己，不是拖着空箱子吗？里面的东西呢？"

姜太太这才醒悟过来，自己拖箱子出来，不知道怎的把箱口朝了下，一声哎哟还不曾喊叫出来，对面墙角下却有人跟着叫起来道："这可真是疯了，什么也没要，我捧了一把茶壶出来。"

这时正有几个人打着灯笼站在胡同中间，照出三个人的情形，引得许多人都笑了。那个自说捧茶壶的人，也是一个女子，她说着话就跨过泥沟走到这边墙下来。看到姜太太倒拖着箱子，便搭讪着道："你瞧，不都是吓糊涂了？"

姜太太这才看清楚了，正是自己最羡慕的那个刘玉蟾，便笑道："哦！原来是刘老板，你受惊了，没烧着什么吗？"

刘玉蟾道："不是我家里起火，是我后院隔壁车厂子里着火，我家里烧着没有还不知道呢。"这时却有一个人飞跑了来，一路喊着刘老板。刘玉蟾答道："我在这里。"

那人道："火熄了，咱们家没有烧什么，就是消防队把厨房隔壁那两间破屋拆了。老爷子、老太太到处找您呢，快回去吧。"

刘玉蟾便和姜太太点了点头，说是明儿见，就匆匆走了。这里向外避火的人都纷纷回家，姜氏母女也就抬着空箱子回去，可是姜太太过后思量很后悔，自己不镇静，胡乱将东西向外搬，倒不如不动，东西还不至于散乱。于是在家里找了个洋蜡烛头点着，由自己院子里一路照到大门口来。这箱子里除了几件衣物而外，不过几个破布卷，虽然沾了不少的泥水，倒也不差什么。只是有一包半年来的当票，恰好落在一个水洼边，这当票是用布卷着的，那布卷子已被水浸透了的，拿在手上，泥水只管向下滴着，赶忙拿到屋子里去，在灯下解开布卷一看，那当票沾成了个糨糊片，简直是拿不上手了。姜太太将布卷放在桌上，呆呆地望，口里叽咕着道："怎么办呢？怎么办呢？"

竹青靠了房门，远远站定望着，有五分钟，才露出一句话来道："完了！完了！"

姜太太道："二三十张当票，我哪里全记得日子，马上刮起西北风来就得穿夹袄，现在赎不出来了，又没钱做新的，还不是要命吗？"竹青也不作声，依然靠门站定。姜太太靠了桌子，也成了一个木雕的，哪里移动得？

母女俩就这样呆着，许久许久，竹青才道："东西已经是坏了，发愣也没有法子，只当是火烧了吧。"姜太太叹了一口气，也没有什么话说，倒反是爬上炕去躺下了。这时，却听到外面树上有两声鸦鹊，竹青道："鸟都叫了，大概是天亮了吧？"将手掩了煤油灯，向窗子上看时，窗子上有些鱼肚色，便道，"天也亮了，别睡了。"

正说着，外面有人叫了声"竹青"，却是玉兰来了。她道："没有睡吗？你瞧，你们家院墙倒了这样大一个窟窿。"

竹青走出来一看，果然和隔壁相隔的墙，在中间坍下一大片，在这院里看到隔壁人家，很是清楚。那院子里摆了满地的家具，有几个人在搬运。其中一个女子正是刚才从大门外看见的刘玉蟾，自己正向她估量着，她倒还是很大方，和这边点了个头道："你们家受惊了。"竹青笑道："你们府上才受惊呢，我们这儿还好些。"说着话，彼此走近来都站到墙边。

刘玉蟾道："咱们大门口，隔了好几号门牌，里面倒只是隔了一堵墙。"

竹青道："你们院子深，远着弯过来的，你府上说话，我们这边都能听见呢。"

玉蟾道："我们睡觉睡得晚，天天都吵了你们吧？"

竹青道："不，刘老板高兴唱起来，我们听得还很高兴呢。平常求您唱还求不到哇。"

玉蟾笑了。彼此都是姑娘们，说话倒很投机。就在这时，姜太太一阵呜呜的哭声却送到院子里来。玉蟾究竟是个唱戏的人，她自己对什么感情都能表演出来，人家有什么感触的时候，她一样也可以看得出来听得出来，便向竹青道："你府上哪个吓着了吧？"

竹青红着脸道："不瞒刘老板说，还合了戏词上的那句话，'越穷越没有'，晚间搬箱子丢了几样东西，我母亲有点儿舍不得，就哭了。

丢也丢了，有什么法子呢？上了几岁年纪的人，总是这样想不开。"

玉蟾道："丢了什么呢？很值钱的吧。"

竹青道："也不值什么，丢了几件小的首饰。"

玉蟾道："女人都是爱首饰的。丢了这也难怪让老人家伤心的了。天亮了，你去找找吧。"

竹青也觉母亲哭，当面子让人听到怪难为情的，立刻跑进屋子去，跺着脚道："别哭了，人家都听见了。湿也湿了，您哭一阵子，票子就会干了过来吗？"

姜太太道："将来要穿的衣服，做新的没有钱，取当又没有票子，这还不该伤心的吗？"

竹青道："别嚷别嚷！让人听到，更寒蠢了。"

那个刘玉蟾还站在墙口上呢。她如此拦阻她母亲的时候，玉蟾还站在那里和玉兰说话，究竟这个院子小，她无论如何低声说话，都让人家听了去了。玉蟾这才明白，是打湿了当票。当时听到也没有什么表示，和玉兰说了几句话，自回上房去。

这天中午，天虽不下雨了，可是阴云满天，不曾露出阳光，连刮了几阵西北风，天气十分的凉爽。热天天气转凉了，这正是大家高兴的一件事。可是姜氏母女的衣服完全当了，而且把当票毁了，对于天气阴凉，确实不大欢迎。加之到了下半天，一阵一阵西北风吹得那槐树叶子呼呼作响，就是天气不凉，这种声音让人听到也加上一种不快之感。姜太太有两件薄竹布褂子，都穿上了，竹青有两件布旗袍，也要她穿上。竹青噘了嘴道："我不凉，凉我也不穿。穿布的，穿绸的，那是各人的命，若是穿衣服连个款式都不懂，那才是笑话呢。我没听见说过长褂子又套着长褂子穿的。"

姜太太道："你这话也值得一驳吗？穿衣服不为的是图着身上暖和吗？只要暖和就得，穿两件也好，穿三件也好，那有什么关系？"

竹青道："是哟！没有关系哟！到了三九天，身上穿上十件二十件夏布褂子，也是一样，只要暖和就得，管他是样不是样呢？"

她原是在屋子里和母亲说的话，她越说越气，就走到院子里来了。那墙上一个缺口依然不曾填上，恰好那刘玉蟾在院子里站在，有头无尾地听了两句，再看到竹青穿了一件极薄的俄国标旧旗袍，被风吹着，下摆飘飘乱舞，脸色都有些白了，当然是很凉。她一时良心发现，就走回屋子去，拣了自己和母亲的几件衣服，用一个包袱包着，复走到墙的缺口处来。见竹青在房门口煤炉子边添火，老是不走开，大概表面添火，其实是在那里取暖呢。于是缓缓地走了进来，老远地先笑道："客来了。"

竹青一回头，啊哟了一声，迎上前道："我们这破屋子，脏得很。"

玉蟾笑道："街里街坊的，像自家人一样，没什么关系。"她说着话，把包袱提着，直送到竹青的炕上来。

姜太太见她进来，没作个道理处，向前两步，退后两步，直嚷："刘老板，您哪儿坐呢？"

玉蟾摇摇手笑道："别张罗吧。我这里有两件衣服，自己只穿过两回，因为不合腰身，老搁在箱子里。大改小可以，小改大可不成。拿去变卖了也不值。我听你同这位大姐，受了这回火灾，衣服大概踏了不少，一时要做来不及，先把我这个穿着吧。"她口里说着，已是把包袱打开，将里面衣服一件件地提了起来，抖给她母女俩看。

竹青听说她送衣服，而以为是破烂的东西罢了。等着她把衣服抖了开来，全是八成新的。尤其是那两件女旗袍，腰身细小，鹅黄色的青点子布，在衣摆滚着边，是最时髦的样子，心里非常之高兴，早是忍不住地嘻嘻笑了起来。

玉蟾道："你来试试吧。"说着，就把那件鹅黄色的旗袍两手提着托肩，直送到竹青面前来。竹青只得含笑点头接着。玉蟾道："你就试试吧。"

竹青笑道："无功不受禄，我怎好受你这些衣服呢？"

玉蟾笑道："我不是说过了吗？我放在家里也是白搁着的。你若是不收下，就是嫌我这衣服是旧的。"

姜太太闪在一边看着，笑道："招罪死了。您这样的好意我们还嫌旧呢。我只嫌是新街坊，不敢当罢了。"

说这话时，竹青不自禁地已是把那件衣服穿上了。玉蟾就点着头连连笑道："好极了，腰身非常之相合，就像你自己做的一样。我现在身腰越来越长，自己先做的衣服都不能穿，再要像你这种细身腰，恐怕不能够了。"

竹青最爱人家说她腰细，玉蟾如此说着，自己显然是赛过鼎鼎大名的刘玉蟾了，心里高兴得了不得，笑道："刘老板，你夸奖了，我把什么比你。北京城里谁不知刘老板呢？"

刘玉蟾现时还成名未久，最好的是个名字。人家说她名声大，也是非常之高兴。不过在她自己实在也觉得名字轰动九城。竹青这样说着，她也并不以为过誉，只是笑着。有一句要承认而又不便承认的话正待说了出来，忽然有人在她院子里叫道："岳三爷来了。"她这才笑着向竹青道："我家来了客，改日再谈吧。这个岳三爷就是北京最有名的财主，家私几千万呢。"说毕，点了个头就走了。

无缘无故地告诉了竹青岳三爷是个大财主，这本是不可解的一句话。可是竹青倒不去奇怪这句话，只想到岳三爷是个有几千万家财的人，倒很是惦记着，要看看是怎样一个人，两手扶了墙的缺口，只管向里面院子里望着。然而这里不过是刘家的一个内跨院，有客并不向这里来的，所以竹青在这里站了许久也看不到岳三爷是个怎样的人才。只听到嘻嘻哈哈的一片笑声，由远而近地走向刘家里边去。她怅怅地想着，倒很有些感动。

姜太太在屋子里面却叫喊起来，连忙跑进屋子一看，只见她把包袱里的衣服，件件都抖开来看了，带着笑容道："这刘老板真是好人，和我们一点儿交情没有，送了这些衣服来。我们怎样去谢谢人家呢？"

竹青道："她拿出几件衣服来送人，那算得什么，她还有几千万家财的朋友呢。"

姜太太道："那是呀，她现在唱红了，哪样的阔人她攀交不上。你瞧，这两件短衣服，一定送给我的了，我落到这步田地，哪里还配穿绸呀缎的，今天正是没有法子过去，把这两件衣服拿去当一两块钱来用，你看怎么样?"

竹青听说，立刻脸色板了下来道："人家看到我们凉，所以马上找两件衣服给我们穿，我们就那样不识抬举，一回也不穿，就给人家当了。"

姜太太被姑娘一驳，本待还有一番意思要说出来，可是想到姑娘的脾气大，恐怕说僵，她嚷起来，真让刘玉蟾家听到了倒不合适，便忍住了没有作声。瞧见竹青一人噘了嘴闷坐在一边，停了五分钟，就强笑道："这也是你一番好意，你不让我当，我就不当是了。你穿的衣服多合身材，你可以穿着让耿伯母去看看，她真会相信你是新做的呢。"这句话倒提醒了竹青，也不理会母亲，起身就向外边院子里来。这一来，又让她长了一番见识，对她生活的转变是给予了一种很大的影响呢。

下篇

同气相求

玉兰站在院子里，看到这种样子，不说什么，先就哟了一声，抢上前一步，牵着她衣服的大袄襟低头审查了许久，笑道："这是哪里来的？"

竹青自己也牵着衣襟，向她笑道："这是我新做的一件衣服，你看合身材吗？"

玉兰的嘴一撇道："你也有钱做新衣服？"她自己觉得这话太直率了，向她微微一笑，就如此一笑了之。竹青知道下面应该说些什么的，这句话没说完，也就不必追究了。

耿太太在屋子里隔了窗户也就早看清楚了，便笑道："大姑娘，进来，我瞧瞧。"竹青也正要卖弄她这一套新衣服，听了这话，立刻就走进去了。耿太太坐在炕上，手上捧了一件点花的白纱女衣，正在缀着缝，于是将衣服放在盘着的两腿上，牵了衣襟，仔细看看，笑道："这是旧衣服，我敢断定说不是大姑娘新做的，除非是在箱子里翻出来的。"

竹青道："您怎么知道是在箱子里拿出来的？您要说出一个道理来，无论对是不对，我都佩服你了。"

耿太太道："大姑娘，凭我多长两岁年纪，也错不了。第一，你家新的衣服都是自己缝的，这个可是机器缀的边。第二，这衣服上有一股樟脑丸味儿，一定是箱子里放下了樟脑丸去虫的衣服上沾着那味儿。"

竹青也没说什么，嘻嘻地笑了。玉兰在一旁插嘴道："我妈妈猜对了吧？"

竹青道："说起来惭愧，是那刘老板看我今天有些抗不住凉的样子，送了两件衣服给我穿了。倒不如你，伯母还给你赶做一件花褂子穿呢。"

玉兰道："别嚷，穿衣服我是墩儿饽饽，往哪儿摆呀。"她说着红了脸，两手撑着桌子，托了下巴颏。

竹青问道："伯母，你这衣服是给谁做的呢?"

耿太太道："哪是替谁做的衣服，这是孙掌柜送来的活。"

竹青道："伯母娘儿俩好久没有接活做了，怎样现在又做起来了?"

耿太太叹了一口气道："嗐! 这也是没有法子呀。孙掌柜和我们送活两年了，缭一件衣服就是四大枚。你想，成衣铺里就是裁了裁，周身的边缝都是我们女工缭。一件衣服，我们做大八成，他们挣人家四五角钱工钱，我们连四五分钱还挣不着，你说可气不可气? 那还不说，缭一件衣服还得贴一大枚棉线，实在只能挣三大枚罢了。一天天亮就下炕，缭到晚上十一二点位置，脖子酸着都抬不起来，也只能缭三件衣服。勉强够半斤棒子面，还有什么意思? 所以上两个月我不干了。可是现在又想起来了，闲着也是闲着，接点儿活混混日子过，多少进两个钱，所以我又找着孙掌柜叫他把活送了来。"

竹青道："哟! 我只听到说你们接活挣不了多少钱，敢情做件衣服只能落下三大枚呀。"

耿太太手上拿了针线，本待要做，于是将两手放下来，按着大腿，长长地叹了一口气道："可不是吗? 嗐! 有什么法子呢?"

竹青听着人家这样说，心里倒也怪可怜的，就在炕边一张方凳子上坐下，笑道："这真只好那样说，闲着也是闲着。要不然，靠这个钱买下锅米，真会饿死人呢。"

玉兰道："别那样说，也真有等这个钱买下锅米的。"

耿太太提到这事，未免勾起一肚子牢骚来了，便望了玉兰道："嗐! 我要不是为了我这姑娘，我还苦巴苦结地过日子做什么? 我早也就闭下眼睛，任什么事不管了。前两年我不接成衣店里的活，总是走几家宅门和人家要些粗布衣服来做，裁归我裁，缝也归我缝，一件衣服，总也拿人家七吊八吊的。（按：北平百文为一吊，非以前文也。）一个月倒也挣一二百吊钱，娘儿俩吃喝真也够了。可是这一年多以来，我认识的那几家宅门全闹饥荒，有的回南去了，有的也不添补衣服，没人介绍，我又找不出新路子来，没法子，只好到处和成衣店打听有没有活做。我听说成衣店让女工缭件裤子给十二枚，缭件长衣服给二十枚，一天能缭两三件的话，也是不坏。可是天下事不能让咱们那样算。成衣店说，我没铺保，不能给衣服我们做。要做的话，他们有送活的，可以向送活的去说。好容易，我找着这个送活的孙掌柜，才捞上了这笔买卖呢。他在成衣店接下来，是那个价钱，他说，担着一副担子呢，坏了料子，要赔成衣店里的，不能白送，所以从中落几文。一件裤子，他落下两大枚，一件长衣服，落下三大枚，虽然挣了咱们十个指头上的钱，他要是不讲交情，还真不肯送来呢。我也明知道赶尸了，一天管不了一天肚子饱，只好让玉兰帮我一点儿。冬天呢，到粥厂里去打两瓢粥，也就差不离了。倒是夏天的日子长，能多做一点儿，反不够吃的。"

竹青听了耿太太这一篇话，直觉得是闻所未闻，便笑道："你瞧，我们住有这样久的街坊了，从来没有打听过做活这一件事，敢情是这样难。既然是不够嚼吃的，你还赶着做活干什么？"

耿太太道："我不是说了吗？闲着也是闲着，找几件衣服缝缝，多少还能补贴一点儿。要说靠十个指头挣来的钱吃饭，嗐！我这样干了两年多了，我早饿成干人了，我这么大年纪了，还靠的是娘家那一条路呢。我娘家几个侄子，待我都算不错，他们虽是乡下人，一个月总得到城里来几回，粮食呀，瓜呀，菜呀，总给我带些来。那个常送东西来的小伙子，就是我的第二个侄子，你不是常碰见过他吗？"

竹青道："对了，人挺忠厚的，这样的亲戚，现在这年头儿很难得。"

耿太太道："可是他们也有他们的心眼儿，我娘家二嫂子，很想和我攀个回头亲呢。"

竹青也不考量一下，立刻就插嘴道："哟！乡下人倒要和城里人做亲戚啦。"说着话时，眼就望着玉兰。玉兰鼓起腮帮子来，早红过耳朵后去了。

耿太太道："也并不是城里人就不能和乡下人结亲，我不就是一个乡下姑娘出身吗？不过我们这一个亲，可不能办。一来回头亲是不发旺的。二来我就是玉兰一个，她也娇生惯养的，乡下那种日子，要什么没有什么，她怎样过得来？我看透了这一层，在娘家人面前也露过好几次口风的了。可是我望娘家人帮我忙的地方还多着啦，我又不能马上得罪他们。"

竹青听说，望着玉兰笑道："找个乡下婆婆家也不坏啦。乡下有大葡萄吃。"

玉兰绷了脸道："竹青，你少瞎说。我要和你翻脸的。"说毕将身子一扭，跑出屋子去了。

耿太太道："你瞧，她这副情形，多讨厌乡下人。我和你母亲一样，是个早年的孀居，除了用自己十个指头去找钱，还有什么法子？可是十个指头的鲜血，挑了两三年了，饱过一顿吗？"

竹青道："这话又说回来了，还是我们不好。我们要是一个小子的话，长了这样大啦，洋车也可以养活两口子，现在是个姑娘，有什么法子呢？"

正说到这里，屋子外面有人答道："姑娘就不能挣钱吗？这话我有些不相信啦。"这人说着话，可就走进屋子里来了。大家看时，不是别人，却是给耿太太送活的孙掌柜。他穿了件旧蓝竹布长衫，胁下夹了个包袱，一手捏着油纸黑扇，晃荡着他那个长个儿走了进来。

竹青斜瞟了他一眼，并不理会。耿太太却早由炕上跳了下来，笑脸相迎道："又有什么赶着要的东西送给我们吗？"

孙掌柜站在房门口，也看着竹青，见她坐在方凳子上顺手掏了炕上放着的衣服去看，似乎是不好意思，又似乎是瞧不起人，便笑道："这位姑娘和耿太太的姑娘真是一对儿，在这胡同里，找不出第三个来。刚才就是她说姑娘不能养家吧？"

耿太太笑道："我们是闲聊天，不相干，您请坐。"

孙掌柜一面放下包袱，一面在门角边一张方凳上坐下。耿太太见孙掌柜那样注意竹青，倒替人家不好意思，便接着道："这一大包都是衣服吗？"

　　孙掌柜道："不是送给你做的，是隔壁刘玉蟾的衣服，我由成衣店里带来的。我打门口过，顺便进来瞧瞧。"

　　耿太太道："这又说到刚才那句话了，刘玉蟾不也是个姑娘吗？她对她的家是怎么样的？"

　　孙掌柜道："那是她学的不同呀。我要说白实心眼儿的话，像这一对姑娘，这份聪明，又是这个模样，要学戏，准学得出来。从前和刘玉蟾说戏的焦素芳，我和她认得，你们真要学戏，我出来介绍一下子，保管她什么也不要。"

　　耿太太道："好哇！就那么办，将来我姑娘唱到挂头块牌子的时候，大大请你喝酒，天天给你留个包厢，用汽车接你到戏馆子里去听戏。"

　　孙掌柜也笑道："好，那个时候，我倒不要听戏喝酒，和你们借个二百三百的，自己来开一家成衣铺，那就很好了。耿太太，真的吗？你能把你姑娘学戏吗？"他说时正了脸色，似乎把这话当真事来说。

　　耿太太微笑道："我们哪有那个造化，这不过闲聊天罢了。"

　　孙掌柜道："其实现在不像前清，唱戏的人，人家很看得起的。戏唱红了，真比做官还有面子。要说没有那个造化，那可说不定。谁是生下地来就会唱戏？不都是学成的？这位姜家姑娘，有一次在她院子里唱着王二，我就听见唱得真不坏。"说时，他将大拇指伸了一伸。

　　竹青听到孙掌柜说这番话，心中却在暗想，果然上台唱戏的话，自己很可以自信会红得起来。若是红得像刘玉蟾一个样子，人家就说一声戏子，那又有什么要紧呢？她如此想着，情不自禁地脸上就有了一些笑容。孙掌柜手上拿了黑油纸扇，连连在怀里扇着，偷眼向竹青看了几下，便笑道："七十二行，行行出状元。一个人就怕一行都干不好，只要干得好，唱戏真比做官还好呢。"

　　耿太太道："孙掌柜您今天犯了戏迷啦，老是说唱戏的事，你给人家刘老板送的衣服还不送去？"

孙掌柜见人家下了送客令了，究竟有男女之别，不好意思硬赖着不走，站起来，伸着懒腰，打了个哈哈，就拿起包袱来架着，笑着向她点头道："改天见。"又向竹青、玉兰二人看了一眼，然后去了。

玉兰等他出了大门，向耿太太道："孙掌柜拼命地劝我们唱戏，那是什么意思？"

耿太太道："他有什么意思呢，也不过因话答话，说着好玩儿罢了。"

竹青道："不，我看他那样子，倒真有些劝我和玉兰学戏，也许有人想收徒弟，托他出来找人，所以他拉我们两个人出去。"

耿太太笑道："你两个小姑娘，一不接见生人，二不抛头露面，人家哪里就找不着人，到这个破屋子里来把你们找去。你想得那样周到，倒太机灵过分点儿了。"

竹青被耿太太兜头一盖，倒不便再说，就笑道："我也不过这样猜想罢了，他真有那个路子，他也去吃戏馆饭，不给人家送活做了。"

就在这个时候，姜太太在院子里走过，叫道："竹青，你带上院门，我出去买点儿东西来。"

竹青因为家里那堵墙倒了，母亲既是不在家，就应当回院子去看看，于是不再谈话，自走回她的院子去。刚进院子门，果然听到孙掌柜的在那边谈话，哈哈笑着。竹青心里想着，耿伯母说孙掌柜是随便说出来的话，这就不见得。他说和刘家还衣服去，这不就真送衣服去了吗？于是站在院子里一人就静静地玩味孙掌柜的话，自己也不知道是经过多少时候，姜太太手上就提了好几包东西，带着笑容进来。竹青道："你买些什么了，有钱吗？"姜太太微笑着，没有答话。竹青绷了脸皮道："我知道，一定是你把衣服当了。"

姜太太低声道："这也值不得你着急，反正人家送给你的衣服，没有给你当去就是了。"说着，已是抢进了屋子去。接着就洗米切菜，忙着做饭吃。

竹青看到母亲很有怕自己的样子，只管去追问母亲，又有些不忍，于是在院子里站了一会儿，也就帮着料理饭菜。饭做出来，有一小碗榨菜丝儿炒瘦肉，还加上一些青椒，觉得又咸又脆，另外还有黄花木耳鸡蛋，做了一大碗木须汤，掀开饭钵子来，乃是其白如雪的饭，松松地、平平地盛了一钵子。好几天都没有吃这样好的菜饭，再也不能去追究东西是怎样办来的，随着母亲一同吃了三大碗饭。

姜太太笑道："你这也吃得很香，不怪我当当了吧?"

竹青道："那是呀，怎么不吃饱呢? 三天没有吃过白米饭。"

姜太太笑道："你也知道三天没有吃过饭，现时吃起来很香，那么，你也知道我有衣服不穿，不是喜欢当当，也无非是为了你呀。"

竹青道："有谁还喜欢当当?"

姜太太道："这不结了?"

竹青看到炉子上还有一壶水，就用盆倒下洗了一把脸，在破桌子抽屉里破布片堆里找出一个盛雪花膏的破瓶子，在脸上抹了一阵，然后又找了一把断的木梳子，对着镜子拢了几拢头发。姜太太在一边看到，心里就明白许多，一定是她身上穿了这件新裤子，要走到街上去露露，便笑道："一个人别上街，真要去的话，邀玉兰和你做个伴。"

竹青本想就走的，不料房门还未走出，就让母亲猜个正着，便道："谁要上街去，剩下来的一些雪花膏，还不许我在脸上抹着一点儿吗?我无论做一点儿什么小事，妈总寸步留心，我真不懂是什么缘故。"说着，她的气就大了，端了一把小椅子，就在院子里坐着。也不知由哪里跑来一个小猫，她就在地上找了一根干草，在脚下画着圈圈，逗引得那小猫连跳带跑，只在她脚下绕着走。姜太太一句话扫了她的兴头，知道姑娘一定不愿意，若再要说她两句，说不定她会哭起来的，所以也不作声，自在里面收拾屋子。

竹青逗引小猫跳得有趣，只管逗引下去，弯了腰，许久不会抬起头来。正在她玩着得劲儿的时候，忽然有人哧的一声笑了起来。竹青抬头看时，正是那刘玉蟾站在墙的缺口处，她笑道："这是我的小猫，你喜欢它吗？我就送给你吧。"

竹青将小猫抱了起来，也站到墙边，笑道："你喜欢的东西，我怎样好拿来呢？"

刘玉蟾道："我有四只小猫、一只大猫，太多了。"

竹青听说，心里很想要这猫，可是心里一想，把这猫留下来了，把什么给猫吃，就将猫送到墙上放了，笑道："你们家里养的猫，吃惯了好的，我们养不了啦。你们还有几只小猫，在哪里，别让它离开了伴。"

刘玉蟾笑道："怪有意思的，你到我们家来瞧瞧，好不好？"

竹青道："改天来吧。"

刘玉蟾笑道："改天墙砌起来了，你得绕着道由大门口来，现在一脚跨过墙来就是我家，多么方便，来吧！我今天没事，在家也是怪闷的，咱们谈谈。"说着，伸手就挽着她要她过来。

竹青也正想到刘家去看看，又禁不住玉蟾再三的相请，只得拖了小凳子垫着脚跨过墙去。刘玉蟾知道她年轻害臊，一直将她引到自己屋子里去。竹青一看屋子里糊得雪亮，配着白漆桌内，乃是黄色的，然而依然罩着白珍珠罗的帐子，床上一切铺陈也无一不白，而且在床下垂着白色的晚香玉花篮，脚下踏的地板，也是油光滑亮。她心里想着，一个唱戏的人，睡这样好的屋子，我睡一天，死也甘心了。

玉蟾见她对于这屋子，只管四处打量，便笑道："新搬到这里来，一切东西都没有布置得好。"

竹青笑道："我没有看过你的戏，可是我瞧你这样子的干净，我猜着你的戏一定是好的了。"

玉蟾道："就是会唱，也不敢在关夫子面前玩大刀呀。"说到这里，便有个老妈子用雪白的铜盘子，端了两杯茶来。她将茶杯子送到竹青面前，笑道："您喝茶。"竹青接过茶杯来，觉得那瓷质细腻得像白玉一般，茶是绿荫荫的，喝了一口，只觉得有股子清香，由鼻孔里直透肺腑。总而言之，到了刘家来了，耳所听的、目所见的，简直没有一样不好，喝着茶，脸上不住地带着笑容。玉蟾唱了许久的戏，而且终日在外面交际，什么情形她看不出来？便道："你这样说着，一定是唱得很好。刚才孙掌柜到这里来，还提你来着，说是你很会唱呢。我今天正想吊吊嗓子，咱们到前面屋子里去唱两句玩儿，好不好？"

竹青道："你唱两句我听听倒成。"

玉蟾拉了她的手道："来吧，也没有外人。"于是同到这屋子对面一所朝南屋子里去坐着。走进来就有两个中年汉子坐在那里，一见玉蟾进来，就站起来迎着。玉蟾笑道："我跟你们引见引见，这是姜小姐，咱们街坊。这是祝二爷，这是常老板。"

竹青看祝二爷坐的椅子圈上挂了一只胡琴袋，料着是个拉胡琴的。那个叫老板的，看去三十年纪，头上的头发梳着一把向后，犹如乌缎子一般，身上穿了件黑纺绸的长衫，拱了两拱，看他虽是个时髦人物，礼节倒很守旧，这大概是个梨园行弟子，他先笑着向玉蟾道："我在这儿等你大半天了，今天把段新腔说完它吧。还是晚上再说呢，还是再等一会子呢？"

玉蟾道："这就说吧，这位是街坊，不要紧的。刚才孙掌柜的说的那位姑娘就是她。"玉蟾说了，两个男子同时哦了一声。玉蟾握了竹青的手，同在一张椅子上坐下，笑道："你瞧我的。"说着就对祝二爷道，"咱们先把昨天说的那西皮慢板吊一吊。"

祝二爷早是由布袋里将胡琴扯了出来，将右腿架在左腿上，布袋蒙了膝盖，将胡琴竖在膝盖上，先拉了个短的过门，于是玉蟾站起身来，对了那胡琴唱了一段。唱的时候，那个叫老板的抬起右手，将指头点着三眼一板。眼是用指头掐着，板确实用手招了一下，口里念念有词，似乎也跟着玉蟾唱。中间玉蟾有一句唱得不对，他就摇了手道："不是那么着。"他于是用本嗓子，低了声音向着玉蟾唱起来。他也是点着板眼的，唱到这句腔落在板上的时候，手一招，脚板在地上扑了一下响，然后身子向前半鞠躬着，抬了起来，表示那三方合一的情形，笑道："要这么着。"

玉蟾口里默念了两遍，笑着点头道："我懂了。"

这一段西皮，刘玉蟾唱了一遍，中间却停顿了三次，都是常老板临时阻止，说是唱得不对，重新加以纠正。常老板笑道："这一段有几个变腔儿，本来很别扭，再从头理一理就好了。"

于是祝二爷拉着胡琴，常老板点着板眼，玉蟾照原先一样又唱了起来，唱完了，常老板点着头道："这算完全对了。"

玉蟾笑向竹青道："你也来一段。"

竹青笑着摇头道："这样唱，我可不行。"

玉蟾道："你别管我们怎样唱，你唱你的就得了。"

竹青道："我不会唱。"

玉蟾道："你这就是客气话了，既是说照我们那样唱不行，一定你有你一种唱法，说是唱法不同，可以的，你要说照我们不会唱，那就是假话。"竹青微微一笑，把头低着。

常老板便笑道："唱一段试试，要什么紧，我们这里场面现成，你要唱着玩儿，哪天都可以凑合一段。今天咱们先试试，将来大家研究研究。"

竹青听他这话，分明是他肯尽义务指点指点，本来孙掌柜先前的那一番话，自己很有些动心，于今他们这样凑合，果然就这样跟着学成了戏，岂不是一桩幸事？心里一活动，只管笑着，就不能答复。玉蟾道："又没有外人怕什么呢？你也唱一段西皮慢板吧。"

竹青道："哟！那可不成。"

玉蟾道："那么唱一段原板得了，来一段《汾河湾》，好不好？"祝二爷听说，就将胡琴拉了一段原板过门，竹青也没说唱，也没说不唱，老是笑着。过门拉完了，也不会开口。玉蟾道："这有什么害臊的，像我们天天到台上去蹦呀跳的，那就别做人了。"

竹青道："不是害臊，我实唱得不好。"

玉蟾道："原是让你唱着试试，研究研究，若是唱得好，就不用我们说这些话，你早就唱了。"祝二爷不说什么，不住地将胡琴拉着短过门。玉蟾鼓了嘴道："你要那么着，就不老实了。"

竹青看到玉蟾有些烦腻样子，只得站了起来，笑道："我唱段《女起解》吧。"

玉蟾道："那太好了，就是那段反二黄吧。"这样说了，祝二爷也不用人招呼，就拉起反二黄来，过门拉完了，伸了一伸脖子，又不会开口，胡琴只好歇了。玉蟾一跺脚道："咳！你还是害臊，干脆你掉个个儿唱。"于是扶着竹青，让她面朝里。她也觉得不能不唱了，只好大着胆子，跟着胡琴唱了一段，唱过之后，掉转身来兀自红着脸。

常老板点头道："嗓子挺好，只有两个字唱不大出来，若是常常吊嗓子，准唱得好。"

竹青听到唱戏的人都这样夸奖，平常自负能唱戏竟是对了，但也不免谦逊一句道："我瞎唱，一点儿板眼没有。"

常老板道："平常唱着玩儿，又不多上胡琴，板自然不容易稳，可是有大姑娘这样就不易，你跟谁学的?"

竹青道："也是我们以前有个街坊，公母俩都喜欢唱，闲着没事就跟他们学两句，上胡琴唱也不过三四回呢。"

玉蟾笑道："你真行，没事咱们清早出去吊嗓子玩儿去，好不好?"

竹青道："清早起来吊嗓子，这个我可不行。我听说天不亮就要起来，我哪起来得那样早哇?"

玉蟾笑道："我们都是在先农坛上城墙吊嗓子，那儿真有个意思，早上有好些人到那里去玩，有遛鸟的，还有练把式的，在城上望着太阳出来，红得非常好看。"

竹青听她说有好些个好处，自己向来没有去过，而且也不知道嗓子是怎样的吊法，便笑问道："你们天天都去吗?"

玉蟾道："现在这热天起来很容易的，天天都去，你若愿意去，明天清早我就叫你。"竹青只觉这事有趣，辛苦不辛苦倒也未曾计较，便点着头答应了。

常老板和祝二爷又随着玉蟾唱了几段，门一推，祝二爷和常老板都站起来，叫了声"老太太"。竹青看时，有个胖胖的老妇人站在房门口，向她笑道："这就是隔壁那大姑娘吗？真清秀呀，比我们玉蟾差不多呢。"竹青料着这是玉蟾的娘，就叫了声"伯母"。

刘老太太走进来，向竹青浑身又打量了一番，问玉蟾道："刚才那段《女起解》就是她唱的吗？"

玉蟾笑道："可不是？"

刘老太太向常老板道："大爷，你瞧，若是金宝有她这个长样儿，我们玉蟾的戏要更好。"

常老板道："可不是？常言说，牡丹虽好，也要绿叶扶持啦。金宝就别提了，《游园惊梦》，小姐唱的那几句昆腔，怎么教给她也是不会，就笨极了。好容易把她《虹霓关》的王伯当教会打就忘了唱，教会了唱就忘了打，我真着急。"

竹青在一边听到这样说，不免心中暗喜，心想据他们这样地说我，是比玉蟾的配角还高明得多。孙掌柜那话简直是没有错，如此想着，不由得笑了，转念一想，这可笑不得，我若笑来，不是自己受不得抬举吗？立刻咳嗽了两声，将手绢握住了嘴。这里因刘老太太一来，开了话匣子了，戏就不能练习了，大家说些闲话，刘老太太对于竹青也是有缘，将她引到上房又谈了许久才把她送过墙缺口去。

竹青一脚跨过墙来就叫了一声"妈"。姜太太接了出来，笑嘻嘻地道："你倒不受拘束，到人家家里玩了这久，我还听到你唱来着。你这个风头可出得不是地方。"

竹青笑道："怎么不是地方？他们都说我唱得好呢。"于是和姜太太同到屋子里去，把刘玉蟾家的事背说了一个够，连玉蟾睡的软枕上面挑了什么花都告诉了母亲。

姜太太道："那很好，你又多一个女伴了，不料昨夜一场火，倒给你烧出一个朋友来。"竹青又告诉母亲，说是玉蟾邀她一路去吊嗓子。姜太太道："你是那个新鲜劲儿，老早地跑到那旷野的地方做什么？"

竹青听了也不回驳，到了晚上，一心想到明天早起，便先睡了觉。三点多钟就醒过来了。一看屋子里的灯很亮，离天亮还早，闭上眼睛重睡，可是心里有事，哪里睡得安稳？不多大一会儿复又醒过来，睁眼看时，灯光变作淡红色，窗子上很白了。她匆匆忙忙地披起了衣服就向院子里跑。看看墙的缺口处，刘家还没有一个人起来，显系自己太起早了，待要隔墙叫人家一声时，自己觉得有些冒昧，不作声，回房去睡，又怕人真去了，自己失掉了这个机会。这样地犹豫着，站在院子里只管发愣。听听屋子里，母亲并没有作声，依然地睡着，就悄悄地搬了个凳子在墙的缺口处坐着，望了那边。

不多大一会儿，果然听到那边已有了声音，可是始终不见人露面，自己急了，索性站到墙下咳嗽了几声。这一咳嗽之下，才惊动了那边的人。一个老妈子走到院子里，伸过头来望望。竹青先笑道："你们刘老板起来了吗？她昨天约会我来着。"

老妈子说了声"给你去瞧瞧"，转身去了。玉蟾随着也就出来了，笑道："我正想叫你，又怕你起不来，倒把伯母吵醒了。现在你自己来了，那就好极了。过来过来！我们一块儿走。"

竹青这才想起来了，自己还不曾洗脸，两手向脸上摸了一摸，笑道："我就来。"

玉蟾道："到我这边来吧，我这边方便。"

竹青也是怕在家里耽误了，就跨墙过去。玉蟾将她引到自己屋子，陪着她梳发洗脸，然后携了她的手，一路走出大门。她们这里到先农坛外坛不过是仅隔两条胡同，转了两个弯就到了。

这时，东边还不曾出太阳，天色青隐隐的，虽然不刮风，也觉得人身上先有一种凉气，那露水珠子洒在草木上，兀自未干，也有一种清芬扑人。竹青从来不曾在太阳未起出门过，尤其是这旷野的地方，不能在寂静的时候前来，现在到了这个地方，真是耳目一新，非常高兴，因向玉蟾道："这里空气真好，怪不得大家要起早到这里来吊嗓子。"

玉蟾道："其实在家里也是一样吊嗓子，只要把喊不出来的字喊出来就得了。不过起早到这里来，也有几个原因。一来起得早，空气好，呼吸痛快，容易喊得出。二来这样的地方，四处没有人，你爱怎么喊就怎么喊。要是在家里，天一亮就喊起来，也吵得四邻不安。三来唱戏的人，胡糟蹋，身体不好的，多起早运动运动，也可以练练身体。"

竹青道："刘老板很文明，倒讲上一套卫生。"

玉蟾就叹了一口气道："我也不是生下来就注定唱戏，在学校里也当过几年学生啦。因为家贫，没有法子才走上这条路。这些维新的事儿，我也不是一点儿不懂。"

竹青道："现在人家都说唱戏是一种艺术，也很看得起啦。"

玉蟾道："说是那样说，我们自己往脸上贴金。可是唱戏总是伺候人家的事。"

二人正这样谈着心事，顺着青草地里中间一条小路向着城墙走。偶然停止说话了，却听到身后有种脚步声，回头看时，有个三十多岁的人，将一顶黑毡帽很随便地半歪戴在头上，身上穿了件半旧湖绉长衫，夹了一本西装书在胁下，低了头跟在后面走。看那样子，似乎在后面已经跟了不少的路，所说的话都让他听着去了。

那个人果然是一路跟来，将她们的话听着去了，觉得这两位女士是很有志气的人，别具一副眼光，所以只管跟着往下听。现在面前两个人忽然停住了脚，自己猛然一抬头，六只眼睛相射，倒也有些不好意思。当然，为表示自己尊重起见，不能再听人家的话，于是向路边走她两人身边过去，而且那脚步还要更快一点儿。

竹青等着那人走远了，才向刘玉蟾道："这个人岂有此理！偷偷地跟了咱们走，把咱们所说的话全听了去了。"

刘玉蟾笑道："没关系，咱们又没说什么不能听的话，而且这个人也不是个坏人。"

竹青道："你怎么知道他不是个坏人呢？"

刘玉蟾道："有半个多月了，这人也天天来的。我初看到他的时候，脸色坏极了，现在好得多，大概是个养病的人。这个地方，一早来遛弯养病的人也不少，所以我猜他是这一路的。你不瞧他胁下夹了一本书，当然是个念书的人。"

竹青道："念书的人就没有坏人吗？"

玉蟾道："不过我瞧他那样子，不坏。"

竹青笑道："你说的倒是对的。"

二人说着话，已经快到城墙边。玉蟾倒遇到好些玩票唱戏的，大家各处散乱地站着。有的站在树下昂了头，大声唱着四句摇板的，有的向着东方的红云张开大嘴，叫着"哎哈"。有的四五个人，一群倒走倒唱着。其中几个女的究竟斯文些，对男子所在的地方离得远远的，借着青的芦苇子，挡住了半截身体，背过脸去，偶然唱一两句。刘玉蟾是个来惯先农坛的人，也无所谓害臊，就跟了相认识的戏子站在两棵柳树底下随便地叫唱着。

竹青看了她们那样，只是好笑。再掉头过去看看那边大路上，有牵着马过来过去的，有提着鸟笼子走的，那都不算梨园行的人，各有所事的，倒也有趣。忽然之间，脚下露出黄金色的光，洒在绿草头上，抬头看时，原来东方一片红云，里头冒出一团铜锣大的太阳来。这里的苇塘子上的一片青波，和远处人家的屋脊都抹上一种金色，别有一种醒目的颜色，平常在家里，哪里看过这样的景致。

她正看得发呆，刘玉蟾扯了她一下衣服道："你怎么不言语哩？"

竹青笑道："我不会。"

玉蟾道："你干什么来着？"

竹青只是笑不肯唱，大家又玩了一会子，太阳升到树顶，已不能让人去直视，人身上被阳光晒着，也有些热，于是在这草地上的人陆续回去。归路上，玉蟾向她笑道："连累你起了这样一个早，明天你来不了？"

竹青就怕人家说她有件事不能干，像这样早起的事，并没有什么困难，何至让人谅就，笑道："这有什么不能来？我同院的耿家姑娘，她也喜欢赶热闹的，我明天邀着一块儿来。"

玉蟾道："多有个人做伴，那就好极了。省得我再邀别人去。"

她说着话不向回家的路上走，引着竹青到街上一家小咖啡馆里，请她喝了一杯牛乳和几块点心，还买了一包口香糖给她，方始回家。有了这一度的同游，两人更亲密了。

（未完）

93

蜀道难

一 选定较远的路

是早晨十点钟以后，马路上两边一个挨着一个地挤拥着行人。临街的一扇楼窗，有人推开了，低头向楼下看了许久，情不自禁地叹了一声道："汉口的人真多！危险危险！"他关了窗门，回转头来，看到坐下的三位宾客，笑道："难得今日是个十分浓厚的阴天，又没下雨，到冠生园吃早点去吧？"一个穿草绿色中山服的人，口里衔了半截雪茄，斜坐在沙发上，笑道："管他是晴天是阴天，我是照着我固定的秩序，吃饭做事看朋友。"主人笑道："市民心理都是这样，看到出了很大的太阳，一定说今天要留心。看到阴天，一定要说今天无事。每日早上看天气，成了每个市民一种照例的工作。"另一位客道："可是汉口市上的人，一天比一天拥挤。"主人道："来者是源源而来，去者是一时走不了，当然……"房门卜卜敲着响，接着有个娇柔的妇女声问道："李六平先生在家吗？"主人答道："哪一位？请进。"

门推开了，进来一位少妇，大家被她的容光吸引着，都将眼光加到她的身上。她穿了一件宝蓝色的上短衣，下配同色的短裙，衣服是敞着胸襟，露出了束腰的皮带。皮带正中，一个银质的环扣，于是隐约地看到上衣里面是白底紫条纹的绸衬衫，露帮紫带高跟皮鞋，套着肉色丝袜。一切是形容她为一高贵而又摩登的女子。

主人翁李六平起身了，大家也跟着站起身。六平先介绍着这是白玉贞小姐，然后介绍在座的三位宾客是冯子安、黄中强、朱荡东三先生，接着大家让座。玉贞将那弯雪藕似的手臂，扶了茶几，放下那个白皮紫条沿边手提包，在藤椅上坐下。她先道："李先生，这几天你接到上海什么朋友来信没有？力华还没有消息？"说时，在她那鹅蛋脸上，微皱着她那两弯细眉毛。虽然是悲苦的样子，而在座的人还觉得是美。那一双圆长的眼睛，簇拥了一圈长睫毛，是有人醉心的。她很无聊地抬起套上了一双金手镯的光手臂，理了一理耳朵边的长发。她那头发长长地披到肩上，在末端有几层云勾卷，直沿着两边，卷到鬓上来，齐着前额的刘海。发梢上，绑了一根鹅黄色的丝辫，在左边，拴了个蝴蝶结儿。看她全身，是在静雅中透着艳丽，大家的目光，都在她身上注射着。

六平斟了一杯茶，两手捧着送到她面前放着，笑道："白小姐，你不必昼夜老放在心上。老放在心上，于你也没有什么好处。"说时，仍退回她对面椅子上，向她坐着。玉贞道："我怎能不放在心上呢？我们一向的感情就好。记得在南京他送我上船的时候，握着我的手说：'我们从此不见面，是情理中的事。以后还可以见面，却是例外。'他的志向和他的职务，加上这久没有通信，叫我怎样放得下心去？我看是凶多吉少吧？"六平笑道："不过力华为人很机警，绝不至于有什么危险。"

玉贞端起那杯茶待喝，放靠了嘴唇边，却又放下了，因道："今天我是有一件事，要请李先生帮我一个忙。"六平道："论起我和力华的交情来，我是要尽力而为的，不过现在一班朋友都很困难。"玉贞笑道："李先生你误会了，我并不向您借钱。"六平红了脸，苦笑了一笑，有话正待要说，玉贞接着道："我住在汉口，原是想得着力华一点儿消息。既得不着他的消息，我就不必在这人海里挤着，可以去另找个安身立命之所。可是现在向哪里走呢？香港，生活费太高了。长沙是近一点儿，许多人说，那里反不如汉口好。也有人劝我到湘西去的，湘西地方大得很，住在哪一县呢？于是……"

六平正透着难为情，要开口遮掩过去，便接嘴道："当然是入川为妙。要找事，重庆为宜；要住家，成都为宜。白小姐既无在武汉之必要，是越走着远越好。你简直就上成都去吧，那边有什么熟人没有？"玉贞道："我生长在北方，到南方来还不到一年，四川地方，我怎么会有熟人？在南京所认识到的力华的朋友，除了武汉以外，就都在长沙，湘西也有些。人生地不熟的，我一个人跑到四川去，总感觉不好。"

在座的那位冯子安先生，穿了一身挺括的西服，每当玉贞说完了一段话，他脸上就涌出一片笑容，屡次要插言而未得。这时他有点儿忍不住了，便笑道："现在许多机关入川，随了机关去的公务员家眷也是牵连不断。这些人，无非是在南京常见着的人，这里不会少着亲戚朋友。譬如我们现时在汉口，马路上随便兜个圈子，也可以碰到熟人，这就是个明证。"

玉贞对他看了一眼，依然还是向李六平道："我一个年轻妇女，只身走几千里，总得有个目的才好。将来，有一日和力华见面，我也可以说得出个所以然来。"六平点点头道："这话我倒也赞成。不过我上次和白小姐提到过，主张你到大学去借读。一来，可以利用这流浪的时光，再求一点儿学问。二来，当学生花钱有限，听说还可以贷金呢。"玉贞笑道："实不相瞒，自从离开了中学校的门，现在只有几个方块儿字还写得来，其余都还了先生了。"

六平笑道："这是白小姐自谦的话。要不，找点儿工作也好。"玉贞道："我也是这样想。虽然手边还有几个川资，就这样过流浪生活下去，总也会坐吃山空的。不过在长沙、武汉找工作，多少还有一点儿机会。重庆这个行都是刚刚建设……"那位冯先生又接嘴道："不知道白小姐可有志于教育？若是愿意的话，兄弟或者能帮点儿小忙。"玉贞听了这话，不觉微站起来，点了一下头坐下，笑道："但不知是中学是小学？我担任不下来吧？"冯子安道："有两个中学，现在要搬到四川去办……"李六平插嘴道："对了，冯先生在教育界最有办法。他最近就要入川。白小姐若是愿意到四川去的话，可以请冯先生到四川去接洽好了，写信来通知。"

冯子安道："兄弟以人格担保，绝无问题，用不着写信通知。兄弟先到重庆约莫一个月左右，就上成都。白女士到了重庆，直接找我去就是了。我现在就可以留下地点。"玉贞端起那杯茶来，微微地抿了几口，因问道："但不知冯先生什么时候到四川去？"冯子安道："我已买好了船票，后日就可以走。"玉贞笑道："对于买到了船和卧车票的人，我们真有一种说不出来的羡慕情绪。昨天到民生公司去随便打听一下，登记买票的人，已经有一千多号。就算一天走三百人，也要三个星期以后才买到票。而况这民生公司的船，还不能每天有。听说在宜昌等买票的人更多，连茶馆里都住的是人，这让我真有点儿望之却步。"说着，微笑了一笑。

李六平看她那意思，倒不拒绝入川，便取了一支烟卷吸起来，靠了沙发靠，微昂着头，缓缓地向外喷了烟，先向冯子安道："假如白小姐到四川去，子安兄一定能帮一点儿忙吗？"子安正了颜色，很肯定地道："那是当然的。六平兄，你总应当知道我，我说话向来负责任的。"六平又掉过脸来对玉贞道："若是目的在找一个安全的地点，当然是选择一条向西较远的路去。既有冯先生肯负责找工作，白小姐就入川去吧。"

子安又接嘴道："多不敢说，一百元靠近的月薪我敢担保。白小姐既是在北平生长的，到成都去最相宜。成都一切情形同北平是具体而微，白小姐在那地方，一定很适宜。"玉贞笑着点点头道："是的，我也这样听到人说过。"六平道："那么，我们来和白小姐决定，就是这样办吧，到四川去。"其余两位客人也都插言说，既是在成都可以找到工作，到成都去好。玉贞将手抚摩着茶几上那个皮包，沉吟着缓缓地道："好是好，只是一个熟人没有，那未免太孤寂了。"

那冯子安先生听了这话，胸脯微微一挺，似乎有两句话要说出来。但是他目光一扫，看到其他的客人脸上带了微笑，又把话忍回去了。李六平笑道："我想这没有多大的问题吧？像白小姐这样的人，无论到哪里去，也少不了朋友。譬如白小姐在学校里教书吧，只要过了几天，学校里同事全熟识了，不就有了朋友吗？"玉贞道："不过还有一点可以考虑的，就是力华万一出了险，或者在上海，或者在香港，寄了信到汉口来，我又接不着了。"

六平笑道："这更不成问题了。假如白小姐走了，无论他的信寄到武汉哪位朋友手上，一定也会把信给你转交过去的。再说白小姐一定是在香港、上海两处，在朋友家里或亲戚家里留下了一个通信地点。这更好办，你立刻写两封航空信，通知朋友，说是你已经入川了。若知道了力华的消息，可以写航空信到重庆或成都的邮政总局，注明留交信件。到了重庆，到了成都，你可以到邮政局去问有没有你的信。有呢，他自然会交给你，这比请朋友转交要稳当得多。"

玉贞道："有这个办法吗?"六平道："现在流亡到后方来的人，几个有一定的住址? 不都是托邮局留交信件吗?"玉贞笑道："若是有这个办法，我倒愿意入川。"她说了这句话不要紧，喜欢得那位冯子安先生心房乱跳，差不多那一颗心要由腔子里跳到口里来。

二 好容易离开了汉口

　　主人翁和那位力华先生是当年在中学校里的同学。他的夫人流浪到了汉口，论情理是应当负保护之责的。所以玉贞前来问着向哪里去好，六平也就觉得应当告诉她一条安全之路。现在她答应入川了，总算地点不错。可是由汉口到重庆，有四千华里的水路，还应当替她计划一下，便向子安笑道："你在轮船公司这条路打得通。你后天走，可不可以再弄一张票？"子安嘴里吸了一口气，又摇了两摇头，表示着困难的意思。玉贞道："我并不急于要走，缓一缓也不要紧。"子安立刻接嘴笑道："困难虽然困难，真要肯去想法子，未尝不能弄到票。我去努力吧。"玉贞道："我不忙，冯先生不必费心。"六平道："不是那样说，若是白小姐同冯兄一路走，船上有个照应。而且在宜昌换船，尤其麻烦，也好托冯先生帮忙。"

　　子安突然站了起来，很兴奋地道："这样吧，票算我答应了。无论如何，我在明天上午这时候，送一张船票到六平兄这里来。"他说这话时，那一份见义勇为的神气一齐在面孔上现出。玉贞也起了一起身子，笑道："多谢冯先生的好意。不过我还有点儿事情要料理，三五天之内，大概走不了。"子安听了这话，脸上倒透着有点儿难为情，面皮微微地红着，没有接着向下说什么。

　　李六平在一边倒是看到这一点儿意思，因向玉贞道："大概走是决定走的了。白小姐要走，这船票的事，还是要托重冯先生。"子安有了这话，颜色又好起来，笑道："若是迟几天走，船票更不成问题，我可以留下一封信来，放在六平兄这里。白小姐若是拿我这封信到公司里去接洽，大概没有什么问题。六平兄这里有信纸信封吗？我马上就写。"

玉贞见这位冯先生做事这样的热心，显然有点儿过分，于是也就随着起了烦厌的情绪，因道："我还不能决定走不走呢，再说吧。"说着这话，她随着拿起了茶几上的手提包。六平笑道："何必忙着走，我们一块儿到冠生园吃点心去。"冯子安笑道："不成敬意，我来会个小东。"说时迟，他还带了笑容向大家望着，可是那时快，玉贞已是把手皮包拿了起来，向肋下一夹。李六平觉得这人情是不能做的，只好站起身来，送着白小姐出门去。

玉贞虽然拒绝了冯子安的好意，可是在她坐着车子回家的时候，见马路上的人，像潮涌一般地挤着，也就感到这武汉地方实在不能向下住。回到寄住的女朋友赵太太家里。那赵太太正喜笑颜开地向两位小姐说着话，在那小天井里，就听到她说："你们到香港去，不能像在汉口这样用钱。那里的东西，全卖港币。"玉贞进了堂屋门，见赵太太手里拿了一封信，只管上上下下晃着，因问道："怎么样，赵先生来信了？"赵太太笑道："是啊！汇了一笔款子来，让我们到香港去。等我们到了，他就到成都去。白小姐若要到四川去，倒可以请他照应照应。"

玉贞听了这话，却添了一桩心事，主人翁走了，难道搬到旅馆里去不成？而赵太太顺口人情也不卖一个，并不邀着到香港去，显着是不愿和自己一路了，因笑道："我也有了办法了，决计入川。"赵太太道："有了工作了吗？"玉贞脸上带了两分得意的样子，笑道："有了工作了，而且是重庆、成都两个地方，随便我挑一处呢。"赵太太道："那好极了，希望白小姐能在我们动身以前起程。这样，我们做主人的，可以招待到底。"白小姐道："赵太太还有多少天动身呢？若是在一个星期之外，我会动身在前的。"赵太太笑着点了两点头。

玉贞回到自己屋子里，背了主人，立刻皱起了两道眉毛，心想：真个到四川去，大老远的，没个熟人，这个叫人怎么为生？那个冯子安虽然说着极力帮忙，看那人一见如故，透着欠庄重，哪能够要他真帮忙。想着想着，很无聊地两手捧了一张报，慢慢地看着。不看报还罢了，看过报纸之后，觉得无论如何还是应当离开武汉。在屋子里闷想了数小时，还是出去看看女朋友。

这一次出去，比较长远，所得的消息，是张太太到香港去，刘太太回湘西沅陵老家，王小姐走得更远，到海防去。吴少奶奶带了两位小姑子，坐飞机上成都。她们是留恋北平的人，也到那成都去。她们先生在广东服务，她们是可以到香港去的，可是她们为了香港生活程度高，却情愿到成都去。要说年轻的妇女不宜走到很远的地方去，她们一位少奶奶、两位大小姐，又何尝年纪大？离开了家乡，哪里也是过日子。何不找一个秩序稳定、生活低廉的地方去？当晚已经自己将自己的问题解决，预备明天去买船票。恰是当晚接到一封航空快信，叔叔婶婶已经由湘西取道贵州，到了重庆，不久要向成都去，希望早日入川，大家团聚。这就来不及等次日早上了，立刻坐了车出去，开始活动船票。

第一个要找的，便是梁科长，他在交通界很有联络，到了法租界平安道梁公馆，梁太太正和两男一女在屋里打牌。他们用一百五十元的月租，租了两间楼房居住。物件已是堆得很满，再加上桌外几个看牌的，已经没有了立足地方。电灯下面，只看到烟雾沉沉的，推开房门，就觉得一股子很浓厚的烟卷气味，随了干热的空气，向人身上扑着。梁太太看到说了一声对不起，叫老妈子看座倒茶，自己依然继续地打牌。玉贞坐在她身后，心不在焉地看了两牌，便笑问道："梁科长什么时候回来？"

梁太太手上正起了一副好牌，专心在十三张牌上，随便答道："他过武昌去了，哪有一定的时候回来？白小姐找他有什么事吗？对我……啊！碰起碰起！"对门正打了一张红中，梁太太抽出一对红中来碰了。她已碰了双南风，立刻牌手和看的人一阵喧哗。玉贞觉得形势严重，不便开口来打岔，后来对门打一张九筒，梁太太将牌一推，站起来大笑说满了满了。可是上手也推开四张牌来，是九筒单吊，把牌拦了。梁太太一团高兴，变着冷灰，板着面孔，连说倒霉。玉贞觉得这时话更不好说，又看了两牌，起身告辞。梁太太正洗着牌，笑道："真对不起，没有招待。白小姐找他是不是想找船票？"玉贞道："对了。"梁太太道：

"这几天，我和人弄了十几张船票了，不便再弄。过一个星期再说吧。"玉贞胡乱答应了一声，便下楼了。

时已十时，不便去找人。次日早上，却带了丈夫的一张官衔名片，到一个运输机关去。这个机关，在邻近法界的一座大厦里。一个大楼面上，横七竖八地摆了许多公事桌子，职员们正忙着办公。外面进来的人，向各桌子面前接洽着的，不是卧车票问题，便是船票问题。老远望去，就觉那些职员们的脸子都不大好看。但是既然来了，不便回去。因找着一个职员问："主任在这里没有？"那职员向旁边一间小屋里一指，不曾说话就走了。

玉贞看那屋子是敞开门的，就径直走过去。见一个穿西服的人，口衔了雪茄，坐在写字桌边，望了旁边两个坐着的人，爱理不理的。那两个人现出满脸失望的样子，起身要走。不过他们还做最后的恳求道："假如万一有机会的话，请和我们留几张船票。"他笑道："不会有机会的。"干脆，他连一个空洞的愿心都不肯许下，还打听什么？正待转身要走，倒是那位主任眼快，向送文件过去的茶房低声问道："那位漂亮小姐找谁的？"茶房道："还不是想找船票的。"主任笑道："你快把她请过来。"茶房过来，将玉贞引过去，寒暄了几句，主任看了她递过去的两张名片，笑道："白女士要几张船票？"玉贞笑道："还要多少呢？只要一张。"那主任道："只要一张，那没有多大的困难。只要有人临时不走的，就可以补上，不过哪一天能补上，那难说，请你每天来一次。"玉贞笑道："那未免太麻烦了。"主任笑道："不要紧，我并没有什么事。无事来谈谈，我很欢迎的。"

玉贞听了这话，不由得脸色一变，恰好有别人和那主任谈话，她趁了机会，就走出去了。心里另转了一个念头，中国旅行社还没有去打听过，也许可以想一点儿办法。于是并不犹豫，坐了车子，径直到旅行社来。不想这汉口市上找车船票的同志，是比任何一种同志还要多。那旅行社营业部的人拥挤得像戏园子里一般，要排开了众人挤到柜台边去，恰是有点儿不可能。听到那些拥挤的人纷纷议论着。有人说，坐民生公司的船，还是直接到它公司里去登记省手续些。玉贞又没有了主意，只管退在人群后面，看那想不到办法的人，全都带了一份懊丧的神气低了头走出去。心里又想着，既是搭民生公司的船，当然是直接找它本公司便当些。好在相距不远，不妨再去试试。随了这个念头，又到了民生公司。

　　站在柜台外面时，正有两个人在登记。那职员却是毫无留难，捧出登记簿子来，请他们填写。玉贞挤上前一步，问道："请问我们今天登记，什么时候能上到宜昌的船呢？"职员笑道："那没有一定，也许两三个星期，也许一个多月。"玉贞道："为什么不能一定呢？你们现在登记到多少号，一天能走多少人，不是可以算出来的吗？"职员笑道："当然是算得出来。现在登记有一千四五百号，每一只船可以走一百人左右。"玉贞道："一只船只能走一百人吗？"职员笑道："船上不能全装登记的客人，有一半是……这个我不用说，大家都知道的。船也不能每天有一只开，所以要那么些个时候。"玉贞道："没有法子通融吗？"职员笑道："来登记的客人，哪个不想通融？"玉贞因为这句话有点儿外行，脸上透出一点儿尴尬的情形，登记手续也没有办又出来了。但她另发生了一种感想，觉得托人情去弄船票，还是比自己去找机关和公司要容易得多。天气还早，趁了今天这股子勇气，再去找几个朋友吧。于是径奔一码头，渡江到武昌去。

　　武昌城里，随处都有机关的眷属住着，也随处可以听到人家预备疏散的声音。在这种情形下，托人弄船票，也是一件不识时务的事。早上出去，下午回来，毫无办法。次日又跑了一天，虽然有人答应可以想法，也是空口许了一个日期，并无把握。等三日换了一个方向，托了两个旅馆的茶房，请他们弄张船票。许了票到手，给十块钱的奖金。不料这十块钱的酒钱，都买不到一个茶房效力。一过四五天，已快到赵太太动身的日子了，船票还是无着。最后，想到李六平那里，不妨再去一趟，也许有办法。事情是那样难料，到他住的旅馆里见了面，他第一句话就埋怨着道："怎么好几天不来？船票已经放在这里三天了。"玉贞道："李先生和我买的票吗？这就好极了，我正为了这件事为难呢。"李六平道："不是我买的。冯子安上船的日子，亲自送了一张房舱票来。"他说着，就把身上的皮夹子掏出来，摸出一张船票，两手捧着，送到玉贞面前。

玉贞听说冯子安买的，透着有三分不愿意，可是想到买票之难，又不忍拒绝了，因接着船票道："这票钱就交给李先生吗？"他摇手道："不，我收了也无从转交子安。你到了重庆，可以见着他的，那时归还他也不晚。"玉贞皱了眉道："这我就不好收下了。"她说时，拿了票子反复地看着。六平道："船是明日的船期，最好今天晚上就上船。这是民生公司的最大一条船'民元'，坐着比较的舒服。失了这个机会，那又不知道要等到哪一天了。再说，船票我也不能去退，白牺牲了一张票，又何必？白小姐把船票带回去，考量考量吧。"这么一说，玉贞倒真没了主意，只好收着船票，向李六平道了谢回去。虽然觉得冯子安这个人情是不应当领的，可是他也不在汉口，拒绝了，他也不知道。到了重庆把票钱还给他就是了。船票这样难弄，到了手不要，那岂不是一件笑话。她这样想着，也就没有什么不可走的决心。想到六平说"民元"是民生公司最大的一只船，那也就不妨到码头上去先参观参观。一个人在汉口住着，没有家，又没有工作，想到哪里，也就走到哪里。她这样想着之后，也就随着这个念头到码头上来。

这还是十二点钟，若轮到明日早上开船，也还有二十小时的耽搁，照说是不急于上船的。哪知道，码头上挑夫扛着行李箱子上（迳）船的一个接着一个，就摆了个长蛇阵。又听到旅客互相谈话说："虽是铺位都对号的，可是客人超过了票位，连厕所里都有人占有。"玉贞听了这话，觉得不必再上船瞧了，立即回家去收拾行李，又买了一些应用的东西，到晚上十点钟，就带了行李上船。

在这几个钟头内，已没有考虑到这船票是应当收下与否了。到了迳船上，便看到大包小捆的货物堆积着随处都是，人只在货物缝里绕了走，便是有点儿空地，也让卖零碎货物的小贩子将篮子或担子塞住。经过趸船的跳板，一到这轮船（的船）边上，便是旅客搭的床铺，和栏杆成了平行线地拦阻着。行李卷和大小皮箱塞住了床铺每一个角落。所幸送行李的脚夫还能尽职，带着她爬过几堆行李，上了一段扶梯，走到船朝外的这边来，算是走到了稀松些的所在，暂时把行李放在人家行李堆上，寻找到票上那一号房舱去。那房舱门敞开着，还不能贴着板壁，是坐统舱的人，在门外放着行李，将门抓住了，向里一看，铺位是个 U 字形上下双层，共是六张。现在屋子里，除了两张下铺上有三个孩子，一张上铺有一个大些的孩子而外，还有三女二男和两位老太太。坐是没有地方，有两个人就站在门口，一只脚在门外一只脚在门内。玉贞站在舱门口却看得呆了。

　　茶房看到有客人来了，在玉贞手上接过了船票，查明是正中的下铺，先进舱去，把里面的人疏散了一阵，接着把那铺上行李移开，再请玉贞进去。玉贞皱了眉道："我的天，这样挤呀！"那一位老太太，坐在舱板上的行李卷上，笑道："有这样挤的罪受，就是运气。我们动身了一个多月，好容易才离开了汉口。"玉贞回想到过去几天找船票那份困难，也就微微地一笑。

三　说不出的情绪

　　这时候的船舱里，虽谈不到"秩序"两个字，可是谁买了的铺位，那铺位就归谁，旁人到底不能胡乱来抢夺。玉贞经茶房一番疏散人口，终于是把那床铺腾理清楚出来了，茶房笑道："小姐你就在床上坐着吧。"她一共是四件行李，铺盖卷已是打开来着，铺好了床位。小提箱子放在床头被底下，大箱子放在床铺面前，和人家的箱子互相支撑着，一只大网篮，却没有了地方可放了。在里面靠舱壁的所在，有一方木板斜支的独脚茶几，那下面堆了一个小铺盖卷，还有两只网篮，那茶几板不必支起，就放在网篮面上了。现在玉贞这个篮子摊在床面前，将上下的路都拦住了。同舱的人便说："我们也用不着什么茶几，那网篮索性堆在上面吧。"玉贞看了一看，这舱里除了那所在，也没有别处可以放下。说了一声对不起，也就随它去了。

　　这舱里到的客人，玉贞算是最后一个。忙过了一阵，也就不再骚扰了，大大小小有七八个人，继续着话别。玉贞特别的一个孤身旅客，未免感着无聊，脱了皮鞋就在床上睡着。为了谨慎一点儿，本要把皮鞋放到床底下去的。不想伸手在床下一掏，那里面却塞满了东西，休想放进去一个指头。对面床上一位老太太笑道："鞋子塞在被头下，最靠得住，我们都是这样办的。"玉贞皱了眉道："这样出门，连个上下内外全不能分，真是造孽。"一位送客的男子便插嘴笑道："有一个房舱住，这是最上上等的旅行了。过了宜昌，要换小船入川，那更难说了。"玉贞道："还比这挤吗？再要挤，只好把人挂在烟囱上了。"那人笑道："不信你向后看着，离着烟囱上挂人也就不远了。"玉贞听到这话，心里又添了一个疙瘩。但已上了船，也就不作另外之想了。

舱里人说是挤的，舱外虽看不见，却听到是乱哄哄的，只得按捺下心思，一个翻身向里睡着。闷极了的人，自也容易睡着的。一觉醒来，淡黄色的灯光下，见各铺上人全蜷睡着。因为人都睡了，舱面上放的行李缝里，只有尺来宽的一条空当，这也就展开了一套被褥，有人侧了身子，在那里睡着。本待下床来，打开房舱门，向外面走一趟，这简直就没有了下脚的所在。睁开眼睛出了一会子神，只得还是侧身躺着。

蒙眬中觉得船身有点儿摇动，同时也听到嗡嗡然船客说话的声音。坐起来看时，见房舱门开着，舱里的人都已起来了。舱门口颤巍巍地站着一位老太太，手扶了门，向两面望着道："这是怎么走法?"玉贞心里明白过来，立刻在被底下取出皮鞋来，跳下了床铺，笑着叫道："老太太，我们一块儿出去吧。"说着，就赶了上前来。伸头向房门外看时，栏杆里的船舷，全用箱子板子搭了小窄床铺，只好让人侧了身子在行李缝中走。玉贞皱了眉道："船已经开了，船上还是挤得这样满，来来去去真费事。"那老太太道："虽然费事，要走总还是要走的呀。"

玉贞随了老太太在外面走了一趟，足费了一小时的工夫。回到舱里以后，那位老太太只是念佛，笑着摇摇头道："厕所门外面的人排了队伍站着，一个挨着一个进去，这太不像话。"对面床铺上一位老太太说："听说到了宜昌换小船，那更挤呢，不知道在船上怎样过日子。"这句话提起了玉贞的观感，越加不快活。原来昨晚上关了舱门，舱里热烘烘的，让人头脑子发闷。

随了这股子热气是汗臭味、酱菜味、烂水果味。隔床睡了两个五六岁的大孩子，一个哺乳的母亲，带了一个岁把的小孩子。床面前网篮缝里，放了一只瓷铁面盆，大孩溺了大半盆尿，乳孩子的尿布竟成叠地放在舱板上，蓝布上涂着黄的屎浆，白布上涂着绿的屎浆，又腥又臭。这一晚上的嗅觉器官，受够了委屈。早上开了舱门，自己又出去了一趟，觉得舒服些。这时回到舱里，江风吹得正大。一位苍白头发的老太太，咳嗽个不断，乳孩子的母亲，怕小孩子受感冒，同时提议，把门关了。

这舱里倒是男女有别，除了四个小孩，是两位老太太、两位中年妇人，一个在玉贞对面上铺睡着的，是一位小姐。看她戴着眼镜，衣襟上插了自来水笔，显然是一位学生。在她对于这些同舱的人说话当中，每每皱了眉听着。那一种不屑于听的状态充分地在脸上发现出来，又可以证明她是一位大学生。玉贞想着，你只管有你的学问，犯不上巴结你，但对于其余几位女客，实在也太不守秩序，又懒和她们办交涉。其中还有一位女仆，是睡在行李缝中的舱板上的。白天，舱里没有她的地位，然而她是伺候那位哺乳太太的，时时刻刻要进出着。那舱门开一下子，合一下子，江风更是呼噜呼噜地向舱里头灌着。那咳嗽的老太太，对于这个行动非常地反对，老妈子进一次出一次，都得喊一声"关上门来"。同时，上面铺位上这个半大孩子，开始唱起歌来。哺乳太太床上两个孩子，为了要饼干吃，又相对地哭着。这回想到晚上虽然有点儿臭气，究竟还落个清静，现在大大小小全噪聒起来，格外感着头痛。

接着茶房陆续地向舱里送着茶水。茶水不曾送完，茶房肩上扛了一只大托盒，里面摆着许多茶碗。两个小孩子一同在床上跳起来，招着手喊着吃饭。那位不咳嗽的老太太，是宁波人，她的令郎睡在别个舱里。这时送了他们家乡腌菜来，不知是鱼是虾，一个篓子盛着，汁水淋漓的，又有一种浓厚的气味，看看别的旅客，似乎也不感到兴趣。可是人家吃东西，有人家的自由，谁也没有敢说一个字。这样一来，玉贞是渐感到这次旅行是没有什么趣味了。

饭后，不便又上床铺去睡着。然而舱里除了那张宽不过二尺的床铺，并没有别的所在可以歇脚，这只好在人缝中挤了出去，爬到三层楼甲板上来。这甲板上虽也是零零落落地坐着或站着人，可是并没有行李铺盖，那就宽敞得和楼下房舱里别成一个世界了。玉贞走到栏杆边，向岸上看着，青色的芦苇丛在梢子上撑出白色的花芒了。向远处看着，在黑绿色的岸上，仿佛盖了一片白雪。在高的江岸上，有时也立着三五所面水的人家，黄泥涂的墙，盖着草屋顶，屋前屋后，几棵高大的柳树摇撼着稀疏的柳条子，自然就让人感到秋江的萧疏气氛。回望江南岸，很远的地方，有一条青青的山影，在白色的云雾中间，由那云雾一直迤平到江边，全是芦苇洲，白茫茫地开着芦花。在芦岸上，竖着打鱼的网竿子，并不见打鱼的人。再向东看去，长江还不失其伟大，一片浑茫的白影，直接到天尽头。这是个半阴晴的天色，并没有太阳。天尽头的所在，也不过是白云向下罩着，连合了左右的天脚，一个圆圆的阴蓝色盖子盖着了大地。

这时，已不知离开了武汉有多少路，可是武汉也不过在那天尽头，是可断言的。想到了武汉，不知是何缘故，就增加着心里头更为留恋的感想。于是走到甲板的船尾上，靠了栏杆，呆呆向东方望着。那船尾的轮子，鼓着长江的水，翻出一条极长的浪纹，也是拖到天脚下去。这就想着，这水一直东流，流过了武汉，要到九江，要到南京，要到镇江。自己的家乡，水可以看到，自己看不到，倒不如向江里一跳，尸首顺水流着，还可以漂流到故乡呢。自己这样地想着，这倒有些明白。

自上船以来，心里头总有一番说不出来的情绪，为什么这样呢？自己也有些糊涂。现在可知道了，就是靠了栏杆的这些感想。这些感想，在汉口作客的时候，也可以说是有了的。但那时另一个念头，比较要强烈些的，便是应当快找个安身立命的所在，现时虽还没有找到安身立命的所在，可是已踏上了这条路，不必怎样挂念，于是乎那种恋恋于故乡的情意又发生出来了。

正在这里出着神呢，耳边上却听到有人说："汉口汉口，我们分别了。但愿我们回来的时候，你一切都照常不改。"抬头看时，看到一位长了胡子的长袍先生，斜靠栏杆向东望着，站在他并排有两个青年人，随了他的话向东望着。其间一位十三四的孩子，捏了拳头拍着栏杆道："我们一定可以回来的。"老人笑道："当然可以回来。我所说的，是我们回来以后，汉口的形状会不会有点儿变化呢？"那两个青年却没有答复。玉贞自想是个女人，不便和青年人答话。要不然，自己一定要发表自己一点儿意见。站了一会儿，天上越发地阴暗，身上的衣服太单，似乎身上有点儿凉飕飕的，这就回转身向舱里走去。

可是一踏进那房舱门，就碰到那乳孩子在换尿布，舱板上又堆了一堆腥臭破烂的各种旧布块。那位咳嗽的老太太，加紧着吐痰，痰盂子里外，连痰沫带纸片，还有水果皮、鱼刺、肉骨头，实在是不堪寓目。那位女学生，已经夹了一本西装书，下床要向外走。自己想着，不必在舱里挤了，找了一件短外衣加上，也就二次走了出去。自这时起，除了吃饭睡觉，总是在甲板上瞭望。可是第一日这样做，浏览浏览风景倒无所谓。第二日再度着甲板的生活，就有点儿烦腻，倒是船到了城陵矶，要装煤卸货，停泊在江心，却没有一个开船的时候。旅客们三三两两地联合着，坐了小划子登岸去游览。玉贞也待上岸去玩玩，可是行李又没有人照管，也只在栏杆边靠了，向四周看着。

长江到了这里，狭小得成了一条河。向南头看去，只有一抹平迤的小山影浮在云水苍茫之间。据人说，那就是岳阳城所在。云水苍茫的现象，就是洞庭湖了。这个湖在中国人眼里，向来是充满着神秘的意味的。玉贞在甲板上来往地踱着，又遇到了那位老先生了。他带领着一班儿女，指点着南头的洞庭湖，向他们道："不要看城陵矶这个小镇市，那是洞庭湖的镇。过了城陵矶，进了那一片汪洋的洞庭湖，西向常德，南向长沙，都很方便。进不了城陵矶，就不行了。你们看看江西岸那里许多芦苇洲，很是平常吧？说了出来，你们会吓一大跳，那是鼎鼎大名的洪湖。"其中有个十来岁的女孩子，把舌头伸了一伸。这"洪湖"两个字，在民国十八九年间，报上是常常地登着的，玉贞也有一点儿印象。

靠了栏杆向西看去，那是一片平坦的江岸。在江岸外面，有一道小河，小河之外，还是平坦的洲岸。这倒看不出洪湖险要何在。不过在这个时候，没有登岸的旅客纷纷地都登甲板，来谈论这个城陵矶。只看客人脸上，全透着那紧张的样子，大概大家都有一种说不出来的情绪了。

四　托迹何处

　　船在城陵矶江面上卸货，直到下午四点钟方才完毕，要开船也走不了多少路，索性就停着没有开了。为了这一耽误，预计由汉口到宜昌，不过是四天的路程，现在却走了六天。在监利县以下，江两边都是平岸。初秋的日子，一片苍绿的芦洲，盖着灰白的芦花层而外，没有特殊的点缀。便有人家，也在芦洲深处两三里远，不能看得清楚。在监利以下，江流由南而北；在监利以上，江流却是由北而南，因之江流到了这里，恰好做个大回旋。船越向上走，水来得越急。伏在甲板上，看那江水在船两边，分着向下流，不但浪花滚滚，还可以听到哗啦哗啦水流着响。路过几个滩，江水打着漩涡，船碰到更响，这是扬子江下游所没有的现象，这可以说带着川江风味了。

　　过了董市，南岸芦洲里面，已微微地露出山影。再西进过了枝江县境，就两岸都有山了。虽然那山势并不怎样雄壮，究竟换了一种境界，在甲板上浏览着，心里要舒服些。玉贞在甲板上看到这些，同时也就在心里想着，境界已换，离开武汉那种特殊的境地也就远了。远是远了，同时也就感到成了个举目无亲的环境。在甲板上散步的人，除了谈新闻而外，便是讨论着怎样入川的问题。有人说宜昌旅馆不好找，茶馆澡堂里都住着人，初到宜昌的人，最大的困难，便是无处落脚。又有人说，在宜昌买到重庆去的船票最是困难，机会不巧可以等到两个月。更有人说，没有入川的证明文件，到重庆是不许登岸的。这些离奇的消息，叫这个孤身的女客听着，心里更加上了一重不能解释的烦恼。

　　回到舱里去，听了那些同舱人的口气，多半也是没办法。有的说，宜昌有朋友，到了那里再找人。有的说，已经事先写航空信托朋友找房子了，船到了，先把一个人上岸，找着了旅馆，再搬行李起坡。听各人的口吻，也都是没有把握的。玉贞这更没有主意，看到别人收拾行李，自己也收拾行李，别人向茶房打听消息，自己也向茶房打听消息。据茶房说宜昌新开的旅馆很多，就是江心有几只大轮船，不开走的，也做了临时旅馆，不一定就毫无办法，不过找旅馆还是要自己去找的。这种菩萨话，当然，仍是不能令人满意，但仿佛又像有把握一点儿。

在这日下午四点钟，船到了宜昌，给人印象最深的，便是在码头对过，矗立着一座山峰。由这山峰沿江而上，就看不到平地。船靠了趸船，旅客全靠了栏杆向岸上望着，趸船上的搬运夫也蜂拥着上来。可是和几个月前到汉口一样，并没有一个旅馆里的接江的。玉贞想要挤到外面去望望，却又挤不上前。看到茶房来了，因问道："假使我们找不到旅馆，在船上再住一夜，可以的吗？"茶房道："我们这船明早要不开的话，客人尽管住着。就怕的是今天晚上有公事来，要装差下去，那就不好办了。与其到了晚上摸黑去找旅馆，何如白天趁着亮想法子呢？"

玉贞再要和他商量，那位哺乳的太太有人来迎接了。一个男子带了三四个挑夫，有说有笑，闹成了一片。听那男子说："宜昌本来就找不到旅馆，偏是今天一下子来了三条船，旅馆哪里还有空房间？前三天，我们已经和你订好了房间。要不然，就是我临时也想不到办法。只有像今天上午到的旅客一样，还在码头上堆行李箱子，急得只打转呢。"玉贞听了这消息，更是着急。

眼见得同舱的旅客一批批地走了。却剩着那个女学生，不时地伸了头向门外望着，她自言自语地道："怎么还没有来？真急死人！"玉贞看她不是以前那种四大五常的样子了，便望了她笑道："你这位小姐有人来接吗？"她才答道："青年们说话，最是靠不住的，我有一个朋友在宜昌等着我的。前一个星期就有航空信给他，约来接我，想不到船到了这样久，还是一点儿消息没有。"玉贞道："船上人十停走了八停了，我们老在这里等着，也不是办法，我们不如先搬到码头上去等着。"那小姐笑道："我们合作，把一个人在码头上看着行李，把一个人上街去找旅馆好吗？"王贞道："好！就是这样办。"

她们在这里说话，挑夫在舱房外围了一层，听到她们有了决议，大家一拥而进，就来搬运行李。玉贞笑道："那么，我同搬夫先上岸去，请你在舱里看守着。"那位小姐当然同意。费了半小时的工夫，行李一齐搬到了码头上。果然，用这个办法的同志颇为不少。码头空地上，堆了许多的行李箱子，有人坐在行李上守着。玉贞和那位小姐商量着，不能叫人家去找旅馆的，这就自告奋勇地雇了一乘人力车子，说明上街找旅馆，要人力车夫，顺着大小旅馆拉了去。那位小姐还叮嘱着，只要有一间屋子，彼此同住下了再说，腾出时间来，慢慢再找好的旅馆。玉贞笑着答应了，坐着车子上街。

车夫把车拉到了三家大旅馆门外，不用进去了，旅馆门口就挂了一块牌子，上写八个大字："房间已满，诸君原谅。"随着找了几家次等的，还是没有房间。看看在路上消磨的时间，已到一小时以上。玉贞和那位看守行李的小姐，还是初交，来得久了，又怕人家焦急，而行李托这么一个生人看着，究竟也不放心，可是不找家旅馆歇脚，自己就和她坐在码头露天下过一宿不成？后来到了一家极小的饭店门口过，那老板看她在车上东张西望，似乎知道她的心事，便笑着点点头道："我们这里还有个空房间。"

玉贞回头看那饭店，就是一间小木板门面，门梁上悬了个扁纸灯笼，上写"安寓客商"四个大字。店堂里摆着一张黑木桌子、两条短凳，放靠了正中的板壁，此外就是相对着两张铺。开门见山地形容出来，这里也是一寸地都利用了。本待不理会那个老板的招呼，无如跑了半天并没有结果，只得进去看看。

走进这店堂后进，有个桌面大的天井，阴暗暗的有个小五开间的屋子。堂屋里住着是人，左右正房，也更住着是人，只有左厢一间小厅屋空着。那里开了窗户对着天井，倒是站在外面可以看见。里面仅仅放有一张竹架床、一张两扇小黑桌子，那桌面上生遍了虫眼，只这两项家具，屋子里也就没空地了。墙壁全是焦黄的报纸糊的，不用看，一股霉

116

气直冲鼻子，想到这屋子里是很潮湿的了。问问价目，老板说是一块六角钱一天，不管伙食。玉贞只得放下一块定钱，然后再坐车去找了两家旅馆。结果，依然是毫无所得，带了一副失望的样子，回到轮船码头来。见了那位小姐，把情形一说，她皱了眉道："那怎样能住呢？可是……"

那个送玉贞回来的车夫，得了车钱，还不曾走，他只劝两人就是那小饭店里安身吧，除此之外，绝无别法。玉贞听了这话，正在为难，却听到有人叫道："白小姐在这里，真对不住！真对不住！我早来码头上了，就是没接着船。"

玉贞回头看时，便是那位送船票的冯子安先生。他这时穿了一套咖啡色的西服，头发梳得乌黑油亮。玉贞想到用了人家一张船票，心中有点儿难为情，不由得把两脸绯红了，便点头笑道："冯先生还在宜昌没有走吗？"冯子安看到玉贞同伴还有一位小姐，便道："这位是？"

那位小姐对于冯子安这个样子，倒不十分讨厌，便笑道："我姓李，是和这位密斯白同船的。我们现在合作，预备着找旅馆。你先生有……"冯子安道："有办法，有办法，不知两位小姐愿意住在街上旅馆里呢，愿意住在水上饭店里呢？"李小姐笑道："我们现在只要找一个地方落脚就可以了，还问它是哪里吗？"冯子安道："我住的旅馆里，前天有一间上等房子空了出来，我就把它定下了。另外，就是江心里这只大轮船，改了水上饭店。"说着，指了河心一只长江大轮，接着道："那经理是我的朋友，我和他说好了，今天也许要一间房子，他一口答应留个铺位。他那里有好处，也有坏处。好处是他们供给伙食，相当的好。坏处是像坐船一样，房舱里照样是四个铺，官舱里两个铺，不像旅馆里，可以一个人住一间房。"

玉贞听说他旅馆留了一间房，透着他有点儿存心如此，便笑道："密斯李，我们尝尝水上饭店的滋味吧。我们两个人睡一间官舱，也很可以了。"李小姐道："我无所谓。"玉贞道："住在江上，将来我们换船入川也方便些。只要船上供给伙食，我们无上岸之必要，就是住水上饭店吧。"冯子安倒不勉强，笑道："我也赞成二位住水上饭店，第一

117

空气好，第二清净。"说着，立刻雇了几个力夫，将行李搬上小划子。两位小姐随着下了河，冯子安亲自把她们送到江心水上饭店。他吩咐力夫将行李一直搬到官舱。这官舱在三层楼甲板上，舱门对了船栏杆。船上静悄悄的，没有什么人来往。甲板上空着，洗得干净雪亮。由那拥挤得透不出气的船上移到这地方来，只觉耳目一新，两位小姐同声说好。冯子安把经理找了来介绍一番，他看到是两位年轻小姐，立刻说："腾出一间大房间来。"忙碌一阵，搬进了官舱，这里是两张铺位，还有个小小的写字台、脸盆架、小沙发椅，墙上还有一面镜子，对于两位小姐的起居，甚为合宜，经理还特别声明一句："洗澡间就在隔壁。"两位小姐又同声说好。经理还把茶房叫了来，当面吩咐好好招待。于是茶房代铺好了床位，送进洗脸水来。冯子安非常地知趣，避了出去。

约莫一小时，玉贞捧了一杯茶，和李小姐靠了栏杆，赏玩风景，却见冯子安由小楼上走了下来。玉贞道："多谢冯先生，我们一切都很满意，我以为冯先生走了呢。"冯子安道："总得把二位安顿妥了才可以走开。二位赏不赏光呢？我想为二位小姐接风。"玉贞道："这就不敢当了。"李小姐以为冯子安和玉贞总是很熟的朋友，难得这位先生不分生熟，总是说二位小姐，便道："我们这就很感谢了，不必客气，我要上岸去找个朋友，没有工夫叨扰。"冯子安笑道："若是为了船票的事，就请不必忙。在宜昌候船西上的人，少说一点儿，大概也有一万吧。我和各公司里人，多少有几位朋友。请候个三五天，我一定负责找到船票。"李小姐笑道："那更好。我去看朋友，另有别事。"冯子安道："我来宜昌许久了，路途比较熟一点儿，我来引导着走吧。"李小姐道："引导不敢当，请冯先生代我雇辆车就行了。"冯子安道："可以可以，我们这就上坡。"

李小姐虽然愿意和冯子安一路上坡，可是想到同白小姐的朋友一路走，究竟不大方便，便向玉贞笑道："我们一路上岸去看看，好吗?"玉贞想到冯子安既送船票，又代为找旅馆，总算讲交情，也未能拒绝人太深了。好在同路还有个李小姐，也不必太避嫌疑，只得大大方方地同冯子安一块儿上坡。到了坡上，冯子安将她们引过酒馆子门，很客气地再将她们引进去吃饭，她们尽管辞谢，无如冯子安一味地客气，闹得两位小姐怪不好意思拒绝的。

男子们对于女子的进攻，多半是抓住了这个弱点，女人情面薄，不好意思太让人难堪。一半儿客气，一半儿勉强，总可以让女人接受他那实在是恶意而以善意出之的举动。李小姐是一切不知详情，糊里糊涂地受着招待。玉贞只管心里头有一百分烦腻，可又不能说出一个"不"字。尤其在李小姐面前，还不便说是一位新认识的朋友。一位新认识的朋友，却是这样地客气招待着，这不有点儿出乎人情吗？一个孤身出门年轻女子，怎好有出乎人情的异性朋友呢？玉贞在这种委屈情形之下，很勉强地受过了冯子安的招待。

饭后，李小姐坐了车子去找她的朋友，冯子安将玉贞送到码头上，玉贞想着，越腼腆，越不妥，索性大大方方地同他走路。临到上小划子的时候，才笑道："冯先生当然有冯先生的事，请回步吧，我会过江的。"冯子安笑着说了一声："不要紧。"玉贞想着终不成又让他送到水上饭店去，要想个什么法子拒绝他呢？她走到江边，站住，望了水有点儿出神了。

五　挤满了旅客的宜昌

　　男人追求女人的时候，尽管女人表示着烦厌不快，甚至愤怒起来，但他绝不会了解，也不肯了解。玉贞站在江边上，踌躇着，本就差一句话"我讨厌你"。然而冯子安丝毫没有感觉，还表示着善于体贴，向玉贞笑道："白小姐想着有什么事情要办的吗？宜昌市面虽不大，现在东西很齐全，要买什么，告诉我一声，我立刻去买。"玉贞淡笑道："我们一个流亡的女子，骨肉分散，过一天，就如过一年，需要的是自己人见面，其余人事上什么东西全不需要。"她说到最后"全不需要"四个字，格外把语气加重。可是冯子安并没有感到受了什么刺激，因道："这也难怪，在流亡中的人，谁不是这样地想着。不过我的看法，略有不同。那不可能的事，还要去幻想着，徒然伤害自己的身体。我以为我们最要紧的一件事，是保护自己身体。一个人必定要身体健康，才可以……"

　　玉贞对于这一套至理名言，并不要听。回头看到江边小划子上有人提了一盏玻璃灯迎上岸来，这就叫道："划子渡人吗？我们要到江心轮船上去！"冯子安又插嘴道："用不着问，那船上有黄色绿色玻璃灯的，就是水上饭店的渡船，你踏了上去，他们自然会渡你走。"玉贞道："那多谢了，请冯先生回步吧，同舱里还有一位李小姐呢，在晚上我不便招待，请原谅。"冯子安连说了几个"是"字。玉贞再也不敢多话，看到有黄绿灯的小划子，就踏了上去。冯子安虽没有跟上船来，可是他站在沙滩上，隔了水面，还连说着："明天早上再来奉看。"

　　玉贞只当没听见，并没有给他一个答复，到了轮船上，倒觉得心里清静了许多。各个玻璃窗内，虽向外透着光明，但旅客们都已安歇了，没有一点儿声息。茶房代开了舱门，里面电灯光灿然，照着细小的屋子、简单的行李。孤独地坐在床铺上，心里想着，到了生平未到、举目无亲的宜昌，莫名其妙的。来是来了，不知道哪一天再可以由此轻过。抬头看那小茶几上，有一叠信纸信封，便取下身上挂的自来水笔，待要写信。可是坐到茶几边，手拿了信纸，望着凝想了一会儿，写信给谁?父母? 所在地早不通信。丈夫? 不知道现时有没有人。别一个人呢，在这患难颠沛之中，没有写信去告知之必要。写了信去，也未必能多赚人家一滴眼泪。于是叹了一口气，慢慢起身走到甲板上，靠了栏杆站定。

南望宜昌对岸的山峰，在江边突起，烟雾沉沉的，把山峰给笼罩住。在那山峰上有两盏小灯燃着豆大的两点光，在高空的黑暗深处，更显着这河南岸是加倍的寂寞。看了很久，陡然有一种前路茫茫的念头涌在心上。江风吹得并不响，不过长江上游的水格外地湍急，触在船板和船缆上哗朗有声。玉贞觉得脸上凉凉的，久站了，周身都感到冷飕飕的。自己站不住了，就回舱去坐着。直到这时，李小姐还没有回船来。一个人枯坐着，实在没有滋味，自己也有些莫名其妙，两行眼泪水在眼角里涌出，在脸上挂着。到了这时，不哭已不可能，就斜靠了枕头坐着，抽出手绢来，慢慢地揉擦着眼泪。仿佛听到一路高跟鞋子响着，由远而近，心里也想道:别是李小姐回船了?

可是不等她来擦干眼泪，李小姐已是笑容满面地推开舱门进来了。先一句话问着："白小姐早回来了?"第二句话就是:"你又伤感起来了! 大时代来了，什么私人的力量也不能抗逆，可是话又说回来了，大时代局面的构成，也是由于人力，不过是多数的罢了。我们有力量，就赶上大时代的前面去站定。没有力量，只好安守本分，听候自然的淘汰。伤感是没有用的，对于事体一点儿没有补救，只是损害自己的身体。"玉贞道:"我何尝不是这样想，可是刚才靠在船栏杆边，看了漆黑的江面，只听到东流的水在下面响着，就情不自禁地伤感起来。"

李小姐捧了一大抱东西回来，大一包，小一包，放在床铺上清理着，因笑道:"那是你只看江的那一面。假使你靠了这里船栏杆向岸上望着，那情形就不同了，灯火煌煌的，也很有个现代都市的意味。据我一位朋友说，这几个月以来，宜昌特别繁荣，差不多汉口买不到的东西，这里全可以买到的。四川的东西，大半是由这里去的。必须要用的东西，可以在这里买一些。"玉贞道："那么，你这几包东西都是预备带到四川去用的了。你以为用完了几包东西，就可以回来了吗？"

李小姐笑道："人生的行止，那是难说的。也许用完这十倍多的东西，我们还不能回来。也许用不完这一半，我们又回到宜昌了。天下事，哪里看得清、料得定许多？我们也只有就眼前所能猜到的事情，走一步，做一步。若一点儿不办、一步不走，硬等机会来，那就是说我们一点儿人事不尽，自己对自己也有亏。何况这一年以来，人家都说我们妇女界表示出来得不够。我们诚然没有法子，把大多数无智识的妇女推动起来。可是至少的限度，我们推动我们自己，不再去连累别人，这是可以办到的啊！"说到这里，她自己惊讶了一下，又摇了头笑道，"谈何容易？谈何容易？就以我们到宜昌而论，不是令友冯先生和我们老早定下的旅馆，我们不知道在哪里安身呢。"玉贞点点头道："这倒诚然，我很不愿接受冯先生的帮助。可是他那股子殷勤劲儿，实在叫人没有办法来拒绝。"她说到这里，又勉强地微微一笑。

李小姐把床底下的手提皮箱拖了出来，把东西一样样地向箱子里收着，搭讪着笑道："那为什么呢？"她口里问着，眼睛可不向玉贞望了去。玉贞觉得李小姐这人，还不是那轻薄分子，便把自己的身世和冯子安过分攀交情的事说了一遍。

李小姐在听话的当儿，把东西全都收到箱子里去了。这就坐在她对面，正了颜色道："现在这社会，男人对于女子，最会趁火打劫，白小姐既是有这样意思，我以为有两个办法。其一：是把船票钱早早地退还给他，把交情从此打断。干干脆脆，可以省了许多麻烦。其二：是不必得罪他，照常和他来往。可是一切行动都公开，他送你东西，你就受着，他请吃馆子，你也到场，扰他两三回，你也照样地酬谢他一次，甚至于还请几个朋友作陪。他要说你不必客气时，你就说一个青年女子，不能受人家男子们的招待，男子们只管招待女人，不许女人回报，那不是以平等眼光来看待女人。这样，让他卖不出一分人情。你也就不必怕他纠缠了。"

玉贞道："自然是第一个办法最好。不过人家一味地客气，我却抹不下面子来。我们一个孤身女子，飘零在异乡，也不敢得罪这种人。还是用李小姐这第二个办法吧。"李小姐笑道："女人总是抹不下情面的，我也猜着你会用这第二个办法。不过用这个办法，是要自己有坚定的主意的。"她说这话时，将牙齿微咬着，还用高跟鞋在舱板上微微点了两下，表示她说到这句坚决主意的话肯定而有力。

玉贞自省得她的意思，因点着头笑道："我假如没有坚决的意志，我也不会把这些话告诉李小姐了。不过一方面，我也愿避开他一点儿，他要是知趣一点儿，受了我两次冷淡，就这样离开着我们，那就更好了。他说了明天早上会来的，明天早上请李小姐陪我上街去一趟吧。我也学学你，买些进川预备的东西。"说着话，不觉夜已深了。李小姐知道白小姐的丈夫是干什么的，情不自禁地向她表示一番敬意。到了次日早上六点钟，就引了玉贞上岸去。

踏上马路，就让人大吃一惊，时候是这样的早，每条街上，都是人挨着人走路。听听说话人的口音，却都是外省人。有许多操了江浙语音的妇女，手里挽了个篮子，沿着马路边菜担子上买菜。玉贞道："这些太太们自己上街买菜，显然是不住旅馆。难道还租了房子住吗？这里是个过路码头，何必还做永久之计？"李小姐笑道："不做永久之计怎么办？昨天我到一个同乡家里去看了一看，他们全家十二口人，住在一片油盐店楼上，楼板上铺了一些稻草，都打着地铺。只有一张三屉桌子，拦了楼窗放着，把不能放在楼板上的东西，都放在那桌上，别的就不用说了。你以为他们租房子住比住旅馆还舒服吗？"玉贞道："这样做法，也是为了等船票吗？"李小姐道："当然是。据我在同乡口里所听到的报告，在宜昌等了两个月船票的人那很平常。两个月在旅馆里的消耗，那就很可观。自己住房子，多等一天船票，少等一天船票，就没有多大

123

的关系。"玉贞道："两个月还得不着一张船票吗?"李小姐道："可不是? 你看提了菜篮子上街来买菜的人,家里总老老小小有上十口,行李是更不会少。这样大批的人口移动,就不会怎么容易。"

说着话,走到马路的转弯处,有一家小吃食馆子,有很多穿得整齐的男女都向里面走去。李小姐道："早上我们没有吃一点儿东西,也进去坐一会儿吧。"玉贞点头,她就在前面引路。因为这店堂里面,每张桌子四周,全坐满了人,便眼望了面前的楼梯,径直地上去。出了楼梯口,让人觉得有点儿奇怪,在迎面有一张破木橱子,里面放满了碗碟筷子,旁边又放了一只水缸。心里也想着:在楼上他们还另设有一个小厨房。索性进一步,更吓一跳,只见两个相对的床铺横在橱子旁边,上面有人睡着,也有人坐着。一个女人披了头发,身上披了长衫,正在扣纽襻,望了二人道:"寻啥人?"一句很道地的上海话。玉贞站在身后,啊哟了一声道:"这是住家的所在,我们走错了。"

那个说上海话的女人,且不理会她们,却回转头去对自己家里人道:"楼梯口上,我们贴的那张字条,哪个又给它撕掉了?"白、李二人看了这情形,也不必多说,立刻跑下楼来。小馆子里店伙,这就迎着她们笑道:"楼上不卖吃物,那是人家住家的所在。"李小姐道:"这楼上很矮,伸手可以摸到椽子,还租给人家吗?"店伙道:"哪个愿意租给人住呢? 楼上让给人了,倒挤得我们自己没有了地方,晚上临时搭起桌子搭铺。你不要看那楼上矮,还住有三户人家呢。"

这时,李小姐向玉贞望着,微微摇了头道:"你听到没有? 茶馆子都住着人,并不是假话。"店伙又插嘴道:"有一程子挤得厉害,澡堂子里住满了人,连生意也做不成,怎么会是假话呢?"两人觉得这店伙喜欢说话,就等了两个客座位出来,挤着坐下去,一面吃点心,一面闲打听消息。吃过一顿点心,这感觉到能在水上饭店找一间房舱住着,真是不容易。

吃过点心后走上大街,看到两旁店铺全堆着丰满的货品。两边行人道上,也是像汉口似的,一个跟着一个走。不过马路上,没有汉口市面上汽车人力车那样多。玉贞觉得所看到的招牌,不是旅馆,便是酒食馆。走到第二条马路上时,便顺了路左右两边数了去,共计吃食馆占百分之二十七,旅馆占百分之十五,而且有一大部分招牌都带着新开新设的字样。再听了过路人谈话,竟有三分之二是外乡口音。尤其可笑的,假如听到两个路人发出来的惊奇声音,那么,大概就不外如下的谈话:"哦呀!你也来了,几时到的?""来了一个多月了。""有没有办法弄到船票呢?""托了许多人,一点儿办法没有,只好照登记手续等了下去。""真是糟糕,我们再要等下去,盘缠就要用光了。"这样的话,你尽管不留心听,自然地会送进耳朵里来。再加上各人自己身受的旅行辛苦,那实在是不堪思索的一件事了。

六　登记，登记，登记！

　　白玉贞得了李小姐的陪伴，在宜昌采办了许多来路货的日用品，李小姐在途中会到她的男朋友，告别走开了。玉贞听到这些不大爱听的消息，自己倒很希望其不确。首先就到这入川的唯一轮船公司民生公司去探访情形。那公司的办公处，是一座有花园的洋楼，站在大门口，便看到那花园的水泥路上，男女老少，站了一大堆人。进了这花园，更向里面看去，那第一间进办公所的屋子，便有许多人站在一处，塞了进出的路线。不问那是不是接洽船票的地方，反正大家都向那里走去，自己也可以向那里走去。

　　挤到人当中，听来听去，都是些埋怨的声音。有的说管理处的购票证拿到了手，以为是没有问题了，偏偏这里又说是有新公事到了，我们要压下两班去。有的说，压下两班去要什么紧？至多不过十天。我们左一回登记，右一回登记，跑来跑去，还没有一点儿消息，那才难受呢！有的说，我们打算再等一个月，若是一个月还没有消息，我们就步行入川。一天走三十里，一个月还走一千里呢。

　　玉贞听这几种谈话，本可以转身出去了，看到隔壁屋子里，像个客厅的样子，几张沙发全坐满了人。其中有个穿中山装的，脸上带了一种烦腻的微笑，向大家分别着答复。他看到玉贞只管在门口张望着，并不含糊，索性站起身来，向她点头笑道："请进来坐，请进来坐。"玉贞进去了，人家看她是女宾，就起身让了一把椅子给她坐。那位回答宾客的，正和一位穿西服的人在开谈判。他道："我们一切事情，都照着手续办。诸位请看，这样多客人来办手续，我们就愿意通融也不敢通融。"

　　玉贞见人是这样多，公司里人说话又是这样板板六十四，当了大家的面，谅不会有什么结果，干脆就悄悄地起身告辞吧。走到了房门边，公司里那个人倒是抱着歉意追上来了，因点头问道："这位女士有什么事见告吗？"

玉贞见有了谈话的机会，便站住了脚，点头微笑道："我打听打听入川轮船的情形。"那人笑了，因道："不用问，困难二字可以包括一切。你女士登记了没有？"玉贞道："我正是来办登记手续的。"他道："我们这里不办登记，要登记，就先向船舶管理处去办。在它那里挨着登记的次序，取得了购票证到公司里来购买。公司凭了购票证卖票，这有一定的次序，用不着发急。"玉贞道："照这样说，也不见得有十分困难之处。何以宜昌等船走不了的人满街都是？"那人道："也不见得就不怎样困难吧？已经登记还没有走的人，共有五千号左右。满街没有登记，另作打算的人恐怕也不会比这少。"玉贞道："除了登记，还可以另作打算吗？"那人笑道："当然有人这样想。可是真能另有办法，登记的人，不会有这多了。"玉贞当了许多人，也不和那人去辩论，可是心里想着，大概是会另有办法的。那李小姐是一位有见解、有手腕的女子，也许她有办法。手里大一包小一包地带了许多东西，也就径直地先回水上饭店。

到了轮船甲板上，见一个穿西服的人，没戴帽子，头发梳得乌亮，在甲板上来回地踱着步子。老远地就看清楚了，那正是冯子安在这里，现出一个等人的样子。自己也只当没有看见，手里抱了买的东西，径直向自己舱门口走去。茶房迎过来，还不曾开门呢，冯子安就迎上前来，向玉贞笑道："白小姐自己采办东西去了。其实这只要告诉我一声，我就完全采办来了。"玉贞正着颜色，微带了笑容道："朋友之间，是互助的。我对于冯先生没有丝毫可以为力的地方，我倒任何事情都要冯先生代我去办，那是于情理不合。"说着，自进了舱门，并未让冯子安。

她心里想着，他或者会跟着挤了进来，看他自己好意思不好意思。可是冯子安并不如她所料的挤了进来，站在舱门口，微鞠了躬，向玉贞笑道："我可以进来吗？"玉贞绝不好意思说："你不能进来。"只得笑着道："冯先生怎么又突然客气起来？请进请进！"冯子安挨着舱门走了进来，在门角落里一张小方凳子上坐下，笑道："小姐的卧室，本就不应该随便进来。而况昨天白小姐还对我说了，进来有点儿不便。"

玉贞把手边的手提包打开，取了三十元钞票在手，笑道："不是冯先生替我买了一张船票，也许这个时候，我还在汉口呢。现在买一张船票到手，不是光看票面的数目就了事的。我这里也不算清细微的数目了，奉还冯先生三十块钱。"说着，把一叠钞票，放在他手边茶几上。子安啊哟了一声，站起来道："白小姐！太客气了。这点儿小事何必介意，请你收回去吧。"玉贞道："这不能！我一个青年女子出门，不能叫朋友替我破费川资。冯先生不收，莫非嫌我拿出来的钱不够数？"子安红了脸，同摆着两手道："不是不是，这三十块钱还有多呢。我的意思，以为由宜昌到重庆，还少不了买船票，一齐再算吧。"玉贞道："多谢冯先生，我到重庆的船票已经有了。"

子安听到这话，身子一震，好像是很吃了一惊，问道："票子有了？是那位李小姐代想的法子吗？"玉贞鼻子里随便哼了一声。子安道："是哪一条船呢？"玉贞道："不知道是哪一条船。我无非跟了别人走，别人上船，我也上船。"子安见玉贞的态度很是自然，望了她默然了很久，最后说出三个字来："那也好。"玉贞道："冯先生在宜昌还有很多公干吗？大概我要抢着先到重庆了。"子安道："我在这里，也没有什么事，有船开就走。别的事情不敢说有把握，在这一段水上交通方面，我总不至于感到困难。"玉贞道："那很好，不久我们可以在重庆遇到了。我有什么事办不了的话，我还可以找冯先生帮忙呢。"

子安听到玉贞先说的几句话，本觉她有点儿拒人于千里之外，这时她回转来说了两句，心里感到又有点儿滋味了。坐在那里，东一句西一句说着话。玉贞觉得刚才两句话，已是快把他打发走了，不该又敷衍了两句，把他留下来了。因看看手表，又看看茶几上的信纸，笑问道："此地邮政局下午几点钟停止寄信？"子安道："白小姐要写信？"玉贞道："至少我有十封信要写。越挨下去，积得越多，我下个决心，今天我要把这些信写起来。"子安起身道:"下午我再来请白小姐上坡去吃晚饭,现在我告辞了。"

玉贞谈笑着哼了一声,对他的话并没有置可否。子安去了之后,把旅馆茶房叫了来,问道:"由这里入川,除了登记买船票,没有第二个法子吗?"茶房笑道:"不一定坐船,坐飞机也可以的。此地天天有飞机飞重庆,但是飞机票子一样难买。在宜昌等一两个礼拜,等不到飞机坐的人,这是多得很。"玉贞道:"这不用你说,我知道,我现在打算多花几个钱,在登记之外,设法弄一张船票。你们和公司里职员轮船上茶房相熟的很多,总可以想办法。只要你能买到票,花钱多少,我不十分计较。"

那茶房穿了淡灰色的制服,挺着腰杆子站着,在那形式上看去,好像是丝毫不能通融。可是经玉贞一再说着,可以多花钱,他也就禁不住脸上发出笑容来,因低声问道:"但不知道你小姐愿意出多少钱?"玉贞顿了一顿,笑道:"这倒叫我不好出个数目,我知道应该出多少钱才合适呢?这样吧,我照船票双倍给钱。"茶房微笑道:"也许可以碰到一个机会,不过很困难。"说毕,他自走了。

玉贞说出来以为是出了一笔重赏,可以征得一个勇士。不想人家的回答却是淡淡走了,想着,假使谋得一张房舱票,大概是五十块钱,出双倍的价钱,就是一百元了。照着茶房的样子,还不满足。再出钱,就等于买一张飞机票了。登记是怎么回事,也许不像所说的那样困难吧?这样想了,为了避免下午冯子安来请吃晚饭,匆匆地下了船,就向管理处去打听消息。到了码头上,便向人力车夫问一声:"知不知道船舶管理处?"他笑着答道:"办登记的地方,我们怎么不知道?一天至少也去三四回。"

玉贞也多出了几个车钱,挑了一位面带忠厚车夫的车子坐。在车上因问道:"除了登记,有没有别的法子可以走?"车夫道:"以前行,现在不行了。前几天,有只外国公司的轮船开上去,许多人运动茶房,买了票子上船。可是上不了船的客人,闹起风潮,把司令部人请到,不许开船，上了船的人，一齐都赶下了船。后来还是登记过了的人才可以上船。"玉贞听到这层消息，心里不免又添上了一个疙瘩。

车子拉到管理处门口，见来登记的人，像进戏院子听戏一般，一个跟着一个地进去。玉贞走进这应时的幸运衙门，在办公室门外，就看到有一排人塞住了进出的总门口。那拥挤的情形，远超过了轮船公司。玉贞随在人后面向办公室里走去，很大的一间屋子，横七竖八，摆了许多三屉桌与写字台。桌子里面，坐着正正端端的办事员，桌子外面，却站着来登记的男和女。有的是满脸透着踌躇的样子在回话，有的伏在桌上填写文件，有的满脸是笑，点头抱拳，口里连说"好好"。

最近的一个人，也是个中年女人，黄瘦的面孔，披着焦干的头发，衣服又很破烂，说起话来，却是一口侉音。看看坐在桌子里，和她接洽的是一位穿西服的少年，对她这样子已透着不耐烦，翻了眼睛望着她道："你先去登记了再来。"那妇人道："我就是来登记的，又到哪里去登记？"办事员瞪了眼道："要到卫生局去登记，检查了你的身体，打过防疫针，你拿了医生的证明书，再到这里来登记。话已经说得十分清楚，你听明白了没有？"说着，把五个指头轻轻地敲了桌沿，表示了他那种烦腻不堪的意味。

玉贞在一边听到，心想，幸而没有上前去登记，原来还有个先决条件。于是扭转身，又走出来了。到了门口，两头望望，不知道这检验身体的机关在什么地方。心里懊恼着，实在不愿再去找这个所在。可是不找到这个机关检验过，就休想到船舶管理处去登记；不到管理处去登记过，有钱买不到轮船公司的船票。事情是尽管麻烦，可是要办个头绪出来，就非按照着这手续去做不可。踌躇了一会子，便雇了一辆车子，再奔卫生局去。心里想着，这事情不办就不办，要办就办个痛快，趁着今天下了这番决心，索性去检验身体。假如在几天之内，凑巧有了得着船票的机会，那也叫冯子安不可看小了人。心里想着带了一份自得的颜色坐在车上。

车子停了，抬头看时，是一幢洋式楼房，一字门楼上挂着一幅蓝底白字的匾额。那上面的字标写得清楚，正是自己所要到的目的地。可是不待自己下车，已是扫兴之至，那一字门楼下，两扇黑漆的大门闭得铁紧，门上有一块白木牌子，黑字写得分明："已过办公时间。"玉贞无论抱了何种勇气，今天实在是无事可办的了。

七 废然思返

白玉贞向来抱了这种思想，男子所可做的事，女子也可以做到。而且有些地方，男子所不能去的，女子照样可去。她根据了这一点，认为由宜昌西上的人，还是整千整万的，没有什么理由，证明她不如这整千整万的旅客。所以关于入川的各种手续，她认为很容易地去办理。及至晚上回到那水上饭店，一切宣告失败，这才觉得自己的抱负错了。好在留在宜昌市上的男子很多，也不能把这事证明女子无能。

在这晚上，那位冯子安先生亦未曾来，也许是看出一点儿什么形势来了。玉贞这倒透着清静，在床铺上把枕头堆得高高的睡着，把两只脚支了起来，眼望了天花板上的电灯，只管出神。门一推，那位李小姐回来了，看到玉贞，笑嘻嘻地嘴里在唱着歌曲，因笑问道："白小姐的船票，有了办法了吗？"玉贞笑道："你怎么知道我的船票有了办法呢？"李小姐道："我看到白小姐这样自在，似乎是票子有办法了。"

玉贞坐起来，问道："李小姐很高兴的样子，必定也有了办法了。"李小姐道："船票也是很困难。我想着与其在宜昌住旅馆，把旅费冤枉花了，不如坐飞机到重庆去，干脆多了。"玉贞道："可是飞机票子也是难买呀。"李小姐道："究竟现在银钱艰难，多花一百多元去坐飞机，差不多的就舍不得，而况飞机上又不能带多少行李。我已经托朋友打听清楚了，一个星期之内有飞机，大概明天可以将票子买到手了。好在我行李简单，带走不了的，我放在宜昌，将来托朋友带了去。"玉贞笑着摇摇头道："那我就不行了。漫说拿出一张飞机票子钱很有问题，就算我可以坐飞机，我许多行李，托哪位朋友替我带呢？"李小姐道："其实也是坐船好，可以看看三峡风景。"玉贞道："那么，李小姐为什么又不坐船呢?"李小姐道:"这样旅行又旅行,过着流浪的生活,究竟不是办法。我想赶一步入川,找一个安定一点儿的地方,过着有秩序的生活。读书也好,找工作也好,比这样住水上饭店精神上痛快得多。"

她坐在玉贞对面,侃侃而谈,倒引起了玉贞一肚皮的心事,紧紧地将眉毛皱起点点头道:"这话诚然。现在我们的生活一点儿规则没有,花钱也不得痛快。这样有支出、无收入的情况,能缩短一天,就应当极力缩短才好。这样说起来,我倒是赞成你坐飞机了。"正说话时,却听到船外江面上一阵喧哗,不觉随着一愣,偏了头向外听着。李小姐道:"这会儿有什么事?让我出去看看。"说着话,开了门出去了。只听她在外面叫道:"白小姐,出来看看吧,倒是蛮有趣的。"

玉贞随着她这话出去,却见船的下游满江灯火,嗡嗡地乱发着人声。玉贞道:"那是一只轮船,船两边江面上那些灯火,定是搬运人物上船的了。这样喊叫些什么?"李小姐道:"由川江下来的船,怕客人抢着上船,不敢靠岸,买了船票的人,得着了消息,也不等船靠拢,就雇了小船,拥上船来。这种叫喊,定是上船发生了困难,船上茶房和客人争执着。"

两人靠了栏杆望着,只见那高大船影子下面,灯火来去摇摆不定,同时江岸边的灯火,一串串地向江心里走来。玉贞道:"今天晚上又没有月亮,雾沉沉的,也看不到远处,小船在江里乱撞,我倒有点儿和这些旅客担忧。"李小姐道:"你和他们担忧,你不知道他们在水划子上的旅客倒很是得意,他居然拿到了船票,现在开始上船了,他怎么不洋洋自得呢?既是洋洋自得,就不怕黑夜冒险了。"玉贞道:"听说票上有号码的,大家自然按了号码就位,别人也抢夺不去。为什么还要争着上船呢?"李小姐道:"人有固定的位置,行李不能有固定的位置。行李多的人,早些上船把行李占领些地方,岂不是好?此外还有一种不入舱的统舱票,就在船边或甲板上开铺,也不能不早上船。至于另想办法的人,就不用提了。"玉贞道:"有了船票,还会有这些麻烦,这倒叫我有点儿不敢向前。"李小姐道:"那么,也坐飞机走吧,我可以想法子托人给你找一张票。"玉贞道:"但是我这些行李呢?这已是我最后所剩的一小部分衣物了,难道还要把它牺牲了?"李小姐叹了一口气道:"谁又不是如此?"两人靠着栏杆,望了黑雾漫天的半江灯火,大家倒真感到一种说不出来的滋味。

李小姐痴站了一会儿,进屋子睡觉去了。玉贞还是木偶似的站在栏杆边。她心里可也在想着,假使真买一张飞机票,这笔钱也拿得出来,所有的行李,就托冯子安带到重庆,也许他不便推诿,便向栏杆外静静地呆望了一会儿。这不知经过了多少时候,直待自己感到无聊了,才深深地叹了一口气,回舱去睡了。为了心里头不自在,在床铺上转来转去,大半夜睡不着。到了次日起来,却已是红日满江。看看对面床铺上,被褥折叠得非常整齐,李小姐已是走了。自己洗漱之后,靠了船栏杆望望,还是进房来睡着。睡了也是无聊,又到栏杆边来望望。心里也曾想到,在船上无聊,不如到岸上去买点儿零碎,游游马路。

自己收拾齐备,提了手皮包,正要下船去游历,忽然看到一位穿草绿色制服的人,腰上挂了短佩剑,气概轩昂地由面前甲板上走了过去。只看他挺了腰杆子,皮鞋走着甲板上嘚嘚有声。心里想着好一副男儿模样,不免对那男人多看了几眼。当那男人走远了的时候,看那男人的后影,简直就和自己心里所念念不忘的人一样。本来,穿了一样的服装,只要肥瘦长短大略相同,那后影自然不会差到哪里去。怅怅地望着那人,直望到那人一点儿踪影没有了,才醒悟转来。

将头抬起,对了天空望着,其实天空并没有什么,晴空一碧,就是几片白云也非常地稀薄。在那散丝一般的组织里,隔了云层,还可以看到那上面的蔚蓝层。可是她所望着的,好像这白云幻出了一座美满的家庭,长满了花木的院落,粉刷洁白的房屋,布置了精良的器具,这里一男一女对坐着,有说有笑地谈着家庭事务。这并不是幻想,在几个月以前,就有这样一个完美的家庭,现在呢?……现在呢?她越想着,越是心里难过。呆了一会儿,两行眼泪,在脸上纷纷地滚了下来。

眼泪这样东西,最能减少人的兴趣,在这眼泪流下来之后,她不想到宜昌街上去游览了，悄悄地回到屋子里来，把手提包向床铺上一丢，人也随了这手提包向床铺上倒下去。这倒给予她一种莫名其妙的催眠术，二次又睡着了。还是茶房来请吃午饭，才把她叫醒。一上午这样过去，下午尤其懒于上岸。到了晚上九点钟，李小姐回来了，脸上又带了一点儿不高兴的样子。玉贞猜着必定是飞机票子发生了问题，也就不去问她什么话。

李小姐脱了高跟皮鞋，将两膝盖抱在怀里，靠了舱板壁，横在床铺上坐着，很久很久没有作声。玉贞笑道："李小姐有点儿不高兴的样子，莫非飞机票子又发生变化了？"李小姐叹了一口气道："现在我明白了，中国人为什么定要做官。都是为了做官，一切可以占到优先权。"玉贞道："定是飞机票子，给做官的人抢了先去了。"李小姐道："不用说了，现在我改变了计划，还是坐船走了。无论怎样拥挤，一只船总可以容纳千儿八百人。在许多人中，再挤进一两个人去，绝没有什么困难。这个年月，没有别的话说，无非是钱倒霉。我想多花几个钱，把那登记到了号数的人，运动他让出一张票子来，总可以办到。明天，我就去开始走这条路。"

玉贞道："那不容易办到吧？在轮船公司登记到了号数的人，都煞费了熬等的工夫。现在票子要到手了，他岂肯让给你？"李小姐笑道："天下事，有一利就有一弊。登记着号码，挨次买船票，好像是说，谁也不能占便宜了。可是有这种人，他入川不入川，根本没有问题，这就把自己所得到的票子转卖给别人。假如他一家有四五口人的话，这四五张船票全转卖了，总可以从中弄百把元。有这一百元，在宜昌乡间住着，不又可以过个把月了吗？倘使这条路走得通的话，再去登记，再弄一回钱，也就当是一种商业了。"玉贞道："真有这种事吗？"李小姐道："我有一个女朋友，就是走这条路子去重庆的。"

玉贞由她自己床铺上，调到李小姐床上来坐着，将手握了她的手道："那么，我们明天一路去想想办法吧。"李小姐对于她这个提议，默然没有表示，微微地皱着眉。玉贞道："这件事，你不愿意和我合作吗?"李小姐微微地摆了两下头。玉贞看她是怀着很重的心事,也不便去追问她,因道:"这并非是向轮船公司打主意的事,总好想法子,我也可以去撞撞木钟的,我们明天分途进行吧。"李小姐还是抱着膝盖凝想,把事情想出了神,随了玉贞这话,微微点了两下头。玉贞自己也感到无聊,只好回到自己床铺上悄悄地睡了。

到了次日早晨,李小姐还是先她出舱走了。玉贞有她在舱里,还有个不甚关切的人,可以说说些同感飘零的话,现在一个人守着舱屋,就十分地寂寞。是不是上岸去想办法呢?自己问自己,自己也不能够答复,这分外是加上了一层苦闷。这就回想到冯子安这个人虽然是讨厌,现在除了他,还没有一个可以切实帮忙的人。他既来纠缠,就利用他出出力,好在自己是把他肺腑看穿了的人,也不至于上他什么当,料着他今天必然来的,且等了他来,探探他的口气,果然他有船票,就拿他的船票到了重庆再说。

如此地想着,倒有一天不曾上岸。可是直到太阳落山,并不见冯子安前来。而这天李小姐也回来得最晚,直到自己要安歇了,还不看到她的影子,睡了一会儿,又跑到船舷上,靠着栏杆,对了江心,呆呆望着。

可是过了十二点钟,这只不动轮船的发电房里,已经不磨电了,全船漆黑地漂浮在这江心里,更加上了苦闷。她看到江上有两三星灯火,悠悠地在远处向下流着。那灯火尽管下流的话,可以流到家乡去。她忽然转了一个念头,我死望着到重庆这个念头做什么?由这里到长沙,有小轮船可乘,大概到长沙的人不会多,即日掉转头向东边走吧。自然,向东边走,那种艰苦,是比向西走不同的。可是快刀杀人,死而无怨,免得这样进退不是,像迷途小羔羊似的。她想到这里,自己情不自禁地说了一声:"好!"还将栏杆拍了一下。这样,她是表示她已下了决心了。

八　拥挤着，拥挤着

　　宜昌也有几家报馆，每日在九十点钟附近，报纸也就在街上叫卖了。玉贞老早地醒着，不知李小姐是什么时候回来的，侧了身体向里，半条被盖在身上，睡得很甜。自己也不明白，身上哪来的一种疲劳，睁了眼睛，对天花板上望着。心里想着，回东去也好，回东去可以得便回家。江南什么吃的用的，都成了习惯了，便是受点儿惊恐也还值得。是的，就这样办。她心里想着，拍了两拍床垫褥，表示了她坚决的意思。

　　就在这时，报贩子在窗户外面喊着："卖《宜昌日报》《汉口航空报》。"玉贞起来，赶快地买了报来，依旧躺在床上来看着。可是两只手把报纸一展，心房随了这报上的大题目就有些撞跳。把两张报纸看完了，将报放在怀里，两眼向舱门外又看出了神。在这以前半小时，向东走的打算，现在是完全取消了。叹了一口气，情不自禁地道："真是没有办法。"

　　这句话倒是把李小姐惊醒过来了，翻了一个身坐起来，笑问道："这里只有你一个人吗？"玉贞笑道："除了我还有你。"李小姐道："你和谁在说话？"玉贞笑道："我一个人在这里自思自叹。你的船票有了办法了吗？"李小姐道："假使有办法，我昨晚也不回来得那样的晚了。有几位朋友同我出了个主意，叫我由这里搭小轮到常德，由常德公路到洪江转贵阳，由贵阳……"玉贞笑道："那干什么？大大地游历一周吗？"李小姐道："自然不是由贵阳转重庆，朋友是主张我往昆明。那里有铁路通安南，到哪里都是便利的。许多人说，那是中国的后门，前门现在关起来了，我们到后门口去住着，随时就走。"玉贞道："还往哪里走？到外国去吗？谁有那么些个川资？"说着，连连地摇摆了几下。

李小姐道："白小姐！我看你不必三心两意了，就利用那个姓冯的一下，让他和你弄一张船票。一切应当施用出来的手段，到了重庆再说。"玉贞红了脸道："这实在是不应当的。好在他已不来麻烦我了，把这件事丢开吧。"李小姐道："假使他再来麻烦你的话，你就可以用这个法子。"玉贞道："那么我要他弄两张票子，李小姐和我同船走好吗？"李小姐道："假如有票的话，我当然愿意同白小姐一路走，我既可以早达目的地，而同时还帮了你一个忙。"玉贞道："我既答应走，我想和他要两张票子，大概是可能的。"李小姐只微笑了一笑，似乎不以她的话为然，可也不加批评。

在此谈话之后，不过十来分钟，冯子安果然来了。今天换的是西装、白哗叽裤子，上配着法兰绒短衣，手上拿了细梗草帽，露出满头漆黑油亮的长头发。人是刚推了舱门，他那笑容的媚人，于他同时带进一阵浓香来，可以证明。玉贞改变了宗旨了，也就和他客气些，站了起来，点着头道："两天不见了，请坐请坐。"冯子安点着头道："不，在门外站一站就行了。我有两句话向白小姐交代一声。"他说着，自由舱里搬出一个方凳子，放在舱门外坐着。

他回看到李小姐横躺在床上，又站起来，微弯了一下腰道："李小姐，今天没有上岸去？"李小姐道："上岸无别事，无非是找船票。一天到晚，船票！船票！我们自己都烦腻了。"冯子安道："大概有了办法了吗？"李小姐笑道："多少人来整个月的，还没有办法，我们来这两天，就有了办法吗？冯先生可不可以和我们设两张票的法子呢？"冯子安一点儿也不思索，连连地点着头道："可以！可以！至迟至迟，本星期内可以上船。"李小姐身子向上一伸，问道："本星期可以上船？今天星期二了。只有四五天工夫就有办法？"冯子安笑道："这不是我怕不能有十分把握，故意把日子说远一点儿。其实两三天的限期，也就差不多了。因为下次开行的一只船，由船长一直到茶房头子，我都认得，要他们替我们安置两位女宾，还有什么困难？"

玉贞见他说得那样慷慨自如，虽也对他看了一看，可是总不置一词。李小姐就道："既然冯先生说得这样的有把握，那么，我们就不去另想办法，静候冯先生的消息了。"冯子安道："那是诚然。假如我办不到，我也无须在二位小姐面前夸下海口。我既说出来了，一定可以办到。我若撒谎，下次还能见面吗？"李小姐道："本来，冯先生对我们并没有买船票的义务，何必拿话来骗我们，说是没有法子想，我们也不能怪你。"冯子安笑道："假如李小姐向我设法找船票，而我却是干脆地回答没有办法，那也应该见怪的。何以言之呢？两位小姐看得起我，才叫我去想法子。我若没有去尽力量找船票，立刻就答应没有办法，那显然是我没有诚意，不识抬举，二位小姐怪我，那不是应当吗？"这句话说着，连不作声的玉贞也扑哧一笑。

子安有了这一笑，比中了奖券还要高兴，格外有说有笑。这样足混了两小时，子安又提醒要请二人上岸吃饭。李小姐为了船票的原因，不便拒绝，就向他道："吃饭可以，但有一个条件，要由我会东，算是我们先酬谢冯先生。"冯子安沉默了一会儿，然后站起来笑道："就是这样说吧，我叨扰李小姐吧。我在那边等着，请二位小姐更衣。"说着，他就起身走开了。这两位小姐喁喁地商量了一会儿，也就不能再说什么了。

这样周旋了一日，各人都不免有点儿心事。可是到了次日早上，有一个穿了蓝布制服的人，送了两张船票来，他还声明两句："冯先生有点儿事情，今天一早就坐汽车到樊城去，分不开身亲自送来。"玉贞听说有了船票，冯子安又不在一路，非常高兴。拿了船票一看，是房舱船。那送票人说："就请照定价付钱，不多要一文。"连李小姐也觉冯子安改变了态度，纯粹地帮忙买船票，并没有一点儿什么作用。付了船票钱，将来人打发走了。

玉贞将两张船票拿来一看，唉了一声道："怎么回事？这票子是两只船的呢？"李小姐接过来一看，果然不同，因道："大概是公司里办事匆忙，把票子拿错了。我们赶快到公司里去调换吧。"两人吃过了早饭，立刻上岸到公司里去问。据说并没有错。好在这两只船，一只明天天亮开，一只明天上午开，相差不过是半天的工夫，没有多大关系。两人商量着，只要可以上得了船，就是不同在一只船上也没有关系。于是两人回到水上饭店，各各收拾行李。

玉贞和李小姐计议，那个冯子安的态度究竟是难揣测，以即日离开宜昌为妙。因之她决定本日下午上船，让李小姐明天走。李小姐对于这个办法，却也同意。玉贞又道："防人的心不可无，假如姓冯的这家伙不存好意，偷偷地溜上船去，也未可知。只要发现了他，我们暗暗地调马换将。"李小姐道："这个办法用得，我们就是这样办。"

两个人计议好了，吃过晚饭以后，靠了船栏杆闲望下游正在上客的那只轮船，如潮涌一般，发着人声。李小姐笑道："白小姐，我看你不必犹豫了，还是上船吧。这么些个人，也许有那不讲理的人，他不管有票没票，看到有空铺位，立刻就占据了，等你拿了船票去和他交涉，胜了是多费一番气力，输了是加倍的不合算。"玉贞想了一想，这话也对。于是雇了一只小木船，把行李渡到轮船边去。

哪晓得那只轮船，像一只卧倒的大螳螂，周围的小划子，犹之觅食的蚂蚁队，把那只大轮船紧紧地包围着。李小姐的船，老远地让小划子挡着不能靠拢，而隔壁的每一只小船，都坐着人存着行李，你要叫这只船让开，而这只船的前面，更有一只小划子拦着，她们要上轮船也不可能。不过十分钟，而自己这只船外边，也让新来的小船给拦住了。

这样足等了一小时以上，才靠近了轮船，好容易上了船，人挤人，行李碰行李，玉贞走上了船边的楼梯口，简直挤不上前。还是小划子的船户，提了一件行李上来，替她找着管房舱的茶房来，那茶房已接着她的船票，看了一看，因问道："这位小姐的船票是冯先生代买的吗？"玉贞答应："是。"茶房立刻放出加倍的殷勤，又叫了两位同事来，把玉贞和李小姐引到房舱里来。

玉贞看那舱位，比汉口到宜昌的长江轮船还要窄小，三面 U 字形的，上下安着六张铺位。有五张铺全是铺好了行李，有人占着。只是空了左首靠窗边的一张下铺。茶房笑道："哪位小姐姓白？"玉贞道："是我。"茶房笑道："为了这张床铺，我们特意派了一位同事在这里看守着。"玉贞道："是冯先生托付你的吗？那么，他也在这船上了。"茶房道："不，今天一早冯先生到船上来招呼我们的，他对我们说，到樊城去了。"

玉贞听到这话颇为对辙，也就不加疑虑。让茶房把行李安顿好了，就向李小姐丢了一个眼色，低声道："我们出去看看。"李小姐会意，先就随了她向着船头方面走。这船舷很窄，只有三尺多宽。没有舱位的客人靠了船栏杆，展着二尺多宽的小床铺，只剩里面一人宽的地位，让人行走。一来一去，有了两个人，这就发生问题。必得两人横了身子，胸脯叠胸脯，互相挤了过去，可是船上客人既多，挤来挤去的也是特别的多。玉贞只走了四五个铺位长，已是挤出了一身汗。房舱是在二层舱上，要到官舱大餐间，还要上一层楼。挤到楼梯口上，更是滑稽，那些正在堆置行李的客人，就把一部分清闲的人，挤到楼梯板上坐着。上一层梯子，要请一个人站起来，到了三层楼上，依旧是在人缝里挤上前。

到了大餐间门口，向里张望着，见里面也是坐满了的人，仔细看去，并没有冯子安在内。接连看了两号官舱，也没有他。一个舱门口，门框上钉着铜牌子，乃是盥洗室。李小姐推了门进去，却大吃一惊，除了那个长洗澡盆里，铺着被褥，有人在里面睡觉而外，隔壁马桶间里，也有人在舱板的木格子架子上，展开了铺盖，两个枕头就掷在抽水马桶脚下。玉贞摇摇头道："李小姐，你看到这种拥挤情形作何感想？"李小姐道："我们居然有一张房舱票，那总算是神仙福分了。"在这马桶间里的两个客人，对了她们翻了眼瞪着，吓得两人扭头就走，不敢耽搁。

在三层楼的前舱都看遍了，就转向空甲板上来。由汉口到宜昌，虽然客人是很拥挤的，这露天里的甲板，却还没有人。这只船就不对了：船栏杆两边，由东到西，牵了许多根绳子，绳子和绳子之间，又把绳子连系着，好像是一张大网网，面上就是被单席子包袱七拼八凑地做了一块天棚。在这棚子下面，铺盖行李展布开来，旅客就蹲在那里。还有些人把箱子网篮堆砌成了一堵墙。有那不能填补的大缝，却撑起一把雨伞来塞住。这已夜深了，江风吹来，把那绳上的布块吹得呼噜呼噜作响，鼓起来丈来高。棚子下也有旅客将带的风灯给点上，一大群蹲着坐着的矮人影子，颇有一种凄惨的景象，当然，遍地全是铺盖，无法可以向前，再下来回统舱里去看看。

统舱为了外面人行路上是行李堆起来的，门只能推个半开，伸头向里一望，一阵热气向脸上一扑，而且在这热气中间，还夹杂一股汗臭味。李小姐回过头来，轻轻地向玉贞笑道："不用找了，这种地方，老冯决计不会住的，这船上大概没有他，你放心走吧。"玉贞道："其实呢，他就在这船上又怎么样？我们也不是那懦弱无知识的女子，可以随便让人欺侮。不过我们图个耳目干净，犯不上和这种人去计较，能躲开他就躲开他。"说着话，她两人顺了船舷，绕着船艄再向前走。

那船艄上一排有四间厕所，都将门开着，原来向江里排泄的那个窟窿，却被行李箱子给塞住了，将铺盖搭在上面做个睡椅形，人就躺坐在上面。玉贞皱了眉，低声道："我的天！船上这样多的人，把厕所完全占据了，这个问题怎么来解决呢？"李小姐笑道："这问题你用不着发愁，船上的经理，他当然会想办法的。"

两人向房舱里走着，这更不成话了。便是船栏杆里搭着铺，铺里那一尺宽的人行路，现在也有人展开铺盖，在舱板上睡着。走一截路，便得向旅客们说一声"对不起"，然后才得把人叫起来，走过去一截路。由后艄走到房舱门口，总向人说过二十遍"对不起"。到了房舱门口，玉贞摇摇头道："人家开口就说蜀道难。自古以来为的是山高水险，不想到了现在，变成是船上这样拥挤。从这里到重庆，不知道还要多少天。这只有终日闷坐在舱里，不能出去一步了。"李小姐道："为什么坐在舱里呢？三峡的风景千古闻名，我们生在下江的人，总恨无缘看见，现在经过三峡，可不要误了这个好机会，应当仔细地领略一番。"

说着，进了舱，见一个茶房在这里候着，床铺已经陈设好了，他指点着箱子网篮放的地方，在床铺脚头用油布隔着，有特备的一把茶壶、一只热水瓶，因道："白小姐要什么东西，只管叫我，我总不离开这几间房舱的。船上七点钟就开早饭，早点儿安歇吧。"玉贞道："这样早的饭，我不要吃了。"茶房笑道："明天这一顿早饭，倒是非吃不可。因为天一亮，船就要开，开出不久，就要进峡，想不要漏了好风景，还是早起的好。"李小姐笑道："白小姐，你放心走吧。这茶房很细心，在路上可以替你解决好些困难，重庆见吧。"

李小姐告辞去了，玉贞倒觉得有点儿惘惘然，不过转想到上了这只船，算是到了重庆，更没有那些进退两难的痛苦，也就脱履登床，安然入梦。

九　入　峡

在长江下游乘轮船，只会感到一些船行时震撼。到了川江，那就不然，船开了，客人可以听到隆咚隆咚的响声。一来是船的马力加大，二来是水流太急。玉贞睡在床上，也是听到这隆咚的响声，从梦寐中惊醒。睁眼看时，虽然同舱的人都醒了，也有人穿衣起床，可是舱顶篷下的电灯，还灿然地亮着。抬起手表来看看，不过五点钟。虽然初秋天长夜短，也可见轮船是东方发亮就开轮的了。

这床下舱板上，也不知道是在什么时候起的，已经有两个仆妇形的女人，在这里展开了铺盖睡觉。这时，两人弯着腰乱卷着行李捆，舱门是因为人多，始终是开着的。玉贞下床来，走到舱门口站一站，那茶房带了笑容，已经走过来了，点着头笑道："白小姐起来了？很好，船还没有进口呢，现在是刚到西坝。"说着，他手上捧有水壶洗脸盆，走到舱门口，对里面望了一望，笑道："白小姐，为了求得洗脸漱口痛快一点儿，我看，还是在这栏杆边洗脸吧。"

玉贞回头看看船里，人一起来了，又觉得里面是身体塞满了，只得在网篮里清理着脸盆漱口盂，到舱外船边上来洗脸。因为这里接近船头，船边上已无法展开铺盖，只堆了些装运机器零件的木箱，这倒正好放了脸盆洗脸。

就是这一点儿时间，轮船已把宜昌市掷在舵后很远去了。玉贞漱洗着，向江上看去。长江到了这里，微微地一曲，北岸原来无山，离开了宜昌一二十里，北岸也就山峰突起。由所站的地方，顺了船头前进的方向看去，但见两岸山峰对立，长江一条水，在许多山峰的脚下，吐露了出来。长江的最远处，就是山峰抱住，好像前进并没有路。近处的长江，夹在两边山缝里，倒像是一条很宽的巷子。正看得有趣，茶房捧了一玻璃杯热茶，送到玉贞手上，笑道："白小姐，这就进了峡口了，一直到重庆，两面总是山。"玉贞道："一过了宜昌就进峡口吗？"茶房道："是的，下水船一出峡口，就到了宜昌，那是很感到兴趣的。"说着，他和玉贞倒了水，归还洗脸用具。不一会儿工夫，他又端了一把小方凳子来，笑道："这是我在经理室里借来的，白小姐可以坐着看看风景，不用了，请你带回房舱里去，船上人太多，若不小心，一转眼就没有了。"

玉贞很觉得这茶房伺候周到。心里想着，也许他看到我像一个有钱的旅客，希望我多给他几个酒钱。这也不在心上，手捧了茶杯，慢慢地喝茶，赏鉴峡中风景。坐了一小时，那茶房又笑嘻嘻地来请到大餐间里去吃早饭。玉贞道："我们坐房舱的人，可以到大餐间里去吃饭吗？"茶房道："船上是三种厨房，一是大餐间的，一是官舱的，一是房舱统舱的。官舱里的饭，客人可以随便加入去吃。到岸的时候，加一份伙食钱就是了。"玉贞所怕的，是茶房恭维过分了，自己不好处置。现在茶房说，加一份伙食钱就是，这个可以大大方方地去参加。因之也不说什么，让茶房引着到大餐间里去。

这是川江里一只中等轮船，大餐间也布置了一围靠板壁的沙发，还有三张方桌和一架玻璃橱。可是这些器具，都不能像平常那样好好地安置。桌子底下、沙发空当里，全都塞了小箱子和行李卷儿。三张桌子，固然围满了人，就是沙发上、桌子外围椅凳上，全都坐的是人。那纷乱的情形，不下于统舱房舱里面，站在舱门口，对舱里面呆了一呆。茶房了解她的意思，抢上前一步，看到有张桌子上空了两个位子，便向玉贞点头道："白小姐请向这里坐吧，这是我们船上各位先生的一席。"玉贞听说是船上各位先生坐的位子，心里这就想着，菜饭当然好些，也就坐上席来。同时，也有一个女客坐在席上，看那样子很摩登，也很大方，玉贞料着这不算越规，很随便地在这里坐了。

饭快吃完了，玉贞看到他席的人纷纷起身，说是到了第一个险滩空舱滩。自己也就出了大餐间，来看峡景。房舱里的茶房，真算侍候殷勤，捧了一大瓷杯茶，在舱门口等着，笑道："白小姐，你就坐在这上面看看风景吧，等过了新滩，你再下楼来吧。初入川的人，总应当看看这两个最险的滩。"玉贞对于他这个建议倒也赞同，就靠了栏杆站着。那道长江在山峰里面钻动，水势是在山石上碰撞着，远远就听到哗啦哗啦的发出震动的响声。不必人说，这已到了空舱峡了。

玉贞所站的地方，已经靠近舵楼，回过头来看看，见那舵楼里面，有四五个人都靠了栏杆，两眼对江里注视着，人动也不一动。那个扶舵轮的人微微弯了腰，两只手抓着轮盘，好像用了全身的力量去转舵。这样一来，表示着大家对于这空舱滩，都拿出了全副精神来过滩。再看这滩时，江中间拱起了一片大礁石。江水碰到这礁石上，分成两股狂流，发生了千万的浪花，绕石流下。

当轮船还相隔很远的地方，曾放过一声汽笛。当时不知道是什么用意，现在可以想到那轮船放汽笛，是向这滩上岸上放着信号。这滩上两岸有海关设的管理机关，得了这信号，就开出两只木划子来。每只木划子上都有一个人把着舵，有一个人掷出绳子去，绑在礁石上。礁石上也有一个人看守着，把住了绳疙瘩，这算是一个浮标。在这礁石的北漕，随了水流，安插了许多竹竿，竹竿上面，缚有红白旗子。那江中急溜，冲着那竹竿子摇撼不定，把旗子刮得飘飘荡荡的。船头对了那江中的两只木划子开了去，到了水标附近，肉眼也看得出山脚下涌出无数的鱼鳞浪纹，那就是一个滩，滩过来，是个水漕，很窄很窄的，就靠近了礁石。只看那礁石上绳子缚的两只木划子，让礁石下方的狂浪漂起来，摇撼不定，绳子拉得像一根木棍，也就想到这水溜是怎样的急。

轮船看了两只木划子艄上的竹竿，稍稍地挨近，然后赶快将船掉过头来，就在水漕里走。这水漕既然很窄，而且又是歪曲着的，船一进漕，只听到船头碰了水溜，哗啦啦作响。低头看时，那江溜，有的转着旋纹，有的翻着波浪，在船外狂奔下去。这船上载有上千的客人，本来声音是很嘈杂的，这时寂静得一点儿声音没有，满船的人，有三分之二，在船栏杆上伸出半截身子来探望。船随了那江上的浮标，在江心里弯曲着。大家眼睁睁地看到所有的浮标，都掷到船后面去了。算是过了这空舲滩，全船人都干了一把汗。

事后听到船客纷纷议论，说是上水的薄木船到了这个滩头，一定要把船上的客人都请上岸去行走，甚至把舱里的货，也要搬上一部分上岸，所以叫空舲。不然，那个江漕很窄，水滔很急，船拉纤不上去，向下一滔，一定在水底下的石礁上碰着，船会碰个粉碎。玉贞听了这些话，虽然觉得在轮船上不会有这些危险，可是听说再上去几十里路，就是新滩，这个滩是天下闻名的一个恶滩，不但在许多游记上看见，就是在学校里，学习本国地理的时候，就知道这个滩的厉害。暂时不敢进去，依然在三层楼船边上坐着。

不到两小时，又听到乘客纷纷议论，到了新滩了。这个滩，和空舲有些不同。空舲是漕窄水滔，这里江水奔腾，由水底下翻出一丛丛的旋纹，带着白沫。但看两岸山脚下，全是沙洲，那沙洲上无穷无尽的石头长得奇形怪状，由沙里钻了出来。想象着大江底下，也是这个样子，所以许多圆状的旋纹由水里面冒了出来。在南岸，山向外让着，现出一片沙洲。在洲面山脚下，有三五十户人家。靠了那沙洲的江边上，停有十几只木船。这就见有一二百纤夫，共背了一根长到百多丈的纤绳，将一只木船拖了上去。远远地看到那些纤夫，像大群蚂蚁似的，倒在地面上，慢慢地爬动，那船之不易拉上去，却也可以想见。

再回看自己这只轮船，已经走到了急滔的头上，那江里的水，好像无数的黄色动物，结成了队伍，向下飞奔。小的旋纹有桌面大，大的旋纹有屋基大，在万道奔流中，一般地狂泻下来。船也开足了马力，对了这水势稍缓的缝当里向上冲去。船头和水滔两下里一撞，把水激起来有一丈多高。好像一捧银花，在轮头上直标起来。那银花高射时，连轮船二层楼上都溅有水点。玉贞所坐的地方，正邻近船头，只看那激起来的水花，发出那哗哗的响声，也不知道这身子到了什么所在。更低头看看船底，那旋纹和急浪远远地扑了来，好像要把这船扑倒。看得心惊眼

147

花，两手扶着栏杆，只觉十指冰凉。心里也就想着：在这里要出个什么乱子，无论你怎么会游泳，那是不能保险的。所幸这样呆了一呆之后，那个新滩也就过去了。

从此以后，船又进到两山逼紧的地方来。那山对江的一面，多半是削壁，两面削壁对立着，中间夹了那条江在下面流着。在宜昌入峡的时候，看到两面的山一层层向江里环抱，最远还可以看到几里路，到了这里就不然了，最窄的所在，江在山缝里，成了一条沟，最远只看到几十丈路。抬头看看天上，两边山峰高插，中间就剩了一线天，仿佛宽不到两丈。简直的这条船是钻进石壁里来了。

在这船上的人十之七八，都是初次入川的，大家靠了栏杆望着，七嘴八舌地讨论。什么牛肝马肺峡、书剑峡、铁板峡，都是看了崖壁上石头的形状，随意取名。玉贞足足看了三四小时，才下楼回到房舱里去。不多一会子，茶房又来请吃午饭了。玉贞已经在大餐间吃过一顿饭的了，也无须茶房引得，自向大餐间里走去。自然还是同船上各位先生坐在一张桌子上。坐下来还不到两分钟，几位男客同声叫道："冯先生来了！请到这里坐，请到这里坐。"

玉贞随了大家的话向舱门口看去，正是冯子安来了。他还穿的是那套浅灰色的西装，头发却梳得精光。这实在出于意料，脸一红，随了这红脸，心房就卜突卜突地跳着。那冯子安倒一点儿不介意，深深地点着头道："白小姐，想不到我们在这里又会面了。我原是要到樊城去的，赶脱了车子，只好在今天上了船，上船之后就睡，直睡到现时才起来。白小姐看看这峡中的风景如何?"

玉贞从头一想：显然是这家伙弄的手段。心里又一想：尽管弄手段，在这船上这么些个人，料着你也不敢怎样，到了重庆，我再想法子对付你就是了。便笑道："这就叫人生何处不相逢了，请坐！请坐！"她说了不算，还起身让了一让。冯子安便在她对面，挑了一把椅子上坐着。玉贞并不怎样介怀，一面吃着饭，一面谈笑。

饭后，玉贞搭讪着出来看风景，缓缓地下楼，缓缓地走回房舱。不过在铺位上睡了一会儿，还是觉得苦闷，却又缓缓地走了出来，靠了栏杆坐着。却听到同船的人纷纷地说，现在到了巫峡了。玉贞看这巫峡，也和下游那些峡差不多宽窄，只是两岸的山峰格外高耸，有一个尖圆的山峰，颇为葱秀，玉贞看着，倒有点儿好感。忽听到身后有个人道："这就是巫山第一峰，叫玉女峰。"

玉贞回头看时，又是冯子安来了。当了许多旅客的面，玉贞倒不好怎样使他难堪，便点点头道："巫山十二峰，就是这里了。峰峰都有个名字吗?"子安道："当然是有的，不过其余许多峰是不大出名的，白小姐对于这个掌故自然是很详细的。到了这地方，你生着什么感想呢?"这一问未免过于唐突，玉贞也只是淡淡付之一笑。

十　她顾左右而言他

自这时起，冯子安又开始在玉贞身边絮聒着了。玉贞想着这种人生在宇宙中间，大概没有什么事业可图，只是想尽了法子去追逐女性，在时局演变到了现在这个阶段，稍微有点儿人心的男子，也应当做些正当事业，才表示他有丈夫气，纵然他没那种心胸，也不必走到大丈夫反面去，专心去做小人，这种无聊的人，也就不必去和他计较。她有了这意思，子安随在前后，她只是淡淡地和他说笑，好在进了巫峡以后，两岸的景致是很可以排去愁闷的，也就终日坐在栏杆边，不到别处去，也不进自己房舱。冯子安来了也只能在栏杆旁站着。

出了巫峡不久，北岸有座城池，列在山峰下，那就是巫山县，算是四川了。离着玉贞所坐的地位不远，有一个年纪很大的人穿了旧蓝绸夹袍，手里捧了水烟袋，靠住栏杆，一面吸烟，一面闲话风景。他道："你看，我们的船走了这大半天，才达到四川的境界，人家以为三峡的风景全在四川，殊不知湖北境内，就有好几百里的峡景，我是湖北人，我对于人家恭维四川三峡风景好，我就有点儿不平。"他说话完毕，稀里呼噜地抽着水烟，脸皮涨得通红，果然是表示出了一种不平的样子。在船栏杆边的人，都哈哈大笑一阵。那老人呼出一口烟来道："笑什么？我说的本来就是真话呀！"

玉贞觉得这是一个机会，便插言道："老先生，请问你一句话，你到过四川吗？"老人道："连这次在内，我到过三次了。"说时把右手三个指头向上伸了出来。玉贞就站起身来，走近一步，笑问他道："那就很好了，我有许多事要和你老人家请教，请问到重庆靠码头的时候，在什么时候？"老人昂起头来想了一想道："这不能断定，今天或者可以

150

赶到夔府。明天在万县，看看是不是有耽搁。假如没有耽搁，明天可以赶到忠州。后天……不成，不成！后天恐怕还赶不到，大后天十二点钟以前，准可以到重庆。"玉贞道："只要是上午能赶得到，上岸找人也好，找旅馆也好，都比较地要便利些。"

到了这里，冯子安有插嘴的机会了，他笑道："这些小问题，白小姐何必放在心里，到了重庆的时候，我自然会招待一切。"玉贞道："招待一切？但是我去找我的朋友，或投靠我的亲戚，这是没法假手于人的事，难道你也可以招待一切吗？"她说这话时，脸上带了一份淡淡的笑容，这显然是对于他所说的，加了一种瞧不起。子安是善于忍耐的，并不怎样介意。

那老人哪里知道这一些，他笑道："一位小姐，由外面深到内地来，究竟也要有一个人引路才好些，我接到朋友的信，重庆的旅馆，全是旅客住得满满的。事先不托人布好一个位置，临时去找旅馆，这是一件很困难的事。"玉贞笑道："这滋味，我也是领略过了的。在汉口，还不是旅馆和住户都是挤满了人吗？然而我也没有在马路上住着。"老人笑道："重庆这地方，哪里能比汉口？真正可以栖身的旅馆恐怕不满二十家。现在到重庆去的人，每天都有好几千，说是旅馆想得到办法，那就看得太容易了。"他说话时，左手托了水烟袋，靠在怀里，右手却不住地摸着胡子。

玉贞看那样子，他言外之意，很笑小姐们不懂时事艰难，便笑道："困难自然是有的，不过我们既到了这地方，当然要想法去解决这困难，不能因为有了困难，就裹脚不前。你老先生大概是一家人都来了吧？这找旅馆是更困难了，是不是事前已经托人布置好了的呢？"老人道："我们有一房亲戚，向来就住在重庆的，早两个礼拜，在宜昌得了他们的信，已经把房子租好了。"

玉贞还没有答话，在这里看风景的旅客，不少是要在重庆找落脚之所的，就有一个人插嘴道："请问老先生，房租是什么价钱？听说贵得不得了，是吗？"老人道："我们租了人家一进平房，共是五间，一百二十块钱押租，月租四十元，贵不算贵，但不知房子好坏如何。"许多人同声附和道："这就很公道了。我们在汉口听到人说，重庆一间房子，就要租三四十块钱呢。"老人道："早一年吧，在重庆无论怎样好的房子，没有一间房月租超过三块钱的，这就价钱超过数倍了。"又有一个人问道："听说重庆的米贵得不得了，要卖三四块钱一斗。那还了得，不是四十块钱一担吗？"老人笑道："这句话，果然可以欺骗外行，四川的斗大，一斗米，可以抵川外三斗。四川也是个产米之区，何至于贵到下江几倍呢？"玉贞笑道："这样说来，这位老先生是一位老重庆，同船还有两天，我们少不得有许多事请教。"

老人表示有一些得意的样子，将手摸了胡子，微微地笑道："老重庆三个字是不敢当，不过在汉口那种人吓人的话，我是不相信的，最妙的说是重庆限制人口登岸，上岸要有公文或证章，这不是一个笑话吗？又不是外国人到中国来，为什么要护照一类的东西呢？我有两位亲戚，他们更做远大的计算，早两三个月，就迁居到江津去了。据说，那地方生活程度之低，是人所猜想不出来的，三四口人一家，六七十块钱，要过上等生活，听说三四块钱的酒席，可以做出二三十碗来，我想着，在重庆先住一下，看看外县哪一县好，也搬到外县去住家。"玉贞笑道："据老先生说，江津很好，为什么不搬到江津去呢？"老人笑道："听说江津县里，差不多全是安徽人，无形中成了安徽人一个集团寄居地点，或者湖北人也有这样一个寄住所在，我也去寄住吧。听说，合川这一县也很好，电灯自来水马路都有，那里的房子，十块钱可以租一幢，十间八间，全说不定。"

他这样一说，把那些带钱不多、前路茫茫的人，都听了个悠然神往，争着问合川江津的情形。老人说："到合川，由嘉陵江西上；到江津，由长江西上。离重庆都只有一百多里路。上水船要大半天，下水船只两三个钟点，交通是方便极了，各位若是不打算在重庆找工作，那就根本不必在那里勾留。在那里住几天，立刻可以搬到外县去，免得在重庆多花钱。老实说，现在的钱，谁不是一个当着两个用？"这些领教的人，格外听得入耳。

冯子安觉得这些话太平淡无奇了，这个老头子无端夸耀，滔滔不绝，实在讨厌，偏是白小姐也像那些流浪者一样，她会把这些话听得入耳，于是靠住栏杆，先咳嗽了几声，但是这没有效验。玉贞站在许多人后面，正把那老人的话听得入神，不但没有理会到冯子安在这里等说话，连风景都没有分神去看。子安就笑着叫道："白小姐，有一处好名胜我要告诉你，再过去是夔门峡，在这峡里，有许多奇景，刘备托孤的白帝城，诸葛亮摆下的八阵图，都是天下闻名的。白小姐留意着，别错过了。白小姐！白小姐！"

玉贞原来是只当没有听到。无奈他只管叫着白小姐，惊动得大家都瞪了两眼望着。玉贞没有法子，只好掉转头来笑道："我们入川，原不是为了游览，当然，关于日常生活的指示，比看风景重要得多。到了那白帝城你再招呼我吧，我还要听听这位老先生的指教呢。"说时，依然扭过身子去说话。冯子安既不能抢上前把她拉了过来，也只好由她向下听着。

那位老先生偏是有点儿神经病，经人一捧，他是越说越有神。子安站在船栏杆边，对江岸上望望，又对那老人看看，但是这已经结构成功的局面，却是不能拆散。最后，他不能想得较好的办法，也只有挤到人群里来，听那老人说话，偶然也从中插上一两句话，顺顺玉贞的口风。但这玉贞谈笑自若的，总不离开这一群人，让子安无隙可乘。这老人他也就在附近船边上展着地铺，并不走开，只要大家愿意和他谈话，他捧了只水烟袋，总是继续地向下说。

到了下午四点多钟，船已航进了夔门峡。四川人把这个地方，是当了一所大门的，所以在名字上就加了一个门字。这峡中间，有一座大礁石由江底直冒出来，名叫烟雨墩。水小的时候，这礁石伸出江面来，有十几丈高。传说下水船在急流上要对准了这礁石开下去，那水在礁石附近两边，犹如万道飞箭，船逼近了，水自然会将船送了走。不然，船走开去，让回水旋了转来，反是要撞上礁石去，撞一个粉碎。到了水大的时候，这样一座大礁，竟会完全沉入水底。那危险情形是更不用说了。看风景的人，得了这个传说，进了夔门之后，大家都眼睁睁地注意着江中心这个礁石。

在这烟雨墩附近，两岸是八阵图，远远看去，江滩上有几堆大小石头。这还是个中水时期，看不到八阵图的全形。稍微西上，就是烟雨墩了。果然，在水面上涌出一块直立的石头，船倒不是像传说那样，是对准了石头开去的。挨着江北岸的削壁，缓缓走上，这就不是巫峡那样长，只有半点钟的航程。不过和渡巫峡的情形是不同了，渡巫峡是在早上，青隐隐的两岸峰峦，包围了这条江，越远看到前方雾沉沉的。因为时间早，过巫峡的木船没有进口多远，轮船走到五六十里航程之后，就孤独地冲了江水而上，前后望着这个长峡里，不知道船由哪里钻了进来的，也不知道前面可有去路，仿佛是落在万山丛中一个大深涧里，不见什么活动。

那轮机咚隆隆隆的响声，由石壁上回响过来，越觉得沉寂。抬头看着两岸之间那一长条青天，却是暗灰色，分不出阴晴。现在到了夔门峡，正逢着许多木船出峡。一只木船，有四五块白布帆，前后十几只船，远看倒颇是有趣。这峡山两边高峙，那船在石壁底下水上漂着，正显得它渺小。当空的天，虽然还是阴灰色，可是长江西端，正对了船头，乃是日落之处。初秋的天气，峡里还可以看得着晴天这西落的红日，像一只大火球似的沉在烟雾里面。这火球也不怎样通红，是一团鸡子黄色的东西在模糊的天脚，下面那水面的烟雾，在火团附近，都染上了红光。虽然不像平常的暮景，有灿烂的云霞，可是这红色的烟雾，染了一带天脚，那红光反映到峡里面，点缀得对面的山峰和这峡里的石壁都变成了昏茫的意味。大家赏鉴到这里的时候，船就快出夔门峡。北岸的山峰上，遥遥看到一座庙宇，顺了山坡，叠着四五层屋子，屋子后面，还有一尊不高的小塔。看风景的人都说，这就是白帝城了。玉贞咦了一声，心里好像有这样一句话："原来就是这样几间小屋子？"心里有这样一问，她并不求着谁的解答。

154

子安恭候在身边，已经是很久了，这就接着道："在古来的时候，当然不是这个样子，后代城池屡次起了变化，就把原来的形迹湮没了。然而后人又不肯完全湮没了，就盖一座庙宇来纪念前人，这就是我们所看到的白帝城了。"玉贞笑着点点头道："原来如此，足见得冯先生博学。"子安笑道："那是白小姐太夸奖了。不过像川江里这些有名的胜迹，平常看书的时候，有什么记述，容易在脑筋里留下印象就是了。'白帝城高急暮砧'，你看到了奉节了。"他卖弄着这么一句，摇撼着脑袋，指了北岸山上。玉贞看到山上果然一座城墙，围了一片人家，在半山岗上，心里有所感触，不由得扑哧一笑。

十一　通融一间屋子

女人的笑容总是好看的，无论她出之以什么态度。冯子安见玉贞对于他的话一笑，便道："白小姐觉得我的话怎么样?"玉贞笑道："冯先生念起诗来，那是对牛弹琴。我的中国字就认得有限。"冯子安道："白小姐何必这样客气?"玉贞道："真的，我这个人是异常地想不开。二十多岁的我，竟已有十年是在旅行当中，我并没有对哪次旅行发生过烦腻。只有这次旅行，像害了一场大病一样，直到现在没有安心吃过一顿饭。一个人若是稍微有点儿良心，并非是麻木不仁的动物，对了这种环境，他不会高兴得起来。"她说到这里，将脸子沉着，看不到她有一点儿什么善意。

冯子安心里想了一想，微笑道："白小姐这话，诚然是不错。不过我另外有一点儿意见，就是常言道：留得青山在，不怕没柴烧。我们青年要从艰苦中奋斗，去另开环境才是。所以在这环境之下，虽然不免悲苦，我们还要好好地自宽自解。我的意思还是首先要让精神上获得安慰，精神好，身体才能健康；身体健康，才可以奋斗。下午船到了万县，假使不再开的话……"

玉贞不等他说完，立刻接了嘴道："下面这句话，不用冯先生提出，我代冯先生说了吧。冯先生的意思，是不是要我陪你游一趟万县呢。"子安打了一个哈哈，笑道："要说这话，我就不敢当了。万县这座西山公园，是就着江边的自然风景建筑起来的，倒可一观，在这船上坐着，真是一寸转身的地方也没有，整日地不动，恐怕要影响到健康上去，我们到岸上去松动松动不好吗?"玉贞道："上岸去走走，当然会感觉到舒服些。不过说会影响到身体的健康，那倒是说得太言重了，这船上一两千人，有的睡在火舱旁边的，昼夜地烧烤着；有的睡在烟棚上，风吹雨打，日晒夜露；有的睡在厕所里，不幸是可以立刻得着传染病；我们睡在房舱里的人，还有什么不满意？"子安说一句，她就驳一句，这就不敢多说，默然地对江岸上望着风景。

这船过了奉节，就把峡穿过。奉节以西的长江，虽依然在两面山峰中，但是这两岸山的距离，就开阔得多。同时，两旁的山峰，也不是那样壁陡在山脚下，总是怪石嵯峨，慢慢由上而下和水边浅滩上的石礁联成一气。船就在浅滩中间一条深漕里航行着。有好几十里都是这种形式。

玉贞坐在栏杆边，沉思着坐了很久，懒懒地站起来道："我要回房舱去休息一下，少陪了。"冯子安道："川江里的风景，究竟比扬子江下游的风景变化得很多。白天睡足了，到了晚上，天黑无事到床铺上躺着，不睡无事可做，睡又睡不着，那滋味很不好受，倒不如白天把风景看得疲倦了，到了晚上，头一挨着枕头就睡着了，可以省了许多不舒服。"玉贞道："多谢冯先生为我操心，我觉得坐在这里看风景，那一种不舒服，也和睡觉睡不着差不多。"说毕点了一个头，她终于是走了。

子安对她后影看了一看，见她的头发向肩上簌拥着垂下来，想到她那份趾高气扬的态度，不免微微地摇了两下头。但是他也情不自禁地站起身来，跟了玉贞后面走去。这虽是二层楼的房舱门口，然而那一条船舷完全为旅客所占据，今天是更没有了秩序，四处都牵扯开了长短的绳索，在绳索上搭了床单衣服洗脸手巾，以及小篮小袋之类，船板上除了已有铺的床位占据地位而外，就是那床铺外一线可走的路，这时也让许多零零碎碎的东西堆着塞着，让人无法走路。

远远只看到玉贞手扶了舱壁，两脚跨了零碎东西，带跳带跑地进了她的房舱。自己是一位男客，究竟不能学人家女客的样子，只好远远地站着，望了她过去。冯子安自有冯子安的想法，凡是房舱里的客人，到了吃饭的时候，总要到大餐间里去吃饭的，到了那时，在饭桌上遇到了她，还怕她会飞了出去不成？他望着她的后影，微笑了一笑，也回到他

157

自己的舱位里去了。

　　但他这个计划，玉贞也是晓得的。她又知道大餐间里连着开饭，一桌跟了一桌，总要开上两个钟头，其实不用得忙。于是等茶房来请吃饭的时候，就对茶房说："身体不大好，不想吃饭了。"茶房笑着去了，也并没有多说什么。在一小时以后，那茶房可又来了，他笑道："白小姐，现在是开最后的一桌了，你还是去勉强吃一碗饭吧，等到晚上，时候可还早得很。"玉贞道："那位冯先生吃过饭了吗？"茶房道："他是照习惯，同领江经理们在一桌吃的，大概已经是吃过了吧？"他虽这样下了一个疑问的答复，可是玉贞想着，那也差不多，因为过去几餐都是如此的，便随了茶房走到大餐厅去。

　　果然，这里是剩了最后的一桌，席面上坐着两个男人、三个女人，而且这两男之中，还有一位是长胡子的老人家，对于自己同席的选择，颇也相当合着条件。她并不怎么考虑，就找了一个空位子坐下。大家虽不认识，然而每次在大餐厅里会面，仿佛是熟人，大家望了微笑，也就扶起筷子来吃饭。玉贞心里也就想着，这可以吃一顿痛快饭，免得冯子安这位缠夹先生在一处，吃着饭敷衍他，那真是另一番滋味。

　　她只是这样想着，却听到身后有人道："这一觉睡得真不凑巧，把一顿饭给耽误了，还好，还好！来得及加入最后这一桌。"玉贞听到是冯子安的声音，低了头吃饭，脸也不稍微偏上一点点。子安看到玉贞右边空了一张椅子，便挨身坐下了。直等扶起筷子来，回转脸来看到玉贞，这就笑道："白小姐和我一样，也是一场午觉，误了大事？真巧真巧！"玉贞道："那也不见得巧吧？我是有意等了最后一席的。"子安对于她这话，却不好表示什么态度，只有扶起筷子来吃饭。

　　席上那个长胡子，和另一个男人原在谈话，这就继续着下去。老人道："这房上有无线电收报机的，也许在今明天可以得到重庆方面一个回电。"那男子道："没有回电也不要紧，我们先到旅馆里去住上两三天就是了，好在重庆朋友很多，有几天的工夫，请他们给我找一所房子，总没有什么问题。"老人道："你说找房子没问题，我怕住旅馆，就有了问题了。你没有看到汉口、宜昌两处，各旅馆门口都挂了客满的牌子吗？那一些塞满了旅馆的旅客，他们都是以重庆为旅行的终点的，汉口、宜昌，到了旅客，还有地方去疏散。重庆可只有容纳，没有疏散的！你想，到重庆来的人，有几个租好了房子在那里等了的？还不是走来就住旅馆，房子一天租不妥，他们一天不搬出旅馆的，而且到了目的地，既不赶船，也不赶车，他们尽可以从从容容去找他所愿意的房子。比我早到重庆的人，也不知道有多少，你相信这些人都已经找到了房子吗？他们没有找到房子，就不会出旅馆，我在宜昌接到两三封重庆来信，都是说旅馆里挤得要命。甚至说是旅馆房子外的走廊上都住着有人，我看我们在明天早上，不接到重庆的回电，那对于上岸以后的落脚地点就大有问题。"

这老人家这样说不要紧，可把同席的几位客都说急了，只把眼来向老人脸上注视着。其间有一位二十来岁的年轻太太，眼珠只管转动，真有点儿忍耐不住了，她就停了碗筷不动，向老人问道："老先生，你们府上托朋友租房子，朋友回信说，租得到吗？"老人皱了眉道："朋友也只说可以做最大的努力，有没有房子腾出来，他并没有提到。"那女人道："人多呢，自然是要租房子住，我想，个把两个人，就不必这样地费事，大旅馆找不出，就找一家小旅馆也好，若是连小旅馆也找不着，还有个办法，住到外县去。天下真有多少事把人弯住了的吗？"玉贞便也插嘴道："这倒是个办法，不妨先到外县去住两三天，等到重庆有了屋子住，我们才回到城里来，那也不会妨碍我们的事。"子安道："这个办法，白小姐不大适用吧？你是要在重庆接洽工作的，离开了重庆，接洽工作，不发生困难吗？"

玉贞没有作声，那一位先说话的太太，猛然一抬头，说了"是呀"两个字，好像是很赞成这话的样子，接着便道："我们到了四川也不能就这样白白地闲住着，多少总要做一点儿事。可是离开了重庆，在一个小县份里，能得着什么帮助？"

子安望了她，表示对于她的话很同情的样子，还不曾说话呢，那老人又笑道："事情还不能够这样从容，假使我们不把旅馆找妥，这一到码头上，就要发生问题，我们并不是空手，每一个人都带上了几件行李，请问那怎么办？我们能够提了几件行李到码头上去，叫挑夫和我们去找旅馆吗？"那位太太笑道："不要提起，我们到宜昌的时候，就是这种情形，托一个朋友在码头上看守着行李，再由一个人到街上去找旅馆，去找旅馆的人，满街找不到一家旅馆落脚，固然是急得不得了；在码头上等消息的人，一秒钟像一年那样长，更是着急。"玉贞微笑着，点了两点头道："那种滋味，我也尝过的，实在不好受。"

她说到了这里，又把一腔愁绪勾起，随着皱了两皱眉头。子安笑道："我不是早已告诉了你吗？白小姐，这件事，毫无问题。不但旅馆我有熟人，万一旅馆人满了，就是敝公司的筹备处，尽可以借住。"那老人道："贵公司在什么地方？"子安道："美丰银行的三楼，我们把半个楼面包租过来了，在筹备期间，只有两三个职员在那里住着，暂时腾出一两间房子，借给朋友住一住，有什么关系呢？"老人笑道："哦，美丰银行！那是重庆第一等新式建筑了。差不多的旅馆，哪及得了这个所在？"

那另一位太太对玉贞表示着很羡慕的样子，笑道："有这样好的地方，这位太太，当然可以在那里暂住一住了。"玉贞道："再说吧，若是找得着旅馆的话，我还是到旅馆里去住几天。"子安道："要说找比较像样而现代化的旅馆，恐怕只有一两家，当然，那是始终人满的。其余的旅馆，有电灯电话，有卫生设备，像美丰银行的，大概不会有。"玉贞道："美丰楼上有这些设备吗？"子安道："据我所知，重庆城里有升降梯设备的，一共只有三所，而美丰就预备着这么一架。"

那位太太道："那楼上既可以租给公司做筹备处，当然也可以租给私人了。"子安笑道："可是可以的。你想，在这种情形之下，那屋子还空余得下来吗？当然早已有人住满了。"那位太太道："我们当然也是极力去找旅馆。假使没有法子的话，这位先生，可不可以也通融一间屋子？"说着，她向玉贞道："这位白小姐是几个人同行呢？"

玉贞被她这句问着，倒提醒了，笑道："我就是一个人。你这位太

160

太几个人呢？"她道："我也是一个人。假使白小姐允许我在你房间里暂放一放行李，那我就可以抽出身子来找安身之地，这对我是莫大的帮助，我是非常感激的。"玉贞笑道："这太不成问题了。若是我住在美丰楼上的话，你就和我暂住一两天也没关系。现时在这船上，七八十个人堆在一间巴掌大的舱屋里，不也过了吗？一到岸上，难道两个人住在一间屋子就会嫌着拥挤吗？"

那位太太听了这话，连眉毛都飞舞着笑起来，因道："这位白小姐，真是豪爽得很。饭后请到我房舱里去谈一谈好吗？"玉贞道："我是毫无问题，不过这屋子是冯先生的公司，他是主人，还得请冯先生帮忙。这样吧，下午到了万县，请冯先生吃一顿吧，我就是做一个陪客，也少不了叨扰叨扰。"说着，她嘻嘻地一笑，望了子安，待他的答复。他根本无法拒绝女宾的要求的，加之是玉贞做介绍人，这更让他不能推辞，便也回之一笑。玉贞向那位太太笑道："好了，好了！这一趟万县，我逛得成了，这一顿晚饭，我也有了着落了，冯先生刚才那一笑，他就是表示可以办到。"全桌人都看出来了，她这是用了一点儿手腕，让主人拒之不可，大家也帮着哈哈一笑。

这餐饭吃完了，玉贞拉着那位太太在旁边椅子上坐着谈话。知道她的先生姓李，在山西做事，久无消息，只得到重庆来投奔亲友，顺便打听丈夫的行踪。这样说起来，彼此算是同病相怜，更引起了玉贞同情心。前后一谈，竟是两三个小时，冯子安离开大餐厅之后，曾进来看过两回。见她们老是谈着，这倒引起了烦腻之心，可是自己无权干涉，也只好罢了。

十二　神龙不见尾

在这天下午，船到了万县。由船栏杆边，向岸上看去，只见一重重的屋子向上堆叠着，在一排山岗上，直堆叠到半天空里去。本来四川沿江的城市，都是在山坡上建筑起来的。这房子由上而下，由远而近，绝看不到两条平行的街道。万县这地方，山势更是高耸。船停在码头上，仰起头来看着很是雄壮。在城市的三方，全是挺拔的山峰，长江滚着很急的水流，绕了山脚下去。在城市房屋成片的西角，簇拥着一堆青翠的山峰，远远地看到树木的当中，透露出一两处屋角，也很有点儿意致。

冯子安见那位太太和玉贞凭栏远眺，很是出神，便也悄悄地走近了她身后，低声道："白小姐，万县这地方，比宜昌的市面繁华。在山缝里的江面上，钻行了好几天，想不到这万山丛里，还有这样好的地方吧？"玉贞道："我已经代邀了，我们一定上岸去，请冯先生吃饭。"子安道："我对于这市面，略微熟习，上去给二位引一引路吧。若说要我在房子方面想点儿办法，我就要二位请一顿，那是笑话了。"

那位要找房子的妇人，听子安的话，已有让房子的意思，十分高兴，立刻进房舱去换了一件衣服，手拿钱皮包，笑嘻嘻地来请冯子安和白玉贞登岸。玉贞入川以后，这还是首次踏进了城市。在电灯光下，看到夹峙马路的店房，至少也是三层楼。路上虽不见到人力车以外的别种车辆，可是沿街两旁人行路上，成串的男女走着，那热闹情形，果然不在宜昌以下。在街上转了两个圈子，也没有另外地方可去，就由子安引到一家馆子里去吃晚饭。

虽然说是那位太太请上了岸的，当然还是子安会了东。经了这一个叙会，在冯、白两人之间又多了一位新朋友，玉贞也就不怎样去闪避冯子安。大家谈笑得更热了，子安索性说："到了重庆，不必考虑，径直就搬到公司的筹备处去。能找到两间房子，那是更好，万一找不着，一间屋子是绝对没有问题的。"玉贞道："我对于自己的前途，是一点儿部署没有，说不定要在重庆住一两个月的，贵公司里不能容留这样一个长久的客人吧？"子安对于她这个要求，笑着连说没有问题。

次日船逐渐地和重庆接近，而所听到旅客们的谈话，也就越偏重于找旅馆找房子的问题上去，而这个问题，也就越谈越觉得严重。不少旅客，为了谈话的结果，大家更在脸上增加了一份忧郁的样子。玉贞看到，也想着这些旅客不是无缘无故地着急。幸而自己是有了退步的，要不然，再尝一回在宜昌那种找旅馆的滋味，那绝难遇到一位代订好旅馆的人。好在有了这位李太太在身边做护身符，便让冯子安再纠缠一两天，也没有什么关系。这一个转念，让她心里宽慰多了。对于冯子安谈话，也就很和蔼。

这一来，把冯子安快活得几乎要跳到江里去。他心里想着，无论什么厉害的女人，只要你老盯住她的时候，她总会屈服的。这样更鼓励着他向努力的路上做去。当晚船停泊在汤元市，是一所六七家茅屋的小码头，大家都没有登岸。又过了一日，据茶房的报告，在下午三点钟，可以开到重庆。旅客们也都收拾着行李，三三两两聚拢在一处，商量着到了重庆以后的计划。玉贞是用不着这一着棋的了，很悠闲地望着人家烦恼与忙碌，心里颇也自得。

到了吃午饭的时候，子安为了友谊的进步，竟是自到玉贞房舱里来，请她到大餐厅里去吃饭。玉贞也没有带什么痕迹地和他同去，一同入席。没有吃到一碗饭这样久，茶房却送了一封电报给他。子安拿着电报稿子看过，脸上立刻泛出了一阵笑容。玉贞坐在他上首，他就向玉贞一点头道："白小姐叫我办的事，总算幸不辱命。敝公司已经有了电报来，说是可以腾出两间房子来，而且还派人到码头上来接。"

那李太太在对面另一桌坐着的，立刻站了起来，点点头笑道："谢谢冯先生，那太好了。但是贵公司里的同事，怎么知道冯先生在这船上呢?"子安笑道:"昨天晚上我就托船上的经理,打了一个无线电,由轮船公司转到敝公司去。我因为不知道成绩如何,所以事先并没有宣布。"他说一句,那李太太就谢谢一句,连他最后所说的一句"并没有宣布",李太太也谢谢了一声,引得大餐厅里三桌吃饭的男女来宾都笑起来了。

放了饭碗,李太太找着玉贞到旁边坐下,因道:"冯先生待朋友太热心了,我们怎样地报谢他呢?"玉贞道:"我先生和他是多年的老友,他不能不帮忙,将来让我先生谢他就是了。"李太太虽不知道玉贞和冯子安是站在什么立场上的友谊,但是看到玉贞那潇洒自如的神气,也就相信到她这话不虚,自己算沾玉贞的光,不必去向冯先生表示什么了。她看到茶房分别向各位旅客帮着捆铺盖,又看到旅客们把零碎小物件向网篮子里收着;还看到旅客们彼此交换着名片,在名片背面注上通信地点;这一切,都表示着快要到目的地了。

船是依然在两岸是山的江面上走。不过所不同的,在石壁上用石灰粉刷着见方的白底,上面写了"银耳大王""高尚旅馆""丹凤银楼"各种字样。都市广告牌逐渐拥挤起来,就觉得都市在望了。船两边舷上的人,随了船的前进增多起来,同时也就感到人声的嘈杂,这表示着离重庆已不远。李太太心想着,船靠岸的时候,必定是十分拥挤,那时人多手杂,哪里去找冯先生?急中生智,她就把自己的行李一齐堆到玉贞房舱门口。自己也就坐在行李卷上和玉贞谈天。

在栏杆边站着的旅客,抬头看到两岸的山上,已经有了密集的人家,已是到了重庆。旅客的脸上都表现了紧张的样子。冯子安就由人堆里挤了过来,笑道:"李太太的行李也在这里,很好很好!不要忙,只管在舱里坐着,敝公司一定有人来接的。"李太太有什么话说呢?只是说着谢谢。随着人声一阵喧哗,见岸上的房屋越发地接近。虽是房舱门外为旅客们所拥阻,不能向外面看到亲切,可是猜想着是到了码头了。

喧哗之后,船舷上的旅客也就拥挤蠢动着,此喊彼叫。那行李箱子也就让人举着很高,在人头上一样样地扛了过去。子安向二位太太道:

"不要忙，请二位等一等，我去看接的人来了没有。"说着，他随了那一阵向前推拥的人浪挤了出去。半小时后，他手上高举了帽子，满头是汗，复又挤回来。随在他后面，来了三位男子，他介绍着，是公司里一个职员带了两名工友来。于是把行李都交点给他们，请他们照应。等着船上的旅客走松动了，由公司的来人叫了挑夫来，押解了搬上岸去。

玉贞和李太太是丝毫不受累，由子安引了上岸，雇了三辆车子，直送到美丰银行。玉贞一看，果然，是五层楼的新式建筑。乘升降梯到了三层楼上，是子安公司的筹备处。一排房子，门向甬道开着，也有点儿像上海的高等旅舍。子安先抢上前一步，找了公司里的职员，说明来意，就把两位女宾引到一间屋子里去。这里有铁床，有写字台，还有小沙发，仿佛是公司里的高等职员卧室。玉贞坐在沙发上，将身子闪了几下，笑道："这房子很好，是冯先生让给我们的吧？"子安道："不！我自己有的，白小姐需要什么只管说。"

这时，茶房送进茶来，子安便告诉他道："这位白小姐，要什么东西，你立刻去办，你好好地伺候着。"茶房答应是。玉贞道："冯先生你不必太客气了，太客气了，我们会不安心的。"李太太道："我是没法子，只好打搅打搅，过于客气了，我们就不好意思打搅了。"玉贞道："李太太不必另找房子了，这铁床很宽，我们同住一间房吧。"李太太笑道："我也是这样想，占多了公司里的房子，恐怕会妨碍公事，我无所谓，睡在这地方，比在船上都舒服些。"说着，她伸脚踢了两踢沙发前的地毯。子安笑道："那太对不住了，房间有的，公司里人都在汉口，什么时候来，正说不定，三楼上我们有七八间房子呢。三五个同事在这里，根本不需要许多。"玉贞向子安笑道："请你不要拦阻我们合住。老实说，我到了重庆上岸，心里是着起慌来。"

子安坐在她对面，点了一根烟卷抽着，偏了头问道："那为什么呢？"玉贞皱了眉道："你想呀，一个年轻女人，走到这个陌生地方，可以说举目无亲，而这里相隔家乡之远，是不必说了，就是到汉口也有三千里了。"子安笑道："这太不成问题了，无论怎么样远，还是国内，还有远到外国去的人，连说话彼此都不会懂，那怎么办呢？不必介意不必介意，等行李送得来了，我替二位洗尘。"李太太只说了一句"不敢当"。玉贞道："今天休息休息吧，一路多承冯先生照应，明天我来做个小东。"子安笑道："我就是不接风，二位不也要吃晚饭的吗？"玉贞笑道："我神情恍惚，就是晚饭也不想吃。"子安想了一想，点头道："好的，今天晚上，让二位自便，明天正午，我来奉请，并且约敝公司里的同事作陪。两位不可以拒绝，要拒绝了，那是瞧不起我，连做公司的同人都要笑我的。"玉贞听了他这话，也就微微一笑。

子安又沉吟了一会子，好像有什么事省悟过来的样子，因起身道："二位休息一下吧，我去和同事谈谈。"说着，他出来，到经理室里来。这里并没有经理，只有一位驻渝办事主任郁乐芜。他虽是个大黑麻子，穿了西装，梳着溜光的头发，他的典故并不下于别人。迎上前握了子安的手，笑道："接着子平的宜昌航空信，说你和一位女朋友白小姐同来，哪位是白小姐呢？是那位长得最漂亮的吧？大概我们要喝你一杯喜酒吧？"冯子安笑道："那很好说，要看我怎样努力了。"郁乐芜笑道："只要有努力的目的物，你是可以有办法的。"说着，两人哈哈大笑一阵。

为了他那种自负，同事对于白小姐、李太太的事，都处理得很好。不到一小时，船上的行李都已取到。郁先生更是成人之美，把自己睡的房间腾了出来，让给李太太。因为子安对于白小姐让李太太在一间屋子里住着，非常地感到不快，现在一分开来，他就如释重负了。等工友们把两间屋子收拾好了，电灯已经亮了火，子安便向玉贞屋子来看看。

见一只洗脸盆放在茶几上，玉贞脸上新换了一些粉，又换了一件衣服，便哦了一声笑道："我倒想起一件事，这屋子里缺少一面大镜子一座洗脸架，等一下我去找，明天早上准有。"玉贞笑道："男子的房间，当然用不着镜子。"子安道："本来有洗脸架的，大概因为不大好，他们搬走了，回头我一定换了好的来。白小姐还需要什么，只管说。"玉贞道："我只需要一样。"

子安本已坐着的，这就立刻站起来道："有有有！要一样什么呢？"玉贞道："我只需要冯先生不客气。"子安听着，不由得哈哈笑了。虽然，他还是高兴的，因为白小姐到了重庆，总是发愁，这还是第一次说笑话呢，因向白小姐脸上望了一望道："要出去吗？约李太太一路去吃便饭吧。"玉贞道："李太太去找朋友去了。我也想去打听打听熟人的消息，此地几点钟关门？"子安道："九十点钟回来不晚。过去的习惯，重庆是没有夜市的。"玉贞道："那我就出去吧。"说着，她站起来，拿了茶几上的手提包。子安道："白小姐到什么地方去？路途生疏，我送你走一截。有些地方，人力车不能去，是要坐轿子的。"玉贞想了一想，笑道："那也好，请冯先生指导一下。"子安高兴得不得了，取了帽子手杖来，就和玉贞一路下楼。

　　据说她是要到上清寺去。子安道："那是新市区，可以坐了人力车去，还要经过重庆所有的繁盛街道。顺了马路走几步，看看市景，好不好？"玉贞道："好的，就怕回来晚了。"子安嘴里吸了一口气道："果然，到那里大概有七八里路，回来是来不及了。就是去，也太晚了，在重庆是不便访人的。"玉贞和他说着话，脚是顺了马路旁人行路慢慢移着。

　　看看街道虽不宽，可是南面的立体式楼房，夹道对峙，霓虹灯在楼窗外亮着，照见马路上的人，像成群蚂蚁似的在楼脚下来去。因为马路是波浪式的，街心的人力车一辆跟着一辆，向上走的，缓缓地行走，拉了一条半里长的长蛇阵。向下走的，却是两三辆一群，如箭离弦，在汽车缝里飞舞。那汽车虽没有上海多，但也不断地经过，而且每辆车子都是很漂亮的。玉贞道："想不到重庆这地方，有这样繁华。"子安笑道："这繁华是不健全的。你看那三四层楼，可不是钢骨水泥，只是用砖砌着，柱子用竹子编成夹壁，两面糊泥，算是立体建筑。"玉贞道："房子不好，这人多得像蚂蚁，也是假的吗？"子安道："这不假！不过繁华就是这两条马路，全重庆的人都挤到这里来，当然多了。下江人到了此地，找不着熟人，在这马路上守候两三天，总可以遇着的。"

　　两人说着话，带看了市景，玉贞突然叫道："咦！那不是叔叔？"

她说完了，来不及交代子安，就穿过马路去，追着马路那边人行路上的人。子安远远地看着，有一位老人，站住和她说话。自己本待也追了过去，偏偏来了两部汽车将路拦着。等自己追过去，玉贞已不见了。心想，不和她亲戚见面也好，她屋子里还缺少家具呢，和她采办一下吧。于是到摩登家具店买了一架衣橱、一架梳妆台，约了明日上午送到公司，自己就在小馆子里吃了一顿便饭回公司去。

可是这天晚上，玉贞却没回来。子安不知道她是迷了路，还是另出了岔子，一晚都没有睡好。次日起来时，看到李太太，她笑道："冯先生，白小姐昨晚上没回来吧？我在街上遇到她，她说到一家亲戚家里去，今天十点以前，可以回来的。"子安听了这话，又高兴起来。随后，家具店里送了家具来了，子安笑嘻嘻地在屋子里指使搬夫布置。布置好了，自己正由身上掏出钞票来要付款子。茶房却送上一封信来，子安且把钞票放在茶几上，拆开了信封，掏出一张洋信纸来。看那字是玫瑰紫的，钢笔笔迹，秀媚极了。当然这是白小姐写的了。那封信是这样地说：

子安先生：

我不知道要怎样感谢你。蒙你帮助我到了重庆，当天就遇到了家叔。他说：外子已由香港到了昆明，一切平安，知道我要来重庆，正等待着我呢。今日飞昆明飞机，正有一空座，该公司家叔有熟人。你收到我这封信时，我已在天空上了。行李三件，请交来人带回。一切盛情，容后报答。不及告辞，谅之谅之！即祝早安。

白玉贞匆匆上言

子安看过了信，出了一身冷汗，望望手中信，望望家具和茶几上的钞票，有十分钟不能说话。

贫贱夫妻

一 冬不暖来夏不凉

在黄河以北的人，都有这么一个感觉："有钱不住东南房，冬不暖来夏不凉。"但事实上，盖房子的人很少不盖东南房。所有房子东南房，也不见得有多少空闲下来。那原因就是找不着房子住的人，东南房也是好的，终于是住下了。这里叙述着一个住东南房的主人，就是这种情绪下过活着的。

那是三间南房，而且是紧邻着大门口的。所以最靠外的一间屋子，事实上是北方门洞内的门房。当这屋子在三十年前，这间屋子是主人的外听差，说文雅点儿，是住着司阍的吧。这间屋子，新主人闲住了那个通门洞的小门，当了一间卧室。靠里二间屋子，是向北朝着外院的，倒有很大的几块玻璃窗。然而北方建筑的缺点，就是朝院子的门，开在正中，而这两间屋子是象形的，只靠屋顶上的一根柁梁，把它分为两间，事实上又只是一大间，不，乃是长方形的一间。新主人把这里当了客室、书房、餐厅，甚至于厨房。因为冬天节省煤火，屋子里放了个黑铁煤球炉子，小家庭的伙食简单，索性就在这煤炉子做饭了。

这是个发薪水的前夕。虽然屋子里还有些油烟气味，炉子上的小锅、正中方桌上的碗筷，都已收拾干净。横窗一张三屉桌子，是主人的写文章读书之所。桌上堆上旧一折八扣书籍，虽然错字是很多的，主人并不依靠读这些书来进修，这只是消遣的，错字并无关系。而况这些书都是地摊上零碎收来的，根本也分不出个部头。错字也更在所不计了。

二 有点儿悠然神往了

屋子正中那盏悬下来的电灯，因麻绳子扯着，拴在窗户格子上，将灯拉在三屉桌正中，当了台灯。灯罩子破了，主人很聪明地将它取消了，用大纸烟盒撕开了，利用纸壳的破度剪了个草帽式的圆罩子，里外糊了点绿纸片儿，当了灯罩的代用品，却也美观而适用。主人移过来一张椅子，并用个废了的枕头当着坐垫，坐着却也柔软而舒服，于是他找个朋友寄来的一个信封，利用它反面无字，在邮票零余的地方将铅笔记着他的收入。他记得清楚，上个月只借支了一回薪水，在调整额的薪水上，还可以收到五百六十余元。他还怕这个数目不怎么精确，老早了，已在报上，把那个调整薪水办法的新闻剪了下来，放在抽屉里。这时把那方块儿剪报拿了出来，再参考一下自己的计算法，并无错误，明天确是可以收到五百六十余元的薪水。其实，他这一查还是多余的，每日在机关里和同事计算多次，这个数字，本已是滚瓜烂熟的了。

他算过以后，不免向信封上发一点儿微笑。想着明天除买点儿糙米，以补配粉之不足，还可以买几百斤煤球。此外，也当买点儿肉来解解馋。买肉以牛肉为宜，不谈什么维他命多，至少是比猪肉便宜一二元一斤。牛肉熬红白萝卜加上两枚西红柿，就着煤炉子上开锅的热和劲儿一吃，就馒头也好，泡饭吃也好，其味无穷。那有中餐味，也有西餐味。他想着有点儿悠然神往了，对了壁上那五寸大的日历，不住地微笑。

三　女人赶什么时代

主人的太太是个不满二十五岁的少妇。她坐在三屉桌的旁边，正是将一团洗染过旧的毛绳，给他们唯一的女孩子贝贝打一件外套。贝贝吃过晚饭已经先睡了，所以他们都闲着。她结着毛绳，不时偷看丈夫的神情。丈夫笑了，她也笑了。她道："谨之呀，你又在算你那可怜的薪水了吧？"他回过头来笑道："可不是。上个月幸是我叔父接济了我一笔款子，没有再加上亏空。明天领得了薪水，赶快抢购点儿物资。"他太太道："我有份吗？"他道："当然哪。我胡谨之有份，你韩佩芬也有份。"

佩芬抿嘴笑了，又低头结了几针毛线。她笑道："现在很时兴穿毛布。大概……现在的价钱不知道，在两星期前，不过四十元一件料子，我想还不会超过一百个金圆吧？能不能给我做件毛布棉袍子？"谨之道："棉袍子？你有呀。而且，你还有件二毛的。过这个冬天，你是不成问题的。"佩芬道："难道我就只许有一件棉袍子吗？你到街上去看看，多少人都穿毛布的料子。我老早就想做一件夹袍，你又没钱，只好罢了。于今去买来做，已经嫌赶不上时代了。你发了薪水，我也不想穿绸穿缎，难道做一件布衣服你都不答应。"谨之赔笑道："当然可以。不过再迟一个月，我就松动一点儿。棉袍子不是有了面子就行了的，还要棉花里子再加手工呢。"佩芬道："我要东西，你总是挨。越挨越贵，越贵也就越挨。等人家穿得不要穿了，赶不上时代的东西，我又何必穿？"谨之打了个哈哈，笑道："赶上时代，是这样的解释吗？女人赶什么时代？只是服装店百货店的消费而已。"

佩芬将脸子一板，把手里结的毛绳在胁下夹着，立刻偏过头去，一面起身向卧室里走，一面道："我不和你斗嘴劲。东西没有买，先受一顿批评。怎么会是服装店百货店的消费者？我做了多少衣服，又买了多少化妆品？"她嘀咕着走向卧室去，又回转身来，站在房门口道："住这样三间南房，统共一个煤球炉子，住在冰窖里一样，我能不穿暖和点儿吗？一件旧花绸棉袍子，在家也是它，出外也是它。你就不替我想想。你不买就不买，为什么开口伤人？我的同学就没有像我这样吃苦的，你还不满意。告诉你，嫁了你这样的小公务员，总算我是前辈子修的！"说着，扑通一声，将房门关闭了，震得屋梁上的灰尘向下落，胡先生这盏麻绳拴着的台灯，也来个灯影摇红的姿态。谨之淡然笑了一笑，取过桌上一册一折八扣书来看。正好这是一本《两当轩集》，他翻着那页"全家都在西风里，九月衣裳未剪裁"的诗句，低声念了一遍，真也觉得黄仲则这个诗人不与自己合而为一，就只管把诗看了下去。他忘了太太，也忘了太太的发怒。

四 我这叫自找麻烦

不知经过了多少时候，太太又来了。她在桌上看了看，又把小桌上的抽屉扯开来看看。因为正中那个抽屉，是胡先生看书的身体抵住了的，她板着脸说句"让开"，扯开抽屉来，撞了胡先生胸脯一下。但她也不管，看到里面有盒八等牌的纸烟，她抽出了一支，摸着桌上的火柴盒，擦了一根将烟点了，啪的一声把火柴盒扔在桌上，她又走了，接着把卧室门又关上了。她这回关得没有上次重，而且也没闩上门闩，胡谨之才晓得她是出来找纸烟吸的。然而，她平常是不吸纸烟的，只有极苦闷的时候，她才吸半支烟，这当然不是苦闷，而是愤怒了。引起了太太极大的愤怒，这是胡先生所未曾料到的。他的诗兴也就像潘大遇到催租吏一样，冰消瓦解，不能再把《两当轩集》看下去了。

初冬的晚上已经有了呼呼的风声。除了这风声，一切什么声音都静止了。只有屋子中间那只煤球炉子还抽出一团火光，火光旁边，放了一把黑铁壶，却呼噜呼噜地响着。胡先生感到了一点儿寂寞，也感到了一点儿惶惑，隔着壁子叫了几声"佩芬"，却没有回音。他坐着吸了两支烟，又将开水冲了一杯热茶喝了，自己忽然狂笑起来。他用着舞台上独白的姿态，在屋子里散步，自言自语地道："我这叫自找麻烦。买件衣料就买件衣料吧。把一件棉袍子做起，也用不了薪水的一半，只当叔父上个月没有寄钱接济我就得了。"独白尽管是独白，并没有什么反应。胡先生打了两个呵欠，也就掩门熄灯，回到卧室里去。

太太带着那个四岁的小孩侧身向里，已在床上睡去。他走到床面前叫了几声"佩芬"，太太并不答应。他见了太太一只手臂放在被子外面，便道："睡着了，露着胸脯子，仔细着了凉呀。"于是牵扯着被头，要替太太盖上。然而事情更糟，太太将手一挥，喝了一声道："你别理我。"胡先生笑道："得啦，不就是做一件毛布棉袍子吗？我照办就是了。明天发了薪水，我就给你买回来。黑底子，印着红月季花，或者是印了花蝴蝶的，那最摩登。我给你买那样的好吗？要几尺才够一件袍子呢？买什么里子？"他一连串地问着，太太始终不理，最后答复了三个字："我不要。"胡谨之站在床面前，出了一会儿神，笑道："何必呢？这点儿事也犯不上老生气呀。我……"胡太太一扯着被子向上一举，将身子更盖得周密一点儿，又说了两个字："讨厌！"

五　水晶帘下看梳头

胡先生在始终碰钉子之下，他就不便大声说什么了。以下该按照中国小说家的套子，是"一宿无话"。次晨起来，胡先生的机关虽离家不算远，只是他们的首长对于起早这件事非常地认真，七点钟升旗，职员也得赶到。首长吃过十二点钟的午饭，有二小时到三小时的午睡，足可以解除疲劳，那没有午睡工夫的小职员，怎样支持他们的精神，首长是向来不加考虑的。胡先生起来之后，摸出枕头下的手表看，已是六点三刻。窗子外尽管是不大亮，他也不便扭亮电灯。因为电灯是房东的，房东家有位六十多岁的老太太，一见电灯亮着，她就在院子里喊叫，而且还肯定房客是亮了电灯过夜，这一天，至少她会来叮嘱十二次，请不要再亮电灯过夜了。所以他半摸着黑将煤炉子上一壶过夜的水倒进脸盆里，胡乱地洗把脸。漱口自然也是这水。然后将温水瓶子里的开水兑点儿凉茶卤子喝上两杯茶。一切以闪电姿态出现，不过是五分钟全部完毕了，然后在中山服上加起一件呢大衣，站在床面前，轻轻地叫了几声"佩芬"。然而太太头发散了满枕，面脸子偎在软枕窝里睡得很香，却并没有回响。他还是不敢贸然地走去，俯了身子在枕头边对着太太的耳朵，又叫了几声。太太闭了眼睛，口里咿唔着答应了。他这才低声道："那毛布，十二点钟回来吃饭的时候，我给你带来。花样就照着你说的那个样子买了。"佩芬还是闭了眼睛，反过手来，轻轻地将他推了两下，唉了一声道："你也不嫌烦得很。人家要睡觉，你尽管啰唆，讨厌得很！"胡谨之哈哈地笑道："你不知道，你那个脾气谁还敢去得罪呀！"

佩芬将手挥了两挥，口里又咿唔了几声，她简直是睡着了。

在天色半明半暗的情况下，胡谨之先生走出了大门，乃是空手的，到了十二点半钟的时候他胁下夹着两个大纸包，笑嘻嘻地走进了屋子。笑道："东西买来了，你看买得对不对？"举起手上的两个纸包，径直地就向卧室里奔了去。胡太太正对着小梳妆台，拿着粉扑子向脸上扑粉，看着胡先生带了纸包回来，也就向他抿嘴微笑了一笑。胡先生对于太太的美丽，向来是认为满足的。长圆的脸，皮肤又是那么白皙。虽然是眼睛略微有点儿近视，但她并不戴眼镜，每当太太一笑的时候，他觉得那浅度的近视，正足以增加少妇的妩媚。她蓬松着一大把头发，发梢上又略微有点儿焦黄的颜色，这很是有些西方美。胡谨之先生当了一名五等公务员，实在埋没了他那张大学文凭。所可差堪自慰的，就是有这位年轻貌美的太太。他这时看到了太太化妆，站在一旁笑道："水晶帘下看梳头，吓成你这个样子，这是人生乐事呀。"

佩芬将胭脂膏涂过了嘴唇，正将右手一个中指在上下唇轻轻擦划着，以便这鲜红的颜色和唇的轮廓相配合。这就笑道："你这是把那几个可怜的薪水拿到手，又耍骨头了。"谨之把纸包放在梳妆台上，人又走近了一步，扶着肩膀笑道："佩芬，我一切都是为你呀！"他为太太的美丽而陶醉，正要谄媚着献辞一番。太太哟了一声，提起那个纸包远远向床上一扔，瞪了丈夫一眼道："冒失鬼！桌上我洗脸的水没有擦干，你也不瞧瞧。你什么时候能够做事慎重起来？"胡谨之碰了个很大钉子，笑着没敢再说什么。佩芬的不满也就在几秒钟里消失掉了，她又把一个食指卷着脸盆里的湿手巾，轻轻地画着眉毛，她对着大镜子里丈夫的影子，淡淡地道："我很后悔，不该买这件毛布料子。"谨之笑道："买了就买了，没有多少钱，你不要舍不得。"他看到太太的衣肩上有几根散发，将两个指头钳着放在地下。佩芬道："不是那话。我同学孙小姐快结婚了，我得去吃她的喜酒。我那件旧绸棉袍子实在穿不出去。我想新做一件绸棉的丝棉袍子。"

胡先生听见这话，不觉倒抽了一口冷气。心想现在做一件绸棉的丝棉袍子，里面三新，恐怕一个月的薪水全数报效，也不见得敷余。脸子一动，没敢答话。佩芬在镜子里看了他的颜色，冷笑道："你瞧，我一句话吓成你这个样子。我替你说了，没钱。我不要你拿钱，我去借去。不是吹，韩小姐的办法比你多得多！"胡谨之笑道："又生气了，我还没有开口呢。孙小姐是哪天的喜期呢？我去和你筹划筹划吧。叔父来信，不是还答应给我们一笔煤火费吗？我今天就打过电报去，请他赶快电汇给我。"佩芬道："你不是对我说过，不再接受叔父的接济吗？"谨之又扛了两下肩膀，笑道："那都是看到叔父信上教训的言语，少年气盛，吹那么两句牛。其实，叔父不就是父亲一样吗？能有常常教训两句，也是我们的幸运，青年人是难得有老年人常常指教的。"佩芬笑了笑道："为了想叔父的钱，叔父就和父亲一样了。不要钱呢？父亲也就和叔父不一样了。"谨之道："你没有说像路人一样，总还对得起我。"

六　在家里看门

佩芬道："你就是这么一个骆驼，把话说轻了，你还是有点儿不高兴。"说着话，她将面部的化妆已宣告竣工，就开了衣柜子去取衣服举着。取的是一件绿呢夹袍子。谨之道："这个样子你是要出门哪。"佩芬道："我带贝贝出去，不在家里吃饭了。我也没有给你做午饭，你去吃小馆子吧。"谨之道："你不吃午饭就出门吗？"佩芬道："你这不叫明知故问？你不见我已换上了衣服？"谨之看看太太脸色，始终不能风光月霁，这是那绸丝棉袍为之的。假使自己是个简任官，不，就是税收机关的小委任官，对太太这个要求还有什么考虑的。然而，自己实在没有魄力，敢随便答应给太太做那华贵的衣服。太太这不大好看的脸色，那只好受着。好在太太生气的面孔究比科长、局长生气的面孔要好看些，也就忍受了。

佩芬并没有再去理会胡先生，把在邻居家里玩的贝贝叫回来了。给她戴上尖尖的呢帽子，加上一件反穿的兔子皮大衣。自己也穿上一件咖啡色呢大衣，手里夹着玻璃皮包就要向外走。谨之道："什么时候回来呢？回头我上班去，我得锁上门才能走，钥匙你带着吗？"佩芬将皮包打开来看了一看，点头道："钥匙在这里。锁？"她说了这个字，向里外门的机钮上看看，并没有锁。再回到屋子里去将抽屉拉开来看看，又打开穿衣柜看看，最后到床头边，将被子掀开来看看，也见没有锁。她站在屋子中间出了一回神。那位小朋友贝贝穿好了皮大衣，也正是急于要走，就拉着母亲的衣服道："我们走呀。老站着。"佩芬望了丈夫，急得脸通红，顿了脚道："你怎么回事？没有锁锁门，早不提醒我。现在我要走了……"谨之笑道："这事也用不着着急。你走好了，让我慢慢地找锁。"佩芬道："你要是找不着锁呢？"谨之道："找不着锁？我把箱子上的锁取下来把门锁了，总也没有问题。"佩芬道："钥匙在我这里，你怎么开箱子上的锁？"谨之还是赔着笑道："你把箱子上的锁先打开来，然后带了钥匙走，不就行了。假如我找到了锁，门和箱子全会锁上的。你放心走去好了。这些小事不要着急，更不要生气。"佩芬因丈夫一味地将就，也就不好再说什么了。可是她打开皮包来，在里面狂翻了一阵，并没有开箱子的钥匙。她红着脸，又跳起脚来了。谨之向她摇摇手道："还是不用着急。我在家里慢慢地找那把锁。若是锁找不着的话，我就给科长去个电话，说是下电车摔了腿，请一天假，在家里看门，这还不行吗？"佩芬道："你这是真话？"谨之笑道："你有应酬，放心去吧。"胡太太虽然觉得这次出门还是别扭很多，可是先生是一切地给自己打圆场，也就没有可说的了，带了孩子慢吞吞地走出去。

七　引起了胡先生的共鸣

　　胡先生等太太走了，倒觉得身上干了一阵汗。把梳妆台上太太剩下的一盆洗脸水先给泼了，然后将里外屋子收拾一阵。在收拾屋子的时候，很明显地，就看到锁门的那把大锁放在桌子角上。分明是太太预备锁门，老早就放在这里的。他锁上了门，出去找个耳朵眼式的小馆子，吃了三个火烧，又是一碗虾米皮煮馄饨，汤菜饭全有，也就自自在在地去上班。

当他下班的时候，已是七点钟，天色黑了，站在院子里，就没有见屋子里亮灯。他自叫了一句糟糕。将手摸摸门上的锁，还是好好地挂在门扣上，分明是太太没有回来。太太出外回来的时候，向来是没有准的。若是有女友邀去看一台戏或一场电影的话，可能到十二点钟才能回来，那怎么办呢？他站在院子里出了一回神，又摸了两下门锁，虽是可以扭锁进去，恐怕太太回来了对此不满，只得临时打定主意，在附近馆子里随便吃了点儿面食。二次回家，不用摸门，屋子里电灯依然没亮，太太还是没有回来。冬夜天寒，绝不能在院子里站着等候，附近有家小电影院，也去看场电影吧。因为这样晚上，绝不能去找朋友聊天的，而霜风满天，也不能逛马路去消磨时间。想定了，二次出门，就直奔电影院。这家上映的影片是家庭悲喜剧，有许多地方引起了胡先生的共鸣。竟是把家中无人的事忘记，很安心地将电影看完。这次回到家里，屋子里已经有了电灯了，而且那煤球炉子也恢复了常态，吐着通红的火焰，放在屋子中间。

他推开风门进来的时候，太太坐在椅子上，手捧了一杯热茶，正在出神。看到丈夫进来了，向他微微一笑道："你这时候才回来？发了薪水，你就该狂花了。"谨之道："我早回来了。回来了两次，都是我自己把我锁在外边。我只好去看场电影来消磨时间。"佩芬道："你倒会舒服，中午吃馆子，晚上吃馆子，吃完了馆子，又去看电影。"谨之笑道："你怎么会知道我是吃馆子的呢？"佩芬道："你不在家吃饭，还有谁招待你不成了？"

八　罚你一件皮大衣

谨之慢慢地脱下大衣，一面偷看太太的颜色，显然的，她有着很重的心事。把衣帽送到卧室里去，见贝贝已是在床上睡了。他走到外面来，在口袋里掏出一包糖来放在桌上，对太太笑道："吃两颗吧。"佩芬射了一眼，淡笑道："在零食摊子上买来的糖子，也叫人吃。"谨之真不好说什么，见小桌上现成的泡好了一壶茶，就斟了一杯，坐在桌子边喝着。随手取了一本书，闲闲地看去。佩芬道："怎么回事？回来也不和我说话。我家统共三人，贝贝睡了，你我再不说话，让我过哑巴生活了。"谨之回转身来，见她坐在方桌子边，手上还是拿了一只空茶杯出神。这就笑道："孟子说的，良人难。"佩芬一扭头道："别和我抖文，我没念过什么书。你倒是大学毕业，读书又有什么用，干这不入流的小官僚。"谨之笑道："你瞧，这不是糟糕吗？我不和你说话，又说我逼你做哑巴。我不知道何以自处。"佩芬道："你再去看一场电影吧。我每次要你陪我去看电影，你总说有事。"谨之笑道："我受罚吧。你说要罚我什么？"佩芬笑了鼻子里哼了一声，点着头道："要罚，罚你一件皮大衣。"谨之听了这话，心里不仅是凉了半截，整个儿身体都凉了。这皮大衣问题，自从去年太太旧大衣坏了，就一直商量着没有解决。说好说歹，太太将旧皮大衣凑合了一个冬。今年这个冬，希望太太继续地凑合下去，办过好几次交涉，始终是僵持着的。上午太太提议要着绸棉丝绵袍子，已经就宣布了无期徒刑，现在又要皮大衣，简直是宣布死刑了。

他笑了一笑，没有敢作声。佩芬道："真的，孙小姐结婚，把我们老同学全请了，我同学里面，做主席夫人的也有，做将军夫人的也有，做大经理夫人的也有，不用说，那天去请吃喜酒的人，一定是霞光万道。我就这样寒寒酸酸地去参加盛会，那不是要命吗？我今天在张太太那里谈到这事，说是打算不去了。她说，密斯孙是彼此的好友呀！你若不去，岂不得罪了她。我交不出个理由来，只好说是没大衣。时间太急促，来不及做了。我给你留面子，可没有说做不起呀。她说，那没关系，她认识一家服装店，随时可以去买，而且她愿意陪我去，可以打九五折。"谨之道："北平城里，那些个女子服装店，要现成的，当然没有问题。你打算做什么样子的皮大衣呢？"

九　一个字的妙诀——"拖"

佩芬笑道："貂皮的最好，其次是玄狐的，或是灰背的。"谨之对这话没作什么批评，只是微笑着伸了伸舌头。佩芬道："自然你没有那种能耐，还能和太太做件上等大衣，我也只希望一件起码货就得了。你凑钱给我买件假紫羔的吧，换句话说，就是黑羊皮的。"谨之点了点头道："我知道这种衣料。但是……"佩芬突然站起来，两手一拍衣襟的灰尘，扑扑的几下，冷笑道："你不用说，我明白下面那句话，没钱！"说完了这句话，她也就走进卧室里去了。胡先生看这种样子，是个很大的僵局。若要依从太太的话，只有给太太买那件充紫羔的皮大衣。可是当此隆冬降临的日子，正是皮大衣涨价的时候，至少这样一件皮大衣，也在五百余元以上、一千余元以下。把一个月的薪水全数贡献供太太，那还是不够，这却如何是好呢？若是不答应，太太一定是要吵闹的。

他想着没有了什么主意，把身上一盒顶坏牌子的纸烟取了出来，燃了一支吸着，在屋子里来回地走动。把那支纸烟吸完了，在屋子里也就绕了几十几圈子，这个动作居然给予了他一条明路，那就是来自官方的办法，一个字的妙诀：拖！反正今天晚上，不需要解决这个问题，明天一大早上班，至早，提出交涉，是明天上午的事明天上午再说吧。这一件皮大衣的事，决计也不至于闹到离婚。对！就是这样办，就是这样办。

胡先生有了这样一条无可奈何的妙计，倒不着急了，益发地坐了下来，将那一折八扣的书摊在电灯下来看。胡太太在他看书的时候，到外面屋子里来了两回，不是倒茶，就是取纸烟，并没有说什么。胡先生足足看了两小时的书，太太也就安歇了。他不敢惊动夫人，悄悄地进房解衣睡在太太脚下。到了次日早起，太太果然没醒。他依计行事，匆匆漱洗完毕，就去上班。他心里很高兴，以为这个拖字的妙计已经宣告成功了。到了中午十二点钟回家吃午饭的时候，他才知道此计并没有成功，那屋门已经倒锁着，伸头在窗户眼里向内张望一下，只见屋子里静悄悄的，什么新布置也没有，那暖屋的煤球炉子也烟火无光。看这情形，太太至少是出门两小时以上了。

十　将门搭扣扭开

他在院子里转了两三个圈子，很是感到无聊，正好房东老太太由里院出来，这就迎着她问道："老太太，我太太出去，她留下钥匙来了吗？"她望了胡先生一眼，笑道："她出去，我倒是看见的，她没留下钥匙。看那样子，有什么应酬去了吧？"胡谨之不但问不着什么消息，而看房东老太太脸色，还有一些鄙笑的意味在内呢。这也就不必多问了。好在发了薪水以后，就给太太买那件衣料以外，其余的钱都在身上，还没有向太太交柜，家里没得吃喝，倒是可以去吃小馆子。并没有做个打开房门的计划，竟自走出门去，到了晚上回家，那房门还是锁着的，看那样子太太并没有回家。心想照着昨天的办法，在小馆子里吃顿晚饭，再去看场电影才回来，太太一定是回来了的。但自发薪以后已是连在外面吃了两顿了，未免过于浪费，在院子里站着踌躇了一会儿，天色漆黑，屋檐外星点小小的，不停地闪烁，好像星也冻得在发抖，寒风由屋檐下吹来，向颈脖子里钻，其冷刺骨。他心里想着，太太未免太不成体统了。无论这个家庭怎样简单，总是她的家，何以这样地不放在心上？这样的太太，除了花钱，她能在家庭或社会上做些什么？不要家就大家不要家，客气什么？如此一想，他一股子横劲上来了。斜对门就是一家修理自行车车行，他去借了一把老虎钳子、一柄锤子，将门搭扣扭开，锁给拔了，对家庭来个斩关而入。他先扭着了电灯，把大衣脱下，把平时助理太太的工作，这时一力承担下来。

先笼上了火，然后到厨房里去洗米切菜，足足忙碌了三小时，凭了一煤炉子火煮了一小钵饭，又做了一碗白菜熬豆腐，胡乱地吃了这顿晚饭。饭是吃了下去了，两手全弄遍了油腻，就是身上也粘了不少的油烟。他将脸盆盛冷水在炉口上放着，索性将炉子当了脸盆架子，也就弯了腰在炉子边洗脸。洗脸后，少不得又烧点儿水泡茶喝，但大壶不容易烧沸，小炊且一时又找不着，只好把搪瓷茶杯放在炉子上烧着。他一切是摸不着头绪，一切也就办得很吃力。直到把杯水烧开了，泡过大半壶茶喝，他到卧室里去看看那座小马蹄闹钟，已经十一点多了。心里想，时间过去得真快。

十一　这不能对太太再有什么期待

太太果然是没有回来，也无法打听她到哪里去了。立刻联想起了另外一个问题，就是这个向外的门搭钮，是自己给它扭坏了的。若不修理好，明天一大早出去上班，这门洞开，交给谁呢？若要修好，现在已经夜深，钉子锤子一阵乱响，第一就要受到房东老太太的干涉。第二，那门搭钮坏了，临时也找不着第二副。他这时感到和太太闹别扭，无论自己胜负，都是不舒服的事。但是要不和太太别扭，那就得太太要什么给什么。试问，太太要一件充紫羔的皮大衣，能随便答应吗？答应了就得掏钱，而口袋里是绝掏不出这笔款子的。他正自坐着端了杯茶喝，心里慢慢地沉思。他也不明白有了什么刺激，突然愤怒起来，放下茶杯，伸手将桌子重重地一拍，猛然地站起。他正了颜色道："这家庭没有多大意思。"说着，还连连地摇了几下头。

胡先生的愤怒是愤怒了，但除了自己的影子相对，并没有伴侣。没有逗引，也没有劝解。他又燃了一支纸烟，在嘴角里衔着，背了两手在身后，绕着屋子散步。不知不觉地，那煤炉子口里的火焰，缓缓向下沉缩着，已只剩一团带紫色的火光。屋子里的温度也觉减低。立刻回到里面屋子里去看马蹄钟，已是一点钟了。这时无论什么娱乐场所也都散场已久，太太若是寻找娱乐去了，这时也就该早回来了。这不能对太太再有什么期待，只有掩门睡觉。

次日早上，他还是照规定的时间起床，但照平常的秩序又一齐乱了。往常是温水瓶里装好了热水，早上将储蓄的热水洗脸。昨晚上却把这件事忘记了。往常太太焖住一煤炉子炭球，放在屋子外面，早上起来挑开炉盖，屋子里就可以暖和烧水了，现在炉子放在屋子正中，炭球烧透了，变成一炉子赭黄色土疙瘩，这炉子是否能给这屋子一些温暖，有个很好的测验。放在窗棂边上的一只茶杯，里面还有一些剩茶，已经在杯子底上结着一层薄冰了。胡先生看看房门搭钮所在，被自己扭成了两个大窟窿，不修理好了，也绝不能出门。他自己在屋子打了几个周转，然后把脚一顿，自言自语地道："今天不上班了，反正这一碗穷公务员的冷饭，牺牲了毫不足惜。"

十二　那笑声笑得咯咯的

他这样想着，把心境安定了，益发立刻兼下了主妇的职务，先把煤球炉子到院子里生了火，然后打扫屋子，擦抹桌椅。看着马蹄钟，已是有同事上班的时间了，就借了房东的电话，向机关里通了个消息，找着一位熟同事说话，请他向科长请半天假，说是昨晚受了感冒，这时正发着烧热，下午再上班。胡先生在机关是个不贪懒的人，同事一口答应和他请假，他才放下心来，在家里做太太常做的琐事。煤炉子里火着了，他端进屋子去，预备享受片刻，这却听到院子里一阵笑声。那笑声笑得咯咯的，分明是有讥讽他的意味。他想着，这难道是人家笑我公务员的？他赶快地把炉子端进了屋子，将风门掩上。

忙了两小时，早上的事情是做定了，接着就该计划中饭。但他转念一想，随便地和些面粉，煮些面疙瘩吃，这还不需要多大工夫。但是长此下去，老在家中料理琐事，这公务员就不必去做了。他沏了一壶浓茶，坐在炉子边慢慢地斟着喝。他仿佛有件事没有办，但又想不起是什么具体的事。最后他省悟过来了，是每日早上应当看的报，今天没有看。原来是家中订一份报的，因为节省开支把这份报停了，每日改到机关里去看。今天不去办公，那就和消息隔绝了。他放下茶杯，在屋子里转了几个圈子，心里不住地在想，也不住地在后悔。

这个日子有钱，买两张飞机票，回老家去过日子，自己略略还可以收点儿租谷，再在县立中小学弄几点钟书教，岂不是羲皇上人，再不然，就买点儿粮食在家里存放，也好过这个冬天。而太太是不等发薪水就开出了浪费的预算，不但手里分文无存，而且是月月闹亏空。以衣服比起来，太太比自己多得太多了。自己度冬，仅仅一件破羊皮袍子，办公还不能穿去。皮大衣是没有做过这梦想。而太太有了旧的，又要新的，实在不体念时艰。假如自己没有太太，没有孩子，那就太自由了。这时候还可能在老家，可能还上了世外桃源的外国呢。这真是青年人的错误，也不仔细考量有担负家庭生活的能力没有，就抢着结婚。

十三　北方人才看不惯这装束

不过话又说回来，哪个青年男子遇到漂亮的小姐，不愿和她结婚呢？自己的太太，在没有结婚以前，不，就是现在，那还是一朵美丽的玫瑰，只要她愿意结婚，谁肯放弃这千载难逢的机会？怨来怨去，只有怨那作弄人的造化，为什么作弄两个人会面成了朋友，成了情人，以至于成了夫妇。有了漂亮的太太，那是人生乐事，可是到了漂亮太太的供给问题上，那就是人生苦事了。平衡起来，简直还是乐不敌苦。他想到这里，在屋子里不转圈子了，将脚重重地在地上顿了一下，以表示他的懊悔。口里随便说出来心里一句话："为什么要结婚？"事情是那样凑巧，就在他这句话说出口的时候，胡太太带着小贝贝回来了。

她倒是脸色很正常，而且还带有一点儿笑容。她走进屋子来，向四周都扫射了一眼，微笑道："没有去上班吗？"谨之道："昨晚上回来，开不了门，我把门搭钮给扭坏了，早上怕吵闹了街坊，没有给钉上，不敢离开家。"他说着话的时候，也是很正常的态度，不免向太太平视了去。太太把身上穿的那件旧皮大衣脱下，倒让胡先生吃了一惊，她不是平常穿的那件棉袍子了，改穿了大花朵黑地红章的短棉袄，下面是咖啡

185

色的薄呢裤子，长长的两条腿。这让他想起一件事。十五年前在南京住家，家里有个小二子，就是没有出嫁的女佣工，就活是这个现形。北方人当年看不惯这装束，说是大腿丫头，不想太太摩登起来，变到了这个样子了。当年自己还小呢，对于家里那个小二子，也还觉得她干净伶俐，颇有好处。就是，在有时吃饱了饭偶作遐想，也这样想到，若是家里有这么一个短装小二子，那就令人增加生活兴趣不少。于今太太竟是兼有这个职务，倒不负所望。在他这偶然一点儿回忆，不由得对着太太扑哧一声笑了。

佩芬问道："你笑什么？以为我又动了你的钱做衣服？"谨之道："不是不是。我觉得你这样的装束更是娇小玲珑了。"佩芬一回头道："别废话！娇小玲珑？你有这份资本，给你太太做这份行头吗？我这是借的张太太的。昨晚上在张太太家打牌，她做有好几套短装，都非常精致。她借了这套给我穿回来，让我做样子。"谨之一听，心里连叫了二十四个糟糕。那样皮大衣的公案，正不知道怎样去解决呢？多事的张太太，又拿衣服样子劝她改装。

十四　下他一百二十四个决心

他心里计算着，便釜底抽薪地向太太笑道："这短装在上海已经时兴两年多了，原因是上海无煤烧炉子，穿丝袜子的人受不了，才改长脚裤子。其实北平还是穿长衣服的好。"佩芬笑道："我就知道你不赞成。你别害怕，我不要你做这个。皮大衣一件，你可得和我想法子。"说着，她一手牵了小贝贝，一手夹了旧皮大衣，走进卧室里去。胡先生对她后影注视了一番，觉得她苗条的身材，披了满肩烫发，实在是妩媚极了。而太太一回身的时候，还有一阵香气袭人，这是用了张太太的上等化妆品放出来的芬芳。的确，太太是太年轻和美貌了，她应该有这上等的装饰。一个小公务员有这样好的太太，实在可以自豪。他为这香气所引诱，跟着太太也进了卧室。正想向太太贡献两句媚词，却见太太的短衣襟纽扣缝里，放了两片红绿纸条。他忽然想到，这可能是舞场上的遗物，便微笑道："昨晚上不是打牌，是跳舞去了吧？"

佩芬正对了梳妆台上的镜子，将梳子梳理着头发，便扭过头来，瞪了一眼道："跳舞怎么着？那也是正当娱乐。"谨之对于太太跳舞这件事极端地反对，他在没有结婚以前，也常常参加私家的舞会的，他很知道这个正当娱乐场合极容易出乱子。他立刻变了脸色道："我在家里给你看门，自己烧火，自己做饭，连公事都不能去办。你整夜不归，在外面跳舞，成何体统？我胡谨之是好欺侮的。"说着，右手捏了拳头，在左手心里一拍。

佩芬见他急了，态度倒是和缓下来，沉静了道："正大光明地参加人家一次舞会，有什么要紧。去的不是我一个人，一大汽车呢。有张先生、张太太、程先生，还有那个快结婚的孙小姐。"谨之道："哪个程先生？"佩芬道："你不认得的。你不用急，你打个电话去问问张先生就知道了。"谨之道："我问什么？反正你是和我不认识的人跳舞了一晚上。我什么话不用多说，我算哑巴吃黄连，有苦肚里知。"说着，他抓起墙壁上挂的大衣穿了起来，将帽子拿在手里，板着一张通红而又发灰的脸子就出门去了。他一路走着一路想着，为了不能给她做皮大衣，她就故意地这样气我，我偏不做皮大衣，看你闹到什么程度？难道还和我离婚吗？离婚就离婚，没关系，下他一百二十四个决心。他心里这样想着，脚就在地上顿了走。

十五　今天家里有什么庆典吧

这日中午下班，胡先生就没有回家吃饭。下午也不回去，特意去拜访久不见面的同学。这位同学家境转好些，就请他吃晚饭。饭后谨之提议，打八圈小牌消遣消遣，老同学找了两位邻居太太，也就凑成局面了。牌很小，谨之终场赢了几个钱，没上腰包，都送给主人家的女佣工了。时已夜深，就在这主人家中书房下榻，次日上班，中午还是不回去，下午改了个方向，跑到小同乡家去混了一宿。

到了第三日，他坐在办公室里计划着，今天要到哪里去消磨这公余的时间。在十一点钟的时候，却有了电话找他，他接过电话机，喂了一声，那边却是一位妇女的声音。谨之问着："是哪一位？"对方答道："你是胡先生吗？我姓张呀。"谨之："哦，张太太，好久不见，有什么事见教吗？"张太太说："客气。张先生在家里呢，他说，胡先生下班了，请到舍下来谈谈，就请在舍下便饭。"谨之听这话音，就知道张太太为着什么事，便道："张先生有事见教吗？下午下了班来，好不好？"张太太说："不不！我们预备下几样菜了，胡先生不来，我们自己吃吗？"谨之听了这话，觉得人家是郑重其事。心里别着这个家庭问题，当然也需要这样一个人来转圜，便在电话里答应张太太这个约会。

在十二点钟前后，胡先生到了张宅。他在门外一按门铃，门里就立刻有人答应着来了，似乎是早已预备好了的。他们家女佣工开了门，引着客人直奔上房。她在院子里就叫着："胡先生来了。"这一句叫，似乎还带着笑音呢。谨之对于这些，只当是没有感觉，他也故意高声笑道："鸿宾兄，今天家里有什么庆典吧？"他说着，拉开上房的风门进去。这是张宅一间内客室，屋子里炉火兴得热烘烘的，一套沙发围了一张矮茶桌，除了茶烟，这里还摆着糖果碟子呢。主人主妇正陪着一位摩登女宾在座。这女宾不是别人，正是自己太太佩芬。她还穿的是那件花毛布短袄和咖啡色长脚西装裤。她说这是借得张太太的，怎么到人家来了，还穿着人家的衣服呢？但时间没有让他多考虑此事。

十六　说是你敢回去说跳舞回来吗？

主人张鸿宾走向前来，和他握着手，笑道："好久不见，公事忙得很啊？"谨之笑道："小公务员离不了穷忙两个字。张太太，我又要打搅你。"张太太早是起身相迎了，笑道："请都请不到的。赏脸赏脸。"她是更装束得新奇。一件短半膝盖的花夹袍，外面又罩上一件大襟短袄。这衣服质料是日本的堆花蓝呢，滚着很宽的青缎子边。烫发的后梢，在脑后挽了个横的爱斯髻。两只耳沿下各坠了一片翠叶。胡先生一想，太太和这种奇形怪状的女人交朋友，那怎样正经得了，同时，他也就看了太太一眼。胡太太的态度非常自然，胡先生进屋来了，她不感到什么惊异，也不表示什么不快，脸色是淡淡的，只斜看了胡先生进来，依然坐在沙发上。这时胡先生向她望着，她才用很柔和的声音问道："今天下班这样早？"

在她声音中，可以想到声带发声的时候，经过了一度放松，已把含有刺激性的音调完全淘汰掉了。胡先生理解到，自己三天没有回家，太太有些着慌，她把一口怨气向肚里吞了。自然，绝不可以在朋友家里给她难堪，便点点头道："因为张太太亲自给我电话，我只好提早下班了。好在要办的公事已经办完。"主人张先生让客在沙发上坐下，他夫妇就坐在一个角度上。大家还没有开口说话呢，贝贝和主人的两个孩子由侧面屋子里跑了来，直跑到谨之的怀里，抓了他的手道："爸爸，你怎么老是不回家呀？"这句话问得谨之很窘，他笑着说了三个字："我有事。"

主人张鸿宾敬了客人一支烟，又给他点了火，笑道："我们见面少，内人和胡太太是老同学，却相处得是很好的。最近贤伉俪间恐怕有点儿误会。这误会，我愚夫妇也不能不负点儿责任。"谨之喷了口烟，又笑着说了三个字："没什么。"鸿宾笑道："这误会应当让我来解释的。那天胡太太在我这里打小牌，夜深，就没回去了。我内人知道你们有了一点儿小别扭，主张打个电话回去，而女太太们一嘲笑，电话就没有打出去，第二日，胡太太回家，在场的刘太太又用激将法激她一激，说是你敢回去说跳舞回来吗？当然胡太太不示弱。于是刘太太故意塞了几张红绿纸条在她衣服上，以布下疑阵。其实，这完全是开玩笑的。时局这么紧张，哪个还能召集私人舞会，而舞厅北平是没有的，这个胡先生一定知道。"

十七　还嫌着生活不够水准

　　他很随便又很轻松地交代了这段话。谨之笑道："我们不为的这件事。"张太太道："起因我也知道一点儿，不就是为一件皮大衣吗？这问题极容易解决。孙小姐结婚的那天，由我这里借一件大衣去好了。这年月要做新衣服，那实在是负担太重。我也是前两年做的，若是今年要做，鸿宾他也是负担不起的呀！"

　　说到这里，未免引起胡太太很大的牢骚，立刻脸色沉了下来，摇摇头道："没有衣服何必还要参加人家那个大典呢？我也不去了。今天礼拜四，后天下午就是孙小姐的喜期，纵然有钱做衣服，也来不及了。我们是老同学，谁也不瞒谁，你叫我借衣服去吃喜酒，打肿了脸充胖子，没有意思，把朋友的衣服弄坏了，我还赔不起呢。"她说着话，将两只脚架起来，低了眼光，只管看自己的棉鞋尖端。

　　胡谨之这时表示着大方，他笑道："在朋友家里，我们不谈这些话了。"张氏夫妇也就立刻打圆场，说些别的话。张太太由物价贵衣服难做，谈到北平失去了原有的趣味，好角儿都走了，听不着好戏。正阳楼关门了，便宜坊没有了，吃不着大螃蟹和道地烤鸭。红煤也没有得烧了，炉子里烧着西山硬煤，不易燃烧，火力也不大。中南海化妆溜冰的盛举，不知哪年才可以重见。美国片子不来，看电影尤其是不够味。又原想做一件好驼绒袍子，这东西也多年不见了。她一直谈着享受不够，并没有说拿不出钱来。胡先生看他家地板屋子上，铺着很厚的地毯，摩登的家具，椅子是铺着织花的椅垫，桌子上是蒙着很厚的玻璃板。住在这样好的屋子里，还是嫌着生活不够水准。太太结交了这样的主人主妇，所听所见已是心里大不痛快，再回到那三间南屋的简陋家里去，她怎么会满意？主妇谈着什么，他只有微笑，他并不敢在谈话中再穿插一个字。半小时的谈话以后，主人请客人到餐厅里去吃饭，菜饭都是极其讲究的。而且主人用玻璃杯子敬着客人的葡萄酒。主妇笑道："这真是舶来品，尝一点儿吧。我们平常总也喝一杯半杯的。这里面有铁质，很补脑的。"胡谨之想道：你们也就够脑满肠肥的了，还要补脑呢。在主人盛情招待之下，很高兴吃过一顿饭。

十八　当公务员的还有什么可想的呢？

但关于家庭问题，除了张氏夫妇解释那红绿纸条的来源之外，并没有说别的什么。佩芬更是谈笑自若，一如平常。谨之不愿在这里谈什么，喝了一杯茶就起身告辞，向张先生道："我要去上班，只好先走了。让佩芬在这里坐一会儿吧。"张太太笑道："我留她在这里打小牌，索性在这里吃了晚饭回去，你来接她。一定来！"谨之虚着面子，也不好意思干脆拒绝，含笑点了两点头。

到了下午，谨之倒感着踌躇了。还是就此回家，把问题结束呢，还是再坚持下去？照着张鸿宾夫妇的解释，坚持下去，就没有理由。但是就此悄悄地回去，这篇盘马弯弓的文章，也有点儿收拾不住。再到张家去绕过弯一同回家，倒是好的。而张太太出的这个题目又不大好，她说是接太太回家，那不还是自己投降？他在办公室里，写着文件的时候，常是放下笔来，昂着头呆想。次数多了，科长由他办公室经过，也就看到了，问道："谨之，你有什么心事吗？老是这样发呆，不要把公事办错了呀！"谨之站起来，恭恭敬敬地答道："当公务员的人，还有什么可想的呢？大家的意思都差不多。"这句话说着，就打动了科长的心，他也正为一笔家用无从罗掘而在发愁呢。他微笑着走开了。谨之很容易地打发了这个责问，张鸿宾又来了电话，说是下了班务必到他家去吃晚饭。当然，他在电话里也就答应了。

七点钟下了班，胡谨之没有踌躇，径直向张家去。果然，张家内客室里有一桌麻将。打牌的全是女客，连主人张先生也是在太太身后看牌。另外有一位刘先生，也是站在桌子后面看牌。当然也是来接太太回家的。谨之只和男士握了握手，默然地坐在一边。在桌上打牌的张太太笑道："胡先生，你得叫她请客呀，她的手气好，赢了钱了。"谨之笑道："赢了有多少呀！够请客的钱吗？"张太太道："小请是够了的，大概赢有三四百元吧。"

十九　这是谁给我们生的火呢？

谨之听了这话，倒并不替太太高兴，心里立刻添上了个疑团。自己一个月挣多少薪水？太太一场小牌就赢了薪水的过半数。假使太太输了，她把什么款子付这笔赌账？而且这种小牌她是常常打的，不能每次都赢吧？当她输了的时候，不知道她是怎样地应付过去。又假如今日她就输了，张太太也就不会说她输了多少了。顷刻之间，他心里发生了好些个疑问，却也不便说什么，只是坐着微笑。

张家这场牌是安排好了的局面，接人的人来了，她们打完了现有的四圈就不再继续。接着就是请男女来宾共同聚餐。谨之既不能做什么主张，一切也就听候主人的安排。饭后八点多钟的时候，由主人雇了两辆三轮车送胡氏夫妇回家。在胡太太披上大衣的时候，谨之有个惊奇的发现。太太不是穿的那件充紫羔的旧大衣，而是两肩高耸，一件新式的灰背大衣，不会是太太赢了钱买来的，也就不会是赊来的，大概是借来的了。若以借主而论，张太太的可能性极大，她已经说过了借一件大衣给太太穿，这自然是很大方，而借人家不也担上一份心吗？万一将人家那件大衣弄坏了，那怎么办呢？

他这样想着，在归途上，他的三轮车追随在太太的后面，眼光就不住地射在太太那件新大衣上。车子到了家门口，胡太太是首先跳下车，很快地就跳下车去。车钱是张府代给了，谨之自毋庸费神，也跟了进去。他随着到了屋里，却发现个奇迹，便是屋子正中已生好了一炉很兴旺的火，而且炉子旁边，还放着一壶正沸腾着的水呢。问道："我正发愁着回家来屋子冰冷，这是谁给我们生的火呢？"佩芬已脱了皮大衣，由卧室里出来笑道："这是我托房东李妈和我代办的。我和她说好，她

192

和我做些零碎事，我补贴她几个零钱花。尤其是我不在家的时候，她可以代替我做点儿事了，也免得你下班回家，自己做饭。"胡谨之随便答道："你也不会常是不在家的呀。"佩芬犹豫了一会子，笑道："那是自然，万一有这样一天，我有这么一个替工，那不就好得多嘛!"胡谨之对于她这话，也没有加以多问，脱了呢大衣，搬个方凳子在炉子边坐着，就伸了手不住地在火焰上烘烤。佩芬提了炉子上的水，沏了一壶茶，先斟了一杯，送到丈夫面前，笑道："哎! 你坐三轮车回家冻得很吧? 先喝一杯热茶，冲冲寒气。"胡谨之接过茶杯，淡淡地笑道："谢谢。假如我也是穿上了皮大衣的话，也许就不冷了。"

二十　这个你也吃飞醋

佩芬也斟了一杯茶，靠了桌子斜站着，笑道："为了一件皮大衣，闹得马仰人翻。我现在已经不要了你还说什么呢?"谨之道："我也没有说什么呀。我是看到你穿灰背大衣，我有些惭愧。我冷，不是活该吗?"佩芬道："这不过是借得人家的，你也不必有什么惭愧。我也很后悔，明知你做不起皮大衣，何必和你开口。皮大衣的毛也没有看见一根，闹得满城风雨，无人不知我为皮大衣和你吵嘴。"胡谨之红着脸道："的确是我做不起。恐怕这一辈子都做不起。你若觉得没有皮大衣这类装饰品，是很对不起你这一表人才的话，你就得另谋良图。"他说到这里，端起茶杯来，呷了口茶，微微冷笑着。佩芬端了茶杯，有点儿勃然变色。但是她慢慢地喝了两口，笑着摇了两摇头道："得啦，得啦，又来劲了。不提了行不行。"

这时，贝贝拿了几个做客得着的糖果，靠了卧室门框站着吃。佩芬笑道："给你爸爸吃两个吧，让他甜甜嘴。"贝贝真的举着两块糖果，送到谨之的手上。谨之接过来一看，呀了一声道："巧克力? 一切都是珍贵的。"佩芬笑道："管他珍贵的普通呢，反正是人家送的。"胡谨之将糖果送到嘴里咀嚼，点点头道："味儿不错。我又惭愧了。这样有钱送东西的朋友，我怎么就交不到一个。"佩芬走过来，将手掏了他一把脸道："我有几位阔太太做朋友，这个你也吃飞醋。也许我借了这些阔太太的力量，和你找一个比较好些的工作，那也不坏呀。我们这档子事，揭过去行不行？别发牢骚了。"她说着，伸手抚摩着丈夫头上的乱发。谨之回头看了看，见她对人发作媚笑，自己也就忍不住扑哧一笑。

到了次日，胡谨之夫妇的别扭官司完全过去。下午回来，太太把赢的钱买了一只鸡一个蹄膀煨着，晚上围着炉子，还吃了一顿很高兴的饭。饭后，谨之坐到小桌子边去看书，抬头看那窗户格子挂的日历，正是星期五。因问道："明天星期六，是孙小姐的喜期呀。我们送什么礼？"佩芬道："我在张太太那里搭了个股份，她会送去的，你不必问了。"谨之道："你去不去吃喜酒呢？"佩芬毫不考虑地，摇了两摇头道："我不去了。"谨之道："里里外外的衣服，你都全借得有了，又为什么不去呢？"

二十一　自己也弄点儿穿的呀

佩芬将先生放在桌上的纸烟取了一支吸着，手指夹了烟支，眼望了烟支上出的烟丝，站在桌子边，很是出了一会儿神，然后淡淡地道："也许我到礼堂上去签个名，喜酒是不喝了。"谨之道："那为什么？"佩芬摇摇头道："不为什么。我原来是有一团豪兴的，这豪兴减退了，我也就不愿去赶这份热闹了。"谨之听了她这口气，似乎还是嫌着她自己没有衣服，没有装饰，这话是不能再向下提的，也就不作声了。星期六这天谨之索性不提，自去上班。这天，天气变了。满天乌云密布，不见一点儿阳光，长空全是阴沉沉的，西北风风力十分大，可是迎面吹来，向人头颈脖子上直射冷箭，皮肤是像那钝的刺刀在慢慢修刮着。

谨之中午下班回来，他想到天气这样冷，也许太太是不去吃这餐喜酒的。他缓缓地走回家，到了胡同口上，遇到一辆乳白色的新型坐车，非常地耀眼，抬头看时，车子里坐着两位摩登女士。其中一位穿灰背大衣的就是自己太太。小贝贝站在车厢子里，早看到走路的爸爸了，隔了玻璃窗，只管向车子外招手。谨之只能笑一笑，那车子很快地过去了。谨之心想，太太说是不去吃喜酒的话，那完全是欺骗的。三点钟的婚礼，现在十二点多钟，她就坐着人家的汽车走了。他情不自禁地咳了一声，垂着头走回家去。到了家里，屋子里还敞着呢，房东家里的那个李妈，正在屋子里正中炉子上，给他煮着一白铁锅的饭呢。看到他来了，便笑道："胡先生，你回来得这样早，你也喝喜酒去吗？"谨之摇摇头笑道："那结婚的新娘子是我太太的同学，与我无干。其实是不是她同学，我也不大明白，半年以前，她们才认识的。人家在北京饭店那样阔的地方结婚，我这样一身寒酸跑去赶那热闹干什么？"

他说着，脱下了身上的大衣，露出那套粗呢制服。真的是有些寒酸，在他两只袖子下面，都有点儿麻花了。他把大衣抛在椅子上，伸着手在炉子火焰头上搓着，身子打了两个寒噤，连说了两句好冷。李妈笑道："胡先生，你别有钱尽装饰太太，自己也弄点儿穿的呀。你太太那件灰鼠大衣，据我们太太说，够买一屋子白面的。"谨之笑道："你们太太也说得太夸张了一点儿。而且我也买不起这样一件大衣。我有买那皮大衣的钱，我不会买几袋子白面呀？那是我太太借来的。"李妈道："不呀。刚才你们家里来的那位女太太，还直说你太太这件大衣买得便宜呢。"谨之道："当然她不好意思告诉人家是借来的。你借了衣服来装面子，愿意告诉人家真话吗？"李妈笑道："我们哪里去借皮大衣呀？可是胡先生怎么又肯告诉我们真话呢？"谨之道："你不懂这个。你不用问了。"李妈碰了他这个钉子，自己就不再问。

二十二 倒像是一块红烧蹄膀

谨之有了李妈帮忙，在家里从容单独地吃这顿午饭，似乎和太太在一处吃饭有点儿滋味不同。他想着太太并没有吃东西出去，难道饿到下午四点多钟去吃喜酒？她是不肯委屈的人，绝不如此。可能那位坐汽车来接她的太太，就要请她去吃顿小馆，还上头等馆子呢。他捧了饭碗，对桌子上一碗白菜煮豆腐、一碟盐水疙瘩丝有点儿出神。

假如太太在家里，对于这样的菜她是吃不下饭去的，至少得炒三个鸡蛋。自己是将就了，倒每天吃半餐糙粮，于愿足矣。那就是说吃白米白面的时候，搭着吃两个窝头。为了搭着吃窝头，也和太太别扭过不少。家里窝头是做了，结果是先生包圆儿，五斤棒子面，买回来半个月，还没有吃完。这有什么法子和别扭的，人家有好朋友、好女同学，家里没吃好穿好，女友女同学所以帮助她。她这时，大概是吃着清炒虾仁、干烧鲫鱼那些江苏菜吧？他想到这时候，筷子挑起菜碗里一小块豆腐，倒像是一块红烧蹄膀。然而挑到嘴里吃时，究竟是豆腐，他唉着长叹了一声。在他这长叹声中，恰好是李妈又进来了，她站着呆望了他一下，笑道："胡先生，你放着鱼翅海参的喜酒不吃，只管在这里叹气吃豆腐，你这可想错了。"谨之瞪了她一眼，又摇了两摇头，但他并没有对这话加以辩白。

吃过这顿简单的午饭，披上那件薄呢大衣，胡先生还是冒着寒气去上班。这时，天上的阴云更为密结，雾沉沉的，不露些光明的空隙。那街树杈丫地伸着空枝，向天上发着抖颤。胡先生将大衣领子扶起来，遮挡了颈子，两手插在大衣袋里，拼命地加快了步子走。他并不怕误了上班的时间，因为加快了步子走，身上可以暖和些。

二十三　谁也比自己风光些

当他正要到机关门口的时候，自己的首长正坐着汽车要走。他看到胡谨之，向他招了两招手。谨之走过去，站在汽车窗子外。首长移下车子上的玻璃，向他点了个头道："你来得正好。我有一件公事，批交了田科长了。田科长会交给你办的。我要到北京饭店去，和人家证婚。你对田科长说，等我明日看过了再发出去吧。"胡谨之站着答应了他。但同时他心里想着，首长是到北京饭店去证婚，可能和太太参加的那个婚礼是一样子事。这样看起来，今天，北京饭店这幕结婚典礼是个盛会，那也就怪不得太太老早吵着要好衣服了。

谨之自己这样解释着，莫名其妙又添了许多心事。他在办公室里办公的时候，不时地有一辆汽车在幻想里过去，那汽车上就坐的是穿灰背大衣的胡太太。他终于是隐忍不下去了，他走到科长室里向科长请了三小时假。他也不讳言是应酬，要去参加北京饭店一个喜礼。科长并不留难，慨然答应了。胡先生穿上他那件半旧呢大衣，径直地奔向北京饭店。那巍峨的大楼面前，广场中停着几十辆汽车，私家的三轮车都挤到大楼以外的角落里去了。他由汽车缝隙里挤着走到北京饭店门口，在那门框石柱子上，红纸大书黑字，是钱府孙府喜事。一个穿制服的人正在那里被大部分人围着，打发车饭钱。就看那位打发车饭钱的先生，那身制服，比自己所穿的要干净整齐十倍。若说自己是位贺喜的，那未免见笑大方了。

他站着踌躇了一会儿，但又转念一想，这里进进出出的人就多了，我脸上也没有标出来贺喜的字样，谁又会认识我？他这一转念，就挺起了胸脯子，又走进去了。由大门里的大厅向西，正是川流不息地走着人。在西外厅的口上，摆下两张长桌，上面铺了雪白桌布，桌布上再展开粉红色的绫子，两圈圈人正围了那桌子忙着签字。谨之站在人堆里看了看，无论男女谁也比自己风光些。他想着，我签什么名？签上名去，正是在红绫子上多几个黑字，和人家并没有什么光荣。他在人家后面，挤着看了一会儿，也就走开。到了大礼堂，那礼台固然是花团锦簇，全被花篮包围着。就是大厅四周，也全是红色绸缎的喜幛遮盖了墙壁。两行大餐桌子上已经铺好了刀叉杯碟。红男绿女，穿梭似的在这里来往。

二十四　在女人面前还有点儿民主作风

恰是这么些个来宾，胡谨之没有熟人。走近礼台，在那霓虹灯的大喜字光下，看了看桌上摆的银杯银盾，又看了几副喜联，很是感到无聊。见西边旁厅里，人也是很多，这就慢慢地踱到那边去。有间屋子，沙发上大半坐的是女宾，大概里面就是新娘休息室了。他伸头看了看，自己太太带着自己小姐也都在座。太太身上穿的不是那大脚丫头的短装，也不是借的那件绒袍子，是一件深绿色绒花料子的旗袍，胸前挂着一串珠圈，不问真假，也就够珠光宝气的了。就是贝贝，脱了她那件兔皮大衣，身上也穿一套崭新的紫绒童装。这些衣服，为寒家素所未有，难道全是借来的？这时围绕着太太的，也全是些艳装的贵妇，低头看了自己寒素，也不便向前去和太太打招呼，旁边有两扇玻璃门，身子一矬就闪到玻璃门里面去了。

在这时候，自己机关里的首长穿着一套细呢中山服，在胸襟前悬挂了一朵大喜花，下面坠了一张红绸条子，金字写着"证婚人"三个字。他笑着说："我既是证婚人，得让我先见见新娘子。"跟随着他前后几个人，带笑地附和着说："那是自然，那是自然。"他们挨身而过，并没有理会到这位小职员胡谨之。走过去的时候，有个年轻的女宾引着胡太太向前，来见那位首长。隔了玻璃门，谨之只听到介绍人说，这是韩小姐，并没有说是胡太太。那位首长也许是让韩佩芬这一套穿着吓到了，似乎他猜不出这是自己手下一位小职员的太太。当胡太太伸出手来和他握上一握的时候，他弯了腰，引着九十度的鞠躬大礼。谨之在一旁看到，心里这就想着，也罢，我太太给我争回了这口气，他尽管对我不恭，可是他对我太太，那是太恭敬了。这些做首长的人只有在女人的面前，还有点儿民主作风。

他这里想着，不免微笑了一笑。婚礼原定的是三点钟，但为了办喜事的人，场面铺张得很大，直到这时四点钟，还不能够举行。谨之隔了玻璃门看过这小小的一幕喜剧，他也不便老向下看，在外面礼堂上转了两个圈子，没有见着一个熟人，感到很是无聊，也就转身出去。巧啦，刚是走出了礼堂门，顶头就碰到了自己的首长，这是无可躲避的，闪到一边，取下帽子来，行了个礼。

二十五　整条的胡同不见个人影

　　首长瞪了他一眼道："你怎么也到这地方来了?"谨之道："我也是来道喜的。这就回去了。"首长道："这些应酬，你们还是少参与的好。经济和时间上，你们都担负不了。"谨之答应了个是，自走开了。他自己兀自想着首长的话，这些应酬地方经济和时间都担负不了。但是自己太太呢?他默想着打了许多问号。出了北京饭店，离开那温暖如春的地方，又踏上了寒风怒号的街头。他问问三轮车的车价，够自己吃顿窝头的，他也没有再打算坐车子，一行打着问号，默想着走回家去。

　　不等他到家，天空中已经飘荡着雪花了。他为了躲避寒风的袭击，只挑小胡同走。那雪片落在干地上，已抹上了一层薄粉，人的脚步踏在这薄雪上，一路踏着大小的印子，颇有个意思。但为了天色近晚，而西北风又大，家家都关上了门，条条的胡同不见个人影。遥想着北京饭店的婚礼经过，这已开席了吧?坐在那暖气如春的大厅，吃着煎猪排、铁扒鸡，喝着美丽颜色的葡萄酒，那比在胡同里踏雪回家的滋味，是应该更有意思的。他感慨地到了家，幸是李妈已代添了一炉子煤火。他将炉子上现成的开水沏了一壶粗香片茶喝着，他心想着，这和咖啡的味差远了，怪不得太太要穿好衣服出门了。

　　外面的雪继续地在下，隔了玻璃窗子向外张望，已经是一片白色。胡先生在屋子里绕了几个圈子，说不出来心里是哪一股子牢骚。恰是李妈又来送一个不如意的消息。

　　她说："下雪了，房东家里要扫雪，又多添两炉子火，晚饭不来帮着做了。"谨之点了个头，也没说什么。他打开桌子抽屉里来看，还有几个冷馒头。他就把馒头切开了，放在炉子边烤着。抽屉里并没有下饭的菜，他就到隔壁小油盐店里买了一包花生米来，坐在炉子边上，将花生米就着馒头片，一面吃，一面烤，口干了，现成的香片粗茶斟着喝上两杯。这顿晚饭，就是这样地交待了。

二十六　她有点儿自行检举的样子

晚饭以后，更是觉得无聊，推开风门来看，院子里的雪已积得有一尺多深。天空里的雪花雪片，飞舞着像一团云雨，只管向地面上摊倒下来。他掩上了房门在院子里踱着步子，他想，太太怎样回来？这样大的雪，车子是太贵了。他转念一想，她怕什么？北京饭店门口那些个汽车，还怕没有车子送她回家吗？不管她，在电灯下看书消遣吧。他坐着看书，心里虽说是不管太太了，可是不断地听听门外，是否有人叫门。这样一直到深夜十二时，太太并没有回来。不用说太太闹新房去了，闹完了新房，可能打十二圈麻将。不，也许去舞厅里跳半夜舞，这雪夜，她有词推托，绝不回来的。胡先生无精打采，就自己回卧室里睡觉去了。

次日是星期日，胡先生用不着上班，倒是多睡了一小时的早觉。起床之后，打开门外一看，院子里上空还断断续续地飞舞着梨花片。倒是那位李妈因昨晚没有帮忙，就听到她咳嗽声过来了，笑道："胡先生，你没事，多睡一会儿，我给你笼上火。今天礼拜，你又不上班，忙什么的？"谨之笑道："我是劳碌命，没事也睡不着。"李妈道："胡太太没回来。"谨之道："我告诉她的，下雪不好雇车子，就别回来了。"李妈在阶沿上搬弄着炉子，笑道："你倒是心疼太太的。"谨之笑道："谈不上心疼，彼此谅解点儿吧。"这话很有含蓄，当然不是女佣工所能了解，他也就不再提了。

谨之是很无聊地在屋子里候着这炉子生起，只在屋子踱着步子取暖。火来了，还是喝茶烤馒头。既可充饥，也聊以消遣。约莫是十二点钟时候，大门外一阵汽车喇叭声，听到太太连说着再见，她带着贝贝进来了。虽然院子里还在下着雪，但是她身穿的那件灰背大衣，上面并没有粘着雪花。她先笑道："好大雪，回来不了。这还是人家把汽车送我回家的呢。"谨之起身相迎嗯了一声。佩芬走向卧室去脱大衣，一面笑道："你没有去瞧瞧孙小姐的喜事，办得真是热闹得很。证婚的人就是你们的头儿呀。"谨之又哦了一声。佩芬又走出大门来。那串珠圈虽不见了，但身上穿的是那件绿织锦袍子，她有点儿自行检举的样子，笑道："你看我这件衣服怎么样？"说着，将手轻轻拍了两下衣襟。谨之道："很好！又是借谁的？"她笑道："哪里借得了许多呀。这是孙小姐送我的一件衣料，里子和工钱是我自己凑钱对付的。"谨之笑道："那算你的本事比我强得多了！"佩芬笑道："在我也就够惨的了。"谨之道："怎么够惨的呢？你不是很愉快地参加了这回婚礼吗？"

二十七　会做个风雪夜归人吗？

佩芬站着想了一想，她并没有答复这个问题。她把放在桌上的玻璃皮包打了开来，抓了一把糖果出来，塞到谨之手上，笑道："吃吃人家的喜果子吧。啰！这里还有一盒好香烟，也送你。"说着，拿了一盒蓝炮台也交到他手上。谨之接着问道："你做客还把烟带回来吗？"她说："我逛市场买的。"谨之道："你怎么买这样好的烟？"她道："人家怎么请我吃饭来着呢？"谨之道："谁请你吃饭？"她道："是张小姐、李小姐，你不认识的。我到房东家去，给他们小孩几个糖果吃。"她不说话就走出去了。

谨之由太太这回参与婚礼上，发生了很多疑问，但是他不敢突然地问出来，只有等了机会再说。这天始终下着雪，谨之没有出门，下午，太太又换了那套短装，他和太太围炉闲谈，笑道："我固然给你做不起衣服，可也赔不起别人的衣服，你借来的几件衣服早点儿送还给人家吧。"佩芬笑道："这个你就不用管了，朋友肯借给我穿，就不怕我弄坏。这大雪天，我怎么送还给人家呀？"她这话答复得也很是，谨之就没有再问。但是一连好几天，胡太太穿着新衣出去两次，她始终没有提到还人家的话。又是一个礼拜六下午，谨之下班回家，门口等停着一辆漂亮的汽车。他正想着，莫非有个阔太太拜会胡太太？这个念头未完，太太穿了那件灰背大衣，牵着贝贝走出来。她先笑道："我给你告假，张小姐请我吃晚饭，还听一出《大劈棺》去。十一点半准回来。再见。"她笑嘻嘻地扬了扬手，带着孩子就上汽车了。在她一扬手的时候，领襟里谨之看到她垂了那串珠圈了。他来不及问太太什么，她已很快地走上汽车去，汽车就开走了。他叹了口无声解气，自进屋子去。

可是这晚天色又变了，天空里又漫漫地飞着零碎的雪花。他想，戏院子里会回戏的，太太吃了馆子就当回来。自己又是煨炉喝那粗香片，无聊地等门。但太太没有很快地回来，到十点钟还没有回来，自是听戏去了。到了十二点已过了，太太自定的时间，还没有回来。打开屋子门来看，雪下得特别大，满院子是白雾，斜风吹着雪片，还是向屋檐下直扑呢。夜间万籁无声，没有柴门犬吠，韩佩芬会做个风雪夜归人吗？他怅然地掩了屋门，望了垂下来的电灯出神。

（原载 1948 年 12 月 6 日至 1949 年 1 月 23 日北平《世界日报》

副刊《明珠》1950 年 2 月 22 日至 3 月 21 日上海《亦报》

转载时正名《贫贱夫妻》）

游击队

第一章

顺民家里的惨剧

梳子形的月亮挂在稀疏叶子的树梢上，向地面上散下一份淡黄色的光亮。在黄土墙上伸出一枝柿子树来，那树枝挂着饭碗大的柿子，在风里不停地摇摆着。那一颗颗的黑影，在淡月下看去，真有点儿怕人，因为这树底下窗子里面，来了一位城里的客人，他说："捉到东洋兵，把他们的头砍下来，一串串地挂在树枝上，当柿子吹干来，那才解恨呢。"说这话的人，那是有原因的。这个时候，他正和这里的主人翁坐在一盏小玻璃罩子煤油灯光下。主人翁口衔了一支旱烟袋，那端放在桌子角上，当主客互答之间，那旱烟袋的嘴子是被吸着嘶嘶地作响，很费了一些脑筋来思索，那是可知的呢。

主人翁刘五是个三十多岁的庄稼人。虽然只有三十多岁，为了他饱尝着世人的忧患，脸上透出了许多的皱纹，来记下他这生平的遭遇。所以在他皱了眉头子在想心事的时候，他虽然没有说他焦急的意味，已不是怎样愉快的表示了。他道："老四，你说的那番话，怕不是大道理。可是咱们当老百姓的，能够有饭吃、有衣穿，也就得了。你是住在县城里头，就遇到这档子祸事，要是住在我这乡下，准保无事。"他把这些话对着一位远道来的客人说。

这客人二十多岁，是河北某县的一位小学教员，姓余，名忠国。他并不辜负了他的姓名，他真正是忠于国家的一个国民。他听了刘五的话，手掌按住了桌子，忽然站了起来道："刘爷，你说这话，我不怨你，谁让你没进过学堂念书呢？可是我有几句话必得和你说明，你别转那糊涂心事，以为这像往年内战一样，大兵过境，骚扰个三五天就没了事。

要是日本人来了，那可不然，年轻的小伙子不把来杀了，就拉去当苦力。女人是老少不论，由十二三岁一直到五十岁，见着她就要抢了去，随意糟蹋。银钱是不用提，一个铜子儿不会给你留下。车辆牲口，那是他们军队要用的，不算抢，派你每个村子出多少，也许你村子里的全数拿出来还不够呢。并非我吓你，全是我亲眼得见的事。你听我的话，把嫂嫂和大妹子都送到山里去。你愿意干，咱们一块儿去投军；你不愿意干，你也得躲到山里去。你想着谁来给谁完粮，这是你想错了的事。你要知道，谁来给谁完粮，这是无出息的话，对中国人说，已经透着泄气。日本人是外国人，他来罢了，咱们怎能投降他？好譬强盗抢了咱们的东西，咱们不能打他骂他，也就罢了，还能向着他叫爸妈吗？"

刘五将两条眉毛皱到一块儿来，缓慢地在烟荷包里掏出一撮黄烟丝来，向烟袋头上按着。一个中指头伸到装烟丝的眼口上，只管摸索个不停。

余忠国穿的是蓝布短棉袄裤，将手插在棉袄底摆下，来回地在屋子里走着，淡淡问道："五哥，我应当说的话都和你说了，信不信由你。明天一早我就到山里去，假如这地方还太平无事的话，我再来看你。"

刘五道："你到山里去干什么？那里你也没有一个亲戚朋友。"

余忠国道："我要去看看地势，假如将来弄成了游击队的话，哪里进，哪里出，先看在肚里，将来也有个把握。"

刘五将旱烟袋在桌沿上敲敲烟灰，脸上的皱纹扇动着，似乎有一种微笑要发出来，但是没有笑，又忍回去了。他发出了很沉着而又低微的声音道："老四，你真是要干游击队，替你家里人报仇，我倒也赞成。可是这件事不是玩的，你赤手空拳，一没有枪，二没有刀，你怎样干得起来？"

余忠国突然地回转身来，向他看着，笑道："我根本不愿和你谈什么为民族争生存的话，只要你懂得为家里人报仇这一句话那就行了。五哥，你记着，别到将来吃了人家的亏，当了顺民完事。"

刘五又向烟袋头上装着烟，可带了微笑道："你们年轻一点儿的人，真有那股子傻劲儿。"

余忠国叹了一口气道："要是老百姓都像你老哥这样子，没有话说，国就亡定了。"

刘五脸上透出一点儿难为情的样子，将不会儿点着火的旱烟袋连连地吸上了两口，眼睛望着地上道："谁也不愿当亡国奴，可是大兵挡不住日本兵，咱们老百姓有什么法子？"

余忠国道："这话不是这样……"

一言未了，里面屋子里有人叫出来道："小狗他爹，多么夜深，该睡觉啦。"

余忠国道："五哥，你去睡吧。我心里有事，睡不着的，还要坐一会子。"

刘五道："你要坐就坐一会子吧。炉子上瓦壶里还熬着一壶热茶，你自己倒着喝，我去睡啦。可是家里那些事，你也别想不开。家财算不了什么，只要有人在，总可以挣得回来。人散了，总也有团圆的日子，死了的呢，人死不能复生，也只好罢了。"

余忠国微笑道："我真不如五哥，可以想得这样的开。"

刘五手扶了旱烟袋，放在嘴里吸着，也就慢慢地走进了屋子去。庄稼人起得早，也就睡得早。谈了两个更次的话，人也有些倦意的了，走进房摸上炕沿就睡着了。

在次日早上，鸡子黄色的太阳透进了窗户纸，刘五一骨碌由炕上爬起来，偏着头向屋子外问道："老四，你起来啦。"

他媳妇在外面答道："他走了。这孩子也是个冒失鬼，打开院子门走了，也不言语一声。这要是溜进一个小偷……小狗他爹，你快起来，村长来了。"

这里的村长朱子安，是个五十多岁的富农，他除了自己家里种了几顷地而外，还有许多庄稼地是交给佃户去种的。在村子上银钱兑转得过来，什么事都好办。唯其如此，乡下有了什么公差，也是他出来摊派。乡下这两天风声正是紧得很，村长光顾到家里来，那一定有事。刘五两手抄着大衣襟，一路扣着衣纽襻，迎到堂屋里头来。朱子安所衔的一支旱烟袋，比刘五衔的还要长上一倍，只看他把烟袋倒拖着，皱了眉毛站着，就知道心事不小，因问道："村长，早啦，有什么事见教吗？"

朱子安脸上带了几分丧气的样子，有气无力地说出五个字来："日本兵到了。"

刘五的媳妇马氏正扫着地呢，伸直腰来，瞪着两眼道："是吗？村长，可别骇我，我真胆小。"

刘五道："以先怎么没听到一点儿消息？"

朱子安两手分开来一扬道："这是什么事情，我还能同你们闹着好玩吗？他们有的是汽车，一天可以跑七八百里，那还不是说来就来了。"

马氏手下拿了扫帚，两腿只管软着，要向地面上沉了去，没法子，只好靠墙站定了，望了刘五道："我说，小……小……小狗他爹……"

朱子安将手向他夫妻摇摆了两下道："别着急，凡事总得有个商量。我也是半夜里得的信，日本人在昨儿个晚上的时候到了大刘庄，那前后几个村子的人全没有跑得了。日本兵里面，也带着有中国人……"

刘五道："那准是他妈的汉奸。"

马氏皱了眉道："你别打岔，让村长说吧。"

朱子安道："那中国人倒是说了几句话，安了老百姓的心。他说：'大家别害怕，只要大家肯当顺民，不窝藏中国兵，日本兵打这里经过一下，没什么事。'说是这样说了，可能够真没有一点儿事？当晚上他们上下四五个村子里，杀猪杀鸡蒸馒头烙饼，就闹了一宿。今天日本兵不走的话，不定还要什么，那边村长派人送了一个信来，叫我们这上下两个村子，推几个代表去欢迎一下。"

刘五摇摇头道："他不来也罢，咱们还去欢迎他呢。"

马氏跌跌倒倒走到刘五面前，扯了他的衣襟道："那，那，千万可别去欢迎小日本。昨日听了余四哥的话，跟着他到山里去就好了。现在要跑也来不及了，这是怎么办？真是要命。"

刘五道："在这些村子里的人，谁跑了？就是你一个人命大，急着要跑。"他说着，红起脸来，显然是有点儿生气。

朱子安靠了桌子边椅子坐下，那只手还是扶了没点着的旱烟袋在口里吸着，另一只手不住在桌沿上轻轻拍着，皱了眉道："现在哪有工夫争这些闲气？五哥，你是常在外面跑跑的人，见多识广，你应该给大家拿一个主意才好。"

刘五道："这样的事谁见识过呢？"

朱子安在身上摸出一盒火柴来，擦着了，将烟袋头上的烟丝点着，垂下眼睛皮，嘘的一长声，吸完了那袋烟，然后喷出一口烟来，望了刘五道："我们这上下两个村子，比大刘庄的人口还要少些。他们抵不住，我们哪里又抵得住？只好预备一点儿东西，派代表去欢迎吧。不用说，我自己要当一名代表。可是一个代表绝不像样子，不去三个四个，至少也得去两个人。我想拉你也当一名代表，你看怎么样？"

刘五刚定神，要坐下椅子去，立刻站起来，两手同摇着道："不成，不成！我……"

朱子安正了颜色道："五哥，你别推诿，推诿于你没有什么好处。这村子里你也是个殷实主儿，你不把日本人弄好了，他到了村子里，少不了向你挑眼。到那个时候，花了钱事小，恐怕你家里人还不得安宁。俗言说得好，狗不咬拉屎的，官不打送礼的，咱们当代表欢迎他们去了，他还难为咱们做什么？你要是不去，将来有了事，你可别说我当村长的人不顾你。"

刘五听了这话，和他媳妇一样，两条腿也软了，只好跟着在椅子上坐下，望了朱子安道："我并不是怕去。就是怕去了，人家不受咱们的欢迎，透着咱们多事还罢了，要是把咱们扣留起来，算是咱们去白送死。"

朱子安将一个手指头指了鼻子尖道："我不是一条命吗？我都去得，你有什么去不得？再说，这是大刘庄派人来叫咱们去欢迎的，他们同咱们无冤无仇，也不能平白地叫咱们去上当。我话是交代过了，你去不去，听凭你。我要回家去预备东西做慰劳品了，听你的信儿吧。"他说着，径自走了。走出了院子门，他又回转身来，向屋里道："我们预备一只猪、二十只鸡、三口袋面送到大刘庄；五哥，你先送一口袋面、五只鸡到我家里去。别管你名下是应摊着多少，将来再算账。回头见吧。"他说毕，不等刘五答复，还是掉转头走了。

刘五坐着发了一阵子呆，对屋子里里外外看了一遍，又对自己年轻的媳妇看了一遍。恰好他一位十六岁的妹妹，今天是换了一件干净的蓝布褂子罩在旗袍上，辫子梳得油光。于是向她们道："为了你们，我去冒一回险吧。唉！这也是事到头来不自由。"

马氏道："你自己可拿稳了主意。要不，我带大妹子跑走吧。"

刘五道："跑走？我走不走呢？我走，谁来看守这个家？我不走，将来有了个三差二错，你们回来，倚靠谁人？"

他妹妹秀英倒是个伶俐的人，这就正了脸色插嘴道："我们在家做姑娘的人，可不知道什么，总还是要大哥拿个主意。你倒是别和我担心，随便在什么时候，我也可以自了自。"

马氏道："姑娘，你别说这话。这样反乱的年头，就是家里有大姑娘的人，比什么都操心。"

秀英道："嫂嫂，你怎么还想不开？咱们后院子里有一口井，无论有什么天倒下来的大事情，往里面一跳，什么都完了。"

刘五摇摇头道："但愿不至于。可是真到了那无可奈何的一关，也只有这样才算干净。快烧水我洗脸，我得筹划着同村长当代表。"马氏望了他，没言语。刘五跳脚道："望我干吗？村长要我去，不能不去。要不去，除非邀合村子里的人把小日本打跑。"

马氏姑嫂自然是替刘五想不出第二个法子，伺候过了他的茶水，帮他捉了家里养的五只鸡，并将一袋买来没有舍得吃的洋白面让他一并扛了去了。

乡里妇女们知道什么大局？听了朱村长的报告，先是吓得缩作一团。及至刘五走了，半天没有什么动静，姑嫂们心里又安定了些。将头伸出去，看看院子外的情形，今天的天气是特别好，亮晶晶的太阳晒着地面发一层金光，院子里的大槐树大部分的光树干儿，带了稀稀的焦黄叶子，在太阳里立着，树叶子是很从容地打着筋斗在日光里向下落。两只喜鹊跷起长尾巴，在树枝上不断地喳喳叫着，一切像平常一样。姑嫂俩渐渐把心里恐怖的成分减除。马氏的两条腿早已不是软缩的了，这就打起精神来，烧水和面，预备早餐。

在她们把早饭做熟了的时候，听到院子里一阵脚步声，刘五由外面老远地笑了进来，他大声道："没事了，没事了，你们放心吧。"

马氏迎到堂屋里来看时，见他手上拿着一根竹竿，上面粘着长方白纸旗，上面有五个字。马氏道："这么大个子，还拿玩意儿啦。什么时候，你这样高兴？"

刘五晃着旗子道："这是玩意儿吗？我们一家人的性命都在它上面。这上头五个字，是大日本顺民。在大门框上一插，日本鬼子打门口过，也不进来。"

马氏道："这好办啦。做这么一面白纸旗子，谁也会。可是插了这旗子，准保险小日本不进来吗？"

刘五摇摇头道："保险可不保险。不过小日本这样交代过了，说是只要老百姓大门口插上一面顺民旗，那算是投降了他，他们就不和那人家为难了。刚才到大刘庄去，看到他们村子里家家都插了这顺民旗子。日本兵有百十来个人，在村子口上一所大庙里住着，倒是真没有闹。据他们说，我们这村子是一股要道，非到咱们这村子上来不可。这话听着，倒是有点儿让人担心，咱们这村子里可没有大庙，日本兵来了，那怎么办？住到人家家里来吗？"

马氏道："哟！要是那么着，那可讨厌，你赶快把那旗子挂起来吧。我就怕大兵，要是日本鬼子，那我更害怕。"

刘五看看自己这位娇妻，二十来岁的人儿，乡下媳妇，虽然说不上什么美丽，可也细皮白肉，长长的眉毛，大大的眼睛，穿一件旧的蓝布褂子，外面罩上青棉布背心，越显得干净利落，在这村子里以少妇而论，她的姿色总在前十名之内了。他心里这样想去，眼睛是怔怔地望了马氏出神。

马氏道："你这人怎么了？对我傻望着。"

刘五道："唉！这村子里的年轻媳妇，总算你美些。"

马氏啐了一声道："什么日子，你还有心胡说八道！"

刘五并不带笑容，依然怔怔地答道："我并非是开玩笑。这年头，媳妇长得美不是什么好事。"

马氏道："你瞎说什么，让人听了笑话。"

刘五道："我瞎说什么？余四哥不是告诉我们，日本人在城里头见着好看一点儿的女人就要抢了去吗？虽然他们在大刘庄还没有闹什么乱子，可是他们还是刚到，没有把当地情形调查得清楚。将来他们把地方情形熟悉了，谁又能保这个险？"

马氏皱了眉头子道："你说得这样的怕死人，赶快把饭吃了，我和大妹子还是走吧。也不走远，躲个僻静点儿的地方住两天，好就回来，不好再打主意。"

刘五沉吟了一会子道："那也好。"

马氏见丈夫也答应了，赶快回到厨房里去做饭。刘五除把那面顺民旗插在门框上而外，还有些不放心，又把大门关上。其实关上了大门，也不见得怎样坦然，只是站在院子里，向天上望着出神。也许是神经过敏了，隐隐之中却听到两声枪响。那一颗心像热锅里煮透的汤圆，只是翻上翻下。于是站近了门口边，半偏着脸，静静地听去，但除了有些风声吹着树叶子响而外，又没有别的。马氏姑嫂已经是把面条子撑得了，盛了一大碗，放在堂屋桌上，因道："你别这样心神不定的了，闹得我也不知道怎样是好。先来吃面吧，你跑了这么一大早，也该饿了。"

刘五无精打采地走进堂屋捧了一大碗面，就是站在桌子边上吃。约莫吃到半碗面条的时候，就听到村子里一阵嘈杂的声音，接着，大门外边也有一些脚步声，稀里哗啦地由门口那股小道上抢了过去。刘五虽然还是挑着面条子不住地向嘴里送着，可是他把面条含在嘴里咀嚼着，并不知道是什么滋味。马氏战战兢兢地由里面走出来，颤着声音问道：

"小狗他爹，不好吧？村子里有了什么事吧？"

刘五放下面碗，向她摇摇手道："别作声，听!"随了这个"听"字，正有更重的脚步声到了自己大门口，听那脚步声到自己大门口，就没有声音了。分明是……这念头没有转完，大门是噼噼啪啪打着响。秀英两脸红里变白，跑到堂屋里来喘着气道："隔……隔……隔壁院里，兵，日本兵。"

刘五道："别言语，你们躲到后面黑屋子里去，我不叫你们，你们别出来。"马氏扶着秀英，秀英扶着马氏，两个人带跌带撞就跑到里面屋子里去。

这个时候虽短，可是门外面敲门的人已透着二十四分不耐烦，将门捶得像打鼓一样。接着咚的一声，大门倒了一扇。随着这倒下去的门，便是几个穿黄军衣的人，手里捧着步枪，闯将进来。只看他们军衣上滚着红边，与平常所见穿灰色衣服的大兵显然是不同。有两个人嘴唇上面养着短短的一撮小胡须，配上他们那黄黑的脸色，不必估量就可以知道他是日本兵了。凭着自己南跑郑州、北上张家口这一点儿见识，躲是躲不了，跑也就跑不得，因之笑嘻嘻地向他抱着拳头道："各位先生，我们大门口插了旗子，我们是顺民啦。"

那一串日本兵全横着两只眼睛看人，对于刘五的话虽然不懂得，可是见他指指大门口，就明白是指的那面顺民旗，在满脸横肉上透露出那一份怕人的惨笑。刘五真不知道怎么是好，心里想着，这些东西还是不好惹，到底不该欢迎他们。这里有个养短胡子的日本兵，在可怕的笑容里面似乎带了半分和气，许可人家和他接近，将右手的大拇指和食指比成了个圈圈，举着向刘五看，说出那不规则的中国话道："这个，有没有?"

刘五看他手指比的那个圈圈，知道是要钱，就摆手道："我们乡下人，哪里有钱?"

那个小胡子身后的一个日本兵，光灿灿的刺刀插在枪头上，而且那人是个矮胖子，绷紧脸上的横肉更是可怕。他把枪横着倒下来，将枪尖

213

向刘五对着，直刺到胸面前来。那个小胡子继续发出那狰狞的笑容道："钱！有没有？没有，这个。"说到"这个"两字，他用手摸摸枪上的刺刀，又摸摸颈脖子。

刘五见那刺刀的刀尖离着胸只有四五寸远，假使再摇两下头，只要一眨眼睛皮，那刺刀尖就插进了自己的胸膛。这已不容自己再有什么考虑，立刻连连地点了几下头道："有钱，有钱，放下枪来，我们好商量。"手是不敢抬的了，将眼光对着那枪尖子紧紧地望着。

那日本兵见他已经点了头，知道是答应给钱，这才笑道："有钱就好，有钱就好。"

刘五心里想着，家里还有二三十元钱，说不得了，拿出来买命吧，谁叫自己当顺民把他们引了进来。这一份委屈，心里兀是难受着呢。不想那个要钱的日本兵左手扶了枪，右手伸出来，一把将他的衣领扭住，又瞪着眼道："花姑娘，有没有？"刘五心里想道：你这狗养的，你不会说中国话，你找着中国人要这样要那样，你就会说，可是答应他有吧？他还扭住自己的衣领呢，那他肯饶恕吗？心里一打算盘，话自然没有那样快说出来。那个日本兵可有点儿不耐烦了，抓着他的领子连连摇撼了几下，摇得他整个身子也随了日本兵的手七颠八倒起来。

其余那些日兵看了他这样子倒好玩，嘻嘻哈哈大笑。也不知他们打了一个什么简单的暗号，口里哗啦了一声，拖枪举刀，就齐向刘五的屋子里面拥了进去。抓着刘五的日本兵看到别人抢了进去，他也不甘落后，抓着刘五向后一带，把他跌了个四脚朝天，恰好脑袋又碰在墙基青砖上，一阵奇痛，人都昏了过去。

醒过来睁眼看时，一个日本兵正把自己的妹妹由厨房里抱了出来，向旁边卧室里走去。秀英乱哭乱喊，将两只手在日本兵身上，不分高低乱打，下面两只脚也是乱踢着，但是她的身子被日本兵紧紧地拦腰抱着，两手打人，不能着力，两只脚伸在空处，更是踢不着人。不过那个日本兵被她拼命地挣扎着，也不好走路，于是第二个日本兵抢上去，就把她两只脚捉住，打算把她抬进房去。刘五看到已是焦急万分，恰好他媳妇马氏在屋子里叫道:"救命啰,救命啰!"这一下子,任何危险不能顾了,跳了起来,就要向屋子里跑去。因为那两个日兵抬着秀英向屋子里走。秀英两手抓着门框,把一条辫子分散得披了满脸,口里只管狂叫。三个人揪作一团,把房门塞住了。刘五想抢进房去,也是不能够,抓了一把破椅子,举了起来,正待向两个日本兵砍了去。不想啪的一声,由身后放了过来,这是日兵开枪了,继以为自己中了弹,却看到那两个日兵把秀英向地上一丢,对后面放枪的日兵咕噜了两句。刘五也是在那一枪之下惊醒过来,他们有七八支枪,凭着自己一双空手,那如何抵敌得了?那只有送死。因之趁他们对地上死尸发怔的时候,扭转了身子,赶快就向厨房里跑去,而且马氏叫救命的惨声已经听不见了,也许她和秀英一样,吃了日兵的一弹。这个念头不曾转完,不由自主哇的一声怪叫起来,乃是自己一眼看到那个五岁的儿子小狗躺在地上。也不知道他受了多少伤痕,只是满身都让血糊了,那一颗小头上兀自向外冒着鲜血,人是连哼的声音全没有了。

刘五伸手摸到了砧板上一把切菜刀,颠了两颠,咬着牙齿,正待向前面跑。接着又听到啪的一声放了一枪,心里想着,跑出去有什么用?菜刀打得过枪子吗?逃走吧,想法子再来报这笔仇。忽然间想通了,就由厨房里翻过一重矮墙,跳到菜园里去。心里只念着向前面跑,也没分出个东西南北。仿佛之间,是翻过两层墙罢了。一口气直跑了两里路,这里有块高地,上面建了个小土地庙,立定了脚,喘息了几口气,这算明白过来,算逃出虎口了。慢慢地走到土地庙面前,打算在那石板的神案上坐下。不料又是个人头向上一冲,由厨房里拿着的那把菜刀还在手上,这就不管三七二十一砍了过去。

第二章

用鲜血来洗这羞耻

刘五的菜刀不曾砍下去，有人怪叫起来，说："你疯了吗?"刘五看清楚了，是本村子里的赵大妈，哟了一声，将刀收回，问道："你，你干吗藏在这儿?"

赵大妈是五十岁的人了，焦黄的脸，披着鸡毛般的头发，身上穿的蓝布裎裤滚遍了泥土，手扶了土地庙墙，向刘五望着道："我看着你跑了来的，没有敢言语。五哥，怎么办? 村子里，闹得不像话了。也不知道来了多少日本兵，三个一群，五个一党，向人家家里直闯。进村来不说别的，第一项是要钱，第二项是要花姑娘。"

刘五叹了口气道："谁说不是?"

赵大妈道："那些畜类跑到我家里，看看全屋子破烂东西，大概不会有钱，倒没要钱。看到我们三丫头藏在桌子底下，不问好歹拖了出来，按到炕上就扯衣服。三丫头才十二岁的孩子，他们七八个畜类要害她，今天准是没命。天下人不要廉耻，也不像这些畜类，当了人就像狗一样地害人家姑娘。还有一个畜类，瞧大家围着三丫头，他挤不上前，就来扯我。我趁他猛不提防，甩了他一个耳巴，拼命地跑出来了。也许因为我老了，没追我。他妈的，他不是人生父母养的吗? 我这么大年纪，当他奶奶、当他姥姥也够了，他倒想害我。这是谁出的主意，引了他们进村子来?"

刘五顿了一顿，微微地叹着道："谁捉了虱子放到头上来咬? 昨日晚上就到了大刘庄了，在那儿还没有这样闹，大家就没怎样地提防他。"

赵大妈道："你们家没受害吗?"

这句话打动了刘五的心，不由得两泪交流，张了大嘴哽咽着，一时答复不出话来，将袖头子连连揉擦了一顿眼睛，才道："完啦！我一家子全光啦，就跑出来我一个。"

赵大妈道："性命总还留得住吧？"

刘五将手上一把切菜刀猛可地向地上一抛，刀口切着土，直插在地上，顿了顿脚道："不如死了干净，可是……可是惨……惨极了。"他说着，又哽咽起来。

赵大妈也流着泪道："我们三丫头不是太可怜吗？孩子才多大？"

刘五道："我那妹子是我亲眼得见的，日本兵开枪要打我，没打着，把我妹妹打死了。小狗死得最可怜，是这些畜类用刺刀扎死的，大概总扎了七八刀，满身是窟窿，躺在地上流着血，成了个血人了。我那口子让畜类推到屋子里去了，先还听她嚷着救命，后来没有声音了，那也准死无疑。"

赵大妈道："怎么办？躲在这里不是事，我们怎么能回去呢？"

刘五道："你还打算回村子里去吗？你趁早走路，走一里是一里，躲开这些畜类远远的，你再想个地方安身。"

赵大妈道："五哥，你呢？"

刘五两手环抱在胸前，将牙咬了下嘴唇，向天上望着，想了有五分钟之久，将脚一顿道："我现在怕什么？儿子死了，媳妇也扔了，家算完了。光人一个，什么地方也好安身。我打算到山里去一趟，找找我那表弟。他外面人头儿熟，请他介绍一个地方当兵去。我当了大兵，没有别的念头，就是要求上官让我杀回村子，杀他几个小日本。"

赵大妈道："想起来真有气，我要是个爷们，我也去当兵。这些畜类，欺人真欺得可以的。"

正说着呢，村子里屋头上冒出一阵烟火，接着这阵烟火便是很大的一片喧哗声。刘五摇摇头道："抢了人，又放火了。不用瞧了，在这里瞧着也是怪伤心的。你想着有什么地方可躲的话，趁着那班畜类还来不及追人，赶快地走开。"

赵大妈道："走开我当然是走开。我心里想着，这个村子准是完了，在我还能瞧它一眼的时候……"

刘五向村子里指着，还没说什么，呜的一声，有粒子弹向面前飞来，吓得刘五趴在地上，好久不敢抬起头来。过了一会子，不见什么动静，刘五拉了赵大妈一只袖子，叫道："走吧，你还等着什么?"口里说着，弯着腰拉着赵大妈就跑。一直又跑了两三里路，到了个小村子上。这村子只三五户黄土墙人家，靠着一个瓦窑，斜支在土坡下，遍地是泥块破瓦。村子外野地里几枝小树，这日子也是把树叶儿落得稀稀的，风里头摇摆着树枝，很显出一种凄凉的样子。

赵大妈揉揉眼睛道："你瞧，糊里糊涂一跑，跑到窑下来了。这里有我一个姨侄女儿住着，我就先到她家里歇一会儿吧。这地方不打眼，也许日本兵立刻不会追了来，五哥也坐一会子去。"

刘五道："现在也不是坐着谈闲的时候，我还得跑几十里路呢。"

刘五和赵大妈只交代了这几句，向着大路认清了方向，便对着白云底下远远一排山影径直地走了去。

这一道山脉由冀南西边直延长到冀北，虽然高低险夷不平，但是山势总是不断的。在这山里头藏个十万八万人，那是一点儿不嫌拥挤的。自从河北境里头有了军事以来，刘五也就常听到人说山里头要起义勇军，专门打日本。当时感觉不到与自己有什么关系，自然也没去理会这事。昨日余忠国说是进山去想法子，自然还是觉得没什么关系，没有向他问个详细，现在正要找这么一个地方，倒透着无从下手了。仿佛听到余忠国说，他找的那个人在打虎沟，这是一个大地名，在打虎沟哪个村子里也不知道，出来得匆忙，身上又不曾另带盘缠。摸摸衣袋里，原来藏着未曾用完的零钱还有一点儿，连烟卷盒草纸片儿一把掏出来，点了一点，共有三张小毛票、五个大铜子儿。一面走着，一面点着这钱，心想：若是一两天内找到了余忠国，凑合着够了；若是找不到呢，到山里头去讨饭吃不成，心里透着为难，这两只脚也就越走越缓下来。而且每走个三五里路，总要找个高些的地方，站住了脚，向家里头看着，然而莽莽平原，天尽头下面只是些尘雾。尘雾里或者丛立着一些树木，那树木是远处村子外生长的。平原上的村子，每一个点散在天脚下，远远地看去，这些点失了远近连成了一线，所以只看到天脚是和圆形的树木接近。

刘五这时候发了一点儿感想，中国地方多么大！单以我这村子附近而论，我就看得有些头晕眼花，怪不得日本人想。可是这样大的地方，白白地给人家吗？一定弄回来！有这么一个转念，在地面上的两只脚好好儿地会起劲儿，路又走得快些了，就是这样快一起、慢一起地走了三十里路。

这里是个小小镇市，向着大路东西两列有二三十家住户铺子。虽然有两家茶饭馆，那铺门里摆着的土灶没有一些煤灰。街上静悄悄的，也没有什么人来往。人家院墙里的树叶子，被风吹着，红的、黄的、赭色的，零零碎碎，撒了满地。两只小绵羊很自在地顺着人家的墙，咀嚼着地面上的干枯树叶子。刘五早是渴得很，现在还加着很想东西吃。于是站在这个行人的街心，两颊张望了一阵。远远看到街的北头，在人家屋檐下冒出一阵阵青烟，想是那人家已在烧火，这就朝着那出烟的地方走去。

那里也是一爿小小的客店，向外的土柜台子上堆积了一叠蒙着灰尘的碗碟，土砖缝里倒插了一只筷子，上面顶住了一个干馒头。在小门口一个土灶上，放了一把黑铁壶。有个老头弯着腰，塞了乱柴棍子烧火。门里边除几个土砖堆的桌凳，另外也有一张小长桌子，被风刮着，桌子上撒了一层很厚的黄土。小桌子是在屋柱下放着，已经有个青年手拐撑住桌子，两手托了头坐着，似乎是在想心事。看他两只裤腿沾满了黄土，当然也是一位行路的，这也不去管他，因高声问道："掌柜的，有热水吗？"

那个烧柴的老头子回头向他看了一看，向水壶努了嘴道："烧着呢，等一会儿就有。"

刘五也就在一个黄土台子边坐下，和那个先坐着的人正好对面，这时看清楚了他的脸，长圆的轮廓，一对浓眉毛，大大的眼睛，眼珠朝下看着，嘴唇兀自紧紧闭着，表示他很坚决地在想一件什么事。他两只手不托住额头了，将左手托了下巴颏，右手伸出中指，在小桌面上画着字。他涂字的时候，是一笔一笔慢慢地写，依然不减少那沉吟的态度。刘五觉得这个行路的人有点儿特别，不免多看了几眼，天气虽不十分地冷，他已经穿了一件青布棉袍子，在项颈上还戴了一条蓝毛线围巾，兀自在胸前两面垂着，头上却光着平头，没有戴帽子。看他皮肤细腻，不是个乡下庄稼人，然而和自己一般没带行李，又不是像一位走长路的。

那青年让他看着，索性开了口，他问道："你贵姓不是刘吗？"

刘五吃惊道："是姓刘，你怎么认得我的？"

那人笑道："咱们前后不隔五里地住着，家门口的人有什么不认得？"

刘五道："我真面生，不知道你贵姓。"

那人笑道："我多年不在乡下住，回家来住上三五天就走，也难怪家乡人不认识。"

刘五对他脸上又看了一遍，一拍手道："我想起来了，你不是孙格庄里的孙孟刚先生？"说着这话，也就起身为礼，走到他这桌子边来。那蒙上一层灰土的桌面，经指头在上面画过，那字迹显然，乃是"用鲜血来洗这耻辱"。孙孟刚也起身点头笑道："五爷认出我来了，看你也很着急似的，上哪儿啦？一块儿坐吧。"刘五遇到村子前后的人，倒可以减少一点儿行路的寂寞，果然在桌子横头坐下。孙孟刚弯腰在地面上捡起一片树叶子，把桌上的字擦去了。

刘五叹了一口气道："我那村子完了，我就剩个光人跑出来。上哪儿去，我自己也不知道，只说是暂时离开龙潭虎穴。"

孙孟刚道："哦！你那村子上也到日本兵了？"

刘五道："还用提？我们是开门揖盗，活该！"于是把自己村子里的情形大致地说了一遍，只是自己当代表的话却没有说。

孙孟刚道："嗐！中国人就是这样自己害自己。如果大家有欢迎日本兵的那股子劲儿，大小村庄一齐联合起来，他要过来，我们就和他拼命，凭他来百十个人，我们可以把他活捉了。"

刘五道："我原也是这样想，可是他要来的人多的话，他的炮火厉害，我们可抵挡不住。"

孙孟刚道："这是乡下人想不开，你想，他们日本能有多少人到中国来？他来打仗，只能找着我们大城大镇去破坏，跑到乡下来占领你几个村子干什么？中国遍地都是村庄，他哪有许多兵来布置？倘若我们逐个村庄全都联合起来，保护自己的地方，他除了军事上必要经过的地方，他就不肯来，因为来了要费力气，他犯不上。而且果真每个村庄都能发挥力量来抵挡他们，他深入我们腹地，随处都是他的敌人，他防不胜防，只有滚回去。我们怕事，派人去欢迎他，那是正中他们的下怀，他免得用力量来对付我们。"

刘五道："你的意思是主张我们乡下人干义勇军？"

孙孟刚笑道："若是这样，你就不够当一名义勇军的资格了。咱们先喝一碗水，吃点儿东西，回头再谈。"他说着，又把桌面上留下一小半的字迹给它们擦干净了。正好也就是那位烧炉灶的人提了一壶开水过来，苦着脸子道："你二位要是打尖，只有冷馒头，给你冲壶热茶喝吧。"

孙孟刚道："成！这年头儿只要有吃有喝，就是神仙日子，先别管吃喝的是些什么。"

那人就冲了一瓦壶热茶，用藤簸箩盛了十二个馒头放在桌上。刘五见孙孟刚很豪爽的样子，也就不必客气了。先拿了个馒头放到口里，已经像是木头，咀嚼两口，又糠渣渣的，因道："咱们等一等，让掌柜的拿去蒸一蒸，不好吗？"

孙孟刚先斟一碗热茶放到刘五面前，笑道："咱们得开始训练这肚子了，你真吃不下，喝口水就咽下去了。"

刘五道："成！我是个庄稼人，孙先生能吃这苦，我还有什么吃不下去的？"

孙孟刚笑道："只要你认定了是个庄稼人，别吃苦不如我，那我们的事情大大地有希望。吃吧，五爷！"他拿了个馒头向刘五指点了两下，自己就一个馒头半碗茶地吃喝起来。那藤籇箩里的冷馒头一会子工夫他就吃了一半，站起来拍拍身上的灰土，笑道："五爷吃饱了没有？咱们还得赶路，走吧。"他也不等刘五谦逊，自拿出钱来会了茶账。

刘五道："孙先生，你上哪儿？"

孙孟刚道："反正咱们都是向山里走，总可以同一截路的，在路上走着说话吧。"他说着，已是走出了茶棚子。刘五看他这情形，也不下于自己这样地发急，当然也就紧随后面走。

出了这小小的村镇，便是登山的路口。孙孟刚站在一块大石头上，抬起一只右腿踏了石头，将右手臂撑住腿，托了自己的头，然后望着刘五道："五爷，你家里毁得怎样了？"

刘五道："我不是同你说了吗？全完啦！"

孙孟刚笑道："你同我说过了，我记得。不过，我怕你忘了。"

刘五偏了头，对他脸上注视着，问道："多少年月的事？我会忘记了？这样痛心的事，也许把我的骨头烂完了，我的鬼魂还记得。"

孙孟刚站直了，伸出手来，握住刘五的手摇撼了两下，笑道："只要记得这样牢就好。五爷，我有一件大事要和你商量，你要胆子大的话，这事准成功。"说着，伸出另一只手来拍了两拍他的肩膀。

刘五道："你的意思，莫非邀我一路去投军？"

孙孟刚恢复原来的姿势，很从容地向他道："投军固然是好的，但我们去投军不过一个普通兵士，不能发展我们的特长。我们是本地人，本地情形是最熟习……"

刘五抢着道："那我知道，你是要我去当义勇军。我先问你，你不让我说下去。"

孙孟刚道："我知道这田里头有人组织义勇军了。"

刘五笑着一点头道："我表弟余忠国，今天上午动身进山去了，就……"

孙孟刚摇手道："还不是这个。我们去投入义勇军，还只有我们两个人的力量。我要去当一名义勇军，那是决定了的事，不用说了。五爷你自己现在也是一腔热血，要找一个地方去洒，也不成问题的。我瞧这还不算，我们应当进一步地干。"

刘五道："怎么进一步地干？我们能变出一只飞艇来，坐着去打日本吗？"

孙孟刚道："现在我们做事，要脚踏实地地干，一点儿也不能闹什么虚玄。我今天在路上走着，一个人想着心事，我想定了，假如再加两个志同道合、胆大心细的人，我一定可以成功。现在有你合伙，就是两个人，我想也可以动手，有了家伙，事情就好办。"

刘五皱了眉头道："你说的话我有点儿莫名其妙，再说，你怎样走到这里来的，原来是怎么个打算，我也不知道。好在我成了个光人，就剩这条命，干什么我也不怕，你能够拿出主意来，那总好说。我们慢慢儿地走着谈谈，你看好不好？"

孙孟刚道："假如你同意了我的办法，我们就用不着向山里头走了，你等我把话讲完吧。你还不大知道我为人。我是在北平一个大学里读书的学生，为了婚姻的事情，我是整年地不回家，所以你不认得我。这次北平让日本占去了，我就要赶到山西去当游击队的，为了一点儿事情耽搁半个月。当我要去的时候，正是日本军队逼迫游击队的时候，游击队在山里头东蹿西荡，没有法子可以找到，我就回来了。我回来不到三天，就赶上了县城失守。我在路上藏着一肚子计划的，想回来试办的，结果是一点儿没有做到。昨天下午，日本兵到了我们村子外面了，我原想找几个可以共肝胆的人，收起村子里的枪，同日本兵干一下子的。可是事前没有一点儿准备，到了日兵已到村子外了，大家都吓得惊慌失措，要找他们来对付敌人，已经是来不及。我孤掌难鸣，也就只好藏在柴火堆里。不到两个钟头，满村子里人家都受了日本兵的残害，我听到许多次的哭声和惨叫声，几次想由柴火堆里跳出来，但是我想到赤手空拳，决计不能对付他们，只好忍耐着。到了二更以后，我偷偷地溜出来，走回家去，大门是开的，没人管。走到院子里，有东西绊住了脚，低身一看是两个死尸。在星光下，我仔细地分辨出来，一个是我父亲，一个是我嫂嫂。我嫂嫂是赤身露体的，身上没一根纱。那时，我不知道自己是害怕还是心酸，只觉得周身发抖，什么都镇定不下来。看看屋子里面还有灯火，由窗户里射出来，在窗户下，同时就发出一种咯咯的笑声。这时候还有人笑，这不能不算是怪事。我在地面上爬着，一寸一寸地移动，爬到墙脚下来。这是我哥哥的屋子，你也许知道，他爱排场，这是全村子里收拾得最好的一间住房了，也就是为了这缘故，这屋子就成了屠宰场。我慢慢地扶着窗子窟窿里面向屋子里看去，反正是中国老百姓家里拿来的东西，一点儿不值什么。桌子点了四盏煤油灯，还点了两支洋蜡烛，照着屋子里通亮。灯光下，看到七八个日本兵，大概是一半喝醉了酒，一半作狂，有两个穿上了女人的旗袍在屋子里跳舞。其余的日本兵，一个人搂着一个赤身露体的女人，坐在椅子上炕上又笑又跳。”

刘五道：“他妈的畜类，这些女人都是谁呢？”

孙孟刚道：“还用说吗？都是村子里的。别的罢了，这天气到了晚上多么凉，他们兽性发作，要妇女全光了身子，这就够人受吧？可怜那几位妇女，姑娘也有，大娘也有，被他们搂着，脸上哪有人色？都低了头，眼皮也不敢抬。此外，炕上还有躺着两个光身子的女人动也不一动，恐怕是受糟蹋狠了，已经死过去。当时我真恨不得打通了窗户跳将进去，但是真跳进去，那是送死罢了。除了那房门口支着步枪不算，有些日本兵身上还挂着手枪呢。”

刘五皱了眉道：“要不是说白死没用处，谁都忍耐不下去。”

孙孟刚道：“一味地这样忍耐下去，那不是汉子做的事情。那时，我咬着牙齿，对那窗户里暗暗地说，‘我要用鲜血洗掉这羞耻’。那几个日本兵的脸子，我是看得透透的。闭了眼睛一想，他就站在我面前。我认定了他了，我必定有这一天，把他活捉到手，慢慢地处分他这不通人性的罪恶。”他说着说着，咬紧了牙齿，右手捏了个大拳头在左手巴掌心里打了一下，同时，脚还在地上一顿。

刘五道："实在是可恼！孙先生，你打算怎样子地报仇？"

孙孟刚道："我一路走来倒想了一条计，可以试试看。人多不得，多了怕胆小的误事；人少不得，少了又不够用，最好是四个人，三个人也可以，咱们两个人就不够。但是果然只两个人，我也要干一干，因为机会不可错过，在今晚上就动手，到了明日就迟了。"

刘五很惊讶地望了他道："什么？就咱们两个人，今天晚上就干？"

孟刚道："对了，凭咱们两个人，今天晚上就干，只要你不怕死。"

刘五拍着头道："我不怕死。你说，怎么干法？"

孙孟刚叫了一声好，紧紧地握着他的手摇撼了几下。

第三章

空手夜袭大王庄

太阳像一轮血球，在大地的西边沉落下去。半空里的云彩微微地涂了些朱红，在亮光不甚充足的长空里，有一份阴森而带了流血的气氛。一条蔓延无数条车辙的大路，懒懒地躺在平原上。庄稼地里的庄稼，这时节完全都收割了，张眼一看全是灰色的土地。偶然有几处土丘，在平原上突出来，或者几棵不带叶子的树木，障碍了视线，这就算不平凡处。

远远又远远地，有一片雾沉沉的青影子，那是一所村庄。两个孤独的人顺了这条大路，向那村庄走着，那正是孙孟刚和刘五。这一片大地好像是死了过去，不听到一些声音。卜突、卜突，两个的脚步踏着土地响。很久，一群乌鸦哇哇地叫着，在阴红色的天空里对人飞了过来。

刘五道："这是我村子外面那群乌鸦，它们一到天晚就在村子外面电线上关爷庙老槐树上密密站着，大概被小日本闹着，它们也待得有点儿不耐烦了。"

孙孟刚喘着气，哼了一声。

刘五道："孙先生，你大概走累了吧？要不要歇一会儿？"

孟刚停住了脚，四周张望了一下，问道："这到大王庄还有多少路？"

刘五道："大概还有六七里地。"

孟刚昂着头又看了一看天色，因道："大概走六七里地，天也就全黑了。咱们慢慢地走吧。"说着，又拔开了脚步，回头问道，"五哥，你害怕不害怕？"

刘五扯出袖头子里一截小衣衣袖，撩了两撩额头上的汗，微笑道："快到自己家门口了，我还怕什么？"

孟刚道："不害怕也不要那么说，你要知道，我们做这回事，所愁的是不能挣一点儿利息，迟早死去，那是不放在心上的。我们既然把死也不放在心上，还有什么可怕的？干我们这项事情，第一就要不怕。回到自己家里来，固然是不怕，就是杀到小日本巢子里去，还是不怕，只有这样才能成功。譬如说，以后我们有了一部分队伍，要派人去打听日本人的情形，就非溜到日本兵营附近去不可。若是胆子小，怎么能够胜任这项工作？"

刘五道："孙先生，这就全仗着啦。我是什么全不懂，你多多和我解说，我就明白了。不过咱们两个人全是一双空手，是不是能干出一些事情来……"

孟刚立刻止住他道："空手怕什么？爹娘生出我们来的时候，咱们手上并没有拿着什么。枪炮飞机全是人造的，并不是天上落下来的，空手要什么紧？"

刘五和孟刚刚走了半天的路，全听的是这一套的话，胆子也就大了好多。但是心里纳闷，不知道凭着什么，这样十拿九稳地可以找出办法来。走着走着，不觉得天色黑到什么程度。可是径直地向前看去，在地平线上却冒出了几个火星，那是村庄里有了灯火了。刘五道："对着这两点灯火走了去，那就是我们村子里。"

孙孟刚立住了脚，沉吟着道："你听，有狗喊，这对于我们做的事不大方便。"

刘五道："那倒不要紧，这村子里的狗全是熟的，我言语一声，它们就不叫了。"

孟刚道："到了村子上，你还能言语吗？不过，不管他了，已经到了这里，我们决不能不进村子就跑了走。你看，天上漆黑正好走路，月亮要出来了，那就不好办。五哥，沉住气，就在三两个钟点里，咱们要凭这双空手做出一番事业来，你照着我在路上告诉你的话，跟着我办。"

刘五哦了一声，在黑魆魆的旷野里，跟着孟刚那一条影子向前走。慢慢地两星灯火放大着，又由两点变成三四点了，早是一个伟大的村庄黑影矗立在面前。孟刚停住了脚，抓住刘五的手轻轻地道："五哥，咱们该进村子去了。你沉住气，在前面引路。看见什么，碰着什么，全别作声。第一项大事，你就是要找着硬家伙拿在手上，那有灯火发出来的所在是谁家？"

刘五道："那里有两棵大松树，好认不过，就是村长朱子安家里。"

孟刚道："好！就绕到那里去，他家决计有日本人。别走大门口的大路，专挑阴处里走。能怎么饶，你就怎么绕。"

刘五虽然还有些害怕，究竟是走到自己庄子上来了，路都是熟的，因此大开了脚步，轻轻地放下，一步一步地绕着人家屋后面走。因为孟刚说了，千万不能回家，怕是说话惊动在村子里的日本兵，也只好横着心不去问自己媳妇儿的死亡。奇怪得很，这村子里竟是比常还要安静些，刚刚天黑，就听不到一点儿声音。但也就为了一点儿声音没有，忽然回想到今天早上日本兵进村子来的时候，那一番骚扰，奸杀抢掳，无所不为，也许这村子里的人都死完了。但是各村屋里还有几处带着灯光，那样还是有人。但不知道这灯下坐的是村子里人呢，还是日本兵？想到这地方，心里又有些跳，便停住脚，定了一定神。

孟刚在后面推着他轻轻地道："怎么了？五哥。"

刘五将鼻子尖耸了两耸，因道："孙先生，你闻闻看，有股子煳烟味。唔！很重的煳烟味。"

孙孟刚道："我不是告诉过了你，不管有什么事，咱们全不管吗？你走吧，别误了事。"

刘五在心神很是震动的当儿，扶了人家的土墙悄悄地向前走，走过了几家人家，突然地眼前开朗，倒有些失了方向。仔细看时认出来了，这正是今午在路上遇到的赵大妈家，房子倒了，矮墙里面很多的砖瓦，烟煳味儿就是这里发生的。

在星光中，还看到有几堵壁立的墙，隔开了空间。在暗空里，一阵阵的浓烟向人脸上扑了来，不用说，这里是被火燃了。在这些路上可以看出，不止烧了赵大妈一家。因为路的那头是一片空场子，算是没有延烧过去。刘五沿了火场外走，脚下连碰着两个不软不硬的东西，几乎摔了一跤。弯着腰向地面看去却是两个人，赤条条没穿一根丝线。人不会动，在地下躺着让人去踏，当然是死尸。不觉哎呀两个字由口里突了出来。孟刚连连拍了他几下衣服，他又只得向前默然地走着。然而他心里头，觉得火烧过了一般的难受，又觉得是冰水洗过了一般的使人寒战。尽管自己鼓起了勇气，也感到两只脚软绵绵的，有些不着实。但立刻想到偷进村子来这事情很重大，只管害怕，那会送了自己的命。将上面一排牙齿，暗暗地较了一股子劲，把下面嘴唇反咬着，两只手紧紧地捏了拳头，再向前进。一道青砖墙围了四方一个院子，两丛团团的松树影子在星光下摆摇着，这正是朱村长大门口了。

孟刚也知道到了，便问道："他家没后门吗？"

刘五轻轻啊了一声道："我气糊涂了，绕过他家后院走到大门口了，我们绕过去。"

孟刚扯住他的衣襟，四周打量了一番，于是顺了墙脚走，看到墙边有座矮屋檐伸了出来。那屋顶正是灰梁，一抹光平。于是对着刘五耳朵轻轻咕哝了一阵。刘五蹲下身子下去，孟刚两脚踏在他肩上，手扶了墙，慢慢地踩他站了起来。等刘五身子站得直了，然后手攀住墙头爬上屋顶去，在屋子上俯伏着向院子里面张望。北屋子里门是掩的，在窗户纸里面向外透露着亮光。虽不知道这里面有没有日本兵，但是静听着不到十分钟之久，就听到那屋子里有一种不自然的笑声咯咯地叫着，这显然不是中国人。于是更把头缩起来，半侧了脸向下面听着，那格杂的声音断断续续地发出来，互有应答，这至少是两个日本人在这屋子里捣乱了。于是掉过身子来，把头伸到墙外边，将手对刘五招了两下。刘五懂得了，也抬起手来晃动了两下。于是孟刚静静地在屋顶上伏着，刘五静静地在墙根上站着。

深秋的天气，晚风吹到身上，只觉毫毛孔里面兀自有些凉飕飕的。

刘五兀自觉得有些心慌，身子是格外冷。两只空手没有地方搁，只好紧紧地在胸前环抱着。但是越想镇静，脚一移动，衣服摩擦着墙上，全都会发生声音来，不免增加了心上的恐慌。心里急，只管看天，看看天上的星斗，仿佛稀疏了一些，这就表示着天空上加了亮光，月亮要出来。这实在不能等候了，月亮照着，那就什么事也不能干。然而看着屋顶上的孙孟刚依然静静地伏着，没有一些动作。轻轻叫了几声，他也没有答应。在刘五心里估计着，进村子来，至少也是一小时以上了。孟刚这才伸着手出来，向大门口指了两下，刘五顺了墙走到大门口时，两扇门已经开了。孟刚在暗地里伸出手来抓住刘五的袖子，伸过头来轻轻地道："我们生死关头，就在这一二十分钟里，五哥，你千万沉住气。"刘五也不管他看见不看见，暗地里连点上两下头。

于是刘五上前，孟刚跟在他后面走，正对了北屋子走去，门是关着的。这里是纯北方风味的建筑，关着的只是向外的那扇风门。门上半截纸糊的格子不少的窟窿，由窟窿向里面张望着。两盏煤油灯放在桌上，照得是很明亮。地上堆着很高的地单，地单堆上又堆了很厚的被褥。有四个日本兵，每人都搂着一个妇人，死狗般地睡去。其中有两个妇人，脸上一点儿血色都没有，白里泛青，睁了两只火眼睛，向屋顶望着。在那地单面前，架着四支步枪，子弹带横搭在上面。孟刚由格子窟窿里去摸着，很容易地就把门搭扣拔开了。刘五伏在风门格子上向里张望的时候，一眼看到有四个妇人陪着日本兵，恐怕自己的媳妇也在其中，立刻把头闪到一边，不敢向里看。然而一分钟之后，立刻回想到屋子中间架了五支步枪，这是报仇的利器，怎么可以放过？立刻有一股子热血由丹田直透顶门心，手抓住风门，就要向外拉着。孟刚用力抓住他的手，另一只手向两边屋子指了两指。刘五心里明白，先引着他向左边朱子安的卧室边来。

隔了窗户眼看去，正面炕上睡了一个有胡子的日本人，除了取下帽子而外，可以说一点儿没有解除武装。大概他是不惯于像北方人一样把头枕着炕沿，他却是睡在炕上的，他和着军衣睡在被上。有两个妇人却睡在棉被里边，都睡着了，妇人的衣裤堆在炕的另一端，这两个妇人怎样地被侮辱着，可想而知。这日人显然是一位军官，他一人睡间屋子，霸占两个妇人。而同时在他的枕头边，架了一挺手提机关枪。孟刚心里一动，暗暗地叫道："这太好了，非把它拿到手不可。"于是回转身，又向右边正屋窗子下来张望。这里面没有灯火，大概是没有日兵。他站着定了一定神。两手按住刘五的肩膀，轻轻地交代了一番，两人就走到风门边，蹲下身子去，悄悄地把风门向里推开。门开了有风进屋去，有个日本兵把身子扭了两扭。两个人同时伏了身子，藏在门槛底下。还好，那贼并没有醒过来，可是两个睁着眼的妇人脸上现出了吃惊的样子，向门外望着。

刘五伸着头，向她们乱摇着双手。她们似乎懂得了，睁眼看着，微点了两下头。孟刚就在地下爬着，越过了门槛，在正中屋子并不停留，便向左边屋子摸去。好在贼人也是警戒着，图了出入便当，没有关卧室门。孟刚径直地爬进了那屋子，直爬到炕沿下，眼看着那挺手提机关枪和一条子弹带和枕头并行线地放着。这和自己的手，相隔只有七八尺距离了。虽然自己极力地把心神镇定着，但不由得全身血管紧张，心房有些荡漾。于是凝神了一会儿，两眼像两道探照灯一般向炕上望着。那日贼虽没有动，可是有个妇人却在被里扯了几扯，吓得孟刚心里直跳。这一秒钟的犹豫，真不下于一世纪。孟刚不能忍了，突然将身子向上一伸，两手同时地握住了机关枪，很快地看到枪膛子里已上好了子弹。这时心花怒放，比穷人得中彩票头奖还要高兴十倍。

心里过于快活了，行动上不免粗忽一点儿。腰下有一只方凳子，猛可地碰倒了，不免卜哆一下响。那个在炕上躺着的贼官，总算没有完全睡死过去。已经是身子一翻，两手撑了炕待要坐起。孟刚顾不得惊动别人了，将机枪对着他，卜卜卜，早是几粒子弹射在他身上，也来不及管他是否死去，一步就跳到正中堂屋里。果然，那睡在地铺上四个日兵一齐惊醒。他们究竟没有孟刚来得快，他们还不曾站起，孟刚就端了机枪，临着他们。平常学的日语，这时大有用处了，便操着日语道："你们不许动，你们有一个动的，两分钟内一齐把你们打死。你们在地上爬着，躲到屋角去，离开这四个女人。"这四个日兵慌了，只晓得举起两只手来或坐或跪，都不会动。孟刚看地单上四个女人，全是平躺着的，料也不至于吃流弹。事情太紧急，顾全不了许多，机枪口冒着烟火的当中，四个日兵全倒了。回头看着，刘五还伏在门槛外面，便躲着叫道："五哥，怎么了？这里有枪有子弹，快拿了跑哇。"

刘五被他提醒，跳进房来，把四支枪一齐背着，转身向外跑着。好在那些女人全都吓掉了魂，作声不得。孟刚两手挟住机枪，随在刘五身后出来。依着刘五就要由大门出去，孟刚一把将他衣服扭住，轻轻喝道："别慌，别慌！站着听一听。"刘五果然立脚听去，有一阵散乱的脚步声远远地来了，同时村子里的狗也跟着叫起来。孟刚更不答话，跑向前将大门关上，回头来问道："五哥，你的枪打得怎么样?"

刘五道："凑合着。"

孟刚道："那很好，你只要拿一支枪吧，其余的只好扔了。带足了子弹我们向暗处走。也不知道这村子里有多少鬼子，准都惊动了。好汉不吃眼前亏，赶快溜，别让他们知道咱们是两个人。走!"刘五唔了一声。孟刚道："沉住气，现在更慌不得，引我向后门走。这里后门通什么地方?"

刘五道："后门外就是一条干沟，由干沟里穿过去，是一大片菜园子。"

孟刚道："那好极了，我们先由后门藏到干沟里去，由干沟里慢慢再找脱身的地方吧。"说着，两手端了枪已是在前面走。

刘五怕他走错了道，赶着在前面引路。星光下看到了后门，倒是用大木杠子撑住了。可是后门旁边的土墙，倒了一个大缺口子。远远地就可以看到门外干沟上那两棵树。这准是日本兵打进朱村长家里的时候，是由这里进来的，现在倒做了两个人逃生之路。首先跑到墙缺口处，伸头向外望了一望，见还没有什么人影子，回转身来向孟刚招了招手。也不管星光下他是否看见，胁下夹着那支步枪，爬上墙去，一个翻身向外，扑通一声，连土带乱石头向外面乱落着。孟刚站在墙里又急又气，只是两手抱住了枪，静静地去听消息。那杂乱的步声原来还远一点儿，自这里土墙倒过之后，脚步声随了一片高昂的狗吠声，直逼到庄屋大门口来。孟刚定了一定神，只管向下听着，人靠了墙站定，一动也不动。这就听到刘五在墙外连连地轻声喊着，他道："孙先生，你怎么还不出来？这些畜类可追着来了。"

孟刚怕他再大一点儿声音就会让日本听了去，因之先将机关枪伸到墙外，叫刘五接着，然后自己才翻过墙去。刘五连连地喊着，小心小心，这是一条干沟。但是究竟没有拦阻得及，他放着手，人向下一滚，又是轰咚一声。孟刚在黑暗中，先接过了手提机关枪，那庄屋前面的喧哗声与脚步声，已是绕到这围墙角上来。刘五伏在干沟里，端着枪就向来人的所在瞄准。孟刚也伏在他左边，离开他有四五尺路，轻声道："五哥，你千万别先开枪。"说时，那墙角上已有一群人影子。

刘五觉得祸事又到了临头，全身的毫毛孔向外排泄着冷汗。尤其是两腿膝盖所在，只是有一股子寒气向上侵袭着，随了这点原因，这一颗心也就不停地慌乱。但是孙孟刚伏在那地方，就像一块石头伏着一样，丝毫没有动作，自己也就镇定了，想着："怕什么？只要他的机关枪一动，我就跟着他的样子向下做，反正他不开枪，我也不开枪。"孟刚这时虽不开口，却也不时地向刘五看了过来。好在对过那一群人影子，哗啦哗啦地翻了一阵日语，因为屋角上一条人形小道到了十沟那头，就折转着向别处去了。大概他们始终没有料到干沟里有人，随了路向别处搜索去了。

孟刚等说话的声音走得远些了，俯着身子走过来，牵了一牵刘五的衣服道："我们走吧，不到十五分钟这屋子要着火。火光照着我们，向哪里跑？"

刘五听到说可以走了，胆子倒大了起来，顺了那干沟一溜烟地朝前跑着。这时，村子里噼噼啪啪的已是响过了好几枪，也有几声人的喊叫。而且村子里的狗闹着更凶，在几声枪响弹响以后，自然增加了一份肃杀的意味。

两人冲出了干沟，就是一带老柳树林子，东边天脚上已经露出一钩黄金色的月亮，大地上洒下了一抹淡黄色的微光，隐隐约约地可以看到那些老柳树横七竖八地躺在地上。两人钻过去时，突然地一团火焰直冲半空，火星子四面飞舞。刘五把枪顿在地上，手扶了树干，扭转身来望着，喘了一口气道："总算是咱们跑出来了。孙先生，你说得一点儿不错，他们放起火来了，你怎么会知道的？"

孟刚道："这还用得着猜吗？平白无事的，他们还杀人放火呢。现在咱们毙了他五个鬼子，他们伙伴见着哪有不用出毒手来报仇的？咱们到了这里有的是退路，看个究竟，别走。"

刘五道："可惜那四支步枪我全拿到手，又丢了。"

孟刚轻轻喝道："别嚷，你听听，这是什么声音？来人了。"于是两人同时把身子一闪，闪在一株大树兜子下。那单调的脚步声也是由干沟里走出来，月光下略微可以看得见，是一个空手穿短衣服的人。孟刚道："什么人？快作声，要不我就开枪了。"

那人答道："喂！喂！别开枪，我是刘二傻。"

刘五道："是的，他是二傻，这声音我听得出来。二傻，你快过来。"

二傻随着这话过来了，看见他两个人都端了枪对着村口，拍手道："这可好，你们有家伙，你们来了多少人？"

孟刚道："别嚷。我问你，这村子里有多少鬼子？"

二傻道："统共不到二十个人。可是他们全有家伙。你们来多少人？杀鬼子，我也来一个，可是我没有家伙。"

刘五道："村子里怎么了？"

二傻道："谁知道哇？鬼子把村子里糟蹋得不像个样子了。上半天很杀了几个人，后来他们要伕子，不杀人了，把我们活着的人全锁在院子里，身上挂个白布条儿，打早上直饿到晚半晌，才由两个鬼子，挨着人头，每人散了两个冷馒头。晚上十几个人挤在一间屋子里坐着，我们也不知道这一个长夜要怎样度过呢？村子里人喊狗叫，着了火了，我正上茅房，趁了乱翻墙头逃出来了。"

刘五道："村子里没有逃出什么人来吗？"

二傻道："谁敢？锁在院子里倒保险，当牛马苦力罢啦。一出大门，鬼子的枪子儿乱飞，那……"

孟刚乱扯着他的衣襟，轻轻喝道："趴下！趴下！"

二傻让他硬扯着藏在另一棵柳树下。月亮下已可看见，有十几个日本兵走出村子，手里全端着枪四处张望着，背着这里向前走。孟刚咬定了牙关，扳开机枪，对准了那些人扫射过去。卜卜卜，火光冒出去的时候，那十几个人连串地倒着。有的是中了子弹了，有的是赶快卧倒，向这里要回击。随着第二次卜卜卜的声音又发出来。唰！唰！在手提机关枪旁边，步枪也接连地开出去了几响。那边虽也回了两响，立刻没有了动静，远远地看去，横七竖八地，那些日本兵全都倒在地上。

孟刚手扶了机枪，眼光是射箭的一般，注定了前面那块地方。大概是那些人全军覆没了，一点儿反响也没有。唰唰！刘五又开了两枪，便跳起来道："他妈的，全给我们揍倒了，上前瞧瞧去。"

孟刚伸手扯了他低声喝道："忙什么的？村子里鬼子全在这里了，我们和他干耗着，他们没有救兵来，死了的是不用说了，活着的也不怕他飞上天去。"

刘五虽然没上前，可也没退下，只是斜靠了一棵柳树站定，睁大了眼向前望着。这样静静地向前看，果然不到五分钟之久，看到有三个黑影子在地面蠕蠕而动，刘五还不曾端起枪来，那里已是向这里接连开了十几枪，呜，唰！呜，唰！在黄昏的月光下，一种刺激人的响声里面，有几条火线飞舞着。吓得刘五不管高低，猛可地趴下，耳朵里震着卜嗤卜嗤的声音，是孟刚又开了一阵机关枪。抬头看时，有两个日兵飞也似的跑走了。

孟刚道："我说怎么样？到底是让他跑走了两个。他们刚才是装死，现在上前吧……"这句话不曾交代完，那刘二傻在半天的等候机会之

235

下，有些不耐烦了，三步两脚地就跳上前去。孟刚道："咦！这人好莽撞。"站起来，定了一定神，总还没有敢立刻走出柳树林子去。

刘二傻站在那里招着手道："大家来吧。一二三四五六七，一二三四，啊！一共躺下十一个。"

孟刚料着敌人全是死了，这才走向前去。俯身看着躺着的敌人全都拿着步枪、背着子弹，还有一个敌尸身上挂了一支手枪。昂起头对天上的星光，先吐出一口气，然后望着刘五道："五哥！你看怎么样？这不够咱们足干一气的吗？"

刘二傻向一个敌尸踢了两脚，骂道："这小子烧了灰我都认得，今天中午，他用鞭子抽我来着，现在你那股子凶劲儿哪里去了？"他说着，弯下腰去，伸手在尸身衣袋里摸索了一阵，然后解下子弹带在身上挂着。取了一支步枪在手，对孟刚做个立正姿势，喊道："敬礼！"

刘五哈哈笑道："他妈的，真有个乐子，便便宜宜的，咱们就得了这些家伙。只是咱们三个人，恐怕带不动。二傻，你摸着什么啦？这些畜类，挨着村子抢，身上短不了东西。咱们闹两文盘缠，好吗？"说时，他也弯了腰趴在地上，挨着地上的死尸，一个个地摸着。

孟刚笑道："五哥，你别图着发洋财，你知道，咱们站在什么地方？"

刘五道："我家都完了，我还图着发个什么财？可是你得想着，咱们有了枪，有了子弹就算了事吗？也得放两钱在身上有预备着吧？"

孟刚道："你这倒说得是，咱们的队伍组织成功了，吃饭也得钱，在敌人身上捞回几个来，那是正理。可是你得快一点儿，照着尸身算，不见得村子里鬼子全出来了，他要是有三五个还藏在村子里，就够咱们对付的。"

刘二傻道："你瞧，地上扔了这么些支枪，我还打算到村子里去叫出几个人儿来合伙搬呢。"

刘五道："这个我倒明白，村子里还去不得，假使村子里没有鬼子，村子里烧着房屋，村子外开上了火，咱们村子里人也不是一群傻瓜，有个不向外逃走的吗？现在一个也没出来，那可见村子里还有鬼子把守着。他们是不知道咱们这儿究有多少……"那个字还不曾出口，唰的一响，一颗子弹由头上飞过。孟刚立刻伏在地上，低声道："你二位赶快搬了枪走，到前面那个大土坡后面等着我，我这有挺手提机关枪，可以对付一阵，先在这里断路，你们走吧。"

刘五现在把孟刚佩服得五体投地了，他说应当怎样做立刻就怎样做。不过两手要捧着一支枪，预备对付敌人袭击，肩上实在只能再背两支枪了，将枪把敲着二傻的腿道："喂！你跟我来。"他说着，已是弯了腰在前跑。二傻摸不着头脑，也只好跟他走了去。然而他们还是危险的，三四粒子弹在他们左右落着，把地上的碎土溅起来两三尺高。他们一口气跑到大土坡上，离村子有两里了，回头看着月亮底下还有一道浓烟，带了红光腾腾地向上转，村子里的火兀自烧着。二人看了很大一会儿，不免发傻，二傻先顿脚道："完了，完了！估量着这火势已燃烧到我家了。"随着这声音，有人喝道："你们好大胆，站在这高坡上给人家做目标呢。"听声音，是孙孟刚也退回来了。

第四章

倭寇洗村

月亮已经上升到半空了，那一钩银光之外，隐隐约约地有大半个模糊的圆影子，象征着一张怕朝地面上看下来的脸，隐藏着大半边。大王庄里的倭寇，五个死在朱子安家里，十一个死在村子外的小路边，两个是逃走了。然而这不是他们的总数，还有五个活的，躲在村子口上一所干的苇塘子里。他们由那杂乱芦草里不时地向天上去看那半钩月亮，他觉得这一些光明里多少带有一点儿公理和正义。它要是将公正的态度把苇塘子里的秘密揭发开来，村子里外的游击队就要出来报复了。那十只以看见华人流血而感到愉快的眼睛，这时既怯懦又卑鄙地在苇塘子里不住地向外偷望。可是在路口上步枪、机关枪响过以后，一切的声音都已停止，连狗也不叫了。这些在苇塘子里逃命的倭寇觉得生存的希望是比较多一点儿，也把脑袋由芦丛子里面更伸出来一点儿，这就看到村子里面有一个白纸灯笼，引着一群人向村子外面走来，彼此立刻暗暗地打了招呼，都把头向下缩了一缩，仿佛那些来的人立刻就可以看到这里的形迹。然而那走来的人并没有什么举动，那白纸灯笼晃动着，直到了前面才看得清楚。原来那些灯笼是缚在一根长木棍上，远远地让人挑着的。这分明是怕有人误会了他们的来意，若是对了灯而射击，他们可以躲得远远的；同时，他们为了某种原因又不得不打灯笼，所以有了这种情形。倭寇手上虽还有他们杀人的武器，只是不了解这一群人是干什么的，这苇塘子里只有他们五个伙伴，假如要动起手来，寡不敌众，反是送了命的。所以他们倒反是把呼吸的小声音也忍耐着下去了，免得惊动了大众。等那些人到了前面，这才放了一大半心。一个庄稼人用长竿子挑了灯笼，后面紧跟着那个人是认得的，就是引日军进村子来的村长朱子安，在白天打着骂着他，要吃、要喝、要钱、要女人，和他很有接洽。只是在这个时候，不知道他的态度怎么样，假如他和刚才夜袭的人是有关系的，那么绝对不能出头的。

他们这样想着，其实是猜错了，因为他们不懂中国话，连朱子安在他们面前的报告都没有知道。那时，朱子安对后面随到的一批道："这是哪儿的事情，不是天上掉下来的天兵天将吗？也没瞧见个人影子把这些东洋鬼子就打跑了。听那枪声，好像就在附近开的，可是什么也没……"

打灯笼的人突然插话道："瞧呀！这路上不是一颗子弹？"说着话，灯笼向着地面一圈地方，没有晃动。

朱子安抢步上前，在灯光下拾起那颗子弹来，点点头道："这没有错，准是在这条路上，咱们再向前走着瞧。喂，你们瞧这个。"他说着，把子弹递给跟在后面的人，向前走着三五十步，就是那十一名日兵躺着的地方了。大家看到这些死尸，哄然一声地叫着，有两个年轻些的人格外高起兴来，拍着手掌叫了两声好。朱子安喝道："好什么？胡捣乱。你想，在咱们村子里外杀死这么些个鬼子，他们会让咱们白杀了吗？那是当然，有几个逃出命来了的，一定跑去请救兵去了。远一点儿关爷庙五十里地，那里有大批东洋鬼子兵驻扎着；近一点儿，孙格庄、庞格庄，一二十里的地方就有他们的人。他们坐着汽车一会儿就到，来了之后，他不管青红皂白，要咱们交出杀鬼子兵的人，咱们把什么交给他？刘得发哥，你说怎么样？"

刘得发是个瘦小个子的人，说话有点儿结舌。朱子安少了小主意，就得请教于他。刘得发道："要咱们交人？朱爷你把日本人当着一个人看待了。无如他们不是人，他们是畜类。他们在咱们村子上死了十来个人，这笔账光写在咱们村子上，那还算是格外开恩。恐怕他们来了，像得罪了皇帝，株连九族一般，这附近几个村子都要大大地烧杀一回。"

"吓！"朱老三把灯笼熄了，"别照了，咱们这就逃吧。"

朱子安道："走也好，我家已经是烧了，人也死得可以了，没有什么舍不得的。不过村子里头还有不少的人，咱们应当去通知他们一声，告诉他们村子里没有鬼子了，趁着这工夫逃命吧。"这话说出提醒了不少的人，那有家眷在村子里的，拔脚就跑到村子里去。

朱子安站着凝神了一会儿，问道："得发，你家在村子里还有人吗？"

得发苦笑着打了一个哈哈道："我是顶干脆。日本兵跑到我家去找娘们的时候，我媳妇抱着两岁的儿子在院子里等着。"

朱子安道："等着？她不怕？"

刘得发道："她怕什么？她抱了孩子坐在井圈子上，喂乳给孩子吃。我瞧着，只让她藏起来。她说：'藏什么？家里统共三间房，藏到壁眼里去也脱不了他们鬼子的手，你让我儿子好好地喝口断肠乳。'"

朱子安道："那她是打算跳井了，你不拦着她？"

得发道："谁说不是呢？可是我还没有喊出来使不得，两个鬼子兵就进了我的院子。她一点儿也不慌忙，等着两个鬼子跑到她身边要动手的时候，她先把孩子向井里一扔，随后就跳了下去。"

朱子安道："你在什么地方藏着的？"

得发道："我藏什么？我跑出院来，拼了一死。可是这两个鬼子要人替他当苦力搬东西，就没杀我。你家大奶奶呢？"

朱子安道："不用问，我们走吧。"

他们对于这一问，似乎有二十四分的烦恼，提快了脚步在前面走。刘得发觉得自己的衣襟有人暗暗地扯着，回头看时是朱子安的紧邻朱老赶，心里明白着就不用问了。一提到日本人进村糟蹋女人的事，谁都含着一肚苦水，仿佛精神起来，顺着脚步走，谁也没有理会到应该先定一个方针向哪里走。由着脚下这条小路走了约莫二里地，听到后面有人的脚步声和说话声，朱子安站住道："大家听听，别是鬼子追来了。"

得发道："你不听听，那是咱们村子里人说话。"

朱子安道："他们倒也来得快，咱们等等他吧。"就在说话时，黄昏的月光地里，一大群人跑到了面前。其中有个姑娘的声音，乱嚷着爸爸。朱子安道："梅英，你也逃出来了。"一位小个儿姑娘挨着叫了一声"爸爸呀"，就向朱子安怀里一扑。朱子安两手挽住着她，叫了一声"孩子"，也哭起来了。

得发道："别哭了，现在逃命要紧，只管耽搁着时候，鬼子一刻便追来了，那才糟糕呢。"

朱子安哽咽着道："梅英，你妈呢？你没有瞧见吗？"

梅英道："我妈躺在地上，动不得了。她说她没有脸见人了，回头要找个自尽。爸爸，我也是没脸见你。可是我想着，我不能白死，我一定要报仇。"

朱子安深深地叹了两口气。得发道："人越来越多了，我们就这样走着，也要决定个去处，大概我们也就有走了个把钟头，他们是赶来的话，也就很快地可以赶到。大家到底是向哪里去，还是分开来各自逃生呢？"

朱子安道："这也瞧不见人数，大概地说，连男带女有五十来个人吧，这无论投哪个村子，人家也养活不了我们。"

得发道："这话有理，我们现在赶快地走才是。再要走出一二十里地去，日本鬼子就是回到我们村子里去了，他也不知道我们逃在什么地方。前面有小路，大家想着该往哪里，就在那里分手了。"大家说着话，就听到平原上轰哆哆的汽车声，同时有几道白灯光，远远地射着，由北向南直奔大王庄。

朱子安道："日本鬼子果然请着救兵来了，这一下来，我们村子里要遭殃。幸而咱们跑出来跑得很快，要是缓一点子，这回准没命了。"他这样絮叨着，同行的人回头看了看自己的村庄，全悄悄地说："别言语，别言语吧。"

于是这一伙人只在发出那一阵唏唆唏唆的步履声当中，匆匆向前走着。在大家十分害怕的当中，又思念到不知自己村子里出了什么情形，因之每个人在走过几步之间，必定要回头向村子里看去。他们是没有白

241

惦记着，不多一会儿的工夫，就看到两发很大的火焰向天上直冲了去。得发道："糟了不是？我们村子里起火了。啊！又是一个火头！"这惊奇的声音把大家的脚步声止住。果然，火焰分三股向半空里冲去，照着大半边天全是红的。各人心中这时都不免起一个惨痛的念头：我家烧光了。在这个念头还没有转完的当儿，噼噼啪啪，那一层枪子儿乱响，这里有步枪声和机关枪声。

朱子安见得发在身边，低声问道："咱们村子里有队伍把守着吗？怎么开起火来了？"

得发道："有什么队伍？这是日本兵洗村。"

朱子安道："什么叫洗村？"

得发道："洗村你不懂吗？就是他们用火烧、用炮枪打，把你村子里连人带一草一木全弄个精光，像用水洗过了一样，这就叫洗村。保府南边，他们大大小小就洗过二十多个村庄，你听，他们索性开上炮了。也好，把咱们村子弄光，咱们一点儿想头没有，敞开来走。"

朱老赶抢着大声道："敞开来？要逃走的才是他妈灰孙子呢，我什么也没有了，就剩这条命。不死，四海无家，到哪儿找安身的地方？咱现在什么也用不着顾虑了，咱要去当兵。"说时，他顿了顿脚，和他脚声相应的就是轰轰几响大炮，远远地可以看到炮弹发出来的火花，正向着大王庄射了去。

朱子安道："别望着发愣了，发愣也做不了什么事。有好半夜了，咱们走吧，这是非之地，咱们越走远越好。"

大家究竟是怕死的念头胜过于恋家的念头，又齐齐地向前走。到了三岔路口，各人估计着投哪一个方向是好，也就随了这三岔大小路，分三股走去。朱子安带着女儿梅英顺了最大的一条路走，得发随在后面道："再过去五六里地，就是土山镇了。那里倒有二三十家店户，平常很有两家店是同咱们庄子上做着来往的，北头王义盛家的掌柜是咱的把子。"

朱子安道："那很好，咱们先借他那地方喝碗水，歇歇腿儿。有人过来，打听打听咱村庄情形怎么样。"

得发抬起头来，看了天上的星斗，身上打了个冷战，因道："夜深了，天气是真凉。这个时候打村庄上敲人家大门，恐怕人家不愿意。再说日本兵在这前后百里地，闹得马仰人翻，哪个村子上的人不是把心抓在手里睡觉？冒冒失失地去打人家的门，人家真会把咱们当土匪当汉奸。"

朱子安道："你这话说得有理。要不，咱们还走一程，走到天大亮算事。"

梅英扶着朱子安的手臂道："爸爸，我走不动了，我跑出村子来，本来就是挣着命的。离咱村庄总有二十里地了，日本兵也不是神仙，他怎么会知道咱们逃在这里追了上来，不要紧的，咱们歇一会子。"

得发道："大爷，既是你大姑娘这样说，咱们就不用再走了。离土山镇一里来地的所在有所破庙，里面向来是叫花子歇脚的地方，咱们可以到那里去歇歇脚，等着天亮，也许能找一点儿干柴，烧着火烤烤，还可以烧一碗水喝喝。"

同行约莫有十几个人，倒有一半是老弱，听了这话，大家不约而同地应声着去。于是刘得发在前面引路，向着土山镇北头走去，把径直奔镇上的大路撇开，由小路抄近向破庙走。回头看东边天的火光，已经熄下去了，不过是天空里还有一点儿红色，枪炮声也随着停止。大家心里都像吃了一颗定心丸，安静了许多，一心一意地找到破庙，去烤火烧水，等候着天亮。

又是半小时的工夫，果然在一片土坡上面显出了一座小庙宇，庙门口长着一丛密杂的小树，风吹着唔唔作响。得发首先引大家上得土坡，庙门都敞着的。小小的院子里，露出四方一块淡黄色的影子，铺在地面，那正是黑影中间的月亮。月亮反映着正殿上面，佛像全没了，只是满地的麦草。得发轻轻问了两声有人吗，也不见谁答应。

朱子安道："没人更好。谁带有取灯，引个亮照照。"

只这一声，倒有四五个人擦着了火柴，照着殿角上，有土砖支的小灶，有瓦罐，有破缸盛着大半缸水，院子里整捆地散堆着干柴棍儿。得发笑道："这活该咱们有救，先烧起火来吧。"于是首先跳到院子里去搬柴，叫着道，"老赶，你先烧上一把麦草，当个灯亮。"

朱子安道："别忙！你听听这是什么声音？"

得发正觉耳朵里听着什么似的，立刻静静地站着，偏了头在寒空下听着，把手上抱的一捆柴棍儿扔在地上，跳进来道："这事有点儿不好，是一大群马蹄子响，是敌人骑兵跟着来了。"

朱子安道："也许不是，咱们再静静儿地听一听，他怎么就会知道咱们是向这里逃了来呢？"

得发道："咱们走的时候也没打点打点，不知道村庄上到底还藏着日兵没有，大摇大摆我就这样来了。若是村子里还藏有日本兵，他可把咱们看得清清楚楚儿的了。再说，我们走的又是一条小大路……"

朱子安轻轻地道："别言语，来了来了。你听这马蹄的声音，来得还是不少。"在庙里的十几位男女这时都呆了，没人作声，也没有人敢移动一步。

得发道："这糟了，土山镇上的人都睡在梦里，怎会知道有日兵来？凭良心说，应该去惊动他们一下才好。"

朱子安道："惊动他们不算什么，大家一乱，去报信的人也未必逃得出虎口。"

朱老赶道："我去！这村庄上我还有几个相好，照朋友分上说，我也当去。"说着话，人就向庙门外走。

得发一把扯住他的衣袖，轻轻喝道："你忙些什么？我先问你，你打算怎样子去通知村子里的人？恐怕你没有嚷出来，日本兵先给你一枪。"

朱老赶道："不嚷，我还有什么法子让村子里的人醒过来？"

朱子安道："大家都别去吧，你听听，马蹄子声音更清楚，说话也就到了。"

老赶也不再多言语，用手一摔，摔开了得发的手，把头伸了向前钻着，拔开两腿飞跑。虽然天上的月亮不十分光明，好在这一条常来的熟路，对准了土山镇那丛黑沉沉的人家影子直奔了去。到了村子口上时，呱嗒呱嗒，一片马蹄声响，已经奔到了身后。回头看时，有好几十骑兵绕着庄兜上半个圈子，直兜到身子后面来。看那相距里程度，还不到一百步，朱老赶已来不及躲避，伏在地上，随身就是一滚，先离开了危险的人行路。总算是很巧，是个斜坡，随了斜坡滚着，直滚到一条山沟里去。这又是大山脚下，一片小山的所在，那山沟由山上分裂下来，是相当的深，直等把身子滚得定了，已经是到了山沟底。喘过一口气，拍了两拍自己的脑袋，心里想着，这性命总算是我的了。这批敌人也来得真快，说一声到，立刻到了身子后面。心里想着，只管抬了头向山沟上面看了去，这也不过是十分钟以内的事吧？早是一丛很大的火焰向天空里伸了上去。

村子上的狗，本来已经被这些马蹄子搅和得乱叫了，现在这火焰飞腾起来，更是把全村子的狗声都引得叫起来。只这一下，就是一片的男喊女哭声随之而起。而且天空上的火焰也变了四五个，通红的火光带了细碎的火星向山沟里落将下来。自己看看自己，也觉得毛发毕现。这干沟上面就是村子，焉有不会被日本人看到之理？要想保全生命，还是赶快地逃。沟只有东西两头，向东走慢慢地走出沟去，到了村子外，那更危险。于是俯伏了身子，两只手也当了脚，挨着沟壁爬了向西去。还没有走到十步，一阵机关枪扫射的声音非常地猛烈，随了这子弹扫射的当儿，男女混乱喊叫的声音更是厉害。不过那声音很短，机关枪扫射的声音还不曾停止，这一切都归于沉寂了。

老赶靠着沟壁，紧贴地伏在地上，丝毫也不敢动，又过了四五分钟，抬头一看，沟上的火焰更是凶狂。天空里正呜呜地响，不知是风声还是火声，大烟滚滚将火星向山沟里扑将来。这实在叫人不敢停留，咬紧了牙关，两手两脚连爬带窜，顺了山沟拼命地冲上去。也不知道碰跌了多少次，仿佛周身上下都和石头接触过了的，这全不去管，尽量地跟着向上冲，直冲到沟身露出了地面，已经到了土山脚下，回头看土山

245

镇，已经远在半里路外了。唯其是出了山沟，天空里的火焰照得地面赤亮。土山镇的房屋，一重重看得清楚。那火焰共是五处，几乎在村子四面，都各有一个火头。其间一重焰头最大的，浓烟卷着十几丈高的云头子，中间杂了红光，由屋顶上陆续地上冲。每一个火焰头冲到半空里的时候，可以听到轰然一声响起。而且那五个火头让风刮得时高时低，差不多可以联结起来，整个村庄都罩在火焰底下。在火焰头上的零碎火星越发地多了，四处喷射着，直射着与天上的星斗相接。这虽然很是可怕，那样整个村庄变成火炉的惨状，也让人看到忘了一切。因之他找了一丛刺树将身子隐在里面，还向村子里外看去。似乎这里居高临下安全得多，心神也就安定些。

在火焰下看得清了，村子外边，有日兵骑在马上，也有日兵站在地上，毫不隐蔽地对了村子看火景。骑在马上的日兵，拿着短枪，站在地上的日兵，架了机关枪，枪口全是对着村子里的。在那村子外的路口上，横七竖八，老百姓的死尸躺了遍地。这可以知道刚才那几阵机关枪的声音作了多大的孽。这样大的火，一个老百姓不跑出来，当然是让机关枪挡住了。整个村子里的人让他们活活烧死，这太残忍了。老赶心里一气，恨不得跳着叫了起来。这时，那村子里的人也和老赶一般，等着有些不耐烦了，在火烟光下，男女老少结成了好几群，由大小口子里冲了出来。他们的路线却不一致，有的是打算向山上来的，有的是打算向大路上走的，有的是打算向庄稼地里逃走，漫无目的四处乱跑。可是在村子四周，全都是日兵的机关枪控制着，等这些人到了目的显然的所在了，那无情的机关枪卜卜卜卜乱响。远远地看到那机关枪口上，吐着通红的蛇舌头，可见机关枪子弹一连串地飞出来。

这里机关枪响着，那些老百姓看到四周都有机关枪包围着，也就立刻把身子掉转着再向村子里跑回去。然而来不及了，只看到倒竹竿子似的，陆陆续续向地面上躺了下去。最可怜的就是那十岁以下的小孩子，虽然在弹雨里面骇得乱哭，可是他并不知道怎样藏躲，依然顺了大路向前直奔了去。也许日本兵不肯出过分的代价，对着小孩子扫射，只是骑在马上的日兵端了枪瞄准，啪的一声，一个小孩子倒地。

在火光里、在枪声里，还可以看到那些日兵夸耀着他们的枪术精良，当每个小孩子倒地的时候，他们就马上手舞脚踏一阵。这样地用机关枪扫射，大概有四五次，时间就在一小时以上。那全村的庄屋里都让火焰巡游遍了，在土山头上看着，连那不曾倒坍下去的墙壁都变成了红色，村子外的土地，全被烟雾弥漫着，这样就是有人，也在村子里藏不住，全村子里的人民，大概是死光。那些日兵看到这种样子，还不放心，又毫无目的地对着村子四周，用机关枪扫射了一次。实在是看不到有一只生物由火焰里跑出来，他们才纷纷地骑上马去。马头马尾相接连着，排了一根长线，绕着村子转了两个圈圈，然后对天上放了几枪，从从容容地走去。

朱老赶藏在那丛刺树里面有这样子久时间，连气也不敢透出一息来。这时，看到日本兵完全走了，这才把团结在胸脯里面的郁结的那一团怨气吐了出来。然而也不解心里是畏怯着什么，依然不敢抬起头来。还是听到山沟里面窸窸窣窣的响声，似乎有人从山沟里爬了上来，这才悄悄地伸着头向外看去，果然是两个人。村庄里的大火兀自高涨着红焰，在火光下可以看到这两个人浑身涂染着泥土，连鼻子眼睛全都分不出来，一团乌黑。老赶轻轻道："吓！两个人命大，怎么样逃出来了？"

那两个人猛可地听到，哎哟了一声，向后倒退了两步，后面的一个索性让前面这个人挤倒了。老赶也觉得把人吓倒，老大过意不去，便走出那丛刺树来，向沟里连招了两招手，低声道："喂！你两位别害怕，我也是逃难的。"

那两人倒不问他是不是逃难的，反正他张口说出中国话了，也不答言，爬出山沟来，只向老赶看了一看，依然回转身去，对庄子上的火焰望着。一个先发了一口气道："完了，完了，什么都完了！"那一个人嘴上有了胡子的，左手理着胡子梢，右手抬起袖口，只管去揉擦着眼睛。只看他不作声，两个肩膀不住地上下晃动，那已经伤心到了极点，要哭也哭不出来。

老赶道："这也难怪你二位伤心，我在村子外面破庙里看到，本来是要来报信的，不想还没有走进村子，这些日本鬼子已经追到了我的后面，我糊里糊涂一滚，就滚在这山沟里。我真是吉星高照，没有让日本鬼子看见，算保住了这条命。你二位是怎么样逃出虎口的？"

那个有胡子的人道："要说是由村子里逃出来，那除非是长了翅膀不可。我也是命不该死，人有点儿不舒服，白天睡够了，整宿睡不着，半夜里听到狗叫，我拿了一支土枪打开院门瞧瞧。这是我大儿子，是他孝心救了他一条命，他怕我摔着，跟了我出来。我出了大门，迎着马蹄子声的所在来张望，等到我知道事情不好，已经回不去了，爷儿俩就向山沟里一滚。起先我以为是土匪，让他们抢过，我回家不迟，后来看到一大队马队在沟上过去，我知道是日本兵，更不敢出头。"

朱老赶道："这样说来，除了你二位，你这村子里没有一个逃出来的了？"

那老人哽咽着道："谁知道哇！里面是火烧，外面是机关枪扫射，谁跑得了呢？除了我爷儿俩，我家大小一十三口，完……完啦。"说着，他坐在地上号啕大哭。老赶想到自己的家一般地完了，伤起心来，也站在西北风的暗空里牵丝也似的掉着眼泪。

那小伙子道："爸爸，不用哭了，事到于今，哭有什么用？老天叫咱爷儿俩不死，不能说是咱命大，也许还让咱做点儿事。现在日本鬼子走远了，村子烧杀光了，他们也不见得再来。咱们应当下山瞧瞧去，也许有三个两个命大的，没有死光，咱们身上没有一点儿损伤，手脚全能使，应当去救救人家。"

老赶一拍手道："这话对了，村子外头破庙里，还有我们同伴十几个人，都是由大王庄逃命出来的，有什么事，也可叫他们来帮着做。咱们先下山瞧瞧去。"

那老人站起来擦着眼泪，点点头道："你这位大哥是大王庄的，你宝庄上也是这样遭劫吗？"

老赶道："也是像你这宝庄上遭劫一样，反正是一死，倒也干净。

我们那里让日本鬼子占了以后，第一件事让人受不了的，就是青天白日的，那些畜类当了人家丈夫爸爸的面，把人家媳妇、闺女脱了个光，狗赶巢似的，整伙儿强奸。他们杀一个人，比打死一只苍蝇还要来得省事，随便就用刺刀对人胸脯子上一扎。让他扎着的人，反正是死，在旁边看到的人真吓掉了魂。我同院子一家街坊媳妇，让三个畜类捉住了，在堂屋里就逼着脱衣服。我那街坊他不忍心看着，只好掉转身子去。这畜类真不讲理，偏把他扯转过来，要他瞧着。他忍不住哭出来，还没言语呢，两个日本兵同起同落地把两支枪上刺刀，扎进他肚膛子里去。那鲜血由衣服缝里冒出来，人倒在地上，已经够惨。那畜类索性把刺刀在他肚子里一绞，挑出一大截肠子到院子里来，不歪不斜，正好掉进窗户，打在我脸上。"

老人道："你倒没让他打死。"

老赶道："我吓昏了，死在屋子里地上。等我醒来，他们要人挑东西，就罚我当苦力了。今天晚上有游击队杀到我们村子上去，把畜类打跑了，我们趁机会就逃出来的。"说着话，已经走到了村子口上，屋头上还有几丛火焰没有熄，闪闪的红光可以把身子前后照得清楚。只见沿大路口上，一列抛弃着好几个盛煤油的空铁瓶，老赶把脚踢着，那瓶子缺口里兀自不断地向外流着煤油。

老人道："你瞧见没有？这些畜类是居心要烧光我们这村子，老远地还带了煤油来放火呢，我们和他有什么几世不解的仇恨，要这样对付我们。"

老赶道："有什么仇恨呢？他们手上有枪有炮，咱们没有，就得受他的欺。咱们要是有枪有炮，他敢正眼儿瞧咱们一下吗？你看今天晚上赶到咱们村子里的游击队，一样地把他赶出来。"

老人道："不知道游击队在哪里？假如有地方可找的话，我爷儿两个全都加入。"

老赶道："找他们干什么？只要有枪，咱们也能干起来。"

老人道："你这位大哥贵姓？"

老赶道："我叫朱老赶，算不了什么。我们村子里逃出来二三十人，真有枪打得好的。可惜是我们那饭桶的村长，欢迎东洋鬼子进村庄，欢迎得干干净净，村子里有七八支枪，全给鬼子拿去了。"

老人道："我叫雷有德，就是这里的村长，我的儿子叫雷心田，有名的猎枪雷。我虽然上了两岁年纪，那不是吹，在白天打个飞鸡跑兔的，那还能有个十拿九稳。我村子原也有十来根枪、两根盒子炮，这一把火不知道烧光了没有？假如还有的话，不管有没有游击队，我自己就干，多少打死几个畜类，也替我们胸中除了这口闷气。"一面说着话，一面绕了村庄，找那进去的路线。因为原来烧的几个火头，现在都烧成了一片，虽然那火焰已经慢慢地挫了下去，可是那些浓厚的烟雾郁结在一处，只管在房屋四周弥漫着，人还没有上前，烟向人身上扑来，就让人站立不住。

雷心田道："瞧这个样子，村子里面决计藏不住人，我们冒险进去也救不了人，不如等着天亮，火势也熄下去了，咱们再进去。"

雷有德道："你这叫胡说了，村子里先前向外跑的人，不见得全让鬼子打死，有那些受伤的躺在村子里，走是走不动，烟火烤着又受不了，老早我们就应当去救他们出来，还等得到天亮吗？"

老赶道："雷村长这话说得有理，不管，咱们就去吧。"他将两只袖子卷着，顺了路口，冒着火焰就冲进去。雷家父子自是紧跟着，顺了这条进村子的路，接二连三就是横在地上几十具死尸，一看远近庄屋，没有一所完好的。老赶道："真是用炮火洗过了。啊！这就叫洗村。"那雷有德哇一声，口里冒出一口鲜血吐在地上，人也就倒了下去。

第五章

要报仇的都联合起来

朱老赶在雷氏父子二人前面走路，忽然看到雷有德倒地，愣在一边。雷心田蹲了身子，将父亲搂抱着，连连叫了几声。老赶搔着头皮道："他老人家又急又累，晕厥过去了，找口水喝，他就回过来了。"

雷心田满脸是泪痕，张着大嘴，半晌说不出话来，只把手向一堵矮墙脚下指着。老赶看时，那里躺下五个尸首，有老太太，有妇人，有两个小孩、一个壮丁。老赶道："这里面有你府上的人吗？"

雷心田泪如泉涌地点了两点头，极力挣扎出一句话来道："全是我家的。"

老赶对那死尸看着，摇摇头道："这会是你一家的？那真够惨。"

雷心田道："二哥，劳你驾，请你去弄点儿水来，先救救我爸爸。"

老赶只答应了一个好字，人就钻进浓烟里面去。不多一会儿，两手捧了一只瓦钵子，摇着头走向前来，皱了眉道："我说，你爷儿俩随我到前面破庙里去歇着吧，这村子里就不用进去了，比这外面瞧见的还惨。要说是怕里面有受伤的，打算救救他，这是我们在庙里歇脚的这班人的事。"

雷心田已是扶起了父亲，斜坐在地面上，将父亲靠在怀里，半躺半坐着。老赶倒捧了这瓦钵水，慢慢向雷有德嘴里送下去，低声道："我在人家灶上找到一壶隔夜的开水，你有造化。"心田又让老赶泼些水在手掌里，轻轻向父亲背上拍着。有德哼了两声，摇着头道："不用了，我是心里一痛就这躺下去了。其实这不是病，我得到家里去瞧瞧去。"

心田道："人大概是全完了，大火光顾过了的家，你还有什么可瞧

251

的?"他说着话，也不由有德做主，和老赶两人勉强把他搀起，就背到破庙里面来。

这时，破庙里逃难的人，自朱子安以下，看了半夜的大火，听了半夜的枪声，都捏着一把汗，不敢出来，只隔了墙眼悄悄向外偷望。直等老赶进了庙门，大家才围拢来问明了实情。朱子安越听越脸红，听完了，两脚一顿，跳起来两三尺高，叫道："雷大哥，你是个村长，我也是村长，我们对村子里都得负点儿责任，村子丢了，就像县长丢了一县、主席丢了一省一般，咱们不能光是逃跑就了事，要报仇。我们这里还有十四个人，不分男女一块儿干，请你爷儿俩加入。"

老赶说："你们这村子里有十来杆枪，那就很好。咱们进村子里去查查看，还有好的没有，若是有，请借来我们用。"

雷心田道："没什么一个借字。你们有这好的义气，联合起来报仇，这是难得的事。我们村子里人死光了，有枪也没有用，乐得送给各位做一番事业。"

朱子安道："好！我们决计大干一番，就是找不到枪，咱一个人拿一把鳘锄，也得和东洋鬼子拼上一拼。"

有德这时被扶在秸秆堆上躺着，他晃荡着身体站了起来走向前，抓住朱子安的手胳臂，望了他道："朋友，我听说你欢迎日本鬼子进你的村子，简直是个汉奸，我真不爱理你。现在听你的话还有几两骨头，我交你这个朋友了。心田，你带了他们进村子去找找枪弹看，有钱全捐了来，分给大家用。其余的东西不要了，没烧完的，引着火再给他烧光。这样咱们没有什么想头，好一心去杀倭寇。"

朱子安大为感动，扶着他在秸秆堆上坐着点头道："以前是我的错，没得说的了。以后我再要不争气，老哥，你就拿起枪来打死我。你先歇一会儿，等把东西找了来再商量大事。这里到小鬼子驻兵的地方只有二十来里地，他们一天要来个三四遍都没什么难处，咱们还得想法子另找地方藏身呢。"

交代过了，这里有四五个人进村子去，其余的人因为一宿没睡，困

252

乏得了不得，都找个地方打盹儿。雷有德坐在秸秫堆上，只翻了两眼向庙门外看着，心里像滚油浇过了一般难受。过了一回，两手撑住了大腿，咬着牙，把脚连顿了几顿。只在这时，却听到庙门外有脚步响声，随着有人道："这破庙里好像有人，咱俩进去看看。"

随了这言语进来三个人，看到大殿上满地铺着秸秫，横七竖八，上面乱躺着人，不免发愣，全站住了。在地铺上躺着的朱得发，正惊醒过来，一个翻身坐起道："啊哟！是二傻和刘五哥，你们由哪儿来？"

二傻把身上背的两支步枪取了下来，将手拍着道："哪儿来？你瞧这个，昨晚上我们三个人在村子外大干一场，杀了一个痛快，你们全不知道。"

雷有德听说，知道他们是一个村子里人，便起身迎道："好极了，人越来得多越好。带了家伙来，我们是格外欢迎。"说时，向在肩上扛着手提机关枪的孙孟刚望了去。

刘五倒认得雷有德，便从中介绍着，把昨晚的事略说了一遍，因道："雷村长，我们这位孙先生，真是一位了不得的人。闹了一宿，一点儿也不累。我们原住在庞格村，半夜里看到这里大火烧着红了半边天，料得有事，我们特意冒了危险来看一个究竟。半路上我们看到大批日本兵回去，凭了我们三个人，他又想动手。我说使不得，死了没什么，反正那天也预备着死的。怕的是我三个人对付这一群鬼子，不会占着便宜，他这才忍住了那口气，径直地到这儿来看虚实。你这儿是怎么了？"

有德道："比你们村子里要惨十倍。大概全村子里一二百人，就剩我爷儿俩了。"说毕，摇了两摇头。

孟刚对破庙里的人全打量了一番，又走出庙门去，向四周看看形势。那村子里的火，还没有完全熄灭，红日光里的空气，带了焦煳的味儿向人鼻子里直扑了来。几处秃墙之间，不成股的黑烟很散漫地向低空里笼罩着，有时来一阵风，直把这黑烟刮到面前来，情不自禁地道："这是烧得太惨了。"心里又想着，凭良心说，这不是昨晚去闹大王庄引起日本鬼子的仇恨，也许不连累到土山镇的。分明是日本人在大王庄有没走完的，暗地里看到村子里人向土山镇跑，所以带了救兵顺了大路追的。一人站在庙门口，越想越对，只管向四周打量着，却不进庙去。

一会子工夫，这里进村子去的人已是成群地回来，除了各人手上都带着东西而外，却有四个人，将两块门板抬着两个受伤的人。大家到了庙里，雷有德跳了起来，先抱着受伤的胳臂，问了两句话，悲惨的脸色上加上一重阴暗。眼角里面兀自含着泪珠要滚将出来，回头看到一个二十来岁的小伙子头上包了一块蓝布，满身泥土，两手就抓住他两手，同时抖擞了几下，向他脸上注视着道："你是雷六十，你爷爷六十岁添的，你没死。"

雷六十道："昨晚上我在炕上捞了一件大袄子披着，也就跟着向外面跑的。没出村子，就看到前面的人让机关枪扫着，一连串地倒着。我一机灵，立刻闪到一堵土墙下躲着，死也不出去。后来火越烧越大，火星子和浓烟只管在周围绕着，热得难受，不能再待着了。可是出来又怕机关枪。我就急了，想到离那矮墙不远有一口土井，我不管三七二十一，就向里面一跳，总算没把我淹死。刚才听到井上有人说话，喊着救命，他用绳子把我吊起来了。"

他说时，雷有德只管看了他的脸，并不作声。等他说完了之后，更把他两手捏得紧紧的，身子向后仰了去，猛然哈哈大笑起来。他这一阵笑声，宏大得很，一发简直不可收拾。雷心田见他伤心，现在忽然大乐起来，立刻抢上前，搂着他道："爸爸，你怎么啦？"

有德捏着右手的拳头，向天空一举道："土山镇的人没有死光，还有五个。五个人拿五杆枪，至少要拼死他十个日本鬼子，哈哈哈！"

心田道："你这是怎么了？笑挣得脸这样通红。"

有德扳开了雷六十的手，在地上捞起一根木柴棍子，抬起腿来，两手按着向膝盖上砸去，一砸三截，咬了牙将断棍子在手里晃着道："我要捉到日本鬼子兵，就是这样地治他。他杀了我一家人，杀了我一村子人，杀了我五十岁的老伙伴，杀了我三十岁的儿子儿媳，杀了我哇……

254

那……那可怜……我心爱的八岁的孙子，还有……还有……五岁的小孙女。"他越说起声音越小，说到最后，断断续续地，哽咽着几乎要说不出来。他忽然将身子一跳，一跳有好几尺高，将手抓着胸襟道："他还没有打死我，那是他失算了。留了我这条命一天，我就得和他拼一天。我们干！马上……"

心田极力地按住了他道："爸爸，你别这么发急。你要是把身子急坏了，咱们怎样地报仇？你先坐下喝口水，咱们大家商量个办法出来。"说时，勉强地推他在秸秫堆上坐着。他一坐下去，反是支持不了，身子向后倒过去。

孟刚在旁边看了许久，摇着头道："这位老先生是被刺激得太深了。"

心田握住了父亲的手脉，回转头来，皱了眉道："他的脉跳荡得非常之厉害，不要紧吗？"

孟刚轻轻地道："我瞧这位老人家是太累了，最好找个舒服一点儿的地方让他躺会儿。"

有德原是闭了眼睛养神的，这就睁开眼来微笑道："孙先生，你以为我会气死吗？我要是气死了，那才不值得呢。我只要能喝一口水下肚去，我也得留着这老命，我要瞧见把鬼子捉来，活祭我这一村子冤魂。"

心田道："既是那么着，你就别再生气了。"

有德道："好！我不生气了。这位孙先生有大志气，他凭着赤手空拳要干起游击队来，他这个主意倒是没有白打算。现在他们有四杆步枪、一挺手提机关枪了，我们村子里找找，凑合着有多少？"

心田道："五支枪、两架盒子，子弹也凑合着够用。"

有德笑道："那很好，你就向这位孙先生多多求教。"说着，望了孟刚，还是两手合着一抱拳。

孟刚点了点头道："事情都交给我好了，你好好儿躺着吧。"于是走到台阶上，周围一望，向在破殿里的人道："除了两个受伤的朋友，还有这雷村长，是坐不起来的暂且不算，咱们能跑能动，连男带女，还

255

共有十九个人。现在兄弟胡乱出一个主意，大家看是怎么样？第一，咱们得举出个领头儿的人来，有道是群无头儿不行，现成的两位村长一正一副。"

朱子安已找到了一支旱烟袋，坐在台阶上吸着旱烟听话呢，这就突然站起来，两手挥举道："孙先生，你要说这话，你算挖苦透了我。据刘五说你昨晚的事，那简直是一位大英雄，举你当总司令都不为过。这一群人里也就是你有能耐，这领头的人非你不可。"

雷心田本躺着的，坐起来哼着道："孙先生，我这样子还能领头儿吗？再说朱村长这回事情，做得不大得人心，我的嘴就直，领头儿他也不成。"庙里的人都纷纷地说，这一定得请孙先生担任。这又不是做官，也算不了什么富贵，孙先生要不干，倒显得不实在。

孟刚两手抱了拳，向四周作了个罗圈儿揖，笑道："这样着，我就不虚谦了。远些的事情暂且不谈，把眼面前的事要先分派定来。心田二哥再带五个人到村子里去，把吃的穿的先挪到空地，别再让火烧了。咱们二十多个人，吃喝穿，要用的东西多着呢。第二件事，咱们虽没把游击队组织成功，有枪有人，已经有那么一点儿样子，不定什么时候遇到日本兵，你饶过了他，他也不会饶过咱们。现在要派出步哨去，时时刻刻监视着敌人。这事就由二傻带四个人去，这事你会吗？"

二傻道："会，会。去年咱们这一带闹土匪，我不也放过哨的吗？你问刘五哥。"

孟刚道："好，就由你负责，远远地看到有日本兵来，就来报信，千万别慌张。你去吧。这里还有一位大嫂、一位姑娘，请再找两个年老的，赶快支起锅灶来烧水预备这二十多人吃的。"

刘五道："还剩着五个人呢？"

孟刚道："谁也不能闲着，我说预备吃的，这庙里大概不能现成。五哥，你带三个到村子里去，立刻找一批吃的东西回来，生的也好，热的也好。我在庙里检验这些枪，陪着三位不大舒服的人。你们无论在什么地方，只听到我连放三枪，赶快跑回来集合，那就是有事了。"

朱子安拍了掌道："孙先生分派得一点儿不错，我们就照着他的话去做。"

雷有德在秸秫堆上躺着，哼道："我们既然公举孙先生做我们的首领，只要是他想出来的主意，或者由他口里说出来的话，让咱们干什么咱们就干什么，哪怕是叫咱们到老虎口里去拔牙，咱们都没得推诿。要这么着，咱们的事情才能办得好，咱们先别问他吩咐得对与不对。"

孟刚不由得连点了两下头，向他道："你这话是十分地信任我了。只要大家一条心，我既不能自个占了便宜，叫别人吃亏；反过来，大家也不能疑惑我姓孙的有什么私图。"

刘五不觉两手一扬，仰起头来叹口气道："唉！到了这个节骨眼儿，谁还有个私图啦？什么话别说，咱们这就干，走，走！"

大家随着他这话，一窝蜂似的拥出了庙去。庙外已经有了四个放步哨的，大家也不是像先那样提心吊胆，睡觉的睡觉，煮饭的煮饭，不到早上十点把早饭用进。孟刚站着由村子上烟火堆里搬出来的东西，大大小小，有六七口袋白面和棒子面、两大瓦罐子油、半蒲包盐，醋姜蒜都有。因除了铺盖卷儿不算，也有百十件衣服，因对大家道："我们干游击队，吃一饱、穿一身就得了，平常住家日子的那一套，是不用着的。大家先把这衣服挑挑，有可用的，就把它穿上；没有用的，和咱们预备的粮食一块儿搬到山里去，找个地方藏起来。咱出来干的时候，除了枪弹，什么也不能带。"

刘五抱了膝盖坐在秸秫堆上，不免插嘴道："这谁不知道哇！"说着，他手只管向怀里揣，脸上透着有点儿难为情。

孟刚笑道："你知道，怀里还收着什么？拿出来大家瞧瞧是打仗要用东西吗？"大家听了这话，全不免把眼睛向他身上望去。

刘五红着脸道："其实拿出来大家瞧瞧，也没什么，这不过是我一点子痴心。"说着，把手拿出来，却是一只六寸长的女人鞋，青帮子，还绣着红绿花呢。大家看到，哄然一阵大笑。刘五道："大家别笑，这是我媳妇儿的鞋子，也不是别人的。昨晚上溜回我们村子里去，挨着我

257

家院墙脚下走过，谁是铁打的心肠，不动心啦。可是孙先生再三嘱咐，千万别向家里瞧，免得软了心，不能做事。我想起来墙头上晾着我媳妇儿一双旧鞋呢，一路瞧着，看到一只，就捞着塞在怀里，没别的，做个纪念罢了。我想着，她是早没了命，有一天能够回去的话，恐怕尸身都找不着，揣着这只鞋，让我时时刻刻想着她死在鬼子手上，时时刻刻要打回去。要说带不得的话，我就不带。"他把那只女人鞋放在地上，用脚拨弄了几下。大家先是不住地咯咯发笑，等到他把话说完了，各人脸上都有些惨然。

孟刚道："既是那么说，你就收着吧。只要是引起咱们心头仇恨的东西，别管是什么，都可以留着做纪念。"

雷有德瞧着破殿中间那堆衣服，不觉两行老泪牵丝一般地流着，半弯着右手一个食指，向衣服指着道："穿这些衣服的人，还都在村子外面躺着呢。"只这几句话，引得好几个人放声哭了起来。

孟刚站在大殿中间，正设法处置，只见刘二傻扛了枪跑进来，反着手向后面指道："东边来了好些个老百姓，男男女女全有，还有带着家伙的，让不让他们过来呢？"

雷有德立刻止住了眼泪，站起来道："这当然不是坏人，要是坏人，他们不会带了家眷走。孙先生，我陪你一块儿瞧瞧去。"他抬起袖子来，撩了两撩眼圈子，起身就要走。

孟刚道："雷村长，你的身子没有好，还躺躺儿吧。"

有德摇了两摇头道："不！要是这附近村庄上来的人，只有我认得。假如是日本鬼子又追来了，我还能在这里躺着吗？不也要是起来的吗？"他牵着衣襟下摆，首先走出庙门去。孟刚见他这样子，也就不再阻止着，随了他出去。只转过这高坡，就看到小路上一群零乱着的男女向村子里去。雷有德抬起一只手来，高声叫道："别进村子里去了，村子里早烧光啦。"

那群人最前面也是个老头子，听了这话就停住了脚。孙、雷二人迎上前去，看那人穿了灰布棉袍子，外套青布皮坎肩，袍子撩起底襟塞在坎肩下腰带里面，手上拿了一支步枪跟跄着走了过来，哭丧着脸子点了点头道："雷村长，我村子里出了事了，有事要来和你商量。"

有德苦笑道："你村子里出事了？你没有知道敝村子是更惨，全村房子烧光了不算，连受伤带活着的，现在只剩五个人。"说时，跟在后面的一群男女全都围拢了来。

孟刚道："咱们有话到庙里去说，来这些人，少不得是我的同志。我们也应当从长计议，想一个更妥当的办法。"

有德道："孙先生，我还没有给你介绍。这是崔庄的大财主崔从善老先生，前前后后一二十里地，谁不知道他？有名的崔善人。"说着，又把孟刚的为人介绍一番。一路说，一路走，大家拥进了庙门。

崔从善放下枪，手摸了胡子，四向看看，点着头道："大致我明白了，我以为你们这儿在山脚下，他们怕游击队，不敢来，不想咱们同病相怜。"

孟刚道："就为的是咱们这一县还没有游击队，要是有的话，别说是这土山镇他们不敢来，就是咱们村子里，他们未必敢去。老先生，你村子里是怎么地出了事？"

崔从善向跟他来站在佛殿里外的人全看了一眼，叹口气道："我村子上百口人，就剩这些，十停去了六七停吧！要依着我，也不至于糟到这般光景。是前两天风声不好，我就集拢了村子里商议，做一个打算。我说或者组织自卫团，或者搬到山里去。大家都说，前两天有人在铁路上接着飞机散下来的传单，日本不打老百姓，咱们何必多事？我说：'我到过关外，去过沟帮子、大连，小日本什么都干得出来，他的话哪里能信？'大家觉得搬到山里去，谁也舍不得这份家。要说组织自卫团，一个村子里，人枪都不够，就这样犹疑看没有拿好主意。大家总以为还有些日子，暂看两天风色，不想昨日个一早，日本兵就到了上马镇了。我们什么也来不及做，大家商量着，只好当一个顺民吧。那镇上早就有汉奸隐藏着，昨天出了头组织维持着。他妈的，维持会不是维持乡村上的秩序，是维持小日本的吃喝逛。到了下午，会里派了人来，叫咱们别

259

害怕，说日本兵不打老百姓。可是交了一张单子给我，叫我办差，要钞洋一千元、白面十口袋、猪肉二百斤、鸡蛋一千个，只这一些，那小小村庄就榨了干了。末后还开了一笔，要淫妇二十五名。我当时眼睛里就冒火，忍住一口气，问来人这淫妇两个字怎么说。我村子里全是好人，没有坏女人。你猜他说什么？真是人头畜鸣。他说：'单子上写着淫妇，那是日本人不便指定良家妇女。其实，你不问老少，交给他们二十五个人就得了。你们村子里，二十五个女人找不出来吗？'我实在忍不住气了，伸出手扇了他两个大耳刮子。这两个浑蛋对我说不出什么，也就跑走了。不过得罪这班汉奸虽不要紧，他交不了账，一定要把祸事向我身上推的。当时我就敲起锣来，把村子里的男丁都邀着到我家大门口空场子里开会。我站在院墙上告诉他们，那两个汉奸走了，日本鬼子马上要来。你们愿意把闺女媳妇送给日本鬼子，那我没话说。你们不愿意，都拿着枪跟我来，在村子口上堵住日本鬼子，先打他一个措手不及。没有枪的，赶快检理轻便东西，带着妇女小孩子由村子后面向山上来。"

朱子安拍手掌道："你这法子对，我们要是照你这样办，就不至于这样糟了。"

崔从善摇了几摇头，又深深地叹了两口气，然后在佛殿外台阶上坐下来，接着道："可是晚了，我们村子里共有二十多根枪，我领着他们在村子口上寨墙子里埋伏着，还不到一刻钟，有二十多个日本兵骑着马冲过来。我们看到他人不多，立刻就开火，凑不冷子就打死了七八个。他们是正式军队，他不肯退，就在外面回击。有两个人骑了马飞跑回去，我知道这是求救兵，连发了几枪，没有打着。知道事情不好，立刻派人到村子里去通知大家赶快逃走。可是这里枪声一响，那边镇上的鬼子兵知道村子上有了事情，大概没等着人去报信，一辆大卡车装着好几十人就冲了上来。好在天气已是不早，他还不敢马上就冲进村子来，我就带领着二十来支枪睁了眼死守着。要说他们用步枪来对付步枪的话，我们真不含糊，可是这小子太狠心，他老远地用小钢炮紧对了村子乱轰。我们拿步枪打他又够不着，没法子，我只好带了人退了出来。就村

260

子里人本来还没有来得及走，大炮一响，大家哭着嚷着乱跑，房子又有两三处着了火，别说拿东西，连吃乳的孙子都抢不出来。鬼子知道我们跑了，还不甘休，借了烧房的火光，把我们照着，架起机关枪好几回扫射，除了命好的逃出罗网，村子里不分老幼，一大半完了。我们摸黑逃走，三个两个地跑，谁也管不了谁。走到三岔路，离村子有十几里地了，我就同两个人在那里把守着。挨到天亮，就集合了这一群丧家之犬、漏网之鱼到这里来，总想先弄口水喝，歇歇腿，没想到你这里也烧个精光。唉!"他说完了这一套，连连顿着脚，两行眼泪直流下来。他这样一表示，跟来的一群人都苦着脸子，尤其是妇女们忍耐不住，随着放声大哭起来。

孟刚站在人群里，转着身体向人家乱摇着两手，因道:"这不是哭的事，我们这里吃喝倒还现成，先请各位吃饱了肚子再商量大事。你们来的有几位姑娘同大奶奶，请自个儿动手。口袋里有面，桶里有水，你爱吃什么，自己做去，不用客气。"说着，向来的妇女一点头。

崔从善道:"你们做去吧。"朱子安的闺女梅英休养了一宿，精神健旺了许多，就扯着几位妇女到佛殿角里去烧水和面。

崔从善皱了眉道:"我一生心血全完了。"用手指着院子里一个小孩道，"全家就剩下我和这个十二岁的孙子，我还图什么? 孙先生要组织游击队，我十分赞成，不报这笔仇怎能够出气? 拼了我这条老命，我得亲手杀他几个人，只是这些妇女，还有包脚的，把她们安顿在哪里呢?"

孟刚牵着衣襟，拍了胸微笑道:"只要各位能和我们联合起来，这些事情全交给我。"

同来的男丁随了孟刚眼光射着，坐着站着，一齐扬起胸脯子来道:"我们都愿干。"更有人跳起来，举了手道:"不干的就是汉奸，我们先打死他。"

孟刚笑道:"既是大家这样热心，那就好办。各位现在请在佛殿里随便休息着，让我把咱们所有的力量细细调查一下，然后来妥当地分配。"说着，他在身上掏出日记本子，将人和物件，一面检点，一面记录在本子上，庙里点到庙外，又到村子里走去了一趟。

两小时后，逃难来的人已经吃喝过了，大家在佛殿里外席地而坐，等候消息。孟刚带领雷心田五六个人，又在村子里搬运了一些东西来，都放在院子里。孟刚手里拿了本子，站在一只破的铁香炉上，向大家道："现在我把我们的力量报告一下，全在内男女共有五十四名，除了十名妇女、两位受伤的、四个小孩子，能拿枪的有三十八人。家伙有轻机关枪一挺、步枪二十一支、盒子炮四支。我们要全数出动的话，还差十二样家伙。子弹除了机关枪用的，凑合着可以干几回。现在我想到要办的有三件事。第一，我们要找一个根据地，安顿妇女用品，而且我们也必定有个机关才好办事。这里敌人的马队车辆全可以来，绝不能住。听说这山上去十里地有座石佛寺。在今天下午，派不带家伙的十二位同志，押东西妇女上山去。第二，村子里还有这些死尸，虽是冬天，我们也不能让他们暴露着，大家动手，立刻埋葬起来。第三……"他说到这里顿了一顿，复提高了嗓子道，"咱们有人少枪少子弹，要和鬼子借去。趁了他们不提防，今晚上就动手。诸位别害怕，有事实可以证明，我和刘五哥空着四只手，就在大王庄干起事来，抢得了家伙，还杀死二十多个鬼子。于今，我们居然有了这么多人、这么多枪了，拿两个空手的人和现在咱们一群有家伙的人打比，当然现在容易得多。有道是只要功夫真，铁杵磨成针。咱们可以由两个人联合到三十八条好汉，就可以由三十八条好汉联合到三千五千人，绝不难。诸位说对不对?"大家围着铁炉子听他说话，暴雷也似的叫了一声"对!"

第六章

伟大的收获

偏西的太阳离那山峰已不多高，由北面大陆吹来的风沙扑到人身上，觉得有些割人的肌肤，这本是严冬到临的景象，可是现在所感受到的便是一种肃杀的意味。惨淡的阳光里，人分着两队，由土山镇破庙里出发。一队是空手的，是雷有德领着，男女老少共二十八个人，向土山的小路上走去；一队是二十六个人，个人都拿着大小枪支。大袄子外面，紧紧地把带子捆着腰上。各人笼着两只袖子，背着枪，缩了脖子，紧对了迎面的风走去。

约莫走了三五里路，太阳已隐藏到山背后去，大地上阴阴的，那北风是刮着更厉害，只听到呼的一声，又呼的一声，将地面上的黄土卷起一丈多高的尘土，向人身上乱扑。这风沙越是猖狂，这队人走得越发起劲儿。这风沙大，没有太阳，格外容易昏黑，天上没有星月，行路的人也不带着灯光，大家凭了平常行路的经验，只是顺脚底下平坦一些的路面，继续向前。其间在沙雾里面，也发现过两度灯火，知道是经过一个村庄。但相反地，大家却离开了那灯火远远地走。大风里面，虽然也夹着一两声狗叫，只是那声音也沉闷得不会让人家怎样注意。又这样地向前走了几里路，在空气中听到嘘嘘喳喳的尖锐声音，很是刺耳。在最前面走着的孙孟刚两手举起，将两块白手绢在空中乱晃着，在后面跟着的一大队人，就完全停止了脚步。他道："大家听见吗？风吹着电线在吹哨子了，这就离着铁路不远了。"大家没作声，只在寒风里发现了两三声咳嗽。孟刚道："这地方离着车站还有多少远？"

刘二傻在暗中答道："这条路我很熟，到车站两里地的样子，到万

263

村街上有三里半地。"

孟刚道:"还有哪位熟?"

刘五道:"孙先生的意思,是不是要派人去探听站上的情形?我想,我和二傻去吧,我同孙先生干过一回这样的事,多少有点儿经验。"

孟刚道:"好!就派你两个人去,限一个钟头回来。你一个人另外带一把大刀去,不是万不得已,不要开枪。我们这里等着你们。"

二傻道:"过去几十丈路有条大土沟,到那里去藏着,不比这风头上站着强得多吗?"

孟刚道:"那更好,这里的地势你这样熟悉,我更放心让你去了。"

二傻笑道:"你瞧着吧。我要不爬到车站窗户外面看他一个的实,那不算好汉。"

刘五道:"孙先生,你别信他。我会带着他在头里走,不能过去,我就不过去了。"

孟刚正要说话,远远地看到高处有一点儿强烈的灯火晃荡了几下,立刻拍着二傻的肩膀,轻轻地道:"那就是日本鬼子的小探照灯。他用那盏灯要探照游击队,咱们也正好把这灯当个目标。有这盏灯,就是说他们安下了哨兵;有了哨兵,就可以断定了这站上哨兵不少。不必等你们的消息了,我们全跟着,后面一块儿来。"

刘五道:"虽然这样说,总得让我两人先走一马路,万一让他知道了,这一大队人目标大,你们好先跑。我两个人没什么要紧,跑也容易跑,跑不了牺牲也小。"

孟刚道:"好,有这副精神,咱们一定成功。"说着,走向前来,暗地里握着两人的手,各摇撼了几下。于是二刘在前,孟刚领了一队人在后,丢开道路,在庄稼地里,正对了那一点儿强烈的灯光慢慢走去。看看相隔不过半里地了,孟刚又抬起手来,将白手帕晃动着。暗空里虽不看到什么,白色的东西一动,那是很清楚的。在出发以前,经过三小时的简单训练,大家全明白了这意思,立刻分散开来,蹲了身子向前走。孟刚在大家前面,直走到铁路的梗脚下,伏在地面,悄悄地向上爬着。

刘五和二傻终始远在一马路之遥的，这时后面的人已不看到他们的影子，因为他们在地上爬行，已经走进车站了。这小车站只有简单的土月台，四周用枕木围上了栅栏。月台外面是栅栏，里面停着一列不带机头的火车，那盏探照灯正对了向南的站口。侦探情形的二刘由西向东，又隔了火车，掩蔽得很周密。两人爬上了栅栏，休息了两三分钟，蹲了身子，沿着栅栏摸索了一阵。虽然这上面原是有带刺铅丝的，可是有大部分的铅丝是坠落下来的，找着一个缺口，刘五先由枕木头上爬了过去。虽然不免有点儿响动，但是西北风来势正盛，刮得天摇地动，稍许一点儿声音也不会让人来注意。刘二傻跟在后面爬进来，刘五抢着将他挽住，把他衣襟扯了一下，蹲着身子就直奔停在轨道上的那列火车边去。

两节敌车上面堆着东西很高，是用细布遮盖起来的。一节三等客车夹在中间，车门大开。爬上车，伸头向里面张望，却是空的，这十分便利于做侦探的，用来做隐蔽。二刘悄悄地钻进车去，隔了玻璃窗向外看去，有两个日本兵穿了臃肿的大衣，背着枪，站在站台南口，那盏探照灯放在石礅上，向南照射着。刘五对刘二傻耳朵轻轻地道："这小子是两只猪。灯老是对西南照着，就不许游击队打东北来，也不许游击队由西南打来，老远地绕着弯子绕到东北来。咱们先得把这两只猪砍倒，事情要办得利落，最好一刀下去就结果他，你对付哪一个？先捉定了，咱们对着目标进行，免得临时乱起来。"

刘二傻道："我个儿大些，对付左边那个个儿大的。"

刘五伸出手和他握了一握，先就动身。依旧走上这边月台，然后溜上轨道边，在车身下面，轮子里头，爬了钻着向前。二傻的头紧接住他的脚，将火车爬完了，离站台口上还有十丈路上下，因之两人钻出来横爬过另一股铁道。到了这边月台下面，两个人的心全向下一落，不是卜突卜突地跳了。因为这月台的台基，离路面有三尺高，两人蹲了身子，顺着月台的基壁，紧贴了身子走，站台上面的人无论如何是不看到的。

刘五左手将挂在腰带上的盒子炮按住，右手紧握了大刀，放开步子向前。耳听到站台上的皮鞋声由近而远，可以想到那贼兵是背对着这里，脸朝前面的。伸头一看，果然如此。这两人大概是北风刮得冷不过，来回走着取暖。回过手来，将二傻的手臂轻轻指了两下，依然把身子蹲下去。约莫三分钟，那两个人又走过来，他们轻轻地谈着话，很自然地走着，决计没有想到这月台下面有人。刘五等他回复过来，脚步是刚刚前去四五尺路，猛可地拉了二傻的手一下，跳起来，翻身爬上了月台。两手举起大刀，对准了前面一个人影子，偏斜着锋口猛砍了去。那大个儿日本兵听到后面很猛的响动，也就回转身来看着。他虽然看到面前两个人，全都拿着大刀，已觉事情不妙。只是他的枪扛在肩上，不能立刻射击。急忙中两手倒拿了枪杆，打算用枪托来横扫对方。刘五的刀早是举到了他面前，一声横削着，那日兵连人和枪全倒下去。

这时，二傻并不打算去砍的另一个日兵，嘴里大喊着两声，也是横过枪来，两手举着来招架。二傻因为大个儿在刘五面前，他便举刀向这人砍着。刀砍下去，枪横着向上迎过来，碰个正着。二傻是用力太猛，刀锋碰得反震过来，手都麻了。好在那个日兵看到了大刀，已是魂飞天外，只晓得横着枪上下挡着，等他醒悟过来，直拿了枪要打二傻的时候，二傻来了个急招，将卷口的大刀丢了，两手抓住枪筒，飞起一脚向日兵胸口踢去。日兵只想夺枪，却不曾防二傻这一踢，支持不住，身子向后倒去。

那边刘五赶上一刀，很利落地把他脖子抹平了。这时，西北风依然呜呜地叫，站台上的细沙子卷了向人身上直扑，回头四顾，荒林辄辄，大地摇摇，虽然空气很是紧张，正是没有一条生物能在这时出现。前面那盏探照灯并不晓得这一刹那间，五步之内伏尸二人，还是将那很强烈的光向西南角照着。二傻喘着气道："五哥，真险啦，不是你，我这事弄糟了。屋子里头大概鬼子不少，咱们怎样向后面的人打招呼？"

刘五已抢步到了灯边，提起来看着，见黑铁罩子前面突出来一块圆玻璃砖，四处摸着，找不到灯门。二傻道："我明白了。"说着，两手举起灯，就要向孟刚这班人埋伏的所在照去。刘五一急，取下头上的毡帽，就在灯前那块玻璃砖上盖着。二傻道："怎么着，不向他们招呼吗？"

刘五道："这样打招呼，他们以为是日本鬼子找他们，也许要开起枪来呢。"

二傻道："喂！我想起了一个法子。你把帽子一盖一掀，亮一下，暗一下，他们也许知道。"

刘五真照他这话试了几下，然后把灯放在地上，撕下死尸身上一片衣襟把灯盖着。二人再回到站台正中，只见火车下面，纷纷地向外爬出人来，首先一个便是孟刚，低声喝道："什么时候，你们有工夫闹着玩。我们人分着两批，一批由前门冲进去，一批由栅栏口上绕到屋后去，堵着他们的出路。五哥你领十个人去。"说着，将已预备好了的一队人，轻轻交代跟了刘五走。看看一群黑影已经绕过了木栅栏，大家也就向车站屋子边前进。孟刚在最前面走，见玻璃窗子向外露着灯火，料着这里面有人，立刻直扑到窗口上，将枪口通过了玻璃。

跟来的人，谁也觉得全身向外冒着火焰，跟着有六七支枪，都打破了玻璃。孟刚叫道："里面有鬼子七八个人，对了开枪，别慌。"在屋子里的日兵虽都也抱着枪睡在地上的，无如这风声很大，偶然一下玻璃响，都不觉得有人来射击。等到窗子上露出许多枪口，啊哟一声跳起，却正好做了射击人的目标，外面只一排枪，屋子里人就已了结。孟刚跳上窗户台，三脚两脚把窗户架子踢开，六七个人拥进来，才晓得这是票房。由票房里冲出去，就是比较屋子大一点儿的候车室，早有几个日兵迎了上前。这时敌我两方都已抵在当面，谁也来不及开枪，彼此全是用刺刀扎、枪把打。日兵抵不住，倒了七八个，其余的向后退。孟刚腾出身子，只一枪托，把屋梁下悬的一盏煤油灯打碎，立刻屋子里漆黑。日兵后退，藏在一间有灯光的门后面，却看得清楚。大家各闪在墙脚或椅子下，又是一排枪。雷心田带着另外六七个人，由侧面窗户里打破了玻璃，也向有灯的所在在开枪。不到十分钟，屋子里面就死了十几名日兵。其余的日兵看看不能挽回颓势，就由车站后面冲出去。二傻在急忙之中抢了那盏探灯，也在车站后一个高土坡下掩藏着，依然将帽子遮了灯口。听到日兵脚步声乱响出来，掀开帽子，这探照灯照着他们是毛发毕现。二个日本人将身子一缩，藏在土坡下面，离地四五尺。日兵对灯光乱放一阵枪，以为伏兵在这灯下，不想刘五带了那个手提机关枪，却藏在灯的斜对过。借了灯光看得清楚，和步枪一齐瞄准开火，不歇一口气，让他们连转身躲避的机会都没有，结果，日兵一颗子弹也没有回击，全都了结。

刘五还不放心，又大喊一声杀，冲锋向前。地面上躺着二十来具尸体，全直挺挺的，不由得跳脚大叫道："咱们胜了，咱们胜了。"

孟刚正带了人接应过来，叫道："先别嚷，搜查搜查四周，还有鬼子藏着没有？"

朱子安咬着牙在一旁插言道："对了，咱们要杀得他妈的寸草不留。"说着，大家分着好几股向站里站外去搜索。

孟刚见大家去得鲁莽，就连连叫了几声"大家小心"。可是大家在兴头上，并没有理会到什么。也不过五分钟的工夫，就听到车站里面，啪的一声枪响，接着就是一阵脚步乱响。孟刚赶着抢进站去，已是站里站外，互相开着火了。孟刚看到站里头，有自己七八个人。身边一个伏在地上的，正是雷心田，因抓住了他的手道："外面有多少敌人？"

雷心田道："不知道，大概有一二十人。"

孟刚道："你死守这两个窗户口，不要离开，我到外边去了结他们，火力猛些不要紧，子弹够使的。"说着，扭转身子就向站外跑，口里一面大声喊着道，"我是孙孟刚，自己人别乱动手。"正好二傻、刘五引着十几个人由两面赶到，都要进站去增援。孟刚道："刘五哥在这门口墙下守着，见自己人放他进去，是敌人一定要拼命拦住，其余的跟我来。"说毕，绕到站的左角，这里正好堆了几十个装货的麻布口袋。孟刚手里举了大刀，大喊一声杀，大家齐齐地应声而起，就向月台下面冲锋过去。那群敌人没有抵抗，顺了铁道就跑。

孟刚带人追到站台口，站台里的雷心田也带了人接迎出来。两队会合，又放了两排枪，也就停止了。孟刚跳脚道："这是我的大意，我们在候车室里动手的时候，没有理会那边站长室里还有人。他们的人还不少，总有二三十，幸是他们没有知道我们的虚实，要不然，我们在里面倒反受了包围了。大概这回是真干净了，仔细再查查，站里还藏着敌人没有？"于是大家亮着灯火，拿枪戒备着，站里站外查了一遍。统共杀死敌人二十九个，自己人刺刀扎伤三名，是站里肉搏时候挂彩的。又子弹打死一个、打伤两个，可是在刚才他们反攻时候受的损失。孟刚道："唉！我们可惜大意一点儿，不然，丝毫没有损失。"吩咐雷心田、朱子安替受伤的包扎伤口，带了人上火车去查看。查明了前面一截货车是汽油和面粉，后面一截车杂乱地堆着木板箱子，上面写着字，有的是子弹，有的是药品，有的是罐头，还有些零碎机件。孟刚笑道："这不是天赐其便，我们发了洋财了。只是我们统共二十六个人，阵亡了一个，伤了五个，只凭二十个人，怎么抬走这些东西？"孟刚这样说着，对于车子里外，还是不住地探望着，这可以见得他心里怎样留恋这些东西。

刘五道："我想起来了，车站外面，我看到有辆大卡车，火车上现成的汽油，把车子上起油来，总可装一些东西走。"

孟刚道："谁会开汽车呢？"

刘五道："崔庄来的崔老二会开汽车。"

孟刚笑道："那好极了，这真是人上一百诸葛皆全，咱们先去看看那辆车子坏了没有。"说着蜂拥下车。

找着同来的崔老二，把话告诉他，他立刻喜上眉梢，抬起手来，不住地顺头发，笑道："只要车子能动撼，不论怎么样坏的路，我也能把车子对付着开走。"大家带笑说着，由刘五引路找到那辆卡车。崔老二跳上车去，摸着黑就去开车子。接上车轮卜噜卜噜一阵响着，他笑着叫起道来："是活该，今晚上这样大的风，车子都没有凉着，你们去搬东西来。"

大家听说车子能用，除了几个受伤的人之外，都在火车上抢着搬下东西来。但是孟刚的主张，五个受伤的人和一具阵亡弟兄的尸体，都得运上车子，因此这辆卡车所能装的东西，到底是有限。大家看到由火车上搬下来的大小木箱子放在地上，都望着有些舍不得。孟刚道："别的罢了，难得的是枪和子弹，尽量地把军火装在卡车上。此外，咱们二十个人，每个人多少带一点儿走，带不了的，放一把火烧了，咱们不能同鬼子留着。"

刘二傻道："嗯！我想起来了，刚才我在月台上踩了两脚马粪，说不定这车站附近藏着有牲口。"

雷心田拍手道："对了！你瞧，我们这样乱，眼前的事会想不起。"

大家还议论着，二傻已是不见。一会子工夫，听到他大嚷道："快来，这所破房子里有七八头牲口呢，都是大个儿的。"

孟刚提了一盏马灯迎了上前，二傻同几个人果然牵了一串牲口过来。用灯一照，五匹马、两头骡子，马的鞍子都不曾卸下来，想到鬼子也是相当地警戒，因道："大家快一点儿动手，把东西装好就走吧。我们来的时候太久了，附近不定哪个车站，只要有鬼子兵在那里，得了消息，一定会来报仇的。"说时，将灯照着表，因道，"现在十点半钟，限半小时内齐收拾停当，离开车站。"他说着，除身上挂了一支手枪，又拿了一支步枪，立刻站到站台上，监视铁路两头的情形。在那时，自然是不住看自己的手表。最后他喊道："现在只有五分钟了，收拾得怎么样了？"

带着人在火车上搬运胜利品的雷心田答道："牲口背上的都捆好了，但是火车上的东西还多得很呢！"

孟刚笑道："那当然，我们一辆卡车、七头牲口，怎能把整火车的东西搬了走？"

雷心田道："我们本来打算全搬子弹，可是崔老二说，咱们既然有一个汽车，就不能不带些汽油走，只好也装了五六箱。"

孟刚道："我们打游击的人，满山满野地跑，要汽车干什么？把东西运到山脚下，我们就要把汽车毁了。快点儿把汽油放下来……哎呀！

270

不好了，敌人援兵到了，你们听听这火车的声音。雷大哥，你带着十个弟兄对准西南，押了牲口向土山镇去。到了山脚下，你们立刻把东西搬到山上去，不用等我。快走！"

雷心田也听到火车滚着铁轨的声音，像瀑布狂泻一般，越来越近。他也觉得这事态严重，忽忽跑到车站外面去，喊着姓名，点齐十人，就赶着牲口，随了汽车走去。孟刚带着八个人依然在月台上齐集，劈开两桶汽油，在火车上浇着，一面向车上点火。等着火车皮冒出了火焰时，那北面来的火车，已经相去不远。

也就因为这站台上发生了火焰的缘故，那列车子已经先行停止了。孟刚的行动也是很机警的，那边火车头上的远射灯光已经照到了站台上以后，他就歪斜地向东边庄稼地里跑了去。约莫跑开了车站一千米远，啪啪地就向站上放了几枪。向那开来的火车看了去时，并没有什么反响，于是又向那边放了一排枪。这一下算是让敌人认识了，卜卜卜，一阵机关枪子老远地射着。孟刚对着同行的八个人道："成了，你们快快地向北跑，绕到那截车子后面去两三里地，就可以从从容容跨过铁路，再向土山镇去。我要保护你们几个人安全脱险，还得在这里停留一二十分钟。你们快走。"

那八个人都道："那不行。要走，大家都走，把孙先生一个人丢在这里，我们不放心。"

孟刚笑道："这一点儿小计不懂，你们还当游击队哪？我在这里放枪，为着是移开鬼子目光向这里追，我们那一辆汽车七头牲口搬的东西，就好太太平平地到土山镇。现在他果然向这里追赶，那就很好，用不着许多人了，我一个就可以引他。这样大的风，天色漆黑，你还怕我逃走不了吗？你们快走。"说毕，于是九个人分着两头走，那八人奔向东北，孟刚一人奔向东南。他走的时候，看到路旁有那矮小的草丛，便伏在地上，擦根火柴点着，不等火苗伸出，自己又斜斜地跑开。每一丛小火点着，必定有一阵机关枪子跟着扫射。回头看站上的火车已经烧得火势熊熊，红了半边天，接着哗啦啦一声震天震地，把那车上的子弹引

271

着火星狂飞起来。

远远看到火光里面人影乱动，想必是已进站的日兵开始奔逃。那追着向这里扫射的机关枪，也就为着这一声巨响，失去了控制的能力。孟刚平睡在庄稼地里，头也不抬起来，静等事情的变化。风是由车站向这边刮着的，每当一阵大风吹将过来之后，就听到一阵杂乱的人声，似乎那些日本援兵，正感到挽救的无策，在那里纷乱着。同时，那火焰里面还不住地射着子弹。料着他们是不会来搜寻的，壮起了胆子，就在庄稼地里捉摸着方向，对北方走去。约莫走有三五里的地方，无意中遇到一股小道，横贯着东西，逆料是和铁路十字交叉的，就顺了这条转向西走。

路上不敢停留，对准了向土山镇的所在走。星光下面，隐隐地看到巍巍的黑影矗立在前面，这已是到了大山脚下，离开铁路很远，不必担心了。先在地沟里找了个避风的所在，歪斜地躺着。等到天色大亮，看到山崖上有一间石头堆的小屋，找着屋里人一打听，到土山镇朝北五里路便是，晚间是摸索着走过了目的地了。赶到村子口上，便看到破庙土坡上有人在那里瞭望，早有人伸手在空中扬了几下，跟着一个一辆空卡车开出村口，由庄稼地里横着迎上前来。车子到了面前停住，雷有德跳下车来，抢上前拱着拳头道："孙先生，我真佩服你了，我真佩服你了，这一下子，咱们发了洋财啦。昨晚上你们出阵，我真不放心，连夜赶下山来。虽知这汽车和七头牲口已然先到了，你没回来，我们大家都担着心。可是心里却又想着，您一定有办法的。"他跳下车来，先就是这一大串的报告。

孟刚笑道："这也全靠了大家同心努力，咱们虽然牺牲了一位弟兄，日本鬼子可死多了。再说，我们有这么些个枪弹，至少每人一支枪、二百发子弹是不成问题了。"

崔老二坐在汽车前面，笑道："孙先生，上车来吧。"

孟刚笑道："这真是笑话，那八辈子没有开过汽车？这一点子路，还得开着汽车来接我。"

崔老二道："我听孙先生说，这车子不开到这里，就要把它毁掉，真是怪可惜了儿的。趁着现在没有毁掉，咱们坐一次是一次。"

孟刚笑着上了车，真的让他开到破庙前下来。崔从善带着一班人站在庙门口，拼命地鼓掌。孟刚抱着拳头，连连说是不敢当，因道："崔老先生应该在石佛寺照料着那些妇孺，怎么也下山了。"

崔从善道："现在那些姑娘少奶奶们，也该做点儿事，不用人照料了。实说吧，我听说孙先生要带人上火车站去抢军火，我真发愁，凭咱们这样凑合着的一批人，真怕不是日本鬼子的对手，他们大炮机关枪什么没有哇，我也是心里急不过，下山老来听消息。想不到您会建下了这样一件大功劳。"

孟刚笑道："还是那句话，是大家同心努力。只是这位第一个受到牺牲的，是你宝庄来的。你们没得着好处……"

崔从善道："你别说这话，咱们这三四十人，有福同享，有难同当，全是大中国的好百姓，还分什么宝庄敝庄？庙里坐吧，给您预备好了洗脸水，在村子里也找到茶叶，给您酽酽地上一壶香片。"孟刚进得庙来，见搬来的大小木箱子和整捆的步枪，一切不见，只有几桶汽油扔在墙边。崔从善道："孙先生是看咱们抢得的东西全不见了吧？这是我们遵从您的主意，也许日本鬼子跟着追了上来，东西存放在这里不能保险，连夜做两起，用牲口驮上山去了。"

孟刚道："到底有了多少东西。我还不清楚，我是急于要知道这个数目，好做打算。这里只留两个人放哨，其余都同我上山去休息。"

崔老二道："孙先生，我不上山，我留在这里看着这辆车吧。先别烧了它，真可惜了儿的。"

孟刚忍不住大笑，便依了他，留着两位不曾出阵的人陪他在这里放哨，自己随了在破庙里的大批人一同上山到石佛寺来。有两个会跑山路的抢先一步到庙里去报信，孟刚来到时，连两个负伤的人也挣扎起来，随同了大家到庙门外来欢迎。

这石佛寺在一所两山合抱的山坳里，随着寺的坐峰和两面合抱的山脉，全都生长着很密的松林。在石佛寺后面有一道流泉，临了石墙脚，绕到庙门前来。庙虽不怎么大，前后两进都还完好，四周的墙全是用由山石砌的，自然更是结实。孟刚觉得很可满意，也随着大家笑嘻嘻地走进了大殿。佛案上插着香烛，院子里地面上散了些爆竹纸屑，空气里散布着硫黄味，便笑道："大家还谢谢佛爷呢？现在，我们不要存着靠天靠人的心了。只要自己肯干，老向前干着，总有希望。"

雷有德笑道："这又不费劲儿，全是在这庙里找出来东西。其实，他们也是喜欢得不知怎么好，就放起鞭炮来，顺带着就敬敬神佛。我也知道您是个新人物，不喜欢这个。"

孟刚道："这倒不能因为我一个人把大家的宗教思想勉强着相触，只要不违反打鬼子这个信条，什么都可自由。"

朱子安的姑娘梅英，随在一旁走，眼珠只转，总想说话，忽然脸一红道："哟！我可不是为着那个。"

孟刚点头说道："哦！香烛是大姑娘点的？我是好话，乡下姑娘总会误解'自由'这两个字。"梅英更不好意思，一扭头跑了。大家哈哈大笑。

随着走到二进佛殿，只见胜利品全在这里展览着。靠了两边的墙，列排的直立着步枪，数一数，共三十二支。佛案上列着四只手枪、一架望远镜，还有十几件水壶饼干盒子之类，案下列着两挺轻机关枪。再分着四层，大小排列着十六支白木箱子，掀开盖来，四箱药品、十二箱子弹。孟刚点头笑道："昨晚上总算不虚此行。"

刘五道："东西多着哦。可惜带来的不到十分之一。"

孟刚笑道："我们白手起家，也该满足了。阿弥陀佛。"

身后有人插嘴道："孙先生，您不也念佛？"回头看时，梅英不知什么时候来了，也站在孟刚身后，于是大家又一阵大笑。

石佛寺大殿梁上，垂下来的那盏佛灯已经没有了。但挂灯的三根铁链子依然存在。现在将一只大瓦盘子替代了灯盏，里面盛满了油，整子儿的灯芯放在盘子沿上，点着有擀面杖那粗的火把，抽出来有七八寸长，所以照着殿里透亮。靠墙角落里支起一捆木柴，也点着很大的火。

掩着殿门，火气不外出，里面是很暖和。二三十个人，杂乱地散坐在地面的干草铺上、石柱磴上或者破椅上。刘二傻坐在一叠土砖上，挨着火靠了墙，把眼睛半开半闭的，慢慢地道："要像是这个样子打游击，打个三年五载，我也不含糊。这顿羊肉包饺子，把我撑死。屋子里这样暖和，我真要睡。"

刘五坐在他身边，拍了他肩膀道："吓！别睡，谁不是昨晚上熬了一整宿的？孙先生说了开会，有话谈呢。你听，外面风声这样大，也许今天晚上，咱们要再出发一趟，把车站上堆的那些洋白面全给它搬了来，咱们可以天天吃包饺子。"

二傻道："面有了，馅儿呢？"

刘五道："告诉你一个好消息，雷爷在他庄子上，把那些没有主儿的大小牲口，弄了好几十个上山来了。要不，今天晚上哪来羊肉白菜馅儿。馅儿倒是有了，现在可真差着洋白面。"

刘二傻突然站起来，拍着胸道："这算什么？今天晚上，咱们再去。"

刘五笑道："是呀，你不把白面拖了来，人家那里白面现成，也不能放着饺子不包，差着空儿，你去刚好。"满佛殿人听说，都笑起来。

二傻点着头道："哼！昨天咱们可打赢他们来着！"

刘五道："孙先生放一把火，火车都烧啦，还有白面呢？日本鬼子昨日吃了那样一个大亏，今晚又在刮风，他是个死人，就不提防一二吗？"

二傻道："他鬼，咱们也鬼，今天还上那儿吗？咱们也可以掉一个地方。"

随了这语，有人在殿外插言道："你别瞧是傻哥说的话，咱们当游击队的人，根本就是这样子做。"那人推了门进来，便是孟刚。

二傻乐极了，跳着脚连拍了两下脑袋道："大家瞧瞧我说的话怎么样！连孙先生都赞成。孙先生，你说今天咱们该上哪儿？"

孟刚在殿旁一个石础上坐着，将手拍拍腿道："我们念书的人，就是这样不如你们种庄稼的。昨天累了一天，今日就不行了。不过干游击的事，不能说一个地方只去一次，也不能说一个地方一连可以去好几次，这完全看我们占便宜不占便宜。今天我们晚上要讨论的，现在不是家伙够不够，反过来了是人手不够了。不说别的，就是别的，就是这两挺轻机关枪，就成了聋子的耳朵，咱们没有那么些个人会用。"说着，向屋子里全看了一眼。

雷心田道："我凑合着能使。"

孟刚道："还有呢？"大家都没有作声。孟刚道："却又来。所以我们倒不忙去拦劫军火，最要紧的还是多找些同志。假如我们昨天再有五十人到一百人上路，你看我们能够搬多少东西回来？"

二傻道："多添些人，自然是好事，可是转个念头想想，让日本鬼子洗了咱们一个村子，咱们才多得一二十个人，要是咱们再加上百十来个人，还要牺牲多少村庄呢？"

孟刚笑道："我的傻哥！若是咱们游击队召集同志，要用这个办法，游击队成了功，中国也就完了。咱们为的是保护大家的生命财产，为的是保护大家的村子，这才要在日本鬼子没动手以前老早地组织起来，让他们把自己的防御线，坚固得像铁桶一样，日本鬼子来了，他把算盘子打得清清楚楚儿的，犯不上用很多的兵力来攻打咱们的乡村，咱们就不费什么劲儿，村子也可以保得住。所以现在咱们有了这点儿小小的规模，又很做了一点儿事情，证明组织游击队并不是瞎吹的事，实实在在是有效力的。让大家看看，可以放手跟了咱们走。"

雷有德斜坐在一条板凳上，口里斜衔了一根旱烟袋，慢慢地向外喷着烟，微偏了头听着，这就插嘴道："听孙先生的话，莫非是要我们到附近各村子里去拉他们合作。"

孟刚点点头道："事情是打算这样做的。不过这外表的人选，却有点儿问题，对于本地方情形不熟悉的人不能去，对于游击队没有深刻认识的人不能去。所以我急于要和大家商量着，看是派什么人出去联络。"

雷有德道："若是这附近两三个村子，凭了我这点儿老面子也许可以和大家商量商量。只是我这张嘴不会说，怕是把人情弄僵了。要说得人心，那就是我们这位崔善人。"说着，抱着拳头，向崔从善拱了两拱。

崔从善站起来，将胸脯微微地拍了两下道："若是孙先生瞧着我能干得好的话，我一句客气话也不说，一定去。"

孟刚也站起来道："崔先生能去，那是最好不过的事。只是这里面还有点儿困难的，不能不先提一声儿。到了这个日子，好人容易变成坏人，坏人也容易变成好人。凭了崔善人这份儿资格，也许对人家一说好话，当土匪的，也愿扛了枪来当游击队。还有那懦弱无能的人，平常不肯犯法，到了这时，让坏人压迫着，也许当了汉奸。你要去劝人家当游击队，他就绑了你去送给日本人。"

崔善人道："当然，也不能说这种事绝对没有。可是我上了岁数了，遇到出去打游击，你们不让我去，危险是你们的。我本来干不了，自然也不必勉强地要去。现在去当代表邀人合作，是我本分的事了，我又怕危险，那么我们这年纪一点儿的人，加入游击队里面来，就是挂一个名儿的吗？"

孟刚道："既然如此，那就由崔先生下山去办这件事。至于怎么去说，再请雷有德先生陪着去一趟，大概不会有什么岔子。"

雷有德道："我当然去，不过我的想法，与其劝他们合作，不如把我们受的苦告诉他们还有力得多。咱们现在是四个村子里的人，每个村子里推出一个代表，一块儿去。到了各村子里，各人把自己受苦的事和昨日报仇的事，两下比着一说，总容易让人动心一点儿。"

孟刚想着，他这话也很通，再加上刘五和朱子安，约定了明日一块儿下山。

雷有德说："去这里十五里路的程庄有一百户上下人家，还有两个财主，能约着他们合作，就人力财力都有。附近三五个小村子，跟了他们走的，壮丁更可以多起来。"于是大家又决定了，首先就去说合这个村子。孟刚觉得和这里的人生疏得多，就没有参加。次日早上，吃过早饭，直送着他们下山，在破庙里等着。

第七章

打倒汉奸

这四个人为了防备不测起见，各人全带了一支枪。在路上走着的时候，雷有德道："崔爷，到了程庄，说呢，我是尽量地说，不过论道卖面子还是你的事啦。程庄上有两个大绅士，一个是程老爷，他做过知县，您大概也知道他。"

崔从善道："怎么不知道？去年他娶儿媳妇，我还重重送了一个份子。"

雷有德道："他那儿到你那儿，足有三十里地吧？这远的路，他还有什么力量，你就含糊着过去，也不要紧。"

崔从善道："不要紧？您不知道他的厉害哩。您想，我顶着这个善人的号，真不是便宜事。除非县太爷别办什么公共的事，若是办起来了，就忘不了我。出几个钱没什么，只是要真正地用在公益事情上面，可是县太爷找我去商量的，十回就有八回和程老爷娶儿媳妇的玩意儿差不多。咱这一乡芝麻粒大的事情，县太爷也得和程老爷先知会一声儿。把程老爷联络好了，也可以请他在县衙里说几句话。"

雷有德摇着头道："唉！像你这样的善人，总是在乡下做好事的，也免不了联络他们。我话还没说完呢，程庄上还有个程四爷程伯良，你认识不认识？"

崔从善道："也认识的。可是这两年没见过面了。"

雷有德道："他是个土财主，家里有几十顷地，骡马成群。放印子钱、贩卖大烟土，什么事他都干，只要是赚钱的。回头到庄子上先见他，他听说日本鬼子来了就要破家，也许他首先就加入咱们队里来。"

崔从善道："但愿这样子就好。可是我嘴笨，全仗着你老哥努力呀。"

大家走着走路，又把见面之后应当说些什么话都研究了一下。觉得事实可以做证，大家全是情形差不多的庄稼人，一说之后，总不会有什么问题的。高高兴兴地，不到两小时，就到了程庄。

这个庄子人口多，寨子也做得很结实，周围的寨墙有三丈来高，朝东的寨门像城门一样，紧紧地朝外关着。寨子外面没有人，也没有牲口。大风之后，大太阳照着整片的寒林，满地铺了许多曲曲直直的树影。刘五止住了脚道："别只是一个劲儿地走，先打听打听，好像这个村子上也出了什么事吧？什么时候了，还关着寨子门呢。"

雷有德一手摸着枪，一手搔着头发道："是呀，这样子好像……"

一言未了，那寨墙上有人大声呼唤着道："呔！干什么的？到哪儿去？"随着这话，寨墙子眼里可伸出两支步枪头子来。

雷有德立刻把枪放在地上，高举了两手道："我是土山镇的雷有德，来到贵庄有事情同程老爷程四爷商量。"

墙上人问道："你们干吗带着家伙？"

雷有德道："大哥，您不想想现在是什么情形，我们走一二十里地，不能不带着防身的家伙。"

墙上人道："那么，你们在这儿站着，我进去替你们问一声儿。"

雷有德猜这样子，也是村子里有了戒备，退远了几十步路，和崔从善三人站在一处，低声道："瞧他们这样子，大概比咱们干得还起劲儿呢，咱们来着了，准一说就成功。"

约莫十几分钟，墙上人伸出头来，招着手道："你们过来吧。可是有一件，你四位的枪先交给我们，然后才能进寨子。"

崔从善道："这当然可以，到了你们宝庄里面，我们原也用不着要家伙。"于是四人走进寨子下，由寨墙上先落下绳子来，把枪缚着扯了上去，才开门放四人进寨。那位程四爷已先行迎到半路上来。他穿着灰布羊皮袍子，外罩青印花缎子背心，迎面一排纽扣上挂了眼镜银盒、牙签、耳挖之类。胖大的脸抹了黑隐隐络腮胡子桩儿。头上罩了四棱瓦的皮帽子，越显得他个儿老高。

雷有德抢上一步，笑道："四爷，一年来都没见，您好？"

程老四爷道："现在彼此彼此吧？"雷有德于是将崔从善、朱子安、刘五都介绍了。程四爷向从善拱了一拱手，笑道："两年不见，竟是不认识了。今天的事有了崔善人出面，这就好办。真没想到四位老远地跑来，先请到舍下喝口水。"

雷有德听他的口音，竟是预先有了组织，彼此要商量的事，算是水到渠成，屡次向崔从善望着，带了微笑，表示他心中的得意。

程四爷是个有钱的人，虽住在乡下，也是前后两进带走廊的四合大院子。先引着客人在前面正屋子坐下，正面列着木炕，两边排着四把太师椅，炕里条桌上还摆着座钟、瓷器帽筒，三五十年前的老排场。客人在门外，拍过了身上的灰尘，有长工捧了水盆来，大家洗过手脸，主人陪着用烟茶，还吩咐家里煮几个鸡子儿来。

雷有德拱拱手道："您不用张罗。这个时候，咱们也全用不着客气，我们把事情接洽完了，还得赶回去呢。今天来不为别事……"

程四爷皱了眉苦笑着道："各位的来意，我早明白。"

崔从善道："只要贵庄上肯和我们合作，那就好极了。"

程四爷道："你们不来，这里的程会长也要去请你们呢。"

朱子安笑道："我们真没想到宝庄上这样见解得道，什么都办好了。我们这些村子，也像贵庄这样大家齐心，老早动手，也许不至于吃这样的大亏。"

程四爷道："大家齐心？要是齐心，那就好办，现在我也一点儿主意没有，只好交给会长去主持。会长一走，他们更是胡捣乱，关上寨门，派人放哨。请问，日本军队来了，架起大炮向这里乱轰，我们这一二百人有什么用？"

雷有德不由得站起来，望着他问道："什么？贵庄这样做法，不是四爷的主意？"

程四爷道："当然不是我的主意。咱们既然同人谈和平，又关上寨子门干什么？北京、保府那样好的城墙，也挡他不住，这小小一个寨子有什么用？"

崔从善听他这话有点儿不是来头，因问道："四爷说是谈和平，这和平是怎么一种办法呢？事到于今，还和平得起来吗？"

程四爷听他的话也有些愕然，向四人很快地看了一眼道："难道四位来，还另有什么高见？这里的程老爷当了维持会会长，你们不知道吗？"

崔从善道："哦！刚才四爷说的会长到城里去了，就是他。"说着向雷有德看去，他倒是很坦然，微微地笑道："听是听到了的，不怎么详细，又怕消息不确，所以特地跑到这里来看看。"

程四爷道："谁人的家产不是费了一生心血弄起来的，谁又舍得白白地丢了？为了顾全大家的产业，不能不同日本人讲和。"

朱子安道："既然讲和，为什么把寨门闭起来？好像又要同日本人干起来的样子。"

四爷点了一根烟卷儿夹着，接连地喷出几口烟，却没有说话，后来手指夹着烟卷向地面上弹了几下烟灰，眼望了地面道："唉！日本也不好，他们不明白中国人的心事。"

雷有德向崔从善看了一眼，崔从善便接嘴道："是呀，要是能谈和平的话，谁又愿意决裂呢？你瞧吧，到了一个村子，又是要吃又是要钱，一句话不对头，枪口就对了老百姓的胸脯子。最让人家忍受不住的……"

朱子安脸通红，抢着接嘴道："就是和老百姓要花姑娘。只要是女人，你别让他们瞧见。一瞧见了，人家屋子里也好，院子里也好，就是村子外大路上也好，三四个日本兵围住一个，硬要女人脱个精光……"程四爷脸也红了，颈脖子青筋直冒，瞪了两眼，向朱子安望着。朱子安为村长的人，专门侍候着乡下的大绅士、大财主，当然是看眼势说话的，见他这样子，不明他用意所在，把话吞回去了。

程四爷只管向他瞪着眼，并不因为他把话止住了就泄了气，继续着有五分钟之久，然后才问道："这些话，也不能全真吧？"他说这话，语气是显得无力。

朱子安道："怎么不全真？全是我们自己经过的事。"

程四爷拿起烟卷来，放到嘴角里吸了两口，然后喷出烟来，慢慢地道："我们这里程老爷到县里去了，也就为的这些事。村子里这些庄稼人什么全不懂，他们说，只要日本人不到村子里来骚扰，就是出点儿钱拉去几头牲口，那都不算什么。可是一层，要我同程老爷担保，日本兵准不会进村子来。也不问我答应不答应，这一下子，出兵不由将，他们就把寨子门关上了。我告诉他们关上寨子门没用，谁也不信。"

雷有德红了脸道："听四爷这话，一定投降了。"

程四爷道："不投降有什么法子？我这村子里人，谁也有几亩地。"

雷有德摇了几摇头道："这样做，您就想错很了。你不投降日本，你村子里有家伙，他多少还含糊你一点儿。你投降了他，他先把你的家伙　齐收去，把你内外消息隔断，要你拿什么出来，你就得拿什么。中国人要都像程四爷这个想法，要保全产业都去投降。日本这就好办了，用几架飞机，在中国飞上一周，威吓威吓中国人，一粒子弹也不用放，就灭了中国。灭了中国之后，中国人全是牛马奴隶，别说家产，性命也不能保。别说本身受苦，子子孙孙也不能抬头。听说四爷到过关外的，那就好了。你瞧见那亡了国的高丽人没有？"

程四爷淡淡笑了一笑道："雷村长，你也学会了学生那一套。咱不说空话，咱就管眼前的。待一会儿程老爷回来了，他自有主意。现在请教四位老远地跑来，好像事先还没有知道我们这里一番情景，那么你们四位原来是什么主意呢？"他把手上的烟卷头儿扔下，从新取了衔在嘴角上，擦好火柴，歪了脖子来点着。只看他那一幅情景，就透着有几分不愿意在里面。

崔从善向同来的人全看了一眼，因道："当然地，我们为着出不了什么好主意，才跑到这儿来请教。现在连程爷都想不出什么好法子，我

282

们识见浅的人，想得出什么？四爷，我们最后问你一句话，除了投降，你还有没有别的打算呢？"

程四爷向他们看看，见他们的脸色都带上了一层红晕，他那微微向外突出的眼珠转动着，带一份审查的意味。他慢慢地道："你们若是起那糊涂心事，想弄什么游击队的话，那就请你们再仔细从想……"

刘五突然站起来，脸色更红了，提高了嗓子道："程四爷的意思已经明白了，我们也用不着多说，告辞吧。"他说着话，首先起身，同来的三个人也只好跟了出来。

程四爷只送到屋檐下，说声"恕不远送"，就进屋去了。

走出大门，朱子安道："没想到程四爷这样精明的人，居心要做汉奸。五哥不该发急。也许他是没有知道日本人来了奸淫烧杀那番情景。再坐一会儿工夫，咱们把经过的情形给他说说，也许会转变过来的。好在村子里人还没有同意。"

刘五道："他怎么不知道？知道的比咱们还多呢。你没听见他说过，就是日本兵要女人这件事不好办吗？他既知道不好办，鬼子烧杀的新闻，就打听了不少。打算做汉奸的人，做了汉奸以后要怎样，不会不想到的，不过他希望鬼子烧杀只在别个村子里发现。就是在他村子里发现也可以，只是别闹到他家里去，他就稳稳地做日本人的奴才了。"

正说着，后面忽然有一个人插言道："你这话对极了。"

大家回头看时，是这村子里的一个庄稼人，环抱了两只手胳膊，跟着四人后面听话。崔从善见他脸色绷得很紧，微微竖着两道眉毛，这就明白他内心是一种什么表情，因道："您这位大哥，贵姓也是程吗？"

他道："我们这村子里，十有八九姓程。只是我叫孙老铁，在这村子里开了爿小铁铺，带着拾落车辆。不是我说句瞧不起人的话，这个村子里要全姓孙，谁敢做汉奸？"

又有人在旁插言道："这村子里就算都姓程，也没人敢做汉奸。"说这话的，是位二十多岁的青年，头上戴着鸭舌帽，里面是灰布短棉袄裤，外面套着黑羊毛青布面短大衣，身上背了一支步枪，由小路上插上前来。

雷有德哦了一声，笑道："这是程步云先生。您由北平什么时候回来的？"

程步云摇头道："这一路来，绕了小路起旱道走回来的，苦吃大了，昨日才到。不想这里大局已定，他们老早和日本人接洽起来了。可是我由昨晚起，一直说到今天上午为止，把日本人的厉害全告诉了村子里人了，他们这才明白过来，投降不得。四位来的意思，我十分明白，也十分佩服。请到舍下去，从长地谈一谈，那就是舍下。"说着，他伸手向前面一指，一片空场的所在，黄土墙围着两扇黑漆门，在矮墙里伸出几槐歪斜的老松树，显得这人家在荒寒冬季里，多少还留着一点儿生气。

雷有德向同行的人道："程先生他在北京大学里念书，是个有志气的青年，一定可以和咱们合作的。"于是四个人很高兴地一齐进那黑漆门里去了。不到二十分钟，老老少少，又有二三十名村子里的人，走到黑漆小门里去。虽然进去了这些人，却并没有什么喧哗的声音由里面出来，但是那屋顶上的烟囱，一阵阵地向外冒着黑烟，可以想象到他的厨房里正忙着呢。

约莫是下午三点钟的时候，一阵噎噎的喇叭叫，带着机轮的轧轧之声，一辆黑漆乌亮的汽车满身带了黄土，冲进了程庄的寨子。随着车子后面的，是一大群小孩和一些妇人。大家传说着老爷在东洋鬼子面前，讨了官来做了，坐了汽车回来。由空场里把消息传到各人屋子去，就惊动了这位正要找程老爷算账的程步云的四位来宾，又带了十几位同村子里人，全向他家里来。

他是一位做县长多年的人，当然家里的排场又在四爷之上。除了他打扫院落的长工而外，还有两个穿灰色制服的人在门口拦着人。步云首先上前，向那长工道："噫！你不认得我吗？我见你老爷有要紧的话说。"

在村子里做老爷的人，固然是人人所尊敬，但由北平回来的大学生，乡下人认为是未来的老爷，却也另眼相看。步云说过之后，带了一

284

群人闯进院子来。长工见势不能拦住，只得跑到上房去报告。这就听到里面有人道："请来客厅坐吧。"

崔从善料着是程老爷来了，老远地向里面看去，他竟是不受一点儿时局的影响，蓝绸皮袍，套着青缎乌褂，头上顶了瓜皮帽，迎面嵌着两粒大珠子。圆圆的脸，配上一副乌龟小眼，眼角上带了鱼尾纹，八字须下面，在下巴颏正中长了一粒大痣，痣上又长出一丛黑须。看他垂下两只大袖，摇摆着身子出来，还没有改掉他那官派。他走到院子里面，先就注意到等着的老头子，崔从善雷有德他却认得的，立刻拱着手道："原来你几位也来了，快请到里面坐，快请到里面坐。"

大家和主人一路拥进了客厅，觉得这里面除了铺设得华丽外，而且还有许多是新设的，乡下绝无仅有的铁炉子，里面满满地生着炭火。椅子上新加着软厚的椅垫；椅子瓶子里，供养着新鲜的花枝，大风天刚过去，屋子里没有一点儿浮尘，这绝不能说是为了邻村子里几个代表来，预先知道，就这样布置的。程老爷满脸放下了笑容，只管向各人让座。可是那两只眼睛始终是向程步云盯着。

步云道："子祥三哥，您到县里去跑了一次的结果怎么样?"

子祥道："我不像四爷那样只顾本身，我也替大家打算打算。你想，军队都抵抗不了人家，我们老百姓赤手空拳能干什么事？所以我去和日本人商量着，只要他能够少杀伤一些老百姓，遇事也只好忍耐一点儿了。我是回家来看看的，也就顺便动员附近这些村子里人，不可过分嚣张。过一会儿，城里还有人来呢。"

步云道："听说当日本的顺民，第一件事就是要和他办东西，三哥到县里去的结果怎么样呢?"

子祥将手摸了两摸胡子，低声道："办军差也是常事。"

步云道："这四位是代表四个村子的。他们就打听着要干些什么，好赶快回去筹备。"

子祥很快将四人看了一眼，他四人坐在一并排四张椅子上，脸色沉着，视线都射在脚尖的地上，好像心里头怀着很重的忧虑。子祥这就带了一份很毒的微笑，向四人道："你们也不要发傻。咱们既然是出来当代表，和大家卖力气，不能不回点儿好处。他们开单子交给咱们，并不是说咱们家里一定要照摊。自然，所有要办的军差，全出在老百姓头上。"

崔从善道："还有办差的单子吗？"

子祥道："当然有，他不能随便在口里交代几句话就算一件公事。"

崔从善道："要办些什么东西呢？总要我们老百姓的力量出得起才好呢。"他说时，十足表现了他踌躇的样子，将右手五个手指头轮流地在右腿上膝盖上敲打着。

子祥对屋子里的人全看了一眼，因道："自然，这些要办的东西，都要公开出来的。不过暂时还不能对大家说。"

崔从善道："程老爷，你总得让我们先知道哇。我们心里有了个准稿子，才好着手去办理呢。"

子祥点头道："那也好，让你们先知道吧。"说着，伸手在怀里摸索了一阵，掏出一张纸条，交给崔从善。

崔从善两手捧着看去，老脸皮上涨红起来，而两只手还是抖擞个不止。程步云起身一跳，跳在他身后，伸手便夺过来。好在崔从善是一点儿也不违抗，由他就拿了过去。步云捧了纸条，很快地看过，向子祥道："这一些你都打算照办？"

子祥见他瞪了两眼，只竖着眉毛说话，也就有些胆怯，因道："愿意和大家商量。"

步云喝道："你这出卖祖宗、出卖子孙、出卖同胞的恶贼。你想牺牲我们全县的百姓，让你去当日本人的走狗。朋友们，把他先绑起，谁要先反抗的，先吃我一枪。"他说话时很快地伸手到大衣袋里去，掏出一支盒子炮，举起来对了程子祥的脸。

随着步云来的十几位青年，都在院子里听消息，只他一声喝，大家拥了进门，将子祥捉住。好像绳索是预备了的，立刻有人拿出来，将这汉奸捆住。步云跑出院子来，大声叫道："鼓锣吧，鼓锣吧。"人丛中就有人把预备好了的一面大锣，铮铮铮地敲着。在满村子人情绪紧张的时候，有这样猛烈的锣声，把每个角落里的人都惊动了，一二百人拥挤在这空场子里。程步云由他家院子里，爬上一堵矮墙站着，举了两手高叫道："请大家清净一下，听我报告。以前我由北平回来同大家也说过，亡国奴是做不得的，做了亡国奴，不但家产保不了，连自己媳妇闺女也保不了。现在这事情来了，东洋鬼子占了我们的县城，到四乡来叫绅士当汉奸，要他们办军差。别个村子里的事，咱们先不谈，看看鬼子，要我们村子里办些什么吧。有张单子在这里，是程子祥拿来的，我念给诸位听。"

说毕，由袋里取出单子来两手捧了，高声喊道："皇军龟伏支队——皇军两个字是鬼子兵吹牛的，说他们是天皇的军队，中国只是他们脚底下的泥。龟伏是支队长的名字。"他交代过了，又念道，"皇军龟伏支队，命令程庄庄主程子祥，征发各项军用品如下：面粉二百袋、猪十头、鸡三百只、鸡蛋五千枚、骡马五十匹、牛二十匹、骆驼十匹、妇女二百四十名。诸位注意，鬼子兵要妇女二百四十名。请问，他要这些妇女干什么？咱们这村子里，哪有这些牲口面粉？就是有，哪有这些妇女？恐怕把十岁的女孩子同六十岁的老太太，完全拿去抵数也是不够。可是拿别的东西去当军差也罢了，谁能够把自己的媳妇闺女当军差呢？再说，东洋鬼子要的东西，你非给他不可，你若是不给他，他就要胡闹了。今天上午，崔庄、大刘庄、土山镇、大王庄这几位代表，把他们受的苦处都告诉村子里人了。我想，这消息一个传一个的，大家全已知道。我们能够瞧着自己家里的妇女受人家欺侮吗？我们能畜生似的，挨着鞭子替人当苦力吗？我们能够把自己的住房，让东洋鬼子烧火玩吗？诸位，你能不能？"他重重地问了这么一句，空场子里轰雷也似的答应一声："不能！"

程步云道："既是不能，我们就得赶快想法子挡住日本鬼子，等鬼子进了村子，那就不好办。我们不是奴才，谁也不是我们的主人。鬼子居然派下庄主来卖我们的身子了。各位你们知道这是谁在鬼子那里揽下这笔买卖的吗？你们知道谁在家里预备下茶饭酒菜欢迎鬼子吗？他们想在鬼子面前当奴才，要把我们推下火坑，去当他们一份厚礼，我们能忍受吗？"

人丛中也有一部分妇女，早由男子们口里得着大刘庄、大王庄的消息。男人喊叫着，她们也喊叫着："程子祥把别家人的女人去当军差，他自己倒想升官发财啦。大家去，把他那窝子给抄了。"

男女呐喊着，站在墙头上的程步云，跳着脚摇着手，叫大家再听报告，但哪里还有人听，潮涌般地向程子祥家拥了去。有些人落后挤不上前的，就喊着，分一半人找老四去。于是又拥成一股人浪，向程四爷家里奔去。

程步云跳下墙来，只是和四位代表站在一块儿发呆。那些人拥到两家去以后的动作，虽不得而知，但是"打倒汉奸，打倒汉奸"，一阵很汹涌的声浪，在空气里传播着。程步云忍耐不住，和了四位代表，也追到程子祥家里来，但见村子里人依然不断地在他大门口推拥着，那辆随了维持会长名义而来的汽车，却是七零八碎地分布在门外坦地上。那么，想象着这位坐汽车的新任奴才，其境遇也就可知了。

第八章

被围之后

经过了一个小时的纷扰，程庄里面的老百姓才把喧嚣的行动停止下去。程步云同着雷有德四位代表，在家里会议。他很兴奋地提高了嗓子道："虽然这两个人是我的本家，他要出卖我全县的老百姓，罪大恶极，这样结果了他们，算是便宜了他，从这时起，我敢担保，我全村子里绝不能再有一个人说一句归顺日本鬼子的话。只是日军在城里，正等了程子祥的回信，把要的肉、面、牲口、妇女给他带去。若迟到明日没有消息，恐怕鬼子兵就会到这里来动手。而且看程子祥家里笼火烧水、收拾屋子，活像预备招待上宾的情形，恐怕今天下午就有人来。来就来，并不含糊他。只是日子长了，我们这一个村子恐怕对付不了。"

雷有德站起来一拍胸道："这个你放心。我们既是同心合作，就是有福同享，有祸同当。我们那里有的是军火，就差人手。现放着两挺机关枪，没人会使。你村子上……"

程步云跳起来，拍手笑道："那就好极了。我这村子里至少有二十个人是当过大兵的。两挺机关枪没有问题。"

雷有德道："不过，总还有点儿问题。"说时，微皱了眉毛，现出踌躇的样子。

程步云道："还有什么问题，子弹不够吗？"

雷有德道："那倒不是。我听程先生口气，好像鬼子兵来了，在这村子上就要和他干一下。这一层和我们的宗旨有点儿不合。因为我们全是老百姓，纵然大家都有一颗杀贼的赤心，究竟没有重武器，没有整个军事上的设备，同日本鬼子的正式军队打对，那是吃亏的事。纵然抬了

289

两架机关枪来帮着你们守住这个村子，恐怕也做不了多大的事。就算打退了鬼子，至多我们也只能守住这村子。何况鬼子的力量源源而来，未见得就对付得了。"

程步云道："这个我知道。所以我怕日子长了有问题。我们有人有家伙总比不了鬼子，只有干游击，可以找他们的便宜。可是我们若把全县的老百姓都发动起来了，难道全县的老百姓都得丢了他们的家，跟着四处跑吗？所以游击要干，村子也得守。"

雷有德听了他的话，觉得理论是很对的。可是真那样干，又很不合算，一时想不起用什么话来答复，只管抓抓腮，又抓抓头皮。

程步云道："雷先生也不必为难。好在这件事，总得回到山上去和你们孙先生商量。我的话究竟是对与不对，他一定给你们有个决断。"

崔从善道："这话是，或者是请程先生带人到山上去，或者我们山上派人送家伙到贵庄来，我们先回去把话问明了，再来同程先生商量。那么，事不宜迟，我们立刻就走。"

程步云听说，叫庄子里人把四位留下的四件家伙依然交给原主，直送到寨子外来。就在这时，远远地在人行路上卷起一股尘土，陆续地翻腾着，就像一条黄龙就地翻滚，那正是火车路上，跑着汽车的形势。不到两三分钟，已经看到有辆汽车的黑影子，在那黄色的尘头前面跑着。

雷有德正是想要和主人告别，这就望了发愣。程步云笑道："你们四位只管照着约会行事，不要替我担心。他好在只来的是一辆车子，车子上就装的是一车老虎，我也有法子扒了他的皮。"

朱子安是吃够了鬼子兵的亏的，端好了枪，闪到路边一棵大树后去。

这时，那汽车已到了寨子门口，是一辆大敌车，除了上面坐着四个穿灰色制服的人而外，还有一个穿皮领大衣的军官。各人袖子上全都团了一个黄布圈圈，上面有字，老远地看不出来。车子停下了，那个穿皮领大衣的，站起来向程步云喝着问道："我们城里特务机关长派来的，要你预备东西，都预备好了没有？"

程步云站在路头上躬身答道："这大卡车就是来装东西的吗？"

那人道："你说干吗的吧？"

程步云依然躬身答道："那么，请把车子开到寨子里面去，我们程会长等着呢。"

他哼了一声道："也不怕他不等着。"

程步云闪到一边，躬身道："请进吧。"那汽车夫也跟着扬扬得意，呜的一声，按着喇叭，就冲进寨子里面去了，程步云紧跟了车子走进去，寨子门立刻就已关上。

朱子安端了枪由树后钻出来，见同行三人，都在路头上站着，便道："耀武扬威地开了车子直闯，我以为鬼子兵又来了，原来是大小几个汉奸。做汉奸也不过当鬼子的奴才，有什么稀奇？你们瞧见程先生对他那股子殷勤吗？"

崔从善道："你以为那是真的和他客气吗？他说了，他们程会长在那里等着呢。"说毕，大家哈哈大笑一阵。

四人这一来，很随便地就说合了一个大村子，添上了一百名上下的壮丁，帮助了本队的力量不小，大家高高兴兴跑回了石佛寺，把经过的情形对孙孟刚说了。

孟刚道："这位程步云先生，既是位大学生，见解是有的，但是经验不够。他说要守村子，照普通的情形来说当然是对的。必定大家守住村子，日本鬼子才不敢随便到乡下来骚扰。可是他那个村子是大汉奸的老巢子，又有大路可以通汽车。在县城里的日本鬼子，得不到汉奸的回信，一定会派兵去示威的。通汽车的地方，他们什么重兵器不能带？我看这村子很危险，我要自己下山去和他商量。这里留下十个人看守，其余的都和我一路去。机关枪也带了去，免得他疑心我们劝他上山，是舍不得给他们家伙。大家快动手，限二十分钟内出发。"他吩咐完了，紧系了皮带，就在大殿台阶下去站着等候。

梅英捧了一大杯茶，向偏殿的小台阶绕过来，笑道："您又要出发，真是辛苦得很。你喝杯热茶走吧，刚烧好的。"

孟刚接过茶杯点点头笑道："你这意思很好。不过出发的不是我一个人，你要有意慰劳出发的人，就得向大家都倒一杯茶。"

梅英笑道："那也可以。不过我只有一双手，忙不过来。谁让你是我们的头儿呢？自然先给您倒茶。"

朱子安在殿上瞧着，只忍不住要乐，因道："孙先生，你瞧小孩子这点儿意思吧，乡下姑娘，可不会说话。"

孟刚端起茶喝了，将茶杯递还给梅英。当她伸手来接茶杯时，见她的手臂又圆又粗，便笑道："姑娘，你身体很健康，将来还可以在别的事情上替我们出力。"

梅英笑道："我现在正跟着我爸爸学打枪。"

孟刚点头道："这就很好。假使中国的女子，都能像男子这一样出力，中国要多一倍的武力，你看那要做多少事吧？至少，女人也不会受人家的欺侮了。"

梅英听到最后一句话，透着有点儿不好意思，低了头拿着茶杯走了。孟刚见她这种态度，忽然省悟，有点儿失言，也只好望着她走开。索性出发的人已经全部武装起来，在院子里集合着。孟刚将胸脯挺起来，开了步子就在前面引导。走出石佛寺大门，穿过一道山腰小路，回转头来看时，梅英又站在庙旁高石堆上望呢。孟刚心里想着，大时代来了，人的性情很容易随了环境改样。中国这样死守老法、不肯推动的国家，也得日本人这样来猛烈的刺激才好。要不然，我一个当大学生的人，有法子领导这封建制度下的农民来抗日吗？想到这种地方，也就心旷神怡起来，打足了精神，下着山来，直奔程庄。

当大家赶到程庄寨子外的时候，太阳已经偏到西边地平线的寨林上。冬天日短，看看就要天黑，寨子门是关的，这当然是人情，大家全没有理会，只管向前走。可是又向前走了三五十步的时候，还隔着寨子外那道干壕呢，却是唰的一声，有一粒子弹向头上飞过。大家全是一怔，止住了步子。但也只有两分钟的犹豫，立时把队伍散开来，分别地在庄稼地伏着。他们是经过孟刚两三天的加速训练，对于事变之来，已经能自动地做出防御的动作。孟刚虽然是在队伍前面的一个，但听到枪声之后，也是在柳树下俯伏着，静等变化。但这样静静地经过了几分钟，并不看到有什么继续的变动发生。向寨子里去看时，寨子门是紧紧地闭着，在寨墙后面一棵大树上，树起一面青天白日满地红的国旗，乡寨子里平常不会有这种表现，这足以证明这村子里大有人在。

孟刚大着胆子，站起来对了寨子里高声喊道："我们是山上石佛寺来的，不是汉奸。"

叫喊了两三遍，寨墙上才有人伸出头来向外面张望着，问道："你们来多少人，原来那四位代表呢？"

刘五由庄稼地里站起来答道："我在这里。你们不放心，让我一个人先进寨子回话得了。"

有了这样的交代，寨子上的人，才答应先放几个人进去。足办了半小时的交涉，孟刚才带人进了寨子。程步云看到他们都带了枪支，而且真抬了两架机关枪进来，是非常的高兴，迎到寨门口里，握住孟刚的手，紧紧地摇撼着道："这个时候，贵队到敝庄来，不但是雪里送炭，而且是……啊！我简直形容不出来，但是在这个时候，我是绝对的要人帮忙。各位远道而来，太辛苦了，先到舍下去休息休息。"说着挽了孟刚的手，一同走到家里去，除了派人招待石佛寺来的一班人而外，自己亲自引孟刚到半做书房、半做卧室的屋子里来，隔了书桌，两人对面坐下。

孟刚先道："程同志，我看你对我们这样热烈的欢迎，我很感动，但你希望我们过殷，恐怕会使你失望。截止到现在为止，我们还仅仅只有四十名上下的战斗员。再说，我们对整个战略上，恐怕还有点儿出入。"他说话时，两手伸着按住了桌面，微挺着胸脯，低垂了眼皮，从从容容地把这番话说完，仿佛每一个字都是用着力气说出来的。

步云把他的话听完了，想了一想道："我们的战略有点儿出入吗？"

孟刚道："有的，我听到我们四位回去的同志说了程同志的意思，我就这样想。我们为桑梓尽力，为黄帝的子孙挣一口气，为各尽国民之

293

天职，这一个出发点完全是相同的。但是程同志的做法，与我不同。我是用游击的手段保卫我们的乡土，而且是由自己村子做起。这样做，我们的力量是游击队的组织，人多自然是好，十个八个人，也照样可以做点儿事。程同志所打算的呢，是保护团的组织，力量小了无用，必定要联合许多村庄互相呼应，敌人扰我一个村子，其余的村子全来，这才让他们不敢用少数人捣乱。真想做出一番事业来，必定要用联庄自卫扩充到联县自卫才能生效。这样看起来，我们的战略，不是有了出入吗？"

步云将桌子一拍，笑道："痛快痛快！我正在这里发愁，丢了村子去游击，觉得不合情理。守住这村子，又怕日本鬼子来多人，对付不了。但是我何以会有了这矛盾的事实，自己一时解释不过来。孙同志这样彻底一说，我明白了。我是走上了组织游击队的形势上，而又陷入在组织保卫团的情感中。"

孟刚也轻轻鼓了两下掌道："聪明人一说就明白。"

步云道："那我们怎么办呢？"

孟刚道："贵庄的情形，我现在已经明了了，有三条路可走。其一，我们将计就计，冒充汉奸，混进县城去。日本鬼子不留意，杀他个措手不及。其二，预料着不是明日，就是明晚，城里日兵一定会来。我们预先派出队伍去，埋伏在险要的所在，等他来了，凑一冷子杀他一个痛快。若在晚上，我们更有胜利的把握。其三呢，那就是在寨子里面布置防御工事，等鬼子来了，就在村子里面跟他干。"

步云连连点头道："孙同志所说，很有办法。只是第一条计策虽好，可是大小几个汉奸，我在气头上，杀得一个不留，要进城去，没有了眼线，恐怕不容易混进去。守村子那个办法太笨，我们实行第二条计吧。孙同志把两挺机关枪带来了，对于这个做法帮助不少。"

孟刚笑道："我还有个结论，不曾说出来，程同志明白不明白？"

步云点头道："我知道，我知道。无论如何，和日本鬼子结下了仇恨，这个村子是不容我们平安住下去的。这一层不管了，做到哪里是哪里。"

孟刚道："不过贵庄妇孺太多，这一层应该先考虑一下。我们石佛寺虽然容留不下，庙后还有种山地的人家，可以凑合着住。事不宜迟，最好趁今天黑夜上山，可以太平无事。"

步云道："你我都是本乡本土的人，还有什么不明白吗？不到黄河心不死，不是那样万分危急的时候，哪家的女人肯离开她的家呢？"

孟刚想了一想，点头道："这也是事实。不过到了明日，我们会没有工夫料理妇孺上山的。"

步云道："必定在开过一次火以后，才能请得她们动。牺牲，那是免不了的，但能够做出一点儿事来，牺牲也是有意义的事。"孟刚见他的意志已决，也就不再说什么。

谈话到这里，天色已晚。程庄的人对石佛寺来的人盛大地犒劳，整钵地盛着坛子肉，整筐地盛了白面馒头，就在步云家展开四五张桌面，同吃晚饭。饭后，天上有大半弯月亮，步云乘着昏昏的月色，陪了孟刚到村子外去看地势。把前后都观察完毕了，依然由北门回寨子，却听到大路上有卜卜的脚步声，仿佛有人跑了来。步云喝道："是谁？快作声，我这村子戒严，晚上不好走。"

那人答道："我是程老七，步云大哥。"说着话那人已跑到面前，见他脱了大袄子，卷着一个卷卷背在肩上，是穿了短衣服跑来的。他站住了脚，还是只管呼呼地喘气。

步云道："老七，你看见什么了吗？别急！慢慢地说。"

程老七回头看看，才道："鬼子兵来了，鬼子兵来了！"

步云道："你在什么地方看到他们的?"

老七道："就在小孙庄我家门口哇。刚好，他们来的时候，我在庄子外面走，老远地瞧到尘土飞起来很高，有一大群人在路上走着。我是知道这几天各村子里闹鬼子兵的，料着来人不善，立刻把身子一缩，缩到村子后面坟地里去。一会儿工夫，他们就来了，大概有三四十个人，全背着步枪。中间夹了几辆大车和骡车，径直地向小孙庄里面去。"

步云道："你别弄错了，也许是中国兵呢?"

295

老七摇手道："不能不能。他们全穿的是黄呢衣服，扛着太阳旗子。"

孟刚笑道："这总也算乡下人的进步，看到太阳旗子也知道是日本的代表了。"

老七正了颜色道："先生，你可别玩笑。他们在村子里没有耽搁多少时候，顺着大路朝西南，非来这里不可。我抄着小路来报信的。"

步云道："劳你驾，告诉咱们村里人，将来再报答你。"

老七道："我不进村子了。我还得赶回去瞧瞧。要不然，家里人还以为我让鬼子兵杀了呢。"说毕，抽身就跑走了。

步云道："孙先生，你看这事情怎样办？想不到敌人来得这样的快，我们要赶到半路上拦劫，也恐怕来不及了。"

孟刚道："好在他只来三四十个人，关上寨子，尽可以对付得了。说干就干，请程先生赶快回寨子去指挥。"

步云道："这件事，还要请孙先生帮忙。"

孟刚道："谈什么帮忙二字，当然我们是共同祸福。在贵庄，程先生是主，一切就请程先生指挥，有什么事，尽管吩咐我去做吧。"

说着话，已经赶进了寨子。在这寨子的碉楼上，就终年悬着两面大锣的。步云几步抢上了碉楼，拿着锣在手，立刻就敲了起来。天色已经昏黑了，嘈杂的声音一齐停止，这仓仓然的锣声，却是格外刺激人的耳鼓。照着他们向来的做法，不到五分钟之久，村子里每一个角落里的人，都拿了武器在空场子里集合，而寨子门也就加紧地关闭上了。随着孟刚来的人，听到这种锣声，当然知道有事，当程庄里的人集合到空场子里的时候，他们也就跟在一处。步云跑到空场子里，把程老七报告的消息重新说了一遍，又鼓励了大家几句。说也奇怪，村子里听说鬼子兵来了，好像变戏法儿地来了一般，赶着要看这一台戏法，各人拿了步枪，向寨墙子上奔了去。同着孟刚来的二三十人，虽然有的和鬼子兵交手过两次，但是那种举动，全是出于袭击，并不觉得各人有什么能耐。加上程庄里面的人是这样地踊跃赴敌，大家也就壮着胆子，跟着跑上了

296

寨子。孟刚带来的两挺机枪，也就抬上了寨子。

孟刚以为程步云对于守这个村子，必有整个的办法，虽然带了人来，也不便喧宾夺主，直等着村子里人都跑上了寨墙子了，觉得他不会更有什么新奇的办法，于是也就跑上城来。见步云背了两手，在墙上来往地走着，便跟到后面问道："程先生，你守村子的人，就是这个守法吗？各人拿了一支枪，谁爱守哪儿就守哪儿，那还行吗？"

步云向他笑道："孙先生难道不知道我们乡下人就是这样打土匪的吗？"

孟刚道："我在乡下的日子少，还没有经历过打土匪的事。"

步云笑道："我们就是这样打仗的。只是我们在这里守着，敌人由哪里来，我们就可以在哪里打他。你不要看这些扒着墙垛子的人，东一个西一个。敌人哪里人多，不用人指挥，他自然就会集合到一处来抵抗。要说到人自为战，这才算是没有白用那四个字。"

孟刚笑道："这种战术，我也听见过的。不过对付日本鬼子，同对付土匪总要有点儿分别才好。"一言未了，只听到唰的一声，东边寨角上，已经开上了枪。孟刚立刻蹲着身体，向寨墙外边张望了去。

暮色苍茫之中，看到一群黑影子，由寨子东边大路上走来。其中也夹着几个较大的黑团团。猜想着，那必定是跟着走的骡车。为了这一声枪响的缘故，那些黑影子乱动着，顷刻之间，全已扒伏在庄稼地里。孟刚叫道："对了，这就是鬼子兵。"

这时，在寨墙上村子里的人，一大部分都已跑到东边来，个个闪伏在墙垛下，但只是向那群黑影望着，并不放枪。石佛寺下来的人本是分守在墙垛口，现在也有一些人凑到东墙角上来的。他们也很是镇静，并没有什么动作。乡下人不要人指挥，自动地有这样作战的能力。这却让孟刚大大地兴奋，觉得天下事大有可为，只要把民众发动起来了，哪个又不能打鬼子？这样地沉思着，也是对了寨子外庄稼地里看去，天色慢慢沉黑下去，那些黑影子也格外模糊得有些看不出来。寨子上的老百姓也警戒得很严密，不时地向那方面射击一两枪。但又过一二十分钟，大地一片漆黑，纵然黑影蠢动，寨子也是看不见，索性连那偶然一二下的枪声，也只好停止了。

孟刚走到步云身边，低声道："程先生，这样对峙下去，情形不大好吧？他们现在只有三四十人，那还好对付。若是时间拖长了，他们以不断地增加援军来和我们开火，我们就是这些人，对付他们到几时为止？"

程步云道："我早就料想到这些鬼子兵不是随便来的。无线电、无线电话、军用鸽，也许都带着。遇到了困难，他当然会请救兵。我先说要请孙先生帮忙，就是为了这一点。"

孟刚道："忙怎样帮法呢？"

步云未说之前，先打了一个哈哈，接着道："看敌人带了大车向我村子里跑，那是不会放过我们的。趁着今天黑夜先下手为强，捞一笔本钱到手再说。现在他们不是在寨子外站住，对寨子里监视着吗？可是我们村子里宾东一二百人，差不多都有家伙，绝不能让他称愿。我想请孙先生代我守了这寨子，我带着四五十人，由寨子西边出去，绕到鬼子身后，杀他个精光。我们在寨子外开了火，鬼子兵阵地在哪里，寨子上当然看得出来。就请孙先生也在寨子上开枪。我们里外夹攻，料他们二三十人用不着一两个钟头，就把他解决了。"

孟刚道："这样黑夜，他们地形生，咱们地形熟，袭击的办法自然是最好。论到游击，我这一批同志干过两回游击，比较在行些，让我们去好不好？"

步云道："不必客气。鬼子到了村子上了，我们当然要拼命。再说，地形熟，绝熟不过我村子里人。守寨子的千斤重担，就有累老兄了。"说着，伸出手来，握住孟刚的手紧紧地摇撼了几下。

孟刚道："你的村子就和我的家一样，放了一个鬼子进来，我就把我的肉体去堵住他。"

步云又摇撼了几下手，就随了寨墙子走着，低声道："我叫出谁的名字，谁就跟我来。"一面报告着，一面叫人，渐渐地就下了寨去了。

孟刚看看寨墙子上，还有三四十人，连着自己带来的人一块儿算起来，还有一百人上下，因轻声向大家道："我们现在要用全副精神，看着鬼子兵的火头。"

这就有人在暗中答道："孙先生，你放心。我们这村子里的人，没有别的能耐，要说打枪，可真不含糊。我们打野鸡，两枪准中。第一枪响着，把野鸡由麦田里轰出来。第二枪响出去，就是把野鸡由半空里打下来。鬼子兵会跑，也跑不过野鸡。除非他不露一点儿影子。他要是露出一点儿影子来的话，他休想活着。"

孟刚道："那就很好，请大家谨记着，我们出去包围鬼子的人，火头也是照着寨子打的。他要抵抗咱们去包围的人，势必掉过枪头子向外打。咱们的枪可要瞄准在那火线的后头，别超过去了。"嘱咐已毕，大家的眼睛全都向寨子外面盯住。

这样沉寂着约莫有二三十分钟，这就听到很远的地方，唰唰地响过两声步枪。跟着这步枪响之后，机关枪声起来了，在庄稼地一个土堆之后，有一道蛇舌头似的红火焰，不住地伸吐着，向寨子外的小路射着子弹。这可让孟刚大吃一惊。看这情形，分明是鬼子兵阵地里所放出的机关枪。程老七的报告，他们只带有步枪，显然是不对的。程步云走的时候，并没有估计着他们带机关枪的，冒冒失失去包围他们，恐怕要吃亏的。心里念着，非立刻向他阵脚后威胁不可。

这个念头还不曾转完，寨墙子上守候着的村里人已是噼噼啪啪向那方面开起枪来。寨墙子上的枪一响，那黑暗中红的蛇舌头就变了根据地，渐渐向东南角上移着，避开了寨子里出去的包抄计划。寨子外面的包抄队伍本来很沉寂，没有这样大放枪声，这时日兵的机枪只管向斜角里移着，移得和寨里外的阵地，成了三角形。于是他们由时断时作的射击，改成了一连串地向寨里寨外扫射。在寨子里的人虽距离比较远些，但敌人猛烈射击，却很受着威胁。大家藏在墙垛下放枪，就不能从容瞄准。步云带去的那队人，受了机枪的阻碍，也相隔在一千米上下放枪。孟刚沉静地看了三四十分钟，见包抄的队伍丝毫没有进展，不觉得在脊梁上阵阵向外冒着热汗。人伏在一个墙垛缺口下，两只眼睛向寨子外庄稼地盯住，并不曾闪眨一下。又继续着十来分钟，虽看到包围队伍用密集的射击向前猛扑过两次，无奈那挺机关枪向前猛烈地射着，总抢不向前去。孟刚想着，心里格外着急。这不但时间支持久了会出变化，而且这些庄稼人都是没有见过正式阵势的，若凭着一股勇气，只管冲过去，势必有很大的伤亡，这不能不和步云商量一下。可是自己要出寨子去，这里守寨子的责任，又叫给谁来负呢？心里急着，口里也不由得着急，这就连连地喊了几声道："这事情怎么办？这事情怎么办？"

随着他来此的雷心田，看到这样子，就在他身旁插言道："孙先生，有我可以效劳的事情吗？我想，鬼子看到我们外面有人包抄，绝不敢来攻寨子的。我们可以再派一队人去抄他们的后面，痛痛快快地把这厌物消灭了。"

孟刚道："这法子也能用，不过要去通知程先生一声。那时，寨子外两面的人向鬼子包抄着，我们寨子里的人，也开了门出去，三路向鬼子兵冲着。无论他有多大的本领，他总只有那几个人，决计照顾不过来的。"

雷心田道："好！就是依了孙先生这话办，我出寨子去，向程先生报告。"

孟刚见他很兴奋，就和村子里人商量着，派一位送他去。雷心田由寨子西门出去，绕到程步云这批人的阵地上，见他们全藏在一条弯曲的地沟里，已经有四五个受伤的、两个阵亡的了。步云正指挥着村子里人，将受伤的安排在地沟里。见到雷心田，便在地上顿着脚道："这是我大意了，没想到敌人带了机关枪来的。只图轻便，现放着两挺机关枪没带来用。现在我这里只剩三十多人，恐怕不容易冲到敌人面前，正要到寨子里去设法。"心田就把孟刚出的主意告诉他。步云道："孙先生出的这个主意很好。请你回寨子去说，照计而行，我听到东边枪响就扑过去。"

正说着呢，那鬼子兵的步枪和机关枪却加紧地向这边射击，每隔两三分钟，就有一阵。步云和这队人全伏在地沟里，心田已是走了几十步路了，却又爬到步云身边，轻轻地道："程先生，这事情有变吧？他们为什么这样乱射击起来，不是打算退却，我想就是试探我们的力量。"

步云道："也许是他们加紧射击我们，好去等他们的援军。"

雷心田道："若是这样，那就糟了。他们只三四十人、一挺机关枪，就对付他不了。若是他们的援军来了，有更多的武器，我们怎么对付得了？"

步云道："怕是不必怕的。我们有这些个人，还有两挺机关枪，准可以把敌人赶跑，只是我们要用怎样一个战略，却得赶快决定。"

雷心田被他这话提醒着，也沉着想了四五分钟，忽然失惊道："程先生，这事果然不好。你听听汽车跑动的声音，恐怕还不止一个。"

步云也慌了，因道："雷先生，你看我们还是退到寨子里去呢，还是抬出一挺机关枪来守着？"

心田道："您和孙先生总有个商量，这样一个在内，一个在外……"

步云不等他说完，立刻向大家道："不用耗着了，我们全退回寨子里去。受伤的和阵亡的全部抬着，你们先走，我同雷先生在这里多守五分钟。"

有人道："我们出寨子来，一个鬼子也没有赶走，现在倒要退回去。"

步云顿着脚道："我是你们的头儿，你们得服从我，要不然，这村子全光了，可不能怪我。"大家见他的话说得这样严重，也就只好照着原来的路线退回寨子去。

步云和心田伏在干沟里，两眼巴巴地对大路上望去。大地依然是黑沉沉的，一切看不见，只有那汽车轧轧响着，已是不远，接着就有一个黑影子离地不多高，缓缓地走了过来，那是敌人的侦探兵，毫无疑义。心田扯了步云两下衣襟，两个人伏在地沟里，全都沉住了气。恰好那侦探兵不偏不斜，向干沟里走来。心田等他身子刚刚过去，身子突然向上一挺，看得亲切，举起枪来照定那人后脑就是一枪把下去。这一下，又是咬着牙用力砍下去的，当然的是随枪把倒下去。步云也是很快地跳出了土沟，拖着那具尸首下来，对心田道："我们走吧，敌人已经在寨子外动手了。"说着，顺了干沟退到寨子边，还没有进城，早就是一阵猛烈的机枪扫射，向着原来潜伏的所在拼命攻击。步云心里暗暗地叫了两声侥幸，假使还在那里守着，这又要吃一个大亏了。

进了寨子门时，孟刚已是迎接上前来，连道："退回来了好，退回来了好。"

步云道："我们人是退回来了，可是我们的寨子，可也让人包围了。"说完，彼此默然地对立着。

第九章

意外的救星

　　这时，寨子里人看到有伤亡的人，不免有点儿骚动，随着女人哭泣的声音，也就隐隐由人家屋里送出来。孟刚道："程先生，现在这事情是很严重了。我们一方面要堵住鬼子上前，一方面还得安定秩序。务必请你告诉村子里人，丝毫也乱不得。"

　　步云道："是的，是的，一定要这样办。"便叫道，"咱们这村子存亡，就在这一伙儿了。大家要保护生命财产、妻儿老小，就应当跟着我来守寨子。沉住气，把鬼子的来路守定了。除了各人看住自己的枪口而外，天倒下来也别管。要笑要哭，留到明天去干还不迟。谁不听我这话，扰乱人心，谁就是汉奸。那我不客气，端起枪来，我就先干了他。勤农三哥，寨子里的事交给你了，你带了几个人在寨子里巡逻着，谁要是嚷，谁要是哭，你就带了人来见我。我呢，就守在寨子上，把鬼子打退了，我才下来。鬼子不退，我就死在寨子上了。"说毕，在人丛里，有个小伙子应声而去。步云这就挽着孟刚的手笑道："孙先生，我们上寨子去，让大家瞧瞧咱们的。"

　　孟刚跟着他一块儿走上了寨子，向外面看时，东边天脚下已经泛出了一片鱼肚色，唯其如此，那挺立在半空里的树影子便像投影画似的，很明显地露了出来。孟刚不由得拍着手道："好了，月亮快出来了，我们可以在寨墙上守住他们。他们再要是乱动一下，我们……"

　　步云顿着脚道："你看，忙中有错。我们两挺机关枪，竟会放在寨子里没有拿来用，快抬来，快抬来。"

　　孟刚道："先别急，看看应当放在什么地方好。"

步云道："先放在东北角上，抵住他们的来路，随他要往哪里走，都逃不出我们的射程。"他说着，数出一串人的名字，交代着道，"你们去把两挺机关枪抬出来。"早有七八个人受着他的命令走下寨墙子去。他便扶住墙垛口，眼珠不曾转动一下，监视着日本鬼子的行动。但是东边天脚的白色越发地加大，这寨子下面的情形也就越发看得清楚。静悄悄的，鬼子什么动作也没有。回转头来向孟刚道："分明看到他们的人，已经逼近寨子了，难道不交手，他们就走了？"

孟刚笑道："他们听到了游击队就要头痛，也许得了什么情报，怕我们的袭击……"

这话还没说完呢，便是噼噼啪啪一阵很密的机关枪扫射。看那扫射的阵地，正是刚才寨子里人所埋伏的干沟里，那子弹打到寨墙上，密如雨点，伏在寨墙下的人当然也都不敢抬起头来。孟刚正和步云伏在一处的，因问道："难道敌人也知道这条路线，要由寨子西北角上攻过来吗？"

步云道："那不会，西北角的地形低，显得寨墙子更高。准是敌人派人在东北角攻寨子，故意在西北角猛射，吸引我们的注意力。"

孟刚道："这话也很有道理，不管他们是不是这样办吧，我们不妨这样地防备着。"

步云道："好在我们有两挺机关枪，把一挺堵着西北角，我再带一挺到东北角去。"

孟刚道："这里的事交给我了，我们索性将计就计，也在这里还击。假如他真用那声东击西的法子，我们倒可以大大地干他一下。"

说时，两批抬机关枪的人，已经俯着身体，把枪抬到了面前。步云又喊着几个人的名字，交代着随我来，就引了一挺机关枪向寨子东北角去。他去扶着寨墙，把正对小路的一堵墙垛看得很清楚了，这就把机关枪搬到那里安顿好了。便对站在机枪后的一个中年人笑道："春胜二哥，你多年没有干这玩意儿了，觉得怎么样？"

春胜答道："您派了这差事给我干，我好比小外孙见了他姥姥一样……喂，别言语，这畜类他真由这儿来了。"他不待步云问他的详细，搬着机子，对寨子下一阵猛射。

步云隔了一个墙垛子，伸头向外张望，正有一排黑影子，在庄稼地里伏着。看那影子一些也不移动，仿佛是中了弹了。春胜在这时候表现出他是一位老内行来，仅仅在看着黑影子的五分钟内，将机枪狂扫了一阵。看到那黑影子丝毫不动，他也就不射击了。步云轻轻地走进春胜身边来，低低地道："对，就是这样干他们，他动一动，咱们就开枪，他不动，咱们也不动。别像他们的那挺枪糊涂乱打。"这样说着，西北角上的敌人，步枪同机关枪夹杂着一同响起。步云看到前面庄稼地里实在毫无动静，那边枪声又继续地响了起来。心里想着，敌人的进攻，虚虚实实，是没有一定的。也许那边进攻的机关枪，噼噼啪啪地响着，正是真的进攻，而这里三五个人影子，却是牵制作用的。那么，还是去和孟刚商量一个办法去吧。于是沿着寨墙子，蛇行到西北角来。

孟刚也正是伏在一个墙垛口上，身子也不微微闪动一下，僵直着颈脖子，向开机关枪的所在，像泥塑的一般。步云始而是吓了一跳，怕他挂了彩。及至走到孟刚身边，见他两手撑住砖墙，还是很有力的样子，这才轻轻叫了一声道："孙先生，你看这路敌人，会向寨子过近吗？"

孟刚是很小心，把身子缩回来，才掉转头来，低声答道："这话很难说。他们有什么凭准，看到哪里有机会，就向哪里进攻。我们这里松懈一点儿，也许他就硬扑过来。再说，像刚才寨子东北角上他们那样偷袭，不是我们预先伏了一挺机关枪在那里扫射了几回，你想他们会同你客气，不摸到寨子边上来吗？"

步云听说，倒呆住了，很久才道："据你看，我们应当怎样对付呢？"

孟刚道："第一，我们要知道现在敌人的力量，才可以分配我们的力量来对付。敌人的力量究竟怎么样呢，我们一点儿不知道。把我们的力量，分配得妥当了，我们是守，我们是半守半攻，甚至我们退出寨子上，才有一个的确的判断。"

步云道："什么？我们退出去吗？"

孟刚再进一步，对了步云的两耳朵里低低地道："假使他们带有小炮的话，连向我们村子轰上几十炮，我们是不是吃得住？"

步云沉思了很久，答道："是的，现在我们应当有一个精明强干的人溜出寨子去，但是这样的人，事先没有训练是不行的，这可叫我为难大了。"

刘五就在这里帮助着孟刚的，便插嘴道："这件事，我相信我办得了。程先生放我去吗？"

步云道："那当然是好。只是我们这村子的路径，恐怕不大熟悉吧？"

刘五道："这没有什么熟不熟，只要胆大心细，就可以探听到敌人的情形。"

步云道："说是这样说，究竟要有个熟人引着……"

孟刚道："不，这种事情，去干的人越少越好。我们刘五哥的胆量，我们是可以保险的。"

步云很想了一会儿，没有答复出一句话来。刘五道："程先生，你不用犹疑。我出去以后，先把这八字看轻些。能回来，我就回来。不能回来，我随便找一条路逃走，这样对你好不了事，可也坏不了什么事，你还觉得有什么不放心的吗？"

孟刚道："不是这样说，当侦探的人，以能得着情报、完成任务为上。"

刘五道："是的，孙先生和我说过的。我得不着消息，也决不许走漏消息。不走漏消息的一个要招，那就是牺牲。"

步云道："吓！五哥，你能这样做吗？"

刘五道："为什么不能这样做？当游击队的人，根本就是抱定随时可以牺牲的。只要能够多杀几个日本鬼子，那就值得。"

步云道："那好极了，我送着五哥出寨子去。"

刘五道："开寨子门放出侦探去，那法子太笨了。请你找个掩蔽一点儿的所在，把一根长索捆了我的腰，把我吊下寨子去。那地方把两个人守着，我回来的时候把索头连拉三下，作为暗记号，你们就把我扯上去。"

步云笑道："咦！想不到五哥一个庄稼人，会出这许多主意。"

刘五道："我们一个种地的人，懂得什么，这完全是孙先生在这几天里教给我们的。不要谈这些闲话，请程先生马上就把我吊下寨子去。我早去早回，大家也好有个准备。"

步云握住他的手，摇撼了几下，因道："好朋友，好朋友！我看到你这种精神，不由得我不起劲儿。"于是就挽了他的手，顺溜到寨子的一个掩蔽所在，把绳子挽住着他的两胁，用两个壮丁悄悄放了下去。步云依然走到孟刚身边，向他笑道："这真不愧孙先生和这批同志有两次很大的收获，原来是有这种牺牲精神。"

孟刚笑道："这不但是我这批同志，哪一组干游击队的，不是带着这种精神？当然，贵庄的人，我想也能够这样。只是有一个条件叫人很苦闷的。就是这些乡下老百姓们，他不受着一面很大的刺激，是不肯挺身出来牺牲的。我看贵庄的人，这刺激还是不够。"

步云道："你老哥说的刺激，是不是要用牺牲去换取？"

孟刚道："这倒不一定。假使我们有很好的事物表演，有很好的精神教育，一般地可以做到刺激品。"

两人谈得高兴，竟是忘其所以。原来是半弯着腰的，说得高兴了，只管把腰伸直来，他们这里把头一抬，初出土的月光，斜斜地照着，恰好显出了半个人影子。卜卜卜，一阵机关枪子，早由对过的高坡地带，向寨墙上乱飞过来。所幸两人都很敏捷地把身子蹲下去，紧紧地向下偎贴了地面，动也不肯一动。这一阵机枪的猛烈扫射，至少有十分钟之久。那目标也并不在一个方向，两人所伏的所在，左右十丈路，都在射程之中。

在射击过五六分钟久以后，步云就不能耐了，对孟刚道："这小子发疯了，对着寨墙子上只管乱轰，那是什么意思？我们让他知道知道厉害，也回击过去吧。"

孟刚道："咱们有子弹，还留着缓缓儿地使呢。咱们先仔细瞧瞧，他到底有些什么动作。"

于是两人蛇行着，都伏在城墙口里。只见那机枪吐出火焰的所在，是一块椭圆形的高坡。高坡后面是一块凹地，正好掩护着一群人。月亮照在那高坡上，光秃秃的，什么东西也看不到。

步云道："这小子真可恶，他既不出来，也不退走，就这样拿机关枪对了寨墙子乱射，我真猜不透。"

孟刚道："我想，他们的援军到得还是不多。在晚上，不知道咱们有多大力量，不敢冲进来。到了天亮，他把我们寨子情形看了个透明，你瞧吧，不单是机关枪。"

步云道："我也是这样想。那我们要救全村子上的老弱，在今天晚上，就不能不重重干他们一下。这样吧，孙大哥，咱们全出寨子去，来他一套杀手铜。趁他想不到咱们会出寨子，分两路进攻。我带着村子里人，攻他的救兵。你带你的同志，进攻原来一队鬼子。"

孟刚道："只要我们干得有把握，要我攻击哪一队，全都可以。不过刘五哥已经去探听消息去了，我们总得等他一个回信。"

步云道："老实说，我真等得有些不耐烦了。"说着，又半蹲着身子，举手只管乱搔着头发。

孟刚道："这不是急躁的事，我们必得有个证实的消息，然后才可以动手。"步云蹲着一会子，终于是忍不住，却又复跑到东北角上去看那一群敌人。孟刚倒不怪他的态度怎样，只是两手抓了两块墙砖，伏着身子，死命将寨子外的庄稼地盯住。但是他们除了用机关枪向寨墙上扑扫了两次而外，也不看到其他的动作。孟刚认定了这总是鬼子兵的一种计划，无论如何也不肯离开原守的所在。

这样耗着，约莫又有十几分钟的时候，步云俯着身体，哧溜一下地又跑了过来。他牵扯着孟刚的衣襟，问道："孙先生，你看得出这批鬼子究竟用的是什么手法吗？"

孟刚的身子依然不动，只回转手来，向他微微摆了两下，因道："程先生，你不必着急，着急也是无用。只有等刘五哥回来，看他是怎样的报告。"

步云道："假如刘五哥有什么困难，不能回来呢？"

孟刚道："那我们只有再派人出寨子去。反正我们得不着正确的消息，我们不能动手。"

步云道："不过，不过——吓！用不着考量了，马上就派一个人出寨子去。"他说着向上一升，表示出那一份坚决的意思。但孟刚的感觉是比他快得多的，立刻伸出手来，把他抓着坐下来。果然地，不到一分钟时间的距离，那卜卜卜的机关枪声，又向寨子上，下雨一般地射着了。步云爬在地面上，被怒火熏蒸着，说出和庄稼人同样的话："他妈的，招得老子有些忍不住了。他妈的，别让老子逮着了，我会活吃了你。"说着，又是好几个他妈的。

孟刚道："这不是发脾气的事，咱们只要能做到轰走鬼子、保证这个村庄，什么委屈都得受着。暂时为了机关枪控制住不能活动，这是小事一件。"

步云道："我倒不是怕这个，这小子战又不战，退又不退，就这样同我们耗着，实在有点儿受不了。管他妈的，咱们也开了他……"

孟刚道："别，别。在咱们和他没有决定怎样干以前，尽管装傻子，现在知道咱们有力量。可是咱们的力量究竟有多大，他也莫名其妙，他越想探出咱们的实力，咱们越是不让他知道。"

步云默沉了很久，在昏暗的月光中，却叹了一口气。有人道："大先生，别着急，送我下寨子去吧。不管怎么着，我在半个钟头以内，我决计上寨子来。半个钟头我不回来，我就不回来了，您另派人下去吧。"

步云道："奎发哥，你肯去，我是最放心不过的了。可是……"

奎发道："有危险也不要紧，瞧着办。在寨子里这样守下去，就没有危险吗？我家里没什么人，也没有什么事情是我可挂念的。那一头驴请大先生收着，将来打游击的时候，让它扛扛东西也是好的。"

步云道："不，我们还很望你送消息回来呢。子弹够不够？"

奎发道："枪膛子里上着呢，我身上袋子里还有五排子弹，差不多了。我走了，大先生、孙先生，回头见。"他说毕，起身便走。

步云道："你也不知道打哪儿下去，让我引着你吧。"说着，他也就站起身来，引着奎发到那缒城的所在去。奎发是引用着原来的法子，吊下城去。但这次步云是特别悬心，用尽了目力，在寨子上对奎发的去路看着。这个地方偏南，离开鬼子的目标很远，只管由他向前走着，并不见有什么反响。倒是寨子西北角上，敌人的机关枪连续地又响过了两阵。步云坐守着这寨子角上，很凝神了一会儿，把脚一顿，又跑到孟刚身后来，因道："孙大哥，并非是我不能忍耐，我瞧这形势，实在也不许可我们忍耐了。天一亮，咱们寨子里的情形，鬼子自然是看个透明，那时候，他要是在县城里搬了大炮来轰咱们，那可是讨厌的事。"

孟刚道："当然不到天亮，我们要把寨子外面这些鬼子解决。"

步云道："大概到天亮也没有多少时候了，要准备，我们就得准备。"

孟刚抬起头来，看了看天上的星宿，因道："到天亮还有四个钟头，我们至少还得忍耐两小时。在这两小时之内，索性让鬼子胡搅去，我们一枪也别放，让他也摸不着咱们的底子。"

步云道："也只好这样吧。"于是缩到寨墙子底下，擦根烟卷吸着，就这样躺在角落里面。

孟刚道："程先生，你千万得忍耐着，你是一个首领，当首领的人烦躁起来，大家跟了烦躁，那就大事完了。"

步云叹了一口气道："这真没有办法。"

说话时，天上那大半轮月亮，越发是升到了高空，照着寨子里人家屋顶上一片银白色，虽树影儿一动不动，倒是越显得寒气满天、霜风割面。便是在庄稼地里的鬼子，并没有什么动作，这也让人感到杀气充溢着眼前。孟刚不觉站起身来，两手抱住那支步枪，只管向天空四周观望。觉得这个包围几百人口的大寨子，已是很严肃地伏在大地上，当建筑这寨子的时候，不过预备抵抗土匪的，谁也不会想到今天有东洋鬼子来侵犯它。就是在昨天晚上，寨子里人也不会想到有今天这种情况。这话又说回来了，明天晚上，这寨子又是谁在这里守着呢？这不必程步云着急，自己也有些替这寨子焦躁不安。庄稼人引着他们打游击，多少还得训练训练，陡然要他们做守城军，若是只管和敌人对峙下去，那是很危险的。正这样出着神，仿佛听到一种突突之声，很细微地由空中传了过来，极力地用眼光向发声的所在看去，只是那昏茫的月亮，搅着大地的尘雾混沌着一片，并看不出什么来。而且那突突之声，在比较的一阵清晰之下，又猛可地停止了。

步云虽然在寨墙上的，可是他那一颗心一秒钟也不曾安宁着。孟刚所听到那种声音，他也会听到，站起来正想看个仔细，就是这时，寨子下日本兵的阵线上枪声大作。但他们的枪口，不是朝着寨子放，是掉过头去对了原来的路上放。几百条火线雨丝一般地狂射，至于他们所攻击的目标那里，只是一片月色所罩的大地。本来就有些雾沉沉的了，现在子弹雨点般落在地上，只管把尘土溅了起来，更是就地飞起了一层烟幕，把大地迷糊着。

孟刚看了，也是有些发呆，自言自语地道："难道说有我们中国军队跟着来了？但既是中国军队来了，鬼子兵向他开火，我们为什么不回击过来？还有什么顾忌吗？"

步云道："今天晚上的事，简直和做梦一般，越来越奇。我看不会是正式军队来了吧？他们怎么会知道日本鬼子在包围我们的村子呢？"

孟刚道："这也没有什么不可能。这里到大路上也不过十里地吧？许多日本鬼子由那里经过，也就许我们的军队由那里经过，我们的军队听到这里有鬼子兵，当然不会错过了，要跑来消灭他。"

步云道："也除非是这样想吧，不然，我们这附近村庄里，不会有这样军事组织的团体来帮我们的忙。"

孟刚道："不管他们是哪一头的人吧。日本鬼子开枪打的，就是我们的同志。有了这样一个好机会，我们要立刻准备起来。稍微可以打下手的时候，我们就冲了出去。"

步云搓着两手道："我是恨不得马上就冲出寨子去。"说着，连连地将脚在地上顿了两顿。

孟刚将手轻轻地拍着他的手臂，低声道："你不用着急，再等二十分钟，这情势就明白了。"

步云又叹了一口气道："事到于今，这也只好挨着时候等吧。"

孟刚看到他这样子，也无法再用话去安慰他，默然了很久，又有一二十分钟，只见一个黑影子就地溜上前来。步云的眼光是很锐利的，早就认识出来了，便道："奎发哥回来了，你看到外面的情形怎么样？"

奎发突然将身子伸直来，举着两手只管乱摇，连道："可不了，鬼子又来了几百人。"

孟刚道："我们在寨子上，也听到脚步响的。可是照我们揣度着，那脚步好像在很远，怎么着你瞧见了？"

奎发道："我由寨子上吊下去之后，我就想着，迎着鬼子的阵地跑上去看，那太危险，我就一直向西走出去两三里地，打算转到鬼子的后面去看。我刚走到那三里桥边，就看到大群的人影子在月亮地里拥了过来。我瞧着事情不好，要跑是来不及，躲也没有什么好地方，只好冒险就藏到桥底下去。那些鬼子兵一个个由桥上跑过来，很跑了一些时候。我等他们走过去，就命也不要跑回寨子来，你想，原来这些鬼子就够我们对付的，要再来一批人，我们怎得了？"

步云向寨子外面指着道："你有没有看到原来的鬼子，向他们后面开枪吗？假使来的是鬼子，他们不发疯，也不应当开了枪自己打自己。"

奎发道："也许他们不知道是自己人。"

步云道："难道自己人来了，事先也不打个招呼吗？啊！这问题解决了，你看来的人也开了枪。"说时，这寨墙下日兵用枪射击的所在，也有枪火回击过来。只看那火线展开的距离，把西北角那股日兵取了包围的形势。

孟刚道："好！是我们动手的机会了。我们赶快向东北角攻击，把他们牵制住。"口里说着，手里端的枪架在寨墙上，早向外面开了两枪。

这里一些守城的庄稼人，为了一再被禁止着不许放枪，已是十分地不耐烦，听到一声说可以放枪，一齐向这一个角射击。步云道："孙大哥，寨子上的事交给你了。我带三十个人由南门绕出去，好吗？"

孟刚道："好的，快点儿出去，多少可抢他们一点儿便宜。出去晚了，他们就跑了。"

步云向寨子下看去，两边这一股敌人，阵线是很快地向东边发展，两股有合流逃窜之势，点了三十个壮丁，抬了一挺机关枪，很快地就下了寨子，开着南寨门出去。这里刚是出得寨门，在北门外的日兵受着寨子里外的夹击，已经偏东边向南退却。只因为在寨外的那一股火力，始终在后面盯着。于是他们总不敢展开势子来跑。在这寨子南门外，恰好有块高地，隐蔽在一丛寒林里。人伏在丛树下，对那庄稼地里且战且退的日本鬼子，看得清清楚楚。步云亲自督率着两个会开机关枪的人，抢着将枪架好，咬着牙齿，叫一声"放"。只听到卜卜卜的，不分次数的枪子向外乱飞。在枪口上吐出尺来长的红焰，如巨蛇吐舌一般地不住地伸缩。在月光地里，看到那群黑影子陆续地向下倒着。步云手里端了步枪，咬着牙，一粒一粒地将子弹送出去。口里还对着机关枪的射手说："扫射，扫射，只管扫射，拼命地扫射，把子弹放完了算事。"步云一连串地嚷着，像发了狂似的。那射手倒是真听了他的话，按着机子一个劲儿地扫射。在那片庄稼地里逃走的日兵，在火线前面飞跑，那回过来的火光，也就渐渐稀少，渐渐远去。

步云因自己人少，对方的情形又没有摸得清楚，不敢进向前追，只在原阵线上据守着。好在这月光到了半夜，格外地明亮，在这寒冬，草荒木落，大地上没有一点儿什么遮掩的东西，那些人影在月光地上晃动，不能藏躲。步云伏在高地上，那全副精神都射在那追击日兵的阵线上。那一簇火线，原是紧紧盯在鬼子兵后面的，可是这里的机关枪响过之后，那边追击的枪炮就不是怎样地猛烈了，只遥遥地控制住日本阵线偏东的一只角，步云这边枪声止住，他那边也就不放枪了，在这一点

313

上，显然他们与这里是互相呼应的。这越叫步云对于他们取了慎重的态度，不敢轻易放枪。

在这种情况下，约莫停顿了有十几分钟之久，那边并没有响动。眼见败退下去的敌人，已经走远，那没有败退的，伏贴地躺着，可也不远千里地送死在外面庄稼地里了。月亮的光辉似乎更透着清寒，地面上仿佛是水浸了。人伏在地上打仗，尽管汗流浃背，风吹在脸上，还有些割人。步云忍耐不住，把身子向上一起，这就有人远远地叫道："我是刘五。前面是孙先生呢，还是程先生呢？"

在这炮火停响之后，大地无声，冷月当头，耳目全变了感觉，忽然有人在空地里喊起来，倒叫人震动一下。步云道："你既是刘五哥，怎么不回寨子来报信？"

刘五道："我来不及回寨子去报告了。程先生，你在这里，让我走过来报告你。"

说时，在月亮下面，果然看到一个孤独的人影子，既然是个孤单的影子，步云也就不怎么样介意着。人影子走近了，可不就是刘五哥吗？他两手搂着一支步枪，缓缓地走到了身边，哈着腰道："程先生，险啦。鬼子兵后面来的援兵有百多人，带着四架机关枪。假使挨到天亮，那就不好办。咱们的人比他多不了多少，他使的家伙可比咱们厉害得多。"

步云道："您先说跟着谁和鬼子干起来了吧？"

刘五一听此问高兴起来，两手把枪举过了头，笑道："这真是想不到的事，是我表弟余忠国由山里带来的一班弟兄。分手才几天，他当了游击队第五大队队长了，共带了三百多名有家伙的弟兄，特意跑来替咱们解围。"

步云道："真的吗？他和咱村子里不认识呀。"

刘五道："呀！程先生，怎么说这话？只要日本鬼子是打咱们中国人，无论他是谁，咱们都应当去救他。管他认识不认识，当游击队的人不就为的是打仇人、救同胞吗？"

步云道："我说急了，我的意思是说，他怎么会知道我这村子里有战事呢?"

刘五道:"我也是这样想着的。刚才我见着他,我开头第一句话,就是问他们怎样会知道程庄有事情的。他说:'现在来不及答复这句话,我们赶快向敌人进攻吧。'"

步云道:"那么,你答复我也是这一句话了。"刘五只好笑着没作声。然而枪声一响,又随着起了问题了。

第十章

打回老家去

在战场上听到枪声，这当然是令人惊异的事。程步云立刻把身子伏在地面上，向同阵的人通知一个做准备的招呼。刘五他并不躺下，只四周看了一看，笑道："程先生，不用准备，这是他们绕道追小日本，又干起来了。离咱们这儿远着呢，总在两里地吧。"

步云把心神镇定了，继续地听下去，果然那稀疏的枪声是在很远的地方发生的。这才缓缓地站了起来，向刘五道："这事情真出乎意料。这位余队长替我们解了围不算，还要替我们将敌人追赶一阵。"

刘五笑道："干游击队，就应当这样办。咱们将来实力雄厚了，也可以这样子干。寨子里的人，现在还不知道怎么一回事呢，我们快到寨子里去报告给他们吧！而且我们还有别的事情要商量呢。"步云听听那稀疏的枪声越走越远，料着也不会有什么问题，于是喊起了同伴，从容地走着很胜利的步伐，回到寨子里面去。

在寨子里守着的孙孟刚自然是不敢走开，看到敌人逐节地败下去，却不知道是何缘故，这时步云带了人叫寨门回来，自己就迎到南门来问讯。一见面，刘五首先嚷起来道："孙先生，你瞧这是哪里猜得着的事？我那表弟会带了二三百人来救咱们出险。"

孟刚道："就是你要进山去找的那个余忠国吗？那好极了，我们更有了靠山，他现在在哪里？"

刘五道："他说还要去追日本鬼子一阵，趁着他们败下去的时候，多少还可以掳他一些东西。他怕这村庄里人不放心，他要在外面熬到大天亮，才能和您二位见面。"

孟刚道："就凭这一点上，可以看出来这位余先生是能办事的人。程大哥，请您吩咐村子里烧水和面，做馒头熬小米粥。咱们真有造化，得着天上掉下来的这支救兵。要不到了明天早上，不知道是怎么一种情形了。所以我们应当预备一点儿吃的，慰劳慰劳人家一顿。"

步云道："当然当然！孙大哥辛苦了，也可以到舍下去休息休息。"

孟刚道："虽然日本鬼子已经走远了，不知道这鬼子是真退是假退，我们不能不提防一二。"

步云道："这事不劳挂心，我会去办。为了敝村子里事，辛苦了您这一宿，应该去睡一觉了。"说着，接过孟刚手上的枪，交给了村子里人，然后携着他的手，拉着向家里走去。孟刚虽觉得寨子上的事，还不能十分放心，只是连日劳累，这又打了一宿的仗，实在疲乏，日本人一走，没有了刺激，精神兴奋不起来，只好跟了他走去。

步云将他引到家时，家里兀是灯火煌煌的，全家人没睡，在候着消息。步云吩咐家人沏茶，一面先引着孟刚到自己卧室里去，因道："孙大哥，你坐一会子，我去替您找一点儿吃的来。"说毕，转身出去。

孟刚看到桌子上放了一盏玻璃罩子灯，石灰糊的矮屋子里，照得很亮。土炕前面摆着一只白泥炉子，里面盛满了通红的煤球。门口垂着一副蓝棉布门帘儿，把火光同灯光都闷住在屋子里面，暖烘烘的。人由寒冷的空气里，走到这里面来，便先感到一种舒适。两手伸着，打了个呵欠。再回转头来，看到炕上的被褥整得厚厚的，这就情不自禁向炕上躺去。步云在内室里找出了几块硬面饽饽，走到屋子来，一眼看到孟刚横躺在床上，鼾声大作，于是悄悄地给他掩上了门，退出去了。

孟刚虽然睡得很香，但是心里头有事，总不能十分坦然。耳边听到有人说话，睁眼只见桌子边刘五和步云谈话，另外坐着一位穿灰布短袄子的人，一个翻身坐了起来，便猜准了那人就是余忠国。立刻抢向前去，和他握着手，笑道："在刘五哥口里，知道余先生是个了不得的人，认定了方向进山去，果然就做出一番事来。"

余忠国笑道："我不过是在我们司令的指导之下，对家乡尽点儿力量。像孙先生赤手空拳地邀合了这么些个同志，那才是可以佩服呢。"

步云道："我们一见面就是好朋友，用不着说客气话。孙大哥，你醒了很好，我们正有事商量。"说着，立刻叫家里人伺候着孟刚茶水。

刘五等他洗完了脸坐下，斟了一碗热茶，双手捧到孟刚面前，正色道："孙先生您先喝碗热茶，就当是我敬您一杯酒吧。"孟刚看他是这样正正经经地送茶来，只好站起来接住茶，听他把话说下去。刘五道："孙先生，您和我这位老表全是我的大恩人，没有余家老兄弟先劝我一阵，我不会进山去找他。不进山就遇不着孙先生，报不了仇，干不了这一番事情。"

余忠国笑道："五哥，你就说的是这个，甩句文叫'唤起民众'，说俗了点儿是叫醒老百姓来干，这是念书进学校的青年应该做的事。谁也不必说感谢谁的话。"

刘五道："不，我还有件事想请求您。我打听得我们大王庄，日本鬼子烧杀过两回，现在差不离也就光了。那日以后，鬼子就没有住在我村庄上，我媳妇和我妹妹那天遭着日本鬼子的毒手，大概是没了命，我想回去瞧瞧，替她们收尸。"

余忠国道："这没有什么，只要那前后没有日本鬼子，我就派几名弟兄陪你回村子走一趟。白天你休息休息，晚上去就是了。"

刘五道："老兄弟，你是个正式大队长，孙先生是我们那股人议好了的，公举他做头脑。程先生呢，更不用提了，这村子里全得听他的。把这三股子人全合拢来，大概有五六百人，很可以做点儿事情。咱们何不趁了这机会，把咱们附近这几个村子都去巡查一下，遇到三五十名日本鬼子，咱们不含糊，多呢，咱们就避开。可是我想着，日本鬼子来来往往是免不了的，不会老把一批人驻扎在咱们乡下，倒用不着挂心。"

余忠国道："倒没有什么使不得，不过要是这样的走法，晚上不方便，没有逃走的老百姓更是疑心，也许认为是土匪来了呢。"

孙孟刚道："提到这话，我正有一件紧要的事和步云哥商量。日本鬼子器量最小，他在昨晚吃了咱们这一个大亏，绝不放手。而且他认定了这村子里的人做维持会会长，对这里一定印象很深。现在就是这村子里的人给他个里外夹攻，分明是做好了圈套，叫他来上当，他要放过了，以后就没法再叫别个汉奸害怕。"

步云正端了一杯热茶，要喝不喝地举了起来，听完此话，连茶和杯子向墙角里一掷，拍着桌子道："这话诚然，不是孙大哥提起，我村子里的人一定要大大牺牲。现在我就去找村子里人来商议，让老小妇女先离开这里，留着壮丁在村子里收拾细软粮食，分批地搬着走。"

孟刚道："要想把全村子里东西完全搬了走，那是来不及的。在一两天之内，他们必定会来。全村子里的壮丁应该分着三批，一批在村子里收拾东西，一批在村子外警戒，一批人休息。这样不分日夜地干，有两天两夜工夫，日本鬼子不来，你们就连人带东西都可以保险了。"

步云手按了桌子，低头很是忖念了一会儿，因点点头道："孙大哥真是遇事都精细地想个周到。"

刘五道："孙先生想的法子自然是好，我带一半私心说话，这里西北角是土山镇，正北是崔格庄，东北角是大王庄、大刘庄。日本鬼子由铁路上来，或者由县城里来，全得经过大王庄。若是照我先说的话，把队伍开到大王庄去，鬼子来了，咱们就可以在那里把他截住。这儿到大王庄还有十几里地，一听到开火，尽管从从容容地走，比在寨子外面警戒还要好得多吧？"

余忠国笑道："五哥这话，虽然有点儿为私，可以使得。我想，咱们这一批人，无非是附近这十几个村子里人。自从日本鬼子来到咱们县境以后，咱们这些村子不受鬼子的折磨，也要受土豪劣绅的敲诈，拿了咱们的银钱粮食牲口，甚至连自己的媳妇闺女，都拿去向日本鬼子送礼。趁着日本鬼子败了这一阵，咱们在各村庄上巡逻一下。这几百个人里面，对哪个村子没有一些关系，大家回去瞧瞧，好也罢，不好也罢，大家就算死了这条心。"

刘五不由得将脚在地面上连顿了几下，笑道："你这算是猜透了我的心。"

步云道："这些话，都放着先别谈吧。余队长带着这队人，现在还在寨子外头等天亮，这让我太不过意了。大家说开了，全是一家人，还疑心什么？"

余忠国道："不是那样说，这二三百人，一家伙拥进寨子来，找不着一个地方藏身，免不得敲门拍户，每家人家里面都得拥进人去，那要扰乱全村子里秩序。"

步云道："刘五哥，来！你引着我去欢迎这二三百同志去。没有地方藏身要什么紧，连我媳妇住的屋子，也得腾出来让客。"说着，他扯了刘五就走出去。

孟刚道："余队长，您别走，在屋子里暖和暖和，我们谈谈吧。"

余忠国道："我正也要谈谈，见您睡着了，不愿惊动。"

说着，两人隔了火炉子坐下。余忠国斜映了灯火，却对着他的脸孔连连打量了几阵。孟刚笑道："我们以前也许会过吧？"

余忠国摇摇头道："没有会过。我对你老哥注意，是另一个问题。请问，我怎么会知道程庄有事，抢着跑到这里来呢？"

孟刚道："正是这句话，我倒有些不解。"

余忠国道："我们在总部里得着报告，说是山下有人民自己发动的团体和日本鬼子干过两仗，现时在石佛寺里驻扎着。这石佛寺离着总部只有十几里地，我们得着这样的邻居，不能不来看看。因此我就同两位同志到石佛寺来拜访，在庙门口首先就遇到了大王庄几个熟人。有两位老先生和我谈着，知道了这班朋友的底细，快活得了不得。我也就在庙里坐着，等候你们回去。直到天色晚了，你们还是没有上山的消息，这就有一位小姑娘跑了出来，向我要求，叫我带队伍来救你们。在她说的时候，觉得这样重大的事，绝不是她三言两语可以说得成功的，所以也没有怎样地逼我答应。可是我被她一句话忽然提醒，站起来两手一拍，笑着说：'这事果然要这样地办。不要眼睁睁地看着几个村子里人让日本鬼子截住，不得上山。'而且我又知道日本人要这里的程子祥出来做维持会长，正愁着没有法子对付，现在程步云先生把他除了，也是痛快

320

不过的事。不过这里有事没事，我应当来看看。所以我立刻说明了回总部去，调一大队人下山来。这还有事出意料之外的，便是那位小姑娘，竟是对我行了个三鞠躬的大礼，看她那情形，对孟刚先生是非常地崇拜。"

孟刚红着脸道："啊，啊！这谈不到。小姑娘天真烂漫的，不知道什么顾忌罢了。"说着，将两手到炉口上火焰上烘烤了一阵，低了头望着火焰，接着就不住地摩擦。

余忠国笑道："其实这也没有什么难为情的，我们尽管过着非常的游击生活，但一定要凭我的毅力维持着常态。平常有些什么事情要做的，我们还是去做。恋爱是我们青年在平常必须去寻找的，现在呢，只要手上不拿着枪，恋爱也可以去寻找的。"

孟刚笑道："这话我也不反对，但是兄弟煞费苦心地集合了这一班同志，除了……"

余忠国见他说着话，慢慢地把脸色沉下来，这就摇着手微笑道："你不要误会了我意思，我只是说着玩。当然那位小姑娘来救诸位，也是出于正义感。"孟刚见他也分辩起来，显得把这事看得过重了，也只是一笑。

两个人把话说到这里，觉得无话可向下说了，于是相对坐着默然，倒有点儿不好意思。所幸大门外一阵喧哗，程步云同刘五已经把寨子外面的二百多人一齐引进来了，脚步声和轻悄的人语声，哄哄然闹成了一片。孟刚借着出来迎接他们，才把余忠国话锋打断。余忠国也就抢出大门外来了，迎着大家喊道："承村子上程先生好意，把大家让了进来，就分开班来，由主人翁分着地方招待，先喝口水暖和暖和，天亮了，咱们就出寨子去。据说，主人翁还给咱们预备了吃的，那就吃得饱饱吧，回头咱们还有好戏要唱呢。"

这好戏两个字，似乎是一种什么暗示，在人丛中早有好些人喊了起来道："打日本鬼子去！"说毕，接上又是一阵哈哈大笑。

步云握了余忠国的手，又连连地摇撼了几下，因道："我以先听到人家说干游击队，今天打这里，明天打那里，那份困难，就不用提。可是照余队长带领的这些弟兄们看起来，这哪里是到处找日本鬼子打仗，简直是带了一班青年学生出来旅行呢。我敢代表村子里人说一句话，这样子干游击，他们也愿意加入玩上一个的。"当时他和村子里人，全是有说有笑地招待着这批活泼的家人。村子里虽说找不出什么好吃的，馒头鸡蛋总是有的。

一小时以后，大家吃得很饱的。余忠国坐在屋子里，他是不住地在衣袋里掏表来着。步云笑道："虽然余队长还有一桩大事要办，但是也要到了天亮出发。"

余忠国向窗子外面看看，低声道："程先生，并非我恐吓你。日本鬼子在这村子上连吃了两三回亏，他绝不能就这样算了。"

步云道："这个我也明白，我决计告诉村子里人，赶着搬到山里去。"

余忠国摇摇头道："他若还是派队伍来，我们这就出发，可以拦阻他。就怕他们用无线电向老巢报告，他会派飞机来轰炸。"

步云先听了这话，也是怔了一怔，随后约莫出神了两三分钟，摇摇头笑道："这倒未必，村庄不像城市，在天空里不容易寻找。随便日本鬼子有什么精细地图，像我们这样的小村庄，图上也未必有。就算日本飞机照着方向飞来了，天上一看几百里，大大小小村庄有多少，他们就能够找在这程庄来吗?"

余忠国道："倒不可那样大意，这就要看日本鬼子是怎样报告的。万一飞机来了，看到这村子和别个村子一样，也许找不出来。可是村子里要集合上这么些个人，那就难说了。所以我想趁着天不亮，就带了我这班弟兄同石佛寺二三十名同志远远地离开这村子。"说着话，他已站起身来，向步云握着手，因正了颜色道，"请你千万小心，在这个没有了县政的时候，全靠我们做个榜样给乡人看，让他们跟着咱们走。若是刚发动的这一点儿群众力量，受到了无谓的牺牲，影响到以后的事，那就太可惜了。"

步云道："好！承您指教，我一定会留意。不是今天晚上，就是明天早上，我们可以在石佛寺会面。"

余忠国走出屋子来，看到东边天脚下的星子，已经稀少得可以指点出来。在树头屋顶上，也微微地发现了一些乳白色的曙光。他站在路中心周围看了一看，于是就在口袋掏出一个小哨子放到嘴里滴溜一吹。不到五分钟，所有他带来的二百多名弟兄，纷纷地在前后左右人家门里抢了出来，各人拿了枪，一字排开，向余忠国站队。余忠国喊过立正报名数的口令，一个人不曾短少。回头见孟刚也站在身后，因问道："孙先生，我们趁天不亮先走个十里八里的吧。"

孟刚笑道："请您先带队伍出寨子去，我随后就来。我这班同志的玩意儿，一切是初学乍练，只知道一窝蜂地跟着走呢。"说着，又哈哈一笑。余忠国信了他的话，先把队伍带出寨子去。在星光下，只见一道黑影子，很整齐地悄悄地去。孟刚向站在一处的步云道："游击队尽管不必要正规军的那些操典，可是不能不会。咱们干久了，也许配合了机关枪大炮，同小日本大干一场。天下事都是逼出来的，没有什么不行两个字。"

步云笑道："我也没有说不行呀。瞧！你们这班同志，不就是个明证吗？"他说着，站在孟刚身后，出手推了他的肩膀向前看去。

孟刚回转头来时，就看到自己面前站了一排人，当然是石佛寺来的同志。星光下虽不能看得十分清楚，但是他们扶了步枪，挺着腰杆子，却是一律的，便点点头道："这就对极了。见好就学，学会了就干，这才是咱们干游击队的精神。我也来学着叫叫口令试试。立正，报名数，向左转，开步走。"他喊了四种口令，同志们也就随着口令做过去。在程步云哈哈大笑的声中，他们走出了寨子。步云想到得了孟刚、余忠国这两番援救，虽然只是小别，也亲自带了一二十名壮丁，随着送出寨子来。

这时，东方天脚已透着大半边的灰白色，二三百人站在庄稼地里，却也是很大的一片黑影子。余忠国面对着这些人，站在一方高土坡上，正在训话。他道:"在我们队里,附近哪个村庄里的人都有。我说带着诸位在各村子里巡逻一番。诸位虽然打了一宿的仗,还是精神抖擞的,这可知道诸位心里怎样地高兴。可是咱们穿上了武装,就是中华民国的一个好同胞,到底和平凡的人不同,离得老家久了,只想回村子去瞧瞧,就心满意足,那我们这样打起精神赶天亮走着,就太没有意思了。我以为我们回去,有两点很重要的意义。第一点是把我们的阵容露给老百姓看看,告诉他们,只要咱们肯干,老百姓一样可拿出力量来对付日本人的。这是绝对的好宣传,引着老百姓跟我们走,让各个村庄,全都把老百姓的力量组织起来。第二点,就是安慰我们老乡,叫他们不要发愁,我们的县城虽然让日本鬼子占领了,他占领不了咱们乡下无涯无尽的地方。现在只有咱们这小小的一支游击队,就能打回老家来。要是咱们每个村子的老百姓全都把力量组织起来了,那你瞧着吧,日本鬼子就到处碰钉子,不用咱们中国军队,他们也得滚了回去。到了村子里,希望各位就把这意思去对着老乡宣传。天色是慢慢地快亮了,咱们趁着这一会子,走个十里八里的,离开程庄,咱们今天中午找个地方,好好地休息一会儿。也许找着好机会,咱们可以冲到县城里去,捉到鬼子头儿,杀他一个痛快。"

他说完了,程步云带来的壮丁们倒格外透着兴奋,噼噼啪啪地鼓了一阵掌。步云先向余忠国孟刚握着手,听到刘五在身边说话,也和他握着手,另一只手,却拍了他的肩膀,笑道:"五哥,你不错。一个做庄稼的人,能够混得这样有志气有胆量,真是不易。现在你打回老家去了。"刘五先没有答复,却叹了一口气。步云道:"五哥,别消极呀。这回回去,也许和你大嫂子会着。纵然会不着面,那也不必伤心,我们和日本鬼子这笔账还没算清,应当打起精神来和日本鬼子算账去。各位不是要打算杀进县城去吗?这个计划成了功,可别忘了我,我得着消息,一定会带了人赶来。"说毕,执着他的手,又连连地摇撼了一阵。

刘五道:"我们一定这样办,能够把县城里鬼子轰跑了,不但我们可以回老家,就是程先生也用不得离开老家了。"

步云道："好！咱们下午见，一路杀进城去。再会，再会！"

在再会声中，余忠国、孙孟刚同领着队伍，绕着小道，向大王庄这条路上走来，摸着昏黑，约莫走了六七里路，好在大家正是对了东边走，那里一片乳白色的天脚，慢慢地扩大起来，白了大半边天。看着道路的前面，还有一带沉沉的烟雾笼罩在地面上。继续地朝前走着，但见烟雾上层渐渐地透出了一些金红色的光辉。那金红色慢慢地加浓，显得白色云层离开了青灰的天空。那白云刚被红光烘托着，也由白的变成了红黄影子，总有铜锣口面那样大。先是地面上的烟雾同天脚下的云彩蒙混着搅在一处，后来那金黄色的日影慢慢升起，地平线上的云雾随着缓缓澄清，眼面前的道路就十分光亮清楚了。

余忠国带着队伍朝前走，有时让到路边检视队伍过去，虽然这多弟兄们昨晚战了一宿，可是个个精神焕发。肩上背着枪，随便短装上系着子弹带，全是满满地在里面装了子弹。随后上二十位弟兄们，押着两辆大车，上面分放着二十几支步枪。许多条子弹、饼干、水瓶、钢盔、一面太阳旗、六头骡马很愉快地拉着。在两辆大车之后还有三位弟兄，分别扛着一挺重机关枪带子弹，这全是昨晚上的战利品，在阳光里露出来，实在引着人看了又看。余忠国自己是扛了一支手提机关枪，也是昨晚由敌人手上拿来的，抚摸枪把，看看弟兄们，是格外引着人兴奋。太阳很快地升起了丈来高，照着大地黄黄的，绕着身子前后的早雾多半是已经消失了。远处虽还有些薄雾，然而在那雾里面已经缓缓地可以看出人家树木。猛可地在队伍里面，哄然发出一种欢喜的声音来，有人在后面喊道："到了我们庄子上了，过去四五里地就是。"大家看时，说话的就是刘五。他背了一支步枪，微晃着肩膀，在每一步路脚板落地的时候，都透着很实在。他微昂着头，睁眼看了前面一丛寒林。

余忠国笑道："你很兴奋，快到大王庄了，假使村子里有敌人，你打算怎么样？"

刘五道："怕什么？咱们这些个人打了进去，我在头里打。"

余忠国笑道："那不是办法，我老早派了人当侦探去了。我们得等他们的报告。你瞧，我们的侦探回来了。"他将手指去，已在前面土坡上下来一个人，渐渐迎到面前，果然是自己人。据他报告，大王庄多日没有敌人，大刘庄的敌人昨日走的，现在还没回来。大概这附近十几里地以来，没有鬼子。说着话，第二个侦探跟着回来，也是一样的报告。余忠国向大家报告道："大王庄没有鬼子，我们去瞧瞧亲戚朋友去。由昨晚到今天，咱们的事情都很顺利。咱们欢欢喜喜地唱军歌吧！唱什么呢？"

许多人不约而同地道："《打回老家去》。"

余忠国笑着点点头，便在前面领头唱着："打回老家去——打倒日本帝国主义——华北是我们的土地——"

在莽莽的平原上，一条壮汉列成的阵线，顺着大路前进。在大王庄的人远远地听着打回老家去的歌声，许多人抢出村子来看。听那打回老家去的歌声渐渐清楚，便同时看到地平线上冒出来的一丛人影，卷起丈来高的黄尘，向村子逼近。啊！村子里出去打游击的人回来了！说话间，一面青天白日满地红的旗子在人头上飘飘然地被拥着进了村子。阳光射在旗子上，仿佛分外地带了一层光辉。风卷着旗面，一摆一摆，好像在说：中华民族万岁！

（全书完）

图书在版编目(CIP)数据

锦片前程／张恨水著. — 北京 ：中国文史出版社，2018.6

（民国通俗小说典藏文库 · 张恨水卷）

ISBN 978-7-5205-0004-3

Ⅰ. ①锦… Ⅱ. ①张… Ⅲ. ①中篇小说-小说集-中国-现代 Ⅳ. ①I246.5

中国版本图书馆 CIP 数据核字(2018)第 010531 号

责任编辑：卢祥秋

整　　理：澎　湃

出版发行：**中国文史出版社**

网　　址：http://www. chinawenshi. net

社　　址：北京市西城区太平桥大街 23 号　邮编：100811

电　　话：010-66173572　66168268　66192736（发行部）

传　　真：010-66192703

印　　装：廊坊市海涛印刷有限公司

经　　销：全国新华书店

开　　本：720×1020　1/16

印　　张：21. 5　　　字数：299 千字

版　　次：2018 年 6 月第 1 版

印　　次：2018 年 6 月第 1 次印刷

定　　价：66. 00 元

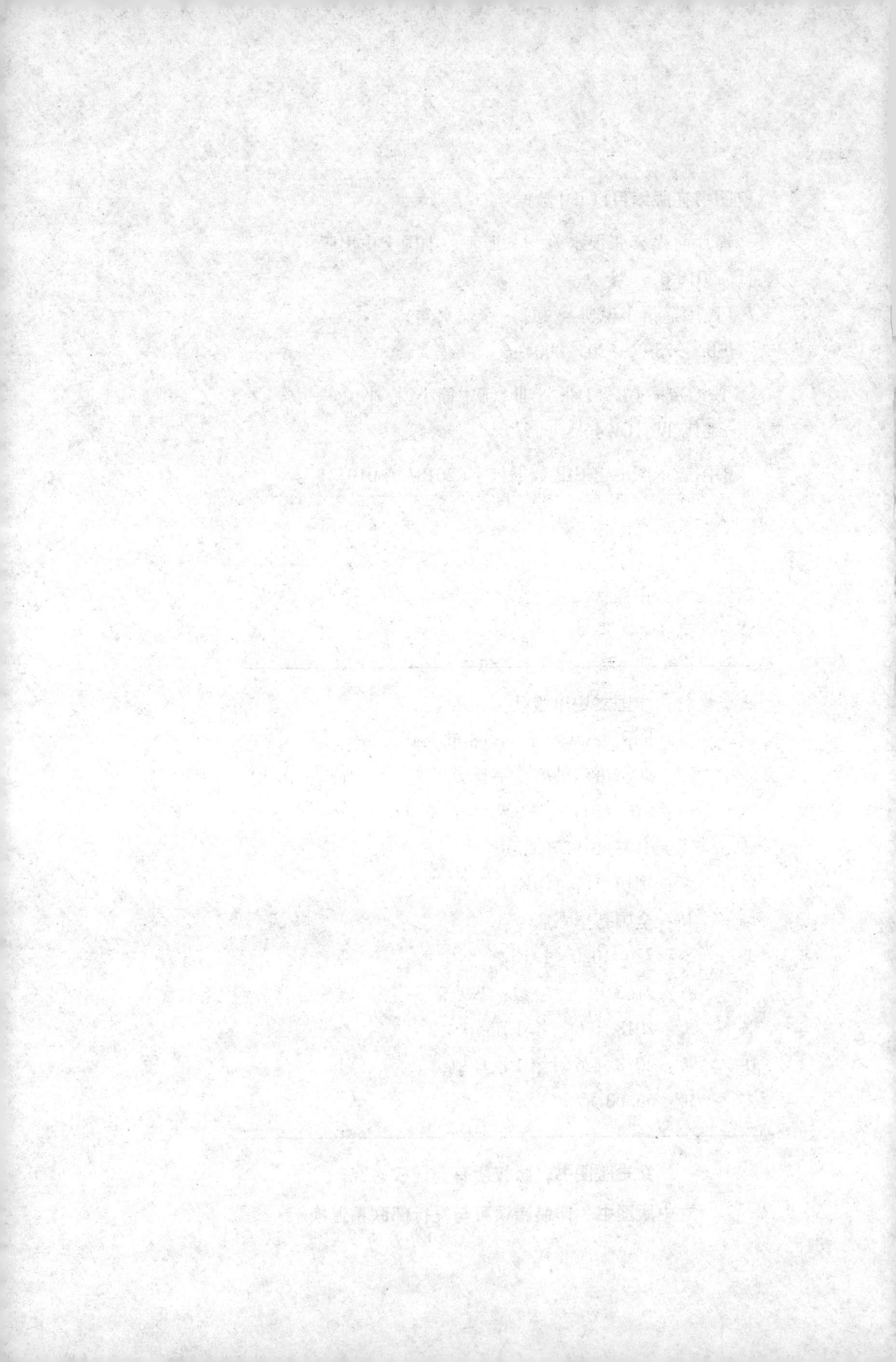